爱十二梦

李佳璐 著

陕西出版传媒集团
太白文艺出版社

图书在版编目（CIP）数据

爱十二梦 / 李佳璐著. — 西安：太白文艺出版社，2017.9（2023.2重印）
ISBN 978-7-5513-1244-8

Ⅰ．①爱… Ⅱ．①李… Ⅲ．①故事—作品集—中国—当代 Ⅳ．①I247.81

中国版本图书馆CIP数据核字（2017）第185352号

爱十二梦
AI SHIER MENG

作　　者	李佳璐
责任编辑	李　玫
封面设计	高　薇　孟　璠
版式设计	高　薇
出版发行	陕西新华出版传媒集团 太白文艺出版社
经　　销	新华书店
印　　刷	三河市嵩川印刷有限公司
开　　本	850mm×1168mm　1/32
字　　数	420千字
印　　张	13.125
版　　次	2017年9月第1版
印　　次	2023年2月第3次印刷
书　　号	ISBN 978-7-5513-1244-8
定　　价	59.00元

版权所有　翻印必究
如有印装质量问题，可寄出版社印制部调换
联系电话：029-81206800
出版社地址：西安市曲江新区登高路1388号（邮编：710061）
营销中心电话：029-87277748

谨以此书献给疲惫生活里的英雄之梦,

献给所有伴随日升月落永不止息的爱。

春

一缕晨光涌动于你所目及到的
那丝丝缕缕的温柔占据了你的心扉
也许,那是春日里痛苦而欢欣的幻象
那不过是乍泄的春光,是你过分年轻的年岁

爱十二梦

催　眠

如果这爱本就糊涂而盲目

那么我宁愿置身于这美梦中

永不清醒

且以爱为名将我禁锢将我催眠

催眠师

　　安西说,前段时间,我迷上了烟草的味道。我开始疯狂地吸这种慢性毒药。我不断地抽他爱抽的烟,一根连着一根。我的睡梦里似乎全是烟雾,常常半夜里把自己给呛醒。我想把那个男人的名字吸进我的肺腔然后自杀。你要知道我过去是个多么厌恶烟草气味的女子。但现在我又戒了。因为我不想我的生活因为一个可恶的男人就这样糜乱下去。我明白我继续这样抽下去会影响我作为一个女人的生育。我很想有个孩子。可以说是这个虚妄的孩子拯救了我。甚至不管哪个男人会走过来,拉住我的手,不管他是谁,只要他愿意让我为他生个孩子,对我来说已是恩赐。我现在唯一所希冀的大概只是拥有一个属于自己的,只属于我的孩子。

她絮絮叨叨诉说着自己的时候，我的心思并不专一。我的视线被黄昏的广场上一个手里拿着花朵叫卖的小姑娘完全吸引住了。那个小姑娘穿着一件并不合身的土黄色男式外套，下摆快要拖拉到地上，袖口被层层叠叠地挽起，纤细的胳膊上宛若吊垂着两只沉重的布袋。

这并非卖花的好时节。不是情人节，不是圣诞节，不是白色紫色各种名义的情人节。只是朗朗晴空下的一个寻常日子。这地点也很平常，不是酒吧，不是夜店，不是公园，不是能够让心怀不轨的男人可以明目张胆送花给女人的浪漫地。只是一个供周围居民消遣娱乐的小广场，甚至在不远的前方，还飘荡着节奏劲爆旋律激昂的音乐，隐约还能瞅到几个大妈整齐划一地随着音乐跳动着。

我凝神望向那个小姑娘时，她显然注意到了我的不专心。

她的脸迅速转变成我第一次见到她时的酱红色。生气、困窘、愤怒。略带着独属于她的自尊和骄傲以及孩子般的不安。我转向她，正欲以一个抱歉的姿态开始下一段谈话时，她却冲着另一个小姑娘摆摆手。

小姑娘迅速地向我们跑过来，靠近我们时，分明看到一张稚嫩却故作镇静的脸，用老成的口气向我们打着招呼："嗨。美丽的姐姐，买朵花儿吧。这花儿可漂亮了。刚好衬您，卖给人家我还不乐意呢。"我分明听到这口气里的迫切和渴望。

安西看着我。我知道她在等待我向这个奇特的姑娘开口。

可是我一句话也没说。我微笑着看着这个小姑娘。

爱十二梦

小姑娘被这种尴尬而奇怪的气氛弄得拘谨了起来,不似刚才般老练地叫嚷着让我们买她的花,左手不停地拿着一支并不饱满的玫瑰花骨朵轻微摇晃着。我这才注意到她裸露出的肌肤非常白。再望向她的脸,在黄昏的柔光下,仿佛一个夺目的花仙子。略带着迷人的害羞,穿不太合身的男式外套,拿着一大捧玫瑰花,低着头看着脚下。

安西突然从她的 GUCCI 包里掏出一叠钱来。迅速塞到那个女孩的手上。"姐姐全买了。"然后她抚摸过一遍属于她的玫瑰花之后,甜甜地对着小丫头说,"姐姐送给你。你最漂亮,这花最衬你才是。"

被老男人惯坏了的女人就是这样,任性、骄傲、挥金如土。

"你舍得把那一大捧热情似火的托盘送给不相干的路人吗?"

"反正都是要败,不如败在那个天真的丫头手里。我不过借着美丽的花朵积点儿阴德呗,在这世界我已造孽太多。"

她继续开始说。

我刚来到这个城市的时候也许比那个卖花姑娘还要贫穷。

那时我大学刚刚毕业,依仗着一张扬扬自得的名牌大学毕业证就以为可以在这个繁华的大城市闯出一番天地。我那时的全部骄傲和自尊,却在租不起房子和每日只能吃泡面的日子里粉碎。

我认识了他。我那时干一份只得温饱的文秘工作,每日不断地抄抄写写才得一份可供糊口的工资。我抱着一大摞文案材料经过他身边时,很合时宜地滑了那么一脚。在他宽大手掌扶上我的刹那,我绽开我甜美的笑容轻轻说了一句,没关系,张总。脚被扭到了,很痛。我故作坚强隐藏起泪水,却一副痛苦表情。

我是有预谋的。

女人的狡黠常会在对于男人的细微动作中体现出来。她若聪明,一定不会赤裸裸地去引一个男人上钩,而是吸引那男人来为自己着迷。我一到那个公司,便听得许多关于这位年轻有为的男人的各种传闻。名牌大学毕业,家庭背景神秘,一进入公司就很快被提拔到一个显赫的位置,有一个温柔贤惠的妻子但是没有孩子,那女人从来没有在公司出现过。他没有什么不良嗜好,亦从未听闻他泡吧或是流连夜店。他对公司的美女们几乎都是保持距离,工作认真,能力很强。

这完全符合我对于男人的全部要求。

我开始用心搜罗各种关于这个男人的传闻,偷偷查阅公司网站关于这个男人的一切资料。我在经过这个男人的办公室的时候常常会偷偷观察,我发现他习惯于在一个人的时候点上一根烟发呆。我觉得他是个隐忍而寂寞的男人。

这样的男人,潜意识里绝对是需要一个好情人的。

尽管他展示给外人的面具是温和善良,彬彬有礼和一切可能的暧昧绝缘,但是我看到他的第一眼就知道他隐藏在心底的欲望。大概我与他的眼底,有一条共通的河流,这条河缓缓流动,欲望似鱼儿般游弋于这条隐秘而黑暗的河里。我与他四目相对之时,我便自信我察觉到了这暗涌里的莫名燥热。

其实,对于这一切我并没有多少罪恶感。

爱十二梦

鱼儿上钩,你情我愿。

只是后来的发展不是我能控制得了的,最狗血之处莫过于我爱上了他。一个女人一旦对一个男人死心塌地爱上,便是天底下最愚蠢的脑袋。会胡思乱想,会贪得无厌。而且,一旦有爱,必有所付出。付出真心真意而耗尽心力,则会不择手段必有所求。男女之爱皆为自私自利。

尤其是,像我这样的女人。

"你这样的女人又如何?"我轻声问安西。其实,刚开始的时候,安西的话并不多,她对人很戒备。初次来我的咨询室的时候,戴着个大口罩,露出一双美丽而充满质疑惊惧的眼睛。她只是不断地重复着,我晚上睡不着。整夜整夜失眠。他离不开她。我轻抚她的背,不断安慰她。她像是一只受伤的小兽,不停发抖。

"你失眠多久了。"

"三个月?四个月?我不知道。我总睡不着。"她靠在我办公室绵软的大沙发里,神情疲倦,眼神却因为深深的戒备明着亮光,眼珠子不停地转动。这是不相信陌生人的正常表现。

"既然你选择来我这儿,就要乖乖配合。所以先把你的口罩取下来好吗?来我这儿的都有秘密,你的秘密再惊天动地,也不必跟我遮遮掩掩,我的底线就是守口如瓶。"我转身坐下,便不再搭理她。

一刻钟之后她自己将口罩取下,我才仔细打量起她。她的眼袋很严重,黑眼圈非常明显,是一副长期没睡好觉的模样。但是并不丑,只是疲惫。那张脸,却也是非常精致和耐看的一张脸。白皙的肤色,大而亮的眼,眼珠漆黑。这让我想起儿时读到过的一些美丽的诗句,譬如面如凝脂,眼如点漆。譬如唇不点而红,眉不画自翠。俏丽若三春之桃。这个女人,让人看一眼便想把心底所有的美好的词句倾囊奉上。

就像她此时的脸一样,年轻而丰满。我仔细想想那时的我心里对这张脸也是有万分的忌妒的。只是理性的罗盘转到了这是我的患者的方向上。"我这样的女人,自私,敏感。占有欲强。对世界,对男人皆是如此。但是常常在心底隐藏着自己的野心,于是就陷入自我设置的桎梏中。"虽然疲惫,她的声音也充满着对于自己语言智慧的骄傲,她绝对是个聪明的女人。

我没有接着她的话继续说下去。她是我的顾客,我的病人。我需要治疗她。这女人也许不需要药丸,不需要医生,不需要安慰,只是需要一对肯聆听的耳朵。

她有太多话。

我想人群里的她,别人眼里的她,通常应该都是沉静而温婉的。这样的她,才不至于把内心的脆弱和痛楚暴露在别人热切的窥私欲里。所以她不说话。不敢说也不能说。她大概始终是漂亮地孤独着。我突然想起大概多年以前,我是见过一个这样的姑娘的,那时我在美国进修,回国的飞机上遇到一个怀抱着婴孩的美妇人,我笑问她怀里的孩子可是沾了美利坚的公民之光?她笑着说:"你懂就好。其实,你看到的只是一个中国女人跑到美国生了这么一个孩子,但是这背后的故事你并不了解。"她便

爱十二梦

开始向我这个陌生人倾吐了自己的故事,在国内她是别人的情妇,无法给孩子一个正常的身份,只好跑到国外费尽千辛万苦把孩子生下。而我们下飞机时,并没有人来接她,她一手抱着孩子一手提着硕大的行李箱,自己打上车便离开了,大概后面的故事我永远无法知道,这其中也有一万种可能。

这样的姑娘的秘密也只能是对我这样的陌生人倾吐而已。

人人都需要一个树洞。我小时候常读这个故事。国王长了对驴耳朵,理发师是唯一知道这个秘密的人,却无法诉说内心憋屈,就找了个树洞说了出来。理发师最后还是死了,树洞上被飞过的鸟儿撒下种子长成参天大树,风吹过,那些秘密便划过每个人的耳朵。秘密终究会被人知道。只是秘密被知道的时候,也许已经丧失了原有的意义。

"我觉得我有太多秘密。这些秘密横亘在我薄弱的心脏里,让我觉得疼痛和压抑。到你这里,我才能适当放松一下。"我给她用手指不断地按摩,一点点。我接触到这些年轻而细腻的肌肤,那些柔软刺激着我。也许我真的是老了吧。奔四十的女人,除了必须坚强地面对生活中的重负和伤痕,还是坚强。这样的年纪不能再把这混乱世界怎样,再也没有了青春年少的无法无天的张狂。

还是继续给你讲故事吧。她说。

他问我要不要紧。我一边摆手一边优雅地向后一个趔趄。他急忙搂住我。我适时娇吟一声,我明显感觉到张总的眼神温柔了许多。"我送你去医院看看吧。万一伤着骨头可不好。"他说。

我知道鱼儿已经上钩了,他起码在潜意识里已经开始怜香惜玉了。

"张总,你还是去人事部看一下这个季度的任免情况吧。我这边没关系的,轻伤,擦点儿红药水就好了。"

"轻伤?你都站不住了还轻伤。再说,你在办公室上哪儿去擦红药水?听话。"不容分说地,他就拉我出了公司。

他很强势。但是强势中透露着温柔,这一切的表现在我对他初步的了解范围内。他喜欢我这种小鸟依人的女人。他对我的第一印象应该是温柔而娇弱又懂事的。我正在怔怔地想着,"小安啊。"我猛地一回神不由得慌乱起来,张总竟是知道我的名字的。我忙应:"张总,怎么了?"

"以后不要一口一个张总地叫了,叫我张默就好。"

张默。我第一次在公司的网站读到这个名字的时候,在心里把这个名字读了很多遍。越读越觉得这名字像是要嵌到我嘴里一样。张默张默。嘴唇发出这个名字,像是在亲吻一个人。恰如少年时情窦初开,于课桌上小心刻下一个姓名,之后这个名字便成了自己的全部青春。张默,我的心里不由得将这个名字默念无数遍,不想却也有了年少时的心绪。

他陪我在医院里进行了简单的冷敷理疗。之后便送我回家了。后来的几天很平静,在公司里他见到我也是不痛不痒的。

"你说,当一个人想一个人的时候会怎么办。说还是不说是一个问题,但是当那个人也在想自己的时候,就什么都不用再

爱十二梦

说。十一做什么？不如一起去爬山吧。"

我收到了他的短信。第一条。

这真是个自信得有些自恋的男人。

我过了两天才回复他的信息。我知道有的事不能急,这相互的试探就和推磨一样,谁急了,就磨不出好面粉。"张默。我这两天一直在想你说的这个问题,到底是你想我了还是我想你了。想不通不如答应你去爬山,这件事似乎要纯粹一些。"

那次爬山之前我干了一件蠢事。大学期间我曾谈过一次无疾而终的狗血恋爱,剧情狗血,人物狗血。但是就在荷尔蒙激素膨胀的青春期,我把第一次给了那男孩。我自觉并不爱他,只是年轻而蓬勃的身体需要一个健硕的慰藉。这世界太多男欢女爱,大学里之所以肯耗费那么多时间给彼此,不过是因为圈子太窄,诱惑太少。一毕业还是各奔东西,曾经的爱侣即刻间便投入他人怀抱。我自觉于这一切的发生都如此自然而然,背叛和游离,早晚的事。我去了医院给自己重新塑造了一个纯洁的身体。我并不是认为所有男人都是在乎这种芥蒂的人,但是我知道张默绝对是。我却忽略了,张默的精明绝不仅仅体现在工作上。

"小安。"我发现自己特别喜欢张默这样叫我。

他在前面拉着我,恍然之间,我以为他就是我一直都在寻找的那个可相伴一生的爱人。"看来你的脚全好了。"

我只是笑。那天的阳光特别好。懒洋洋地洒在我们身上,张默的神情放松起来,他笑起来真的特别好看。就像是你看到一头雄狮突然的温顺和祥和的那种感觉一样。

他突然凑近我。"你看,你脚底下便是深渊。"

"我不怕。我不看就行了。"我现在想起来便觉得那句话是个暗示,如同伤口一般昭然若揭。这社会许多无奈痛楚,我却偏偏选了害人又害己的一条路。我明白这条路一旦走上便是万劫不复。我那时还是涉世太浅,许多事情都没有想透便盲目前行。他吻住了我的唇,他嘴里的味道很让人着迷,淡淡的烟草味道夹杂着一丝不易觉察的甜腻。

"张默。"哎,我分明听到心底的这句没来由地叹息,我仍旧是温柔地唤他。

"我送你回去。"我知道这句接下来会发生什么,但是我无力抗拒,我们都无力抗拒彼此的欲望。我望见远处的山边有夕阳落下,夕阳的余晖映照着张默英俊的脸庞,他在这余晖里微笑,沉醉的竟然是我。

"你就住这里?"他的眼神闪过些微的鄙夷来。

我住的地方,肮脏而混乱。几栋相连的老房子像个奄奄一息的人,支撑着这个繁华大城市背后所隐匿着的贫瘠。我是大学生又如何,还不是得和小贩、窃贼、瘾君子、民工、市井大妈等众多人物混住在这栋老式房子里。张默的车驶进狭小的巷道,提菜的大妈一脸不屑地让开道,满脸的肉耷拉下来,堆在肩膀上,随着不断张合的口而抖动着。我知道这里的人通常都市侩而压抑,她在市场可能刚跟小贩三毛五毛地砍完价,拖着自己的战利品急急忙忙赶回家来做饭,自然是要嘟囔着骂坐在车里的人两句的。

爱十二梦

人的心态有时很奇怪,走路的会嫉恨开车的,开车的会嫌弃走路的。这世间再多纷扰也不过如此。小的时候我和妈妈住在一个大杂院里,一旦有好车开进来,便有小朋友围着车看呀看,脏兮兮的手就要摸上去却被满脸横肉的车主打开,于是全院的小朋友总在车子跟前骂骂咧咧,甚至做做小手脚。比如拿个小石子丢车;再比如用尖利的东西把车划一下。后来好车根本就不敢开进我们院子,或者是,那些该走的人一个个被好车接走了。

跟我走。"

他带我去了一个酒店里。我明显感觉到这个地方他的熟稔程度不会亚于这里的领班经理。这里的人对他敬重而礼貌。我从来没有入住过那么高档的酒店,大学期间和那个男朋友出去开房的时候,也不过是入住在校门口那些廉价的小旅舍中。

同宿舍的某某人曾说,我辜负了自己的美。

那某某人并不美,但是她懂得如何去抓住男人为自己着迷。

他在那酒店里要了我。我们的第一次很平淡,平淡得就像多年的老夫妻把这种事变作任务一般。生理上的疼痛却无法引发我继续装下去的欲望,我咬着牙不出声。

之后他点了根烟坐在床边的靠椅上。他并没有像一个小男孩一般,急切地在床单上搜索他的"杰作"——刺目而鲜亮的红。

他只是不断地抽烟。"小安。以后你就好好地跟着我吧。"

并没有多问任何,但是我知道他绝对知道了我做的那件蠢事。张默的眼睛很美,有长长的睫毛,像是春天柳树上的叶子,我想一点点地抚过它们。明亮而深邃,似能看透一切的一双眼。

他的眉毛根根分明,浓淡恰好。我喜欢用鼻尖蹭他的眉毛,痒痒的。张默会紧紧抱着我闭着眼睛说:"你真是个小妖精。"

他隔天发来短信说:"你不用在我面前隐藏什么,妖精就是妖精。我能收服了你,你就得乖乖跟着我。有的傻事年轻的时候做一次就好。你以前的事我不过问你自知就可。但是你我既然已经相亲,请你斟酌与周全好。"

后来,我才知道张默在跟我爬山之前已经把我所有底细偷偷调查得一清二楚。我大学的所有故事,同学好友的博客把那些展露得细微而彻底。这世界,本来就是透明社会,人人皆有暴露癖。只是,我以为他不会关注一帮闺蜜无聊的琐事记录。我明显是低估了张默在与人交往的时候那份天性使然的警惕和慎重。我也没有料到张默这些年在纷杂的人事里摸爬滚打出来的韧性和城府,竟也终会使在我这个亲密情人的身上。我以为那次之后这男人对我自然得一副宠溺无度的嘴脸,大概我也是狂妄得高估了自己的魅力。

他接连好些天没有搭理我。

漠视。我感觉到了强烈的漠视。在公司里,他仿佛就似从未有过肌肤相亲一般,于我比对一个小职员还要陌生。而我看他,却让我过分优异的记忆帮我扒开了他的外衣,那晚时候的赤裸裸历历在目。看向他,我的内心似要燃起一团火,却在不经意间触碰到他冰冷的眼神。

他在等待什么。他在怪我那件蠢事嘛。

如若只是一味责怪和生气,他为何还要给我发那条短信。

爱十二梦

他全然可以什么都不用管不用告诉,就当作一夜风流而已。反正于他那样的男人而言,女人也不过是个锦上添花的好玩物罢了。我知张默的野心很大,他不会让女人,尤其是同公司的女人成为他下一步的任何阻碍。也许他对我也不过是一时的心血来潮。我自嘲,这兴许也不过是出我自作自受的独角戏。

我想大概就是这个时候起,我已一步一步跌入他给我的所有迷梦里。

可是再如此僵持下去,我的局便被自己做成了死局。胡思乱想一阵我还是没有坐住,忐忑不安地输入短信给他:"张默,如果你觉得我们的关系就到此为止的话,那么就算我白白用心一场。我只是个平凡普通而且没钱没势的女孩子,高攀了张总也错想了世间的美好。对不起。"

没想到他很快打电话过来:"十分钟后我到你楼下。"不等我说什么他就挂了电话。而我又必须顶着自己没化妆的脸,胡乱穿好衣服就出门见他。

若是在一段日常的恋爱关系里,以我素日的骄傲,我让楼下的男人等一个小时让我收拾完美再出去我也觉得没有什么。可是张默不行,他现在对我的感情我一点儿都没把握。更何况给他这样一个没来由的下马威,他万一一个恼怒再也不理我呢?总之,不及多想,我就飞速下楼了。

上车后他却笑得很灿烂,就像是那天在山野中拉起我的手时一般温暖。我娇嗔地埋怨着:"张默,你真是个大坏蛋。你看人家还来不及收拾你就来了。故意看人家出丑的,是吧?"

"小安,不要收拾。你这样就很美。"

他摸了摸我的头发,突然轻轻凑过来,亲了一下我未施粉黛的脸:"这样的脸才是清秀而美丽的,我才不希望我亲到一嘴粉底的味道呢。"他定定地看着我,说:"小安,你真的很美。让你受委屈了。"

我顿时没了主意,只好任由他盯着我看。

"张默,我们去哪儿?"

我知道这么问很笨。他不等回答我就沉默地发动了车。

"小安,给你挑几件好看的衣服吧。"他微笑着拉我进去。我从来都没有逛过这么大的商场。以前在学校,也只是淘淘地摊货或者外贸小店里看看。虽然这城市有许多大型商场,里头光鲜亮丽的商品我也只是偶尔逛逛饱饱眼福罢了。而张默领我进去的却是我连逛都不敢逛的美美国际。

我在里头心猿意马,眼睛被琳琅满目的奢侈商品晃得眼花缭乱。张默看出我不适应这里,就拉来一个导购小姐为我在他们品牌挑衣,其实我不太关注名牌,因为我知道买不起它不如不知道的为好。不像大学里有些人,费尽辛苦得来一件就四处招摇炫耀。我觉得一个作家说得很对,一个人内心缺乏什么才会炫耀什么。

导购小姐拿出许多衣服让我一件一件试过。

张默在沙发上看着我都说好,便刷卡买下来。

我每试一件张默都买。他讲我穿什么都好看。

和电视剧里狗血情景一模一样。

爱十二梦

我是被包养的小三,而张默是那个为我挥金如土的老板。

但是张默很帅,个子也高。温文尔雅,举止谦和,时常锻炼的身材也不见因为年纪稍长的关系而走形,我与他,却也算得上是郎才女貌,相配的一对。

张默提着成堆的衣服放在了车里。领着我把车开进一家公寓里。

"小安,以后你就住这里吧。"

眼前的屋子窗明几净,和我曾经构想的房子一模一样。我闲来无事总爱在网络看一些装修得有风格又漂亮的屋子图片,总是幻想着把自己未来的家装修得如何如何。哪怕面积小小,只要温馨美丽而干干净净就好。然而在这样的城市里拥有一套房子实属艰难。现在这样的屋子一下子摆在我面前。而眼前的男人告诉我它是属于我的,我可以住在里面。"你在这里怎样都可以,就是不准再去公司。"

我似乎隐约看到了一个被包养的、寂寞的小蜜形象,我连喊:"不要不要。"我环住他的腰,撒娇道:"张默,你知道吗?你很霸道,霸道到有时候让我害怕,但是我不能这样任由你掌控,留点儿活路给我好吗?"说罢便可怜兮兮地望着他。

他扑哧笑了出来,大概是看我这般楚楚动人,捧住我的脸。"只给我一个人工作不好吗?"他搂住我,他的手掌温热而宽厚,"好啦,我是逗你玩儿的。小妖精,那你明儿换个公司去工作。这是李总名片,我联系好了。你去就是。"

"这么远,我怎么去啊?你肯定是不送我的。难道让我挤公交车地铁吗？"我又觉得自己有些急，连忙解释，"你看，你给我买了这么多漂亮的衣服，你舍得让这些衣服一天蹭着臭汗味儿来来去去啊？"

张默见我拿着手里的名片儿急切的模样，刮了刮我的鼻子："小妖精，果然鬼精鬼精的啊。给你准备好了。车钥匙在茶几上，一个盒子里放着。"

我是有些得寸进尺了。张默下午有会，匆匆和我欢娱片刻之后便走了。他是精明的男人，而那个他所管理的公司，我已不必再去。我看着眼前小盒子里躺着的车钥匙，一种对于物质的贪婪和索取，甚至在那一刻多于对张默的爱的索求。

后来，我每天都在一种期待的恐慌中度过。夜晚的寂寞随时随地都可以吞噬我。大部分的时候，张默是不过夜的。白日的欢愉刺激而又夺目，张默喜欢在日光下和我做爱，他喜欢赤裸裸地享受着这种刺目的鱼水之乐。张默总在我耳边轻轻吐气，然后淡淡地说："小妖精，我就喜欢扒光了你赤裸裸地享用你。你喜不喜欢这种明目张胆的快感？"张默的语言有时直接而富有挑逗性，撩拨得我的心肝也随着颤抖，随着张默身体的起伏而快速达到高潮。

最糟糕的莫过于我爱上了这男人。我觉得这是我最大的错误。爱情让人盲目，我已经辨不清自己在他身上到底需索些什么，应该得到些什么。我爱上他让我觉得我的这种耗费是应该的是荣幸的是为了他而值得的。其实男人通过一个女人的心最直接的方式莫过于完全占有她的身体，张默越是深入我的身体，

爱十二梦

我的心离张默越是接近。这男人似一根藤蔓蜿蜒扎入我身体,深刻而绵软。

再后来,我就觉得自己压力越来越大。这压力像一个巨大的黑洞,悬浮于我的头顶,压抑着我,然后不断地吸收我的精力。我越来越疲惫,我在一种自掘坟墓的绝望里沉溺。我感觉我和我往日的梦想正在分崩离析,我在一种虚幻的富贵里丧失了对于生活的期望,那段时间我开始整夜整夜失眠,他白日和我欢爱过的气息还残留在这个房间里,我一到深夜就莫名暴躁。虽然是我有设计地接近了这个男人,并且一步一步让他对我有所疼爱和付出。但是我始终是输家,我的心智和感情都在日日夜夜被他磨损着。而我更加清醒地知道,他,不会和他的妻子离婚。虽然我不曾见过这个女人,也不曾听他说过这女人的任何。但是每每他接她电话的神情,我都知道,他始终是她的。

再然后,我就来到了你这里。

安西讲完她的故事已是满脸的疲惫。慢慢地,她开始越来越信任我,我们似乎成了无话不谈的那种关系,我们聊天的地方也不仅局限于我的诊室。她零零碎碎地不断向我诉说,什么都说。她常笑言,为何自己在我的面前就可以放下全部伪装和疲惫,仿佛我是一面镜子,赤裸裸剥个精光给我看。

我和安西就这样成了朋友。很奇怪的朋友,她开始莫名对我这里产生依赖。我似乎成了比这药更为让她心安的药。断断续续地,我了解到了她全部的故事。这些零碎的所有细节拼凑在一起的关于一个世俗男女苟合的平庸故事。不过是这样,我听到这样的故事太多,却唯独与安西交往越发密切。大概我不仅仅是想治愈这个姑娘,这姑娘身上有一股奇怪的引力在将我拉入一个黑暗的旋涡。

我按着她的头让她入睡开始冥想。我轻轻地说:"现在你什么都不要想。开始想象你只是一个小姑娘,在风和日丽的春天放风筝。身边有很多人在欢笑。你将你的风筝越放越高,你用你的风筝和蓝天对话。你喜欢蓝天,你想飞。"我的声音渐渐消融在她的冥想里。

"这是药。你必须吃。你得恢复你的睡眠让你这张脸继续招那男人喜欢不是。任性可以一时,但是,不能这样糟蹋自己。"

"如果吃了以后还是睡不着呢?"她扶着门边轻轻歪着头向我笑着。这个不轻易相信任何的鬼精灵。"我说能就能。你先吃药,这不是让你睡眠的药,是来抵抗你的那些忧郁的。"

她向我微笑道别。

我知道她比最开始窝在诊室里的沙发不肯抬头看我的时候已经好多了。

安西最开始很排斥药物治疗,可是仅仅靠她所诉说的那个故事,并不能治疗她日益焦灼的内心。她没有安全感,在这个偌大的城市,始终是她一个人。她的心似浮云,飘浮在这个庞大钢筋水泥森林的污浊上空。

然而令她焦灼的源头永远存在,她的故事仍旧在继续着。

她来我这里,她说,我是比我给她的那些药丸还要有效的药。

其实安西不知道,我只是在谈话、姿态以及各种行为细节中

爱十二梦

注意了许多,在我的内心深处我始终把安西摆在病人的位置。我只是利用催眠方式去治疗人的心理疾病的医师,在我的职业状态里,是不可能和任何一个人成为朋友的。

但是很奇怪。我的病人通常对我都会产生莫名的信任和依赖。

她说,最近张默莫名其妙没有来。那些药丸对自己失效,她连接好几日无法入睡。

她说,她打给张默的电话被掐掉,短信也只有短短三个字:别打扰。她是个无从发泄怨念的小三。

她说,她跟张默做爱的时候,有时会特别特别地想要一个孩子,一个属于他们的孩子。可是张默似乎很小心。

她说,她想念张默想得快要疯掉了。

她往我这里来的次数越来越频繁。

我让她先掐掉手里的烟:"姑娘,你知道嘛,你不能再这样抽下去了。你不是想有个自己的孩子吗?你不是说这个虚妄的孩子可以令你有些许的清醒和觉悟吗?"

她只是笑。她的笑无邪中透露着一种魅惑。不怪这样的女孩子招男人喜欢,男人就是愿意有个这样的妖精做情人,有的男人只是没有能力去养她们罢了。

"你的生活里只剩下他一个男人了?"

"我懂你的意思。不过你不知道,我在大学里很孤僻,在这城市里没交上什么真心的朋友,而且我有情感洁癖,我若爱上一个男人,那我就强制性地归属于那一个男人了。而且张默是个聪明男人,既然对我有那么多投资,我若是有一点儿风吹草动,他怎会不知？我现在所待的公司,说好听是在工作,难听了就是张默给我的一个闲职。公司里有人指指点点,我也只能置若罔闻。"她狠狠地吸了一口,就灭了。烟雾轻轻弥漫着她年轻的脸,妖娆而丰盛但是疲惫异常。

我继续给她进行治疗。末了,仍旧苦口婆心劝她多吃药。

"若你再失眠下去,只会越来越丑。"我故意吓她。

她连忙笑着说一定吃药。她继续讲:"你知道吗？我总是莫名地对你这里产生依赖感,对你产生很深的信任,我只有在你这里才能完全放松下来。如果不是你提醒我我是病人,我总是以为我在找这个城市里我最亲爱的姐姐。"

"我总是很孤独,而张默,似乎是我在这个冰冷的城市找到的救命稻草。"

我只是微笑着,看她絮絮叨叨地说完一切。

"我最近好像睡眠很多,睡着之后便会做许多梦。杂七杂八。梦中出现些许幻象,我在梦里常感知张默是我的丈夫,梦里头我的肚子一下子大起来,我能触摸到我的宝宝的心跳。"

"我醒来时却躺在一张只有我一个人的床上。"

我告诉她要懂得区分现实和梦境,然后劝她最好想开些。

"不行,我怕我已经是陷进去了。"

安西的狂躁和抑郁之前经常发作。一发作起来,她要么暴烈得如同一只母狮,抖擞着她金色美丽的毛发,在阳光和煦的光线中发狂;要么就安静得像是一只小猫,蜷缩起来像是找不到回到它温暖小窝里的路。她狂躁起来会骂人会打人会不由自主地

爱十二梦

想要冲到那个叫张默的男人跟前向他质问向他索要。

但是我只会给她设定虚拟的人供她发泄,我会给予她一个虚妄的世界让她自由驰骋,如同一匹烈马。等她跑累了,她自然就停下来了。

安静下来的安西却时常陷入一种恍惚而虚幻的状态。她说自己一下子对什么都丧失了兴趣,也什么都不愿去做。我知道这是一种抑郁症的先兆。为了调节她的这两种极端的状态,我需要在催眠中让她不断地从一个意识里跳入另一种意识。她从我这里醒来后,才感觉到心理获得了满足和平静。

我继续让她吃药。

似乎只有我和我的药丸能够让安西彻底平静下来。

她来我这里的次数越来越多。她说,张默去她那里的次数也越来越少。

她说,她对张默越来越莫名其妙地感觉到依赖,这种依赖导致她极度想攥他在手里。可是有个道理浅显易懂,那就是越握得紧越会失去。安西说,其实我是她最好的药。我笑了笑,不置可否,说,安西,其实张默才是你最好的药,他能令你痊愈。她说,我总是这么懂她,她说姐姐你也一定是个性情中人吧,其实你不适合做这行,你们这行一定不要有感情。

我反而微笑着反问安西,其实呢,有的看上去情深意长的真诚反而隐藏着冷冰冰的理智甚至是阴谋。她放声大笑,脸上却有一种云淡风轻的平静。

安西。我也给你讲一个故事吧。

小寒/催眠师

我的家乡是一个地处偏远的小镇,交通虽然不便,小镇却也民风淳朴,风景秀丽。我的父亲在当地是有名的赤脚医生,医德高尚,医术优良。我的母亲早早就过世了,父亲带着我走遍了我们乡野间大小群山,我自小就比同龄的孩子懂得多,而且村里的孩子敬我怕我,不太愿意搭理我。我也随着父亲懂得了医人亦要医心的道理,心的病才是最根源的魔怔,而且常常折杀人于无形之中,以岁月的悠远为脉络,在复杂的人生里摧残人的灵魂。我自小便知人情冷暖,见惯生死离合。我和他自小便相识。别的孩子都不愿搭理我,可是他不一样。他见我总会笑,笑容温暖绵软,像是要把我的心吞进一团棉花里。然后会拉着我去看看他发现的美丽风景。

他母亲无名无姓,嫁到这里便随他父亲姓,是个沉默到极致的女人。些微的木讷常常让她显得行动迟缓而笨拙。听父亲无意中跟他人闲聊时说出了这个可怜女人的身世,说是早些年,在我还未出生的时候,这女人被一个陌生的外地人带到这里,给这个村最穷的光棍之后便不见了。女人却在屋子里被他父亲关了多日。多日出来后就疯了。我父亲知道这事情其中的端倪却无可奈何,而且在那男人的哀求之下替女人治好了疯病。后来也就有了他。有了他以后这女人就变得分外安详。我自然猜到了这女人的身份。虽然父亲闲聊中也注意口德未曾明说,我知道她其实是被拐卖到这个穷乡僻壤的。我相信这个女人在我所幻想的外面的那个世界里必是个骄傲又任性的女人,有着良好的家庭教育和教育背景。她有时会慢条斯理讲些我所不懂的话,

爱十二梦

她温柔地讲述着外面的世界,那些神秘未知却光鲜动人的世界,像是花朵般包裹着我年幼的心。她嘴里会蹦出譬如"电话、空调、洗衣机"之类的我所未闻的词汇。她时常会一个人在村口的老槐树底下翩翩起舞,那是我童年最炫目和美丽的记忆。她偶尔会哼出我所不曾听到过的优雅曲调。只是年岁无情,岁月越是悠远,她愈是沉默。

因为他也那般渴望着外面的世界。

我知道他和我一样。自小对外界保持一颗警惕心,却渴望一份真情真意。我从未谋面过我母亲,他母亲从未抱过他。我和他相怜相惜,一起在这个贫穷的小山村里靠着聪敏的好基因考上了很远的县城的重点初中。后来父亲靠中药以及行医治病的收入一路扶持,直到大学。大学费用高昂而烦琐,而且坐落在繁华的省城,花花世界,迷离了他和我的心。他不说,我也能从我俩牵手并步走过的大街小巷的商户饭馆中看到他火热的渴望。

他从未说过爱我。

但是我知我已深刻地嵌入他的生命里。我是他命里最亲的女人。

大学里他学习成绩优异,为人热情大方。而我虽说跟他是在同一所大学,却是不同的专业。我学了心理学,他主修计算机并且辅修了经济。在大学里我们就像每一对普通而平凡的情侣,每日朝夕相伴,有厌烦亦有争吵。但是那些火药味过后他会表现得非常后悔,他说他已将我当作家人。伤害时不知深浅,回过神来却知自己已作孽。我知道他其实对我的依赖不仅仅在于自小相伴的那份知根知底的青梅竹马，而且是根植于我与他血脉深处的那一份相惜相怜。

是有过几个不错的女孩子对他示好。

而我与他在肉体上的乐趣在大学时几乎已丧失全无。我早于自己成人之年便把自己身体交付于他，在一个漆黑而生冷的夜晚的麦秸垛子里。我的第一次毫无羞耻与痛苦，仿佛完成一个自然而然的成人礼。这些年我与他过分熟悉，彼此对于对方的欲望就如同两只野兽般互相侵吞。大概是年少时彼此耗费得过于彻底，有的时候，两个人再血浓于水的亲密也会被时间熬成一锅无味的干汤。到了花花绿绿的外面世界，他的注意力显然被这个城市太过辉煌的灯火吸引。我身上那些他曾经所迷恋的微弱光芒，他也就只是在一个人安静徜徉的时候才会去感受。

但是还好，他说。我是他心底最温柔的一束光。

就如同幼年时候，他拉起我的手走遍山野的那份执拗和认真。

我虽来自乡野小村，但是我过早知道人情冷暖，也过分体会世态炎凉。他内心有股热火要喷向这世界，我无法阻挡。他常看着我的眼睛，说他知道我的眼睛里有全部的他。我也知道别的女孩子向他示好，他也并不是全不动心。只是他没有资本去拥有那些莺莺燕燕。他的野心和欲望只有我全部了然。

他大学里分外努力。毕业之后他就分到了一个大型国企。他处事干净利落，为人和蔼可亲，对待上司也极对路数。他很快得到了领导的重用。领导认他为亲信，有什么好处也少不了他。领导的秘密他也知晓了大半。若不是挪用公款被查出来，想来

爱十二梦

他至今在国企也过着自己的逍遥日子。因为他替领导背了黑锅。他被抓进去后,那个通天的男人很快把他捞了出来,并且安排在一个私企的显赫位置。

我知道他太多秘密,导致我梦里常替他心有余悸,噩梦惊醒。

他说,他这辈子都不会离开我,不论怎样。

他懂得结发夫妻的恩重情深,他也知自己罪孽深重,我是知道他太多秘密的拖油瓶。他不说,我却看得出来他对我日益增加的厌恶。他心底的那一点点良知倒是让他对我一直不离不弃。我感觉我自己与他像是处在同一屋檐下的陌路人。过往那些根植于血液的亲密在时间和他的残酷中荡然无存。我走样的身材,皱纹渐多的脸,这些,都加速了他的厌恶。只是他从来不说。他最爱的永远都是他自己,而我的青春,我的付出,我的等待,都是他的理所当然。

但是,男人一旦拥有了权力和金钱,他势必会想要拥有更多的美女来衬托自己的成功。他更是这种咸鱼翻身便扬扬自得的凤凰男。但是他与生俱来的谨慎和对我的惧怕依赖让他暂时安生。我太了解这个男人,但是太了解一个男人其实是个悲哀的事情。这种了解会伴随着恶心的心绞痛维持一生。

听到这里这个故事让她的心情抑郁到了极点。

她缓慢而疲惫地说,我觉得女人不要太聪明。你太聪明就会死得快。心死得快,也许你自己都死得快。她说给我,也说给她自己听。我从来都知道没有人会无缘无故地向另一个人袒露心扉。也许她也知我和她有某些相通的气场。

她慢慢闭上眼睛,小憩中的她显得非常美丽,她总说能在我安静的叙述里找到她丢失的自己,然后带她进入一个毫无怨恨的世界。在梦里徜徉的她是安详而美丽的,阳光斜斜地照射在她脸上,隐匿着一种万千红尘洗净之后的沉静。醒来之后她觉得自己并没有那么疲惫。

过了某些天安西在一个下着暴雨的天气来到了我这里。

"我怀孕了。"

当安西幻想里的孩子实实在在地出现在她生命里的时候,她比自己想象中要平静许多。"我不管张默怎样想怎么做。我都非常需要命运给我的这个宝贝。"她点燃一根烟,轻抚着自己扁平的肚皮,淡淡地说:"张默最近很少来。我总觉得也许我这个新欢也快要变作旧爱。我于他而言只是个新鲜有趣的年轻情人。他只是需要这样的女人,而这样的女人有无限的多。我突然很羡慕他背后的妻子。"

"他知道吗?"

"不知道。"

"要告诉他吗?"

"瞒着。"

"瞒多久?"

"瞒到这个孩子注定要出世的时候。"

其实,安西明白这个孩子的出世所要遭遇的一切坎坷和磨难。她也知道张默也许知道这个孩子的存在之后带给自己的也许是更大的伤害。可是女人宁愿活在自己愚昧的幻觉里,也不

爱十二梦

想清楚明了地去解析自己乱七八糟的际遇。安西让我的手指轻抚她柔软得如同绸缎一般的肚皮，她轻声说："你摸到没有，这小家伙强健的心跳。他混杂着喷薄而出的欲望，强势有力地呼之欲出。"

"若是你继续要这个孩子，你得忍受更大的折磨。"

"我想这是我所能选择的痛苦而欢欣的生活。"

安西。

我接着给你讲那个故事吧。

他在监狱的那段日子里，我发现自己怀孕了。

我告诉他打算生下这个孩子，却遭到他强烈的反对。那段日子他的情绪十分不稳定，在监狱里表现得非常焦虑和暴躁。虽说他对自己认准的人没有丝毫疑虑，但是监狱压抑的氛围导致他对周围越发警惕和暴躁。我为了安抚他的情绪，独自去了医院打算将孩子打掉。我在医院里非常犹豫，我很想要这个孩子却害怕失去他。当我下定决心要这个孩子的时候，却在B超室里被告知怀疑是宫外孕。医生告诉我，如果不及时手术也许会大出血死亡。我怀着忐忑的心情将这个孩子做掉，等再次复查的时候，一个面目狰狞的肥胖女人以一种鄙夷的口吻告诉我，我也许再也无法怀孕。因为每次在医院，这些过程都是我一个人在做，我又长得稚嫩，她以为我不过是个犯下重错的小女孩。我把那些耻辱和孤独都忍受下来，带着术后的伤疤等待着他出狱。

在等待他的那段时间里，我取得了心理医师的从业资格。而且在那位领导的帮助下去了美国修习了一段时间，回来就得到了一大笔钱开了这家医疗机构。也许命里有的没的，都会让我患得患失一些。我本来一辈子也许都不会有出国学习的机会，他也许一辈子也不会爬到那么高的位置。但是当一个人拥有的时候必然有所失去。代价就是你所不愿承受的那些艰辛耻辱甚至是对生命最内部的损害。

他出来以后到了私企，我们的生活算是安稳了下来。我很想给他生个孩子，然后就让我的一生就这样细水长流淡然而去，可是我清楚地知道我不能。日子长了，他才想到该要一个孩子。便细细追问起我当年的事情，当我告诉他全部的事实时，他只是流着泪告诉我，这一生会对我不离不弃。但是我知道那时的他亦渴求一个孩子延续他的生命。

我们甚至考虑过收养一个孩子。可是他骨子里关于血脉延续的执拗不会允许他热爱带着陌生基因的孩子。我只好作罢，只是安逸地享受着和他的每一个平淡的日子。我以为日子就这样平淡的过去，只是忘记了这男人最原始的欲望和强烈的渴求。

但是每日他都会回家。

他也知道如何去做一个称职的丈夫。

我突然觉得不管他在外面有什么人都无所谓，只要他心里有我就好。他也知道他的任何事情都不会逃得过我的眼睛，我在别人眼里是高明的心理医师，在他眼里更是一面明晃晃的镜子。

我知道他有过一些女人。

我也知道他在找个合适的女人为他生下一个孩子。

但是这个合适的女人在他心里的要求应该非常地高。他是

爱十二梦

个小心而谨慎的人。他也很怕把我逼到绝路上我会狗急跳墙。我们安稳太平的婚姻只是个挂着美满幸福的羊头卖着他欲望和野心的狗肉。他常在午夜一个人对着无聊的电视节目发呆，就是不愿意在有我的温床之上有些许的激情和温存。有次争吵，他大声喊着，说我是他的鸡肋，食之无味，弃之可惜。我们之间的对话有时更像是医生和病患而非夫妻。以我对这个男人多年的了解，我知他病源何处，并且亦知他病入膏肓。他似是离不开我又随时想要离开我。

人心叵测，但是人又是理智可控的动物。我的专业就是研究人这种高级而贪婪又情感复杂的生物，我需要揭开人的面具看到血淋淋的残酷内里。

于是我开始通过我的一些心理诱导和威逼让他断了这个念头。他有轻微的抑郁和强迫躁狂症，他为了更好地控制自己的情绪，常向我讨药吃。我给他许多药，那些药看似缓解着他的病情，实则是在加重他对药物的依赖和对周围世界的疏离。他变得越来越怀疑这个世界和他人。就连我也令他渐渐生出些陌生和客气的情绪来。

不过前段日子我发现张默有了久违的笑容。那是一种男人与生俱来的带着征服的胜利感的笑容。我敏感地意识到，那绝非来自于生意场上的猎取，还是带着一种原始的属于男女之间的。就好像在遥远的当年，我第一次牵起他的手的时候，他在阳光里的笑容一模一样。

我开始意识到我的危机来了。

小寒/催眠师

　　人常说女人一到四十,就会开始迅速贬值。我虽然了解张默,也许我们之间有个孩子他不会做出太过出格的事情,问题就在于他太怕麻烦和小心谨慎。所以我觉得我还有回旋的余地。
　　我开始查这个女人。
　　"你查到了吗?"安西小心而沉闷地打断了我。
　　她倒也不急等我回答,闭起眼睛自言自语道:"有的时候还是糊涂些的好,现在这社会,男人都那回事。你说你是不是特想掐死我这种女人?"
　　"安西,不必因你自己的身份而辩解什么。我老公绝不是那种简单的偷腥的猫,他对女人的兴趣不仅局限于身体,而是在等待一个能够符合他要求的,不会给他增添任何负担和麻烦的女人而已。他的野心始终在更远的地方,他是非常自私的人,最爱的只有他自己。目前来说,我还是知道他全部秘密的糟糠之妻,他无法舍弃。我觉得我的中年生活虽然也遭遇着如你一般的年轻女孩的撞击。"我说完这段话的时候,安西莫名地笑了。
　　那种笑是狂浪中带着不屑的,十分青春而放肆的笑。
　　我从来没见过安西那样笑,我感觉这个女人,正在渐入疯魔。两性之间,恰如跌进一条河,其实,谁先沉不住气,谁就先被水溺死。彼此都渴望着对方能够将自己救赎,但是谁都自顾不暇。
　　"其实有的时候,女人都有点儿自以为是,是吧。"她说完微微一笑。"我还是告诉张默我怀了他的孩子比较好。我想现在应该是我测试自己分量的时候了。"她转身便走了。
　　又是许多天安西都没有来这里。这期间我接了很多病人,

爱十二梦

有因为老伴病逝而悲痛万分的老妪,也有因为女友的离去而无力生活的男生,还有一个和我一样经历着中年危机的丑陋的女人,形形色色的人在我诱导之下放松进入催眠的意识,寻找着自己灵魂深处的破损,期待我能给予修复。

她是我第一个主动去倾诉的病人。这其实是催眠师的大忌,倾听是我们最好的工具和手段,话语是一把锋利的双刃剑,若是使用不当,令他人找到了破绽,也就见血封了自己的喉咙。我却在这个骄纵的年轻女人面前无法把持住我说话的欲望。

不过倒也不是一件坏事。我也许能靠这种无力而苍白的叙述治愈自己。

她带着泪痕和哭肿的杏桃眼又来到了我这里。"他竟然不想要我这个孩子。"她无力地靠在诊疗室里柔软而庞大的橙黄色沙发里,默默地流着眼泪。她似乎又回到了那个时候第一次来这里的状态。

这个时候,我做她情绪的垃圾筒就好。其实这个年轻姑娘很可怜,她在这个光鲜的大城市里,没有朋友,没有爱人,只有一段难以启齿的故事。这个故事少了她也依然会存在,她只是刚好嵌在了这个故事里。

"他让我打掉这个孩子。"她说完这句话,紧紧地闭起了双眼,似乎绝望又好像是解脱。

很久很久都没有她的消息。

终于在一份报纸里发现一则跳楼女人的简讯。直觉是她。果然,新闻报道里女人跳楼的小区和安西曾经说过的地址一样,只是一则简讯,连配图都没有。

我打电话给报纸的编辑部确认了一下,被告知安葬于金山公墓。

这片墓地价格昂贵,我想是出手阔绰的张默一手操办。

这女人,死亡都被安排得如此光鲜,也算对得起那张桃花脸。

她不知道的是,其实我是那个男人的正室太太。这一切,不过是我导演的悲剧。剧终人散,我亦落幕。我对着她的墓碑开始叙述。

其实那日张默从你家离开之后并没有留下字条劝你打掉孩子。张默一直在你和他之间测算安全的距离。如果确定你是个安全而无害的女人,那么你也无疑是怀他孩子的最佳选手。他跟你小心翼翼地一直在玩儿一个权衡和测算的游戏的同时,也在和我不断地周旋出一个最好的安全空间。我有预感如果你不来找我,那么张默也许会在你和我之间最终做出一个选择。可惜你的脆弱和寂寞会让你从一开始就会落入我设的局里,重要的是,你太自以为是,像你刚开始那样。

还有你并没有怀孕。你的怀孕是你心理诱导之下产生的幻想。你渴求一个孩子,于是你的潜意识里就催生出这个孩子。我想在你潜意识中催生出这么一个虚妄的孩子拯救你,不想它却加速了你的毁灭。

我在给你的催眠中加入很多诱导你的意识。你以为你的生活就是这样,张默也一如你所想的那样喜新厌旧抑或狠心抛弃你肚子里他的孩子。只是你取得的这段感情或者你所爱的这个

爱十二梦

男人是你命里不该有的。不如我帮你去了结你的这段孽缘。自作孽不可活,本想让你好自为之放你一马。却不想你竟然爱上我的丈夫,还天真地幻想为他生个孩子。

  我知道我也是这悲剧中的一角。我并不幸福,可是我自知。

  我知道张默不是什么好东西。

  男人都类犬。看似一副忠诚面孔,其实都有向外的心。看筹码够不够多,诱惑够不够大罢了。不过人在做,天在看。糟糠之妻,结发之恩。张默在你说你怀孕之后竟动了要离婚的念头。我自然是狠了心地要了结你。安西,我不能任由着自己一手构建的好生活毁在你这个小女孩的手里。爱情都是自私的,人人在里头锱铢必较。可惜张默对我没有爱。他对你也没有,他爱的始终是自己。我大概就是没有生来一副好皮相,以至于没有得到像他对你更多的爱。不过我还是要把这男人紧握于自己手中,我的爱终会成全他。因为时间才是最强大的药,我等待着这药丸治愈张默。

  可能你觉得最该死的是张默。但是安西,我们都深深地爱上了同一种笑容,不是吗。我再如何看得清,我也宁愿在我的婚姻里稀里糊涂地做个瞎子聋子。其实,若是张默没有爱上你,你替我们生个孩子,我倒也是情愿的。

  你是不是觉得我毫无原则。

  现在又是谁毁了谁呢。

  你现在永眠于地下无人再扰,什么都不用再知道。

  安西,你且安息。

空　城

即使与你的爱是我内心执念的一出戏尔尔
我独守这空城
只等你来　只为你守
这痴然的爱啊

空城计

南方的雨总是下得这般软绵绵。

此刻杜莫呆呆地望着这雨,愁绪却如同眼前这雨水笼罩的江南小镇而变得万分绵软起来。

原本杜莫是条坚强的北方汉子。

原本他不该出现在这他无比厌恶的南方。

原本他不会出现在这场雨里这条街道这个造型怪异的小阁楼前。

只因他在找一个人。

一个如谜一般令杜莫抓狂失落又欣喜欢笑的江南女人。

他忘记了自己在这小镇究竟待了多久。从他扛着他单薄而破旧的行李箱从人声鼎沸熙熙攘攘的火车站到达此处时,这雨

爱十二梦

就没断过。小镇很安静,安静中总是夹杂着几句他根本听不懂的吴侬软语。他只是知道他要找的那女人也爱说话时捎带上一句"好伐然"后浅笑盈盈。女人说话时绵绵软软的,温吞如同这边潮湿的空气和连绵的雨。杜莫欢喜女人那般说话,大学时总是默默地坐在她后座,看着女人细细碎碎地和女伴小声攀谈着女生之间的琐碎秘密。

这小镇太安静了。他在这安静里几乎发狂。这安静似乎让他忘记太多事情,昔日那沙尘飞扬的家乡也变作梦中模糊景象深深勾勒着他苍白的思念。他开始厌烦这种安静,厌烦这里连绵的雨水,厌烦周而复始地躺在潮湿而冰凉的小板床上对着漏雨的天花板发呆。但是不管怎样,他要找到一个女人。一个他一直思念的女人。

找到之后呢,杜莫眯起因为幻想而异常满足的眼睛。那就把她找回去,带回去,回到杜莫的家乡——一个鸟不拉屎十分干燥还时常卷着狂风沙尘肆虐着一幢又一幢沧桑而古旧的房舍的鬼地方。但是杜莫热爱那里,那里有奔腾着的黄色河水,那里有瘦小而挺拔的白杨树,那里有沟壑万千深陷在泥土里的苍茫,那里有一群爱着杜莫赖着杜莫的臭孩子。

其实。其实是这样的。

杜莫和他的她,其实根本不认得。

或者是说,她根本不认得他。

在费了他家里人九牛二虎之力终于凑够了钱之后,杜莫顺利地来到这所省城里的重点大学。在这所人人都叫嚣着寂寞的大学里,杜莫像头牛一样憋足劲儿学习。教室、自习室、图书馆、宿舍、食堂呈一条圆弧状包裹着他每日的平凡生活。他只是有一个单纯的愿望，就是给他们村里的孩子们当一个"什么都懂"的老师。

当老师的愿景在杜莫心里横亘了许多年。因为将杜莫培养到县城高中的小花老师，在带完杜莫同期的这班臭孩子之后，就因为劳累过度再加之顽疾缠身而亡故，之后杜莫村里的那帮大大小小的娃娃们就像嗷嗷待哺的婴孩般期待着讲台上能够再次站立一位像小花老师一样有着甜美笑容、丰富知识的好老师。可惜孩子们的心愿无法得到实现，再也没有哪个人愿意傻到去一个连名分也不会有的学校去教书，更何况教学任务是小学到初中通吃，最让人感觉难过的在于这个地方还是个鸟不拉屎极度缺水的鬼地方。杜莫同期的那班孩子绝大部分都凭借着小花老师教自己的知识而走南闯北去了。只有杜莫将读书这件事异常艰难地坚持了下来。杜莫在镇里一个不起眼的小高中继续着他的学习。连续三年他都是这个高中的第一。因此他才有资格被这个高中免费供养着。他不聪明，但是他肯下苦。仿佛农民对待自己的庄稼一般辛勤耕耘着自己的课本。他把课本吃了个透。他没钱买教辅书、习题卷，但是他总是把别人做过的拿来再做一遍。他自己发明了一只小小的卡片，既是书签，又刚好能盖住答案。老师们心疼这孩子，时常给他些小恩小惠。杜莫心里都记着老师的好，心里憋着一股劲儿学，就像一头牛那样。他的录取通知书是学校校长亲自递到他手里的，那天，整个镇几乎都在为这个新生的大学生敲锣打鼓，杜莫的家里更是一派喜气洋洋。

终于来到大学了。杜莫却傻了眼儿。这个大学，似乎和他

爱十二梦

之前构想的不太一样。这个省城,比他想象中大得多,人也挤了个实在。杜莫刚从火车站奔向自己的大学还暗自琢磨,为啥城里人这么多,为啥人都爱往城里拥呢?他看着来来往往熙熙攘攘的人,一下子就蒙了。

他还是觉得自己那个鸟不拉屎的鬼地方好。大学四年,杜莫都没回家过一次。第一,舍不得花那个钱。第二,他继续憋着劲儿学习。但是他躺在别人玩着DOTA玩着魔兽打着泡妞电话的宿舍里,沉默地想念着他的家乡。他想念属于他的一望无际的沟壑,他想念他家他一手喂大的黑娃,他想念那片辽阔苍穹上盘旋的大雁,他想念他的椒盐知了、酸甜蚂蚁、烧烤麻雀,他更想念在他上火车前对他恋恋不舍地说"杜莫哥,你大学毕业了可一定要回来带我们呀"那一群还没上过学在村里闲逛荡的小臭孩儿们。他觉得在那里,他才能够找到自己。

杜莫时常在想,如果大学时不鬼使神差地选"西方文学史"这门公共课,那么他彼时回到他的乡村又该是怎样一副光景。一定不似现在这般,失魂落魄,相思病缠身。说不定真的可以寻上个张家李家的哪个好姑娘,就此了结一生。可是他的心已经被这个江南姑娘占了个干净,发疯一样在这片贫瘠而苍茫的土地上热切地希望着、思念着。

其实在那节课上杜莫是听得快要昏睡过去。前日他背单词背了个通宵,他本来底子薄,英语课里总是不敢开口,和同班那帮早早在各种双语小学、初中或者高中待过的同学差了一大截。他仍旧肯像一头牛一样闷起头来耕耘,就像他爹锄地一样,不用费钱的大型机械农具帮忙,照样把活儿干得漂漂亮亮的。本来对文学就没太大兴趣的他,在听完老师讲着西班牙的堂吉诃德的骑士主义梦幻之后,他就彻底地跌入自己的梦里了。

在梦里他回到了那个鸟不拉屎的鬼地方,他们曾经破烂不堪的学校变得窗明几净起来,高大美丽的大楼拔地而起。校园里有一排排的自来水管,他们那地方终于通上了水。孩子们兴高采烈地雀跃着向他跑来,递给他一盆子干干净净的自来水,那冰凉的水就在他手里哗啦啦地流淌。

杜莫的脸感到一阵冰凉。

"哎哟,对不起呀。"前座的女生用带着南方腔调的普通话软绵绵地说。原来是她不小心把杜莫面前的水杯撞倒了。她向他道歉的时候,眼睛也是笑眯眯的,很暖。杜莫看得有些呆。他喜欢这种温婉的、像水一样的女孩子。

"是我没放好。"他又能对她说什么。甚至,他连普通话都说得不太标准。水顺着他的头发流下来了,前额的头发一缕一缕地贴下来,眼睛也湿漉漉地模糊成一片。他从口袋里掏出手绢来,细致地擦掉水渍,努力挤出一个笑容:"没事没事,你听课吧。"

那女生看出他的窘迫,就住了口。扭头过去和邻桌的女生细碎地说着话。杜莫看着她转过去的背影痴痴地发呆,他从来没见过那样美的头发。直直的,浓密而黝黑。他们那里的人,头发从来都是因为缺水而发黄,稀薄。

杜莫却是个例外。他头发没那么稀却也不算浓密。他长得很结实,个子也不算低。五官虽不算精致却也英俊,鼻梁高高挺挺,眼睛炯炯有神,单眼皮,却不算小。有长而黑的睫毛。穿一身干干净净的运动装,那身衣服还是杜莫同宿舍的那个"潮人"

爱十二梦

给他的。

说起杜莫的舍友。四个。除了杜莫,家庭条件都不错。老大宋辉是军人后代,国防生,平日里一副不苟言笑的苦瓜脸,其实是个大好人,总和杜莫一起去自习室学习。老二陈夏是个不折不扣的游戏狂人,每日在宿舍打打杀杀,浑浑噩噩一天又一天。老四叫齐戊辰。属龙,是宿舍里最小的孩子。很潮,几乎每天换一身衣服。算是一个伪富二代。杜莫是老三,他在学校里申请的助学贷款,每年也都有奖学金,为人也忠厚老实。和舍友相处得都很好,同宿舍的人都是善良的好孩子,谁要有个好吃的,常常会惦记着杜莫。衣服不想穿了就洗干净送给他。为了不让他感觉到难堪和压力,"潮人"没事让杜莫帮忙抄个作业,"老大"会给杜莫找些兼职,"老二"总是央求杜莫在他闭关通关打怪的时候让他捎个饭。其实杜莫明白,他们只是不想让他在这个环境里尴尬。他总是乐呵呵地在宿舍干一切他所能干的事情,但是一个人的时候,他也会感觉到花花世界的物质生活带给他的压抑和重负。

"他竟然还用手绢?"一阵细碎的笑声叮叮当当踏过杜莫的耳朵之后,又是一句,"这都什么年代了,呀,土老帽儿。"

"不要说了呀,人家会听到的。我觉得带手绢没什么啊,我表姐就总带,人家可是个特别美丽时尚的人儿。"她转过来,是一个轻轻地带着些微歉意的笑。

杜莫的心因这突如其来的笑而为之一颤。

他觉得这个女生很暖,柔柔的,就像水一样。在他的心里,水就是最为珍贵最为美好的词汇。他盯着她发愣。他觉得这个姑娘比老师在台上讲的什么莎士比亚的朱丽叶迷人多了。

"啊,我的爱人,我的妻子!死,虽然已经吸去了你呼吸中的芳蜜,却还没有力量摧残你的美貌;你还没有被他征服,在你的嘴唇上、面庞上,依然显着红润的美艳,不曾让灰白的死亡进占……啊,亲爱的朱丽叶,你为什么仍然这样美丽?难道那虚无的死亡,那枯瘦可憎的妖魔,也是个多情种子,所以把你藏匿在这幽暗的洞府里做他的情妇吗?为了防止这样的爱情,我要永远陪伴着你,再不离开这漫漫长夜的幽宫……"

台上的老师正在激情四溢地讲解着、剖析着这个发生在莎翁笔下的爱情故事.杜莫的魂儿却像是丢了一半,他觉得眼前这个黑发飘逸的江南女子就是一直出现在他梦里的那个人。

直到老师让他站起来朗读。他也是被叫了好几遍才回过神儿来。

他木讷地站起来,拿起还在第一页的课本,慌张地翻起来,终于看到老师让读的文字,就赶忙用细如蚊蝇的声音:"啊,吵吵闹闹的相爱,亲亲热热的怨恨!啊,无中生有的一切!啊,沉重的轻浮,严肃的狂妄,整齐的混乱,铅铸的羽毛,光明的烟雾,寒冷的火焰,憔悴的健康,永远睡醒的睡眠,否定的存在!我感觉到爱情正是这么一种东西,可是我并不喜欢这种爱情……"他越读他的声音越发轻巧,到最后杜莫的声音简直就像是和那坟茔里的爱情一起消失在了那间偌大的教室里。

老师扶了一下脸上那大得出奇的黑框眼镜,摇了摇头:"你们睡觉的就睡觉吧,拿本闲书假装一下也可以,甚至你拿你的手机玩儿也可以,但是我的课堂上是最讨厌有人睡觉起来就大谝

爱十二梦

特谝的,你们这些男生平日都想着追这个追那个,写起情书来比谁都费劲,我这现成的佳句给你们免费供应着,小伙子们打点儿精神好不好呀。"

也难为了这位老教授,本来就是被学校返聘回来上些有的没的的公共课。年轻时初到这个学校的坏脾气被岁月无情地一扫而光,到老好不容易学会了些黑色幽默,却碰上一群更加无法无天的新时代大学生。这位老教授本来每次气定神闲地埋头讲课,而刚好讲到莎士比亚的这出爱情戏剧,就不由得燃起当年的激情来。杜莫刚好就是这老教授老眼昏花抬头扫视教室时抓到的倒霉蛋。

杜莫感觉到自己完蛋了,这是他上大学里,或者说,是整个学生生涯里最尴尬最困窘的一刻。整个年级的人都听到了来自偏远地区的杜莫的冷门普通话了,他感觉到所有的人都在看着自己,自己的心被所有人暗暗注视的眼神灼伤着。他自小便是站起来就接受老师赞扬、同学羡慕的人。他越想越觉得对不起从小培育他的师长们。其实当时的真实情境是,根本就没人看他,甚至他当时心心念念的前排姑娘也不曾回过头来看他窘到脸红的丢人表情。

当天杜莫就带着自怨自艾的怪情绪又万分惆怅和内疚的心情回到宿舍,埋头又看起英语来。杜莫自小便有个毛病,一遇到什么影响情绪的事情,就专心学习,学习是解脱杜莫的浮躁和迷茫的最好的办法。杜莫的娘也说了,娃啊,要好好学,好好学了才有机会走出咱这穷沟沟。

可他不想走出去,因为那些叫自己杜莫哥哥的臭孩子们还等着自己回去给他们教知识。他们渴望那些未知而新鲜的所有信息,每当小花老师用自己标准的普通话将一些些优美的诗句,一些些惊心动魄的历史,一些些新奇美妙的外面世界,一些些神奇动听的英语娓娓道来时,那些孩子就像是在这个美丽老师的声音里头着了魔,贪婪地汲取着这些杂七杂八的知识。

小花老师到现在还是个谜。这位老师面容姣好,姿态端庄,一笑便让人觉得如沐春风。最重要的便是,这老师能说一口标准的普通话和流利的英语。不管怎么看,小花老师都不像是能来这种鬼地方教书的人。

杜莫那学校是个什么破地方呀,一间大大的平房,一片荒草丛生的大空地。一到阴雨天总是漏雨,一群小屁孩就兴奋地拿出各种破烂盆子勤快地接雨,这地方太缺水,得到水的机会比得到金子还要珍惜。他们学校有个老校长,一头花白的头发,总是驼着背,戴一副大得出奇的眼镜,和他窄瘦的脸显得很不相称。课着实是讲不动了,只是帮学生打个铃什么的,这房院子是他自个儿家的,把他家房子变成学校,是他对这个贫瘠的山村的一点儿贡献,而他也情愿挤在这大大的院落的东南角,另一间狭小而简陋的房舍里。在小花老师没来之前,这里更像是孩子们的玩乐场,有个年轻力壮的小伙儿偶尔来给他们上个课,其余的时候都是孩子们之间自娱自乐。据说,那头发花白的老校长还是个老地主,这院落就是那段破败的历史留下的一点儿光辉。这里除了作为学校是干净的,其余的时候总会闻到一些淡淡的血腥味。老校长总是坐在杂草丛生的院落发着呆,偶尔吸两口旱烟,吐出几口浓重的烟雾和叹息来。旁边的娃娃们闹着笑着,他也

爱十二梦

只是偶尔抬起头来眯起眼看看，大部分的时间里，老校长总是陷入自己的世界里沉思。

小花老师就是在学生们稀里糊涂地上着稀里糊涂的课的时候来的。她来了便不见了那年轻小伙儿，据说，是出去打工去了。小花老师一来便不走了，她在这里也没有任何亲戚。甚至她从哪儿来何时会走，他们也搞不清楚，这个女人一来便是谜一般的存在。学生们和老校长合力给小花老师盖了个简陋而干净的屋子。

这个老师在这个鸟不拉屎的鬼地方安心一待就是十多年。杜莫刚刚上学的时候，这个老师已教了些年头，那些娃娃们常常在村子里编一些打油诗唱着："花老师，真美丽。舍富贵，来穷村。教知识，功劳大。山村娃娃长见识，小花老师操碎心。娃娃要把书本好好念，走出穷山村回报好老师。"杜莫是听着这歌谣进的村口学校，之后一直到杜莫唱着这歌走出学校到县里念高中，高二文理分科的那天，杜莫信心满满地考进了理科火箭班，给家里兴冲冲地打电话报喜讯，他娘却在电话那头捂着话筒偷偷地说："娃，有空回来看一下吧。这周末你花老师下葬。"

杜莫一下子蒙了。他甚至来不及细想这个美丽老师的一切，这一切就突然宣告而终。他甚至还准备好了另外五毛钱打算给花老师也报个喜。他想起他从那个学校出来的那天阳光灿烂，花老师在教室门口重重地握了一下自己的手，像对待一个大人那样，说了句："相信你会好好学的。加油。"然后就转头继续在讲台上给底下十几个大小不一的娃娃们讲课了。杜莫对于花老师的印象就是阳光底下匆匆消失的花老师，他觉得她从不曾离开过，似乎一直在阳光里，笑着，给孩子们耐心而细致地讲解着，在那个破旧得发亮的黑板上用短小的粉笔细心地书写着。杜莫问一向对他很照顾的班主任李向民借了三十块钱，就连忙赶了回去。

花老师独独儿给杜莫留下一封信。

信很厚。打开后还有一个包好的信封。给杜莫的那几张写满字的纸忽悠飘了出来，落在凹凸洼陷的黄土地上。杜莫小心翼翼地把那几张纸从地上扣起来，然后轻轻地弹落了一下上面的黄土。

信上是这么写的：

杜莫：你好，当你看到老师这封信的时候，也许老师已经不在这个世界上了。其实老师知道自己会死。杜莫，你是老师教过最聪明也是最用功的学生，而且老师明白你是义气重于天的好孩子。当那天看到你说你的文章里说要学成回来教书的理想，我就知道这些年来没白教你。老师其实是为了自私的念头来到这里的。老师在十五年前确诊出来艾滋病的时候，当时刚从大学毕业，怀着憧憬打算出国读研究生。那个时候国家还没有开放，公派出国留学的名额少之又少。一切的一切都得靠自己。我做出了一个错误的选择，就是利用去进行英语培训交流的机会认识了一个外国老头。我悄悄地利用自己的智慧勾引了他，我以为我可以跟他去美国结婚并得到一张绿卡。老师家里条件并不好，所以在改变命运的这条道路上，我走了一条邪路。当我知道那个老头在回美国前一个礼拜告诉我，他其实有艾滋病消息的时候，我感觉我的一辈子都完蛋了。他不仅没有带我

爱十二梦

去我的理想国,他连我的生命都带走了,他把我这一辈子都毁了。老师当时非常后悔,可是这世界上再发展也不会有卖后悔药的。我知道自己确定无疑地染上了那种不治之症。我自以为是的智慧全然是些女孩子虚荣造成的小聪明。当时我很想一死了之,或者是再不负责任地报复这个社会。在我自我反思的过程里我选择了逃离,我要逃到一个没有人认识我的地方。我非常自私地抛弃了爱我的家人,我却没有选择抛弃我自己。也许是命运的眷顾让老师来到了这里,认识了你们这一群好孩子是老师这辈子最幸运的事情。杜莫,不管怎么样,以后的路要好好地走。不要让这个浮躁的世界的烟尘迷离了你的心。你是纯净的,这里的一切都是纯净的。老师能够死在这里很开心,我虽然对于自己的命运无能为力,但是我对于自己死亡的选择让我觉得完满。杜莫,老师走了。人生总是有许多错误的选择,有的错误可以及时更正,有的错误却会给自己带来毁灭。老师希望你在你纯净的世界里,用心去走。

里头还有个用信封包裹起的一沓厚厚的信纸,里头是小花老师这些年来的日记,信的末尾说,杜莫,这些日记,请你转交给我的父母。也算是留给这些年来亏欠他们的一个念想。

杜莫当时看完这封沉甸甸的信,觉得满脑子都是疑惑,他并不知道艾滋病是个什么样的病症。他听说过很多病,这个病对他来说却是个新名词。他甚至对于信中所讲述的这个曲折而悲伤的故事完全毫无体会,他不知道什么叫绿卡,不懂得为什么那个男人会离开花老师这样好的人,也不明白故事里的花老师怎么会得上这种病,为啥外国男人有了这病,花老师也就有了。

但是杜莫却像疯了一样更加努力地学习。在杜莫的潜意识里,只有学习才是世上最正确的事情,花老师说过,知识,一定能改变命运,而命运掌握在自己的手里,以后的路,都得靠自己的双腿用心走下去。

后来的杜莫完全明白了那年花老师在信中倾吐的所有秘密。他心中唯有一声轻轻柔柔的叹息,之后反而更加努力地在书海里沉浮,他要以自己的力量改变命运,他的,他们的。他坚信,知识足以改变一个人的命运。

在这个浮躁的大学时代,杜莫也保持着比旁人更多的清醒和冷静。他坚信着一种来自灵魂内里所蕴藏的厚重力量,那力量来自于多年前背负着耻辱来到小山村教书的花老师,也来自于似一个卫道者般守望着那个学校的老校长。那是那片贫瘠的小山村所赋予他的。

"杜莫。"好像是她在叫他。他不记得自己多少次梦见过她。

醒来时顿觉疲惫异常,她在梦里清晰的美丽倩影在窗外的朗朗乾坤中疏离成一个模糊的倒影。"她叫什么呢?"杜莫怔怔地想着,"我咋这么笨,连个名字也没问。"但是杜莫转眼又被自己心里的这个小小的意识吓到了:"问了又能咋?我这样的人问了人家又能告诉我吗?"

杜莫在床上埋怨了自己好一阵儿。齐戊辰戴着一个造型怪异的硕大耳机大声哼着歌进了宿舍:"哥们儿,你在啊。给你说给你说,咱学校一个美女在一场国际比赛中摘得桂冠!牛逼吧。现在咱宿舍有了个新目标,就是看谁能泡上她喽。"

爱十二梦

看着戊辰一脸的戏谑，杜莫只是在心里对着自己轻轻叹气，他明白此时齐戊辰所讲的事情所讲的那个世界与自己似乎是背道而驰的。

戊辰见他不应他："哥们儿，你也下去看一眼呗，那女孩宣传海报真是正点，指不定你的春心就荡漾起来了呢。"他很恶搞地翘了一下兰花指，冲着杜莫眨巴眨巴眼睛就从桌子上匆忙拿起一个东西奔了出去。

杜莫却坐立不安起来。他每天的生活就是简单到像白开水一样，三点一线的大学生活。学习，不断刻苦学习。他想要寻求某种突破，却苦于无从打破这种平静的现状。只能每天如此按部就班地过着。他却鬼使神差地放下刚刚拿出来的英语书，下了楼。

楼底下熙熙攘攘的，里里外外已经围了几圈人。一张巨大的海报贴在学校这个最大的宣传栏里。杜莫不经意瞄过去，心里便咯噔了一下。竟然是她。之前是出水芙蓉清纯可人的一种美丽，如今眼前画中人便是倾国倾城足以惊为天人。

"唉。"杜莫的心底抽离出一丝冰凉凉的叹息来，细微到连杜莫自己都没有发觉自己与眼前女子天与地般悬殊的差距。他轻轻地、握了握自己汗涔涔的手。他手常出汗，干农活干多的娃子都血热。

"这不是商学院的白小楠嘛。"

"听说她学习还很好呢。"

"哎呀，人长得漂亮，学习也好。"

"你不知道吧？她平日很低调的，对同学也蛮亲切。淑女一枚哦!"

"外在淑女的女人才最骚了,勾引起男人来一个一个准。"

"哎呀,白小楠看起来可不是那样的人,人家表里如一的呢。我有朋友和她一个宿舍哦。"

"谁知道呢,这种比赛拿了第一名,现在这社会谁敢说,这里面没有个猫腻没有潜规则了?"

"操,你他妈就成天潜规则。你最好祈祷我当上学生会主席吧。给你个潜规则部长当,哈哈。"

在人群中,杜莫对于周围这些言论表现得有点儿无动于衷。他此时已经完全被眼前这个姑娘的美好所震慑,脑袋似是空了一般。虽然那些人的言论里包含着羡慕、嫉恨、猥琐的猜测,自大的意淫等诸多种类,而杜莫独独儿被这个姑娘所透露出的美丽震慑,一动也不动呆立在那里。杜莫的心里升腾起了一种对于美的由衷赞叹和折服。他在他以往所待的任何一个地方,不管是小乡村还是大县城,都没有见过这样美丽的姑娘。他又想起那日在教室的后排,一句软软的道歉,还有那美丽乌黑的秀发飘然而至的清香,此刻,他用力地嗅了嗅。

"哎哟,对不起呀。"

他以为是她。那日她软软的一声对不起,叫得他在那个硕大的教室小小地愣神儿。"侬是不是不长眼睛啦。莫看到这儿有个人哦。"另一个长着细小眼睛的女生对着眼前这个白净而略微肥胖的女生仰着脖子叫嚷。

杜莫不愿意看到这样的场面,转身便走了。

他再次见到她是一个连绵的雨天。她打着一把彩色鲜艳的

爱十二梦

伞走在杜莫的前面,背影袅袅,一头乌发似瀑布般淌下,似乎空气也弥漫着那天教室里淡雅的香味,他突然很想开口叫她。但是叫了她以后呢,她说不定都不记得自己了。她已经很久没有上过那节公共课,也许她并不属于那个教室,也许她只是心血来潮陪女同学上节课罢了,也许已经人尽皆知的她每天都很忙碌,也许……杜莫心里转过千百个猜测,只是不愿意去证实,他乐在其中。于是杜莫那天就在一种奇怪的臆想里,看着她走远了。他的心里甚至连提起这个名字都是小心翼翼地,白小楠。

还有一次,杜莫在食堂遇到她。他心里惊异于这个仙子般的姑娘竟然亦食"人间烟火"。他清晰地记得她在他的前面说:一份砂锅。他的潜意识里,她绝不会出现在这样的地方,在这样一个炎炎夏日里和自己一样对着食堂师傅叫着:一份砂锅。他略带笑意地向她望去,而她不经意的一个眼神瞟过来,分明是不认得的漠然。拿到砂锅之后轻飘飘地离开了。

当他拿到属于自己的那份砂锅时,心里怅然若失的同时却有一种喜滋滋的古怪情绪,他觉得他和她吃着同一种饭。这好像成了一种莫大的荣幸,他吃着那份砂锅,想着也许她也会愿意和自己一起吃。他从来不敢动请她吃饭的念头,他觉得那样的女孩子似乎是不愿意跟他到食堂只是要一份砂锅的。而此刻杜莫的心情莫名兴奋起来,他常常在各种场合都会想起她。

可是她不认得他。甚至,他连个眼神都再也不曾让她发觉。

他对她的爱,他对她的想。也不过像是家乡那黄土坡上的风沙,卷来卷去都是自己的心,揪来扯去都是自个儿的情。

她对他来说太凉薄。有的时候他甚至觉得她只是一个幻影,一个存在他所有美梦里的幻影。她是一株月色下微微盛放的水仙,他出神凝视却突然消失在月光里。偶尔在学校里碰到,林荫小道的婀娜倩影抑或是大型活动的巧笑嫣然。她似一颗明珠般闪耀在杜莫眼睛里,不过这亮光也闪耀了所有人。他不过是暗影里的一抹寂静。这寂静的爱与欢喜,只有杜莫一个人悄然地享受着。她有时会和几个女伴嬉笑着走过杜莫身旁,在杜莫的耳边留下轻柔的几句略带南方腔调的轻声细语,就迅速消失在杜莫的视野里。她似风,他却怎么也抓不住她。

她对他来说又太热烈。他会在各种热情的场合看到她洋溢的笑容,她好似一株饱满的向日葵,看到她灿烂的笑容都觉得亲切而温暖。她积极做志愿者,杜莫也舍下自卑和怯弱开始积极参加校园活动。只是在各种活动里,她是优异而干练的领导角色,而杜莫,也只是在队伍里默默地打个下手而已。她在学校主持晚会,身着晚礼服的她明艳动人,而杜莫也只是数千个观众其中一个罢了。她的名字出现在校报里,她的文章出现在校刊里,杜莫也只是小心地把这些截取收藏下来,在绵绸的想念里慢慢翻开。她叫白小楠,是校园风云人物。他叫杜莫,是一个普通的农村大学生。

杜莫时常在想,若是他再有勇气一些。他敢不敢突然跳到白小楠眼里头,让她看一眼自己。哪怕就一眼。然后就说一句"白小楠,我叫杜莫。"就已经足够。他连对她表白所谓的"情感"的奢望都没有。他根本就没想过,要给她说喜欢她之类的。他甚至都不敢跳到她眼里,他每每都欢喜地远远地看着她,当她偶尔走得近了的时候,杜莫却强捂着狂跳的心脏努力逃开。他

爱十二梦

不明白为什么会对白小楠有这样的一种奇怪的举动。他对她甚至有了一种喜爱过头的怕,他怕自己会在白小楠眼里成为一个跳梁小丑,他怕自己的笨拙和穷困会在高贵的白小楠面前抬不起头。他的怕让他的这份感情从一开始就不平等。

"哎哎。我要到了白小楠的手机号。"是齐戊辰的声音,略带着一种慵懒的戏谑。而齐戊辰兴冲冲地告诉给了老二陈夏。"去去去,我正忙着 dota 呢,你给你宋哥炫耀去。"齐戊辰只好对着一脸严肃的宋辉磨蹭过去,宋辉说:"怎么?看上那姑娘了?看上就去追吧。""老大啊,这都快毕业的人,你以为是你和小静的感情呢?人家好歹也愿意跟着你这个国防生做军嫂啊!我这不是要着玩吗?"陈夏突然没来由地插了一句:"咦?按你的性格,应该早下手了啊。怎么?玩儿女人玩儿腻了?想换个难度大的?""去去,去你的,我给你们证实一下,电话号码是13729045×××。我可是费了不少周折,其实我也就是想试试而已。再说了,我女人多了去了,不在乎这一个啊。"齐戊辰是一脸的得意,跃跃欲试的表情已经让陈夏连连嘘声好几次了。

而杜莫此时正在床上佯装睡着。他此时莫名兴奋而又非常地难过,还有些许的气愤。这些没来由的情绪夹杂在一起向杜莫顷刻间涌来,令杜莫的胸腔好生苦闷。兴奋是因为他听到了白小楠的电话号码并且迅速而清楚地记了下来,难过是因为身边的人也喜欢白小楠,这让杜莫突然地有一种迫切的占有欲和抢夺欲。气愤则是因为齐戊辰对于爱情的态度用在了白小楠身上,他觉得自己一直珍爱的东西似乎是被人轻视了。这些诸多的古怪情绪涌在一起,让杜莫突然起身随便穿了个T恤就往操场上跑。

他忘记了自己在操场上跑了多少圈。他一直跑一直跑,汗水像是瀑布一样流淌下来。他忘记了擦,心里纠结着刚才的情绪和这两年的感情,突然就落下泪来。他气喘吁吁地一屁股坐在操场的人工草坪上。他一个堂堂男儿在临毕业的时候,竟然会为了一个女孩儿而哭。他觉得自己很窝囊,而且很没用。但是他又能怎么样呢,他自觉自己根本配不上白小楠,白小楠也肯定看不上自己。

他想大声地叫出来:"白小楠,我爱你。"

他想在毕业前把白小楠叫出来,站在她宿舍楼前对她诉说一切的一切。

他想带着白小楠回到他家乡那个鸟不拉屎的鬼地方,然后一起教那些可爱的孩子。

他想。

而他也只是沉默着跑完了一圈又一圈。

当杜莫精疲力竭地回到宿舍时,齐戊辰却笑意盈盈地看着他。

"生气了?"

"没有。"

"肯定是生气了。"

"没。"

杜莫很纳闷齐戊辰为什么会这样问。但是他只是沉闷地一头栽倒在床上继续装睡。他什么也不想知道,他也不想知道齐戊辰到底想干什么,他只想睡过去。

"杜莫,其实我们知道你非常喜欢白小楠。"

爱十二梦

这句话似一个炸弹在杜莫心里炸开了花。这两年隐藏的情感突然间扑面而来,令杜莫无法喘息。他一直自以为是的觉得自己把自己心里深藏的那个白小楠保护得很好,甚至于他从不在宿舍卧谈会里提到这个名字,而他们提到这个校园风云人物略带戏说的各种传闻时,杜莫通常选择沉默。

"杜莫,不逼你你根本就不会流露出这些。"
"杜莫,我那电话号码是替你问出来的。"
"杜莫,快毕业了,能有勇气就表白了吧。"
"杜莫,别带着遗憾走。"

杜莫再也抑制不住自己的情绪从而爆发,他把头埋在被窝里,一种沉闷的似雷点一般的哭声荡漾在安静的521宿舍里。过了许久许久,杜莫才觉得心里莫名的那种苦闷平复了下来。他镇静了一下情绪从被窝里起来。

"我知道你肯定觉得挺突兀的。其实我们早都发现你喜欢白小楠,虽然咱宿舍都是大老爷儿们的,心思粗,不过就这我们都发现你小子不对劲,你对白小楠的这个感情深厚得都令我们这几个大老爷儿们感动了。"

七嘴八舌的宿舍兄弟此时令杜莫心里异常地温暖。那种暖还夹杂一种酥痒而绵软的力道刺激着杜莫的心,杜莫突然不知该说什么才好。他呆呆地望着他们,然后嘴里滑出一句:"我觉得我配不上白小楠。"

在杜莫的眼里,白小楠是公主,而他只是个平民。他是志向因于山沟似乎永远无法去飞腾的鸿鹄,他是内心牵绊太多无限忧愁地没法给予爱的痴人。而在杜莫的眼里,白小楠太优秀太出色，而他也只是个默默无闻的穷学生，他给不了她任何他觉得她应该拥有的。哪怕是在童话故事里，公主也只是和白马王子永远幸福地生活在一起。

"兄弟，爱情哪里有配得上，配不上嘛。这年头，有勇气就上了！"陈夏停下飞速按鼠标的手，一本正经地说着。

"就是的，你看我，这几年，身边的妞换得一个劲儿的。"齐戊辰瞄了一眼一脸严肃的宋辉，话到尾音便逐渐弱了下来。

"杜莫啊，这马上就毕业了。你自己看着办吧。那谁也是一片好心。"

宋辉说完这句大家就全不作声了。他们要给杜莫一个自己的空间，想清楚这个电话打还是不打。但是杜莫心里早已有了算计，他其实若是想告诉白小楠，这两年搭话的机会不胜枚举，可最要紧的问题就是他杜莫根本就没有勇气跟白小楠说话，哪怕靠近她都觉得心慌胸闷，目眩神迷。

终于挨到了要毕业的初夏。

校园里枝繁叶茂，和之前每一个生机勃勃的初夏的来临没有什么分别。可是在临毕业的他们眼里，却多了如水的眷恋，以至于总是让他们感觉到有一种模糊而潮湿的雾气氤氲在他们的眼里，令他们时不时地就动容到掉泪。告别，不管你爱的，或者恨的。告别，不管回忆是伤心或者快乐。

还有一种关于抉择的惆怅横亘每个人的内心。摆在面前的有许多路，哪条路都是一个人生，有的人很多路，有的人一条路，有的人却无路可选。

杜莫在这个时候特别急切地想要知道白小楠何去何从。可

爱十二梦

惜他平日交际太窄,只好求助于要到电话的齐戊辰。戊辰倒是迅速地打探到了,风云人物白小楠顺利签了南方一个大公司,前途一片光明。

他还是决定回去。尽管南方于他而言,是个美丽的幻梦。南方有说话温软的白小楠们,南方有他所不了解的潮湿和温暖,南方有他所见不到的枝繁叶茂,南方。南方只是在杜莫从小到大读过的书本里,南方也只是在他瑰丽绵绵的幻梦里。

在回去之前的一个晚上,杜莫和同宿舍的兄弟在校园的食堂喝了许多酒,稀里糊涂说了许多话,甚至他拿着齐戊辰递过来的手机,飞快地按下那几个在心里熟稔千遍的电话号码。可是电话接通了,他听到那边一阵嘈杂,似是一个狂欢的 party,白小楠声音缥缈地从那头传来,一连着好几个喂,杜莫却悻悻地挂了电话。

其实她身边有什么样的生活,她和什么样的人做朋友,杜莫是一无所知的。

也许接到电话的白小楠,也只是以为是个平平常常的骚扰电话,就和平时的那些一样。甚至有可能的话,她会微微地蹙起眉头转瞬又投入到毕业的狂欢里。

杜莫这样想想就踏上了西去的火车。

杜莫——杜莫——是他爹扯着嗓子喊他。从村口远远就看见他爹领着他家的黑娃痴痴地望着这边。杜莫的心中突然荡漾起一个温馨而美好的场景来,白小楠也跟着他回来了。他爹也扯着嗓子在村口呼唤着他未来的儿媳。白小楠娇羞地靠在自己身边,和自己一样也会深情地爱上这片黄土地。

"我娃回来了。"他爹沉闷地念叨了一句,吐出一口浓重的烟雾,"不走了?"

"不走了。就在这儿待着给娃们教书。"

"爹不管你。"他爹在前,黑娃在后。一道阳光射下来,满满一地的金子。那帮孩子在杜莫到学校的时候就集体沸腾了。

"杜莫哥,你回来啦。"

"杜莫哥回来啦。"

"杜莫哥不会走吧?"

"杜莫哥,我也要像你一样考大学。"

"杜莫哥,杜莫哥。快给我讲讲大城市的事儿。"

"杜莫哥,我要听你讲课,我娘听说你回来了,不让我干农活了,让我专门好好学习,将来也跟你一样。"

几声咳嗽传来,是老校长来了:"杜莫娃儿,你回来咧。"

"听说,城里好得很,你咋回来了?外城里人没有欺负咱娃吧?"

"大伯,我出去就是为了回来的。城里就是好得很,但是它不属于我,我娘说了,哪里最需要咱,咱就得在哪里。"

"杜莫是个好娃,懂事得很。来,给大伯讲一下这城里的故事。"

杜莫笑笑,沉默下来。他并不是觉得城里没什么好讲,而是不知从何讲起,他甚至觉得城里对自己而言只是模糊成了一个白小楠的影子,那里的大剧院、博物馆、KTV、Disco、商场……统统都不属于自己。他只是在学校过着一种三点一线的乏味生活。对于城市,他始终没有多少概念。

老校长倒是看出这层尴尬的意味,微笑着就走了。剩下一群娃儿们叽叽喳喳缠着杜莫要求讲新鲜的故事。杜莫只好打着

爱十二梦

搪塞和这群小屁孩儿闹哄着,他有一搭没一搭地讲一些关于白小楠的故事,只是那个爱着她的男孩换成了别人,似乎是讲一个无关的人。

"这个女的真美哟。"

杜莫拿出照片给他们看。

"这个女的厉害得很,这么多活动都请她!"

大学里白小楠的风云事迹被杜莫一一道来,孩子们听得是津津有味。

日子开始在另一种重复的轨道里井然有序地过着。杜莫每天都安安心心地给孩子们上课,然后回家睡觉。农忙时会放大假,杜莫就帮着家里收麦子,拾掇一下灶火。

他爹和他娘在村里极受尊重,他家时不时地还收到乡亲们的鸡蛋、面粉、小点心之类的。

杜莫的小弟今年也考上了重点高中去省城了。

但是他小弟心性一向野,说去了就考进大城市然后不回来了。

他爹娘倒是开始着急起杜莫的终身大事。

他娘说,杜莫娃儿啊,现在不小了。

他傻笑。

他婶说,给你问个媳妇吧。

他说,我不要。

他二叔说,给你问个媳妇吧。

他说我不。

他姑说,李家那姑娘不错,改天你俩见见。

不。

最捣蛋的张家小侄子却知道杜莫心里想的是谁。

他向着他爹开始嚷嚷,杜莫哥哥心里有好媳妇呢。

他娘向着杜莫他娘叨叨,你家杜莫不得了,大学里谈了个好对象都不领回来。

杜莫他娘多了个心眼儿,也不跟杜莫把这个流言挑明了说,只是催着杜莫赶紧找,把杜莫催急了,就端起一碗饭出了家门到别人家吃去了。终于有一天杜莫看见他娘拿着他屋子里藏好的白小楠照片喜滋滋地在阳光里照着看。杜莫急了,一把夺过照片,嘴里支支吾吾道,娘,你莫误会。这。没有啥。

他娘倒也只是笑。

笑了有一阵了,杜莫的脸又成了熟透的柿子。他娘不笑了,就板起脸来问他:"娃儿,这村上的娃儿们可都说,咱家杜莫谈了个好对象呢。"

"娘。真的没啥。"

杜莫不愿意多说,一个人跑到村后的土坡上对着眼前的万千沟壑发呆。

他眯起眼睛,突然很想很想白小楠。可是想她的什么呢?

她突然在心底渐渐模糊起来。他和她之间似乎没有任何交集,连记忆都是苍白而空洞的,只有一句绵软的:"哎哟,对不起呀。"

可是她又是那么深刻而清晰地印刻在他心里。

她的一颦一笑,她的风云故事,她的风姿绰约。

这四年来的所有所有,杜莫都在默默地一个人念想着。

隔天上课的时候。孩子们莫名其妙地冲着杜莫坏笑:"杜莫哥,我们知道你怪想她的。那就去找她吧。"霎时间,孩子们

爱十二梦

稚嫩字体写着的许多话和名字的本子堆了上来:"这些话都是给那个姐姐写的,希望你能把姐姐带回来给我们见见呀。"

杜莫搞不清楚这帮孩子在想什么。这种奇怪的念头连自己都不曾有过。

可是他在那一刹那间突然多了许多许多勇气。

"谢谢你们,谢谢。"

他以为这帮山里孩子什么都不懂,傻乎乎的,还调皮捣蛋惹自己生气,没想到这帮鬼精灵什么都懂,而且用他们自己的方式关心着他们的杜莫哥,他们的好老师。杜莫一下子觉得自己离不开这帮臭孩子,离不开这个虽然鸟不拉屎却无限柔情的地方了。他决心找到白小楠,就央求她跟他回来。

他要告诉白小楠所有的所有。

他要央求他心爱的女人跟他。

他要放下他内心隐藏的自尊,那种属于男人的最肤浅的执拗。

他这就去寻她,然后把她带回来。

这帮孩子此时殷殷的眼神,让杜莫霎时间浮想联翩,他甚至坚信,白小楠跟自己一样也会爱上这里的,还有这帮可爱的孩子。

向他爹告别的那日,杜莫他爹坐在村口用他沙哑的嗓音哼着杜莫爱听的一出空城计。他告诉他爹他要去南方寻个人就回来。他爹眯着眼睛,阳光打在他爹苍老的脸上,仿佛那些褶皱的纹路要把这些阳光都吸收了进去,他爹看了看杜莫,说了一句,走。然后继续哼他的戏,唱他的曲儿。

杜莫的爷爷也是这么爱唱戏,杜莫的爷爷的爷爷也这么爱唱戏。不管发生了任何事情,不管日子过得顺当还是苦难,这一种唱戏的力气,从来就没有软下来过,从来就没有断过。山里的人没有靡靡之音,只有苍凉而慷慨的一股气力回荡在千沟万壑的黄土坡上。

杜莫坐上往南方开的火车,一路上他为了最大限度节省开支,一直坐着。

南方,北方。中间隔着遥远的千山万水。

但是杜莫坐在火车上一点儿也不觉得累和困。

他要来了,南方,有着白小楠的南方。

这雨还是下个不停。绵软而潮湿,杜莫嗅到这股让人厌恶的绵绵气息就开始烦躁起来。街上说着吴侬软语浅笑嫣然的姑娘们却没有一个是他的白小楠。他依稀记得这个白小楠在一次文艺晚会上动情地诉说过自己的家乡,就是杜莫待得腻歪了的这个江南小镇。

终于在一个湿润的小巷,杜莫瞅见一个长得很像白小楠的姑娘便追了上去。

"白小楠,白小楠。"那女人转过头来的脸却布满了细微的皱纹。"你认得吧?"他心急火燎的样子让那女人好生可笑,啐了一声,轻轻地掩了掩鼻子,生怕杜莫这一身粗犷的汗味污染了自己丝绸的连衣裙。

"干吗嘞,吓我一跳哦。你可算问对人了嘞,我是她的妈妈。你这小伙子,找我家囡囡干吗?"她很警惕地看着杜莫,宛若他随时随地会对她有伤害。

"阿姨,对不起。刚才唐突了。我是她的大学同学。找白小楠,找她,找她有些事。"

爱十二梦

"哎哟,小伙子还不好意思嘞。"酷似白小楠的阿姨盯着他看了一会儿,看得杜莫心里发怵,"你不要白费心了啦,我家囡囡不会看上你的。"

杜莫一下子慌了神,这眼前的女人不是自己可以对付得了的。他常听齐戊辰念叨各种各样的女人,可是眼前这位,似乎不在齐戊辰曾经的描述范围之内。

"不是的,不是的。我找她是我们学校的事。她比较清楚,我想咨询她。"

那阿姨一下子放下了心,脸微微地泛红,想必是她自己过分敏感了吧。她连忙恢复了好心家长的姿态:"我家囡囡签了上海的一家大公司哦。你去找她吧。我给你详细地址。"

二十多天的无望守候和漫长的寻找。杜莫捏着这张写着白小楠地址的字条,内心充满了一种期待和惶恐。

他本来都打算走的。可是命运的罗盘指向一个方向,让他走向白小楠。

他辗转来到上海,这个国际化大都市让杜莫感觉到一种强烈的无所适从。

这里的空气是潮湿中透着浓重的脂粉味,湿润里弥漫着混杂的香水味。杜莫看着眼前一个个摩肩接踵而过的美女,觉得离他要找的白小楠越来越远了。他随便问了路人白小楠的单位怎么走,路人却白了他一眼,用一口不甚标准的上海话讲,侬不要问我的啦,我不清楚。说完就一脸嫌恶地走开了。

杜莫的这种形象在上海这样的地方势必是会受到万分歧视的,他朴素的装扮和胡子拉碴的样子,使他和西装革履步履匆匆的那些赶路偶尔会用上海话讲两句电话的或者是那些打扮入时紧随潮流偶尔竖起一个兰花指的男人们显得那么格格不入。甚至连杜莫自己，站在上海繁华的大街上都觉得不好意思了。

"白小楠。"

他叫她，一个女人转过头却说："哎哟，你认错人了吧。"而后便不再搭理杜莫，和同事嬉笑着说着杜莫听不懂的上海话。

"请问，白小楠是在这里办公吗？"

那女孩听到杜莫的这句，笑得更起劲儿了，吭哧吭哧的。脸都涨红了。

她旁边的同事没好气地问："你几十年代的啊？还办公嘞，要不要我讲一句同志给你听啊？"

杜莫却傻里傻气的："对不起，我想请问一下白小楠在哪里办公？"

"你找哪个公司的哦？"那女孩回过气来，不笑了。

"哎，对面那个才是，你进错了。"

杜莫诚恳地谢谢之后疾步走去，却听到后头又是笑声一片。

终于见到白小楠了，可是眼前的白小楠。

清清爽爽的白小楠也涂上唇膏眼影，抹上了厚厚的粉底。

当杜莫把写满孩子签名和稚嫩字体的纸张给那女人看。她却一脸茫然地看着他。随后是一个鄙夷而轻蔑的表情。在厚厚的粉底遮盖下，已不见了当年的清秀。他似乎立刻清醒地认识到这个已经不是当年的白小楠。白小楠死了，彻彻底底。可是当年的她呢？也不过是他臆想的白小楠罢了。

她终是一个醒不来的梦。

爱十二梦

他回到了这片土地。他也必须回来,只有这片热土才完完全全是他杜莫的。

吱吱呀呀。他再次镇定地清了清嗓子。一个人用浑厚的声音站在村头的百丈山坡上对着对面的大山、脚底的沟壑以及奔腾的河水唱起了这出空城计。他明白,他一辈子也只能这么唱下去,守下去。只有在风沙平静的时候,他干渴的嘴唇又会赫然想起江南的那场雨来。

红尘里纵有千军万马,也抵不住他独自痴然的守望。

惊蛰/健忘症

健　忘
每个人都有太多秘密
这一刻的深爱
也许转眼就忘记
浮生之中再无爱情

健忘症

  John 告诉我我有健忘症的时候，我正在吃一碗泡得有点儿过的方便面。
  他说完之后，塞满我嘴里的那软塌塌的面便迅速呈放射状喷向他英俊的脸。他耐心地拿出裤兜里那块精致的手帕一点点地把自己脸上横七竖八的面擦干净，笑笑说，其实，你和我做了两次。说完他又表情木讷地唠叨一句，每次遇到你都是会有稀奇古怪乱七八糟的事情发生。
  我的意识被他这句话拉回到三天前。一场倾盆大雨堵住了我这个从不带伞的倒霉蛋，我站在一幢倾斜的危楼下。我记得我还背着一个硕大的包，我喜欢大包，喜欢把许多有用没用的东西都装进去，沉甸甸地压着我的肩膀，这种压迫感令我欢喜。不

爱十二梦

像在公司里的其他女人，喜欢提个小巧玲珑的包包踏着高跟鞋。我每天都喜欢把大包往办公桌上一扔，听到它咚的一声我才安心。这个大包就像是个百宝箱，它是我的哆啦A梦。我唯独不喜欢给里头放伞，我觉得一把伞会破坏了这个包包的美感。

其实我知道要下雨。我总是会收到一些莫名其妙的关心，我不知道那些号码是谁的，但是每天，都有很多短信，提醒我要照顾好自己，天凉了加衣，下雨了带伞，起风了别出门，诸如此类。口气无一例外地亲昵。只是我从来不接陌生人的电话，于是渐渐地就断了一些瓜葛，又渐生一些瓜葛。这些瓜葛纠结着属于未知的那个陌生人的神秘，我享受着也恐慌着这种莫名其妙的牵扯。

可我就是不愿意去探寻。

我从小就是缺乏好奇心的女孩。我对这个世界常常感觉到一种乏味，或者是无端端地产生恐惧。乏味的是我感觉到我似乎什么都知道什么都预料得到，恐惧的是我常常不自觉地会对未知的一切感觉到没来由地害怕。

一辆白色的奔驰开过来，停在我面前。摇下的车窗露出一张英俊但是乏善可陈的脸。虽然英俊但是让人无法记住，只是英俊而已。他对着我微笑，我回以一个更加暧昧的笑。我自然是知道这种开着好车乱搭讪的男人的，要么是纨绔没大脑喜泡妞的富二代，不然就是心机颇深专为泡妞的投机分子。我猜他是前者，但是他一口夹杂着英文单词的普通话让我觉得好笑。

"要不要上车？"

"不要。"

-66-

惊蛰/健忘症

"怎么,怕我是个villain?"

"我又怎会怕？我是不想随便欠别人情。再说,我没钱没色,你能骗我什么?"

"还挺有自知之明啊?"

我有点儿生气了。我气这个男人堆着一脸坏笑对我的自嘲表示由衷的肯定,于是嘟起嘴不再理他。可是雨,似乎越来越大了。连天也越来越阴暗起来,低沉沉得好似要压下来把我覆盖。我怕黑,我怕走夜路。我从小必须开灯才睡得着,我走夜路从来都是急速地奔跑,我因为无法加夜班换了N份工作。

"上车吧。"

很神奇,他似乎知道我的心思,还有我这不愿表露的害怕。

"叫我John就好。"

"恶俗的假名字。"

"我的英文名呗,不是假的,叫了好些年了。简单好记。"

突然感觉他也不是那么可恶了。其实我也不是完全没有戒备心的女子,只是越看他竟越有种没来由地亲切。我坐在车后座看着他,开始的时候还谨慎小心,后来就完全变作了饶有兴致地去欣赏帅哥。John的侧面仔细看看还是非常有味道的,鼻梁高挺得恰好,眼角有微微上翘的弧度,睫毛浓密长度都是刚好,衬衣是简洁大方的款式,领子很衬John的肤色和脸形。

"其实蛮讨厌你这种中英文夹杂说话的男人。"快要到我租住的屋子的时候我突然蹦出来这么一句。John倒也没气,只是微笑着转头过来看我。这一看倒好,他一分神却没看到一辆急驶而来的出租车,左转的方向已经打过去却来不及回,就硬生生

爱十二梦

地撞了上去。好车的好处大概也就在城市间两车相撞的时候，受伤比较轻而已。出租车的保险杠已经全部撞掉，John 也只是微皱眉头骂了一句 fuck，出租车司机头部撞击在方向盘上有受伤的迹象，John 没迟疑地就把那司机扶上自己的车，打电话给保险公司和交警先来处理。

看来出租车司机伤得也不是非常重，头皮鼓起一个大包，脸颊上有小面积的擦伤，胳膊上不知道挂在哪里，划开一个小伤口汩汩流出血。师傅倒也乐观，乐呵呵地说一句："第一次坐这么好的车啊。"John 在看到他受伤胳膊的时候表情非常地奇怪和狰狞，我猜他大概是恐血，就尽量和师傅聊起天转移下 John 的注意力。聊天中知道师傅是急着赶回去给孩子过生日，他也并不怪 John，知道自己也是开得有些急了。

处理完师傅的伤口已经快要过十二点。师傅也一脸不好意思地央求 John 送自己回个家，John 倒是一脸的无所谓，面无表情地把师傅载回家。途经一家蛋糕店的时候，我心猿意马看着窗外继续滂沱的大雨，那个师傅小心翼翼地向 John 恳求："可以不可以停一下。"我甚至都没听到这句小小的请求，要不是 John 急刹车的话。很快，师傅却满脸失望地从大雨里跑回来。

"怎么？"John 继续是一脸的面无表情。

师傅嘟嘟囔囔："人家店准备打烊，硬是不给卖。看来小宝今天是吃不上蛋糕了。"

John 不再说话，闷声开车，飞快。师傅急叫他："这不是走我家那路。"正说着，一家灯火通明的蛋糕店赫然立在这一片滂沱大雨里。John 一脸不耐烦地锁车下去，不到一刻钟又跑回来抱着一个大蛋糕。淋湿头发的John显得俊俏了些，因为雨水让属于男人的硬朗温柔了些。陪着John送出租车司机回到家已经很晚。我打着哈欠让他赶快送我回家，明早要开早会。

"去我家，我家近。"不容置疑地，就被他脚下狠狠踩下去的油门带到了一个小区里。我觉得这个奇怪的男人不但是自以为是，而且是极其自以为是。我被他自作主张带到了他家，不过我的潜意识里因为隐约的危险和未知的慌张而刺激得我不由自主跟着他。

"其实今天是我生日。"

原来哪有那么晚还有蛋糕售卖的蛋糕店。John不过就是把自己预定好的蛋糕送给了那个身为人父的士师傅。我冷笑着对着John："你以为这样就能让我觉得你好心善良什么的？或者唤起我的同情？"一番冷嘲令我惊觉自己对John的感觉竟莫名熟悉似冤家斗嘴。"怎么？自己给自己买那么大个蛋糕，真是寂寞的男人呀。难道要我来陪你过生日吗？"

我克制不了想要讽刺他的欲望，也许他愈是一副无所谓的坏样子，我愈是想要泼冷水给他。可是他却吻上了我的嘴，其实我喜欢长相让我觉得舒服的男人的强吻，这吻有种不容置疑的霸道。我喜欢John嘴里甜腻的味道，一瞬就令我沉迷至深。我忘情地被他吻着，一时间忘记了与他不过认得三个小时而已。他却也没有再过分的举动，这个长久的吻之后，他凝视着我开始沉默。他的眼睛黑亮，看向我的时候，我竟然觉得面前这个大男孩无助又孤寂。

不过我也并非是什么矜持少女，遇到这种暧昧动人的好气

爱十二梦

氛我还是忍不住内心小邪恶了一下。他似乎看出了我的心思,突然抱住我,用非常温柔的声音。他说:"我载你回家吧。"我突然感觉到 John 说不定在玩欲擒故纵的把戏,我倒不急着回答,反而逗他:"亲了就想溜?"他却一下子局促起来,吞吞吐吐不知道该怎么表达:"我只是觉得很难受,不是故意侵犯你的。"我反而嘲笑他起来:"John,我家小区这个时候大概是大门紧锁的。"他好像看出我的故意,倒也没说什么,转身去冰箱拿了啤酒和零食出来。

"其实我不想让你走的,我叫你留下就是让你陪我。但是刚才亲你的时候,突然害怕自己控制不住。"我看着 John 无比无辜的眼神,心里在想这小色鬼究竟是要装到什么时候。酒过三巡话就自然一大箩筐,John 说:"大概你是以为我要和你怎么样。其实我想要你,绝不会像这样和你在客厅里聊天。我自认为我还算情场高手,只要是想得手的女孩子自然会投怀送抱。而我不想和你做爱,只是想和你聊天而已。"

这是这个男人故作的坦诚吗?我还在想不禁就哈欠连天,他自然而然拥我入怀。轻声附耳说:"你就睡我怀里吧,今晚我不想睡。"我眯着眼睛,靠在他身上,这男人身上的味道真的很好闻,是有那种纯净的淡淡的牛奶气味,这干净又绵柔的气味真让人沉醉。我迷迷糊糊地在他身上靠着,就是不肯入睡。他以为我已经是熟睡了,轻轻地抱着我,像父亲那样轻柔地拍打着我的脊背。"小的时候,我就很喜欢妈妈这样拍我入睡。"他轻声讲着,"生日这天是我最孤独的时候,因为我的妈妈就是在我九岁生日的那天去世的。即便后来父亲给我全世界又如何,我也永远都得不到那份最可贵的温暖。"他继续讲些什么我不知道，我在他轻轻地拍打之下真的睡着了。

第二天起来我发现John靠在沙发上，晨光照在他英俊的脸庞上。安静又祥和，他似乎做着噩梦，虽说闭着双眼却不停转动。嘴里还喃喃地说些什么。我轻轻从他怀里起来。望着也许还在一个噩梦中的他，自嘲这样的男人不该是自己拥有，就轻声关起门走了。

这一切让我此刻回忆起来像是演一场恶俗的肥皂剧，可是在当天都是那么理所当然地发生。我叫叶芝。我知道自己生得极美，从小到大，我身边不乏男人过来证实这一点，以至于我干什么都不费吹灰之力。作业有人帮忙抄写，考试有人帮忙作弊，就连高考我也凭着小聪明极其侥幸地考上了一个差不多的大学。但是我没有一个女性朋友，大学毕业的时候，我连毕业聚餐都没有去。因为我知道她们这些平庸的女孩子们恨我恨得发狂。我喜欢去夜店，喜欢被男人们搭讪，我还乐于在诸多男人里头周旋。其实我拥有过很多男人，但是我都记不住他们的脸。迄今为止，我没有爱上过任何一个男人。或许，是我自认为没有爱上过哪个男人，反正对于爱情，我的记忆始终是一片空白。

大概我骨子里是厌恶男人的。

我拥有一个极为糟糕的父亲。他是最见不得我美丽的男人，我从小就不听他的话，他让我好好学习，我从来都是喜欢和男孩子们出去打打闹闹，他喜欢酒，简直痴迷于酒精。他一喝酒回来就打我母亲。到最后母亲跟着一个男人离开了他，留下我这个"妖精"继续祸害他，我父亲倒没打过我，只是喝完酒就烂

爱十二梦

醉如泥地在家里乱叫唤。他还骂我是母亲的翻版,将来也是个小祸害。我倒没有觉得他可怜,我觉得母亲离开他是最正确的事情。

我觉得男人们都很蠢,只要肯给他们一个笑脸和恭维,他们比谁都殷勤。

多年以来我和母亲的关系一向很好。我常给她说:"我从来不怪你离开那个男人抛下我。因为我从没有因为这个失去你对我的爱,何况你后来找到的是属于自己的幸福。"母亲只是微笑着看我,说一句"傻孩子。"便拥我入怀。我很喜欢腻着她,但是我却只能在那个男人和我母亲那淘气的儿子统统都不在的时候去找她。当然我还有一个隐藏在阴影里的念头就是:我母亲比我父亲有钱,她也乐意拿物质补偿我。而我本身就喜欢挥霍这些钱,这能让我的美丽更加动人,也能让我获得很多优越感。

其实母亲馈赠给我最大的财富就是,一副绝美的面孔和绝佳的身材。

现在的我在一家广告公司做经理。其实美其名曰"经理"。我那高大帅气又多金的未婚老板说,他不过是让我撑着公司的门面,进行客户公关的。不过他对我也算保护有加,没有让我受到什么实质性的伤害。

很多男人爱我,我却记不住他们。我这样没心没肺,伤害到很多男人,不过后来他们竟也都原谅了我,或者说我也不知道他们原谅了没,因为我压根儿不会再联系他们。他们如果稍微纠缠我,我也会当作陌生人,久而久之,倒是真成了陌生人。这么多陌生人真让我慌张,而我对男人向来没有记忆力。于是就经常收到莫名其妙的关心,也夹杂着一些莫名其妙的攻击。

不过大多是语言上的或者莫须有的威胁。我根本就没在意什么,我是老板的一员"爱将"。他知道我喜欢应付各种男人同样也游刃有余,他常说如果不是我对于每个男人的热情都过于短暂,他一定会认真追求我。其实我知道他说的是假话,因为他看我的眼神,一点儿都不贪婪,里头没有欲望,亦没有索取。这不过是他想表达下自己的赞赏罢了。

我的老板叫作林昂。他是我母亲的老朋友,但是我一直怀疑他和母亲的关系并不正常。但是我的这猜疑来自于我心底的阴暗面,并没有实质的证据。我只是无事生非喜欢乱猜。我常给某个人安上一段自以为是的故事,我也不得不承认林昂确实是个有魅力的老男人。他是一个四十岁了还没有结婚的老男人,他一直对我照顾有加。

我不知道我是否生性浅薄,记忆里我从来没有爱过任何一个男人。从初中毕业的日子里收到的第一束玫瑰花,到中学时候高年级男同学的狂热表白和追求。那些男人,真的是为我费尽千辛万苦。但是我从来就没有爱上过他们其中的任何一个。所以,我成了别人口里浅薄又无情的女人。

林昂第一次见我其实是在一个昏暗的酒吧里。我像只美丽的小鱼,等着过来的钓饵。不过我甘愿做一只美丽的鱼,不动声色,没有感情。我只是因为需要那些男人,而我是不愿长久停留在他们的生活里,我只愿惊艳到他们就已经够了。我那个时候刚刚大学毕业,成了一名标准的待业青年。我成天无所事事,酒吧只是我诸多娱乐场所当中的一个消遣地。"叶芝。"林昂第一

爱十二梦

次见我,就是这样,直呼其名。但是却瞬间让我好奇心膨胀到顶点,他却很快戳破了这个气球。"我认识你母亲,我还知道她为什么要给你起这个名字。你和你母亲年轻的时候可真像,只是你看起来比她肤浅多了。"

"感谢你用的是看起来这个词。"我冲他吐了一口烟圈。突然他刚说的话,多了让我好奇的地方,"你说你知道我名字的来由,说说看。"

他倒是沉默了一会儿,在这个嘈杂的环境里,他贴近我的耳朵,轻轻地念了一首诗:"多少人爱你青春欢畅的时刻,爱慕你的美丽、假意或者真心。只有一个人爱你那朝圣者的灵魂,爱你哀伤的脸上岁月的留痕。"

"我倒是明白了她给你起这名字的含义。"喝完酒他送我回家,看起来林昂的条件很不错,他就告诉我,他拥有一个规模挺大的广告公司,我刚好愁没地方可以玩儿,就去央求着他让我进他们公司。

我母亲对于林昂与我的相识倒没有过问,只是轻声叮嘱我去了要好好工作。

我一直在猜测林昂和我母亲之间究竟有着什么样的故事。但是从我母亲的眼睛里,我只读出了平静。林昂提起我母亲,也只是一句淡淡的:老朋友。我倒是几次追问我母亲和林昂之间到底有什么样的故事,她也只是对着我温柔地笑笑,然后轻轻地摆摆手:"什么也没有。"我明白她下意识的小动作是连提都不想提这个男人。

母亲现在嫁的这个男人我虽说不喜欢,但对母亲的照顾也

惊蛰/健忘症

还算周到,这个男人是个建筑商,但是没有多少文化。母亲给他生了个聪明可爱的儿子,我倒是挺喜欢这个小家伙,但是他一点儿都不喜欢我。他骂我,说我是个小妖精。而那个长着酒糟鼻的矮胖男人,似乎也不愿意我常去他们家。我始终觉得母亲应该嫁给林昂的。

"林昂,你为什么一直不结婚?"我单刀直入。他盯着我的眼睛,这双老去的眼睛倒并不沧桑。他说:"不为什么。"语气平淡得就像是在给我说,你去把这张纸打印出来。"我也不觉得结婚有什么好。"

我是个喜欢在爱情里畅游的女人。如果玩世不恭这个词也可以用在女人身上的话。我感觉所有的爱情都是很美的,虽然说我记不住男人,但是我乐于享受爱情。一旦步入婚姻的平庸一切就会变得丑陋而琐碎。我想起自己那令人悲哀的父亲,他那时候也是深爱着母亲的,但是这爱并没有使他变得强大而善良,反而激起了他的自卑,懦弱,自以为是。他为自己始终得不到这个美丽的女人而愤怒。

"但是你又能美丽多久呢?"林昂轻声问我。

"您不是正在利用我的美丽吗?"我倒是不置可否。

我跟着林昂又一次出现在一个光鲜的饭局上,这一次,我竟然看到John,他倒是一本正经地递名片给我:"你好,我叫季博然。"他一本正经的表情倒是让我嘻嘻哈哈地笑了起来,林昂瞪了我一眼,让我注意分寸。于是我憋着一肚子好笑盯着季博然看。他好像被我看得非常不好意思,一直埋着头。

突然林昂附耳过来说:"你怎么认识季家的孩子。"我笑,我

爱十二梦

说:"我怎么不能认识他呢?""他爸可是个不好招惹的老魔鬼,我建议你不要妄想嫁入这样的家庭了,以你的出身和你那些经历。"他比我还要单刀直入,我狠狠地回瞪了他一眼。"你真是只遗传了你母亲的身材和脸蛋,我提醒你注意下场合。今天很重要,我要你搞定的人是季博然他的魔鬼老爸。"

我立刻就进入了职业角色。我浅笑盈盈地叫着季叔叔给他敬酒:"博然和我是好朋友呢。"但是这话一说出口,眼前这个微微秃顶的老头倒是一下变了脸色,我看着林昂就知道自己说错了话。"你和博然认识?"我尴尬地准备正想着编个什么样的故事好一些呢,就听到他接过了他爸的话:"叶芝是我中学时候老师的孩子,学习一直比我好。很优秀。很久也没联系了,变得很漂亮了。所以刚才倒是没认出来。"季博然说谎的本领跟我都不相上下了,真是说得自然而然,十分随意。

"优秀?"他父亲的脸上露出了旁人轻易察觉不到的鄙夷。"那只是过去的同学而已了。你就不要再和我们博然攀什么关系了。"我听了一下子怒火中烧,我当时只是为了作弄一下那个自称是 John 的男孩,故意说得亲昵一点儿罢了。他爸那个态度就像是我对他宝贝儿子想入非非一样。

"爸爸。我们以前玩儿得特别好,她确实变得美得我一时没认出来。那个时候全班的男生都挺喜欢她。我也挺喜欢她的。她那时候单纯、可爱、善良,还经常给我讲数学题呢,爸,你知道,儿子我数学小时候一直不太好哟。"季博然真是演戏好手,说得好像我们曾经真的很熟悉一样。

他为什么要为了我这样一个素昧平生只有过一个短暂交集

惊蛰/健忘症

的陌生人顶撞他父亲呢。这种有钱人家的好孩子真是又傻又天真啊。不过我突然感觉到季博然挺可怜的，像他这样的人，从头到尾，从上学到工作再到婚姻，哪一样不是他那强势又可恶的老爸给他安排好的。果然坐在饭桌主席的季老头的脸色已经怒得像是猪肝酱了。"季叔叔，您别担心。我已经结婚了。"林昂一脸狐疑地看着我，他在想我干吗要说出一个这么烂的理由化解尴尬呢，不过那个季老头听见我这样一说，又恢复到之前那种正襟危坐的模样了。

我非常不喜欢季博然的父亲。除了他那可恶的言辞和态度之外，他还长了一张狰狞的脸，以及大腹便便的身材和秃顶。我在想季博然的母亲一定十分美丽高挑，才让季博然长得还算令人舒服。我胡思乱想的时候，林昂给我使了好几次眼色让我给姓季的老头敬酒。可是今天我心情就是不好，就是不想动。

好歹饭局总算是顺利结束了。这是我进入林昂公司以后最了无生趣的一次饭局，连讲荤段子的人都没有。林昂一脸不悦地说："我今天喝酒了，你把车开着吧。"我于是开着他的车，也不顾他的脸色，把音乐开很大声。过了好半天我说："你说过，我为你工作，可以不用委屈自己。"林昂听到一下子火起来："我拜托你想清楚自己的角色，叶芝小姐，我说的你不用委屈自己，是指你可以不用像个妓女一样跟人家上床之类的原则性问题好不？你有点儿职业素养好不好？你是我请来干吗的？就是来应付场面的好吗？"林昂说话一向直接，不过这次是他发火最大的一次。

"叶芝小姐，我告诉你。我看得出来季博然那小子喜欢你。

-77-

爱十二梦

这次的订单很重要,你最好动用一下你的脑筋想想怎么让他老爸跟我把合作协议签了。"我笑了一下:"林总,你说过的,我可以选择不受委屈不出卖色相。"林昂哼了一声:"那你之前出色完成任务并得到我丰厚报酬的那几次,那手段不比你如今该怎样的差吧?"我猛地踩了一下刹车,林昂一个趔趄差点儿撞到挡风玻璃上。

我把车丢给林昂下车拦出租回去。回到公寓我有点儿后悔,我不该那样对林昂。这个老男人,虽说平日里待我不薄,如果发起狠来估计我得吃不了兜着走。那张看似温和无害的脸庞,我可太了解里头藏了哪些心狠手辣了。否则他在残酷的广告圈里是混不下去的。

捏着手里的烫金名片,我决定勾引季博然。其实对于季博然我还是有比较多的好感的。"喂。"季博然很小声,他好像说话不太方便。"博然。我是叶芝。我他妈因为你被我们老板骂了你知道吗。我在美莎,你快给我滚出来。"我故意装着喝多打了这通无理取闹的电话,其实我已经换上了一身性感的装束,坐在吧台喝着一杯 pinkygril,和帅哥调酒师打情骂俏。

他很快就过来。我手自然而然搭在他宽厚的肩膀上,借着酒劲我环住他的脖子,在他耳旁轻轻呼吸,我慢慢地说:"博然。送我回家好吗?"他一定疑惑刚才电话里那个彪悍的姑娘忽而就变成了面前这副娇娇滴滴的可人儿,不过无所谓,我看上的鱼儿是注定要上钩的。

他搂着我上了楼,进了我的房间里。"叶芝,你房间里好香呢。"当然,我刚才出门前特意在房间里捣鼓了一下,不然你眼

惊蛰/健忘症

前这副温馨场景,以及迷人清香你以为是凭空出现的嘛。我心里冷笑了一下。"博然,都怪你,今天让老板骂惨人家了。"我故意可怜兮兮地望着他,他竟然被我看得稍许的脸红,"不准你走,人家要惩罚你。"季博然却一本正经地说:"叶芝,你喝多了。快休息吧好吗?"

我却死死搂住他的脖子。"不准你走,就是不准走。"我小声撒着娇,季博然突然亲吻下来,我的嘴主动迎上去。我和他就这么吻着,但是我能感觉季博然心跳已经很快。我主动帮他脱下了衣服。我俩就好似熟悉对方的身体一般,很快就赤裸而对。黑暗中听见他说,上来。也许并非是上到他的心里来。我也许逢场作戏,但作戏的当刻,我着实也有须臾的动情。"叶芝,你还是像一尾美丽的鱼滑进我的身体里。"情话此刻入耳已是混沌,我只是感觉如同一只鱼在找另一只,我情不自禁。这场痴缠让我恍惚间觉得我和他早已分外熟悉,我们的身体对于彼此来说是如鱼得水,只是在欢爱里,分不清谁是谁的水。我沉溺了下去。

半夜我饿了就起床给自己泡了一碗面。看着熟睡的他突然感觉到一种陌生,刚才做爱的时候那种似曾相识消失了。我自嘲不要过分投入,这不过是我需要应付的一个客户。我正望着那张英俊的脸发呆,他就醒来了。

季博然说:"看来是真的。"

他说的时候表情很奇怪。似乎是欣欣然放下一件事又似乎有更大疑虑涌上心头。他淡淡笑了一下,便皱眉伸手捏了捏我肉乎乎的脸蛋。

"什么是真的。你在乱说什么啊?"我有点儿被他的莫名其

爱十二梦

妙弄生气了。但是他说我生气的样子特别可爱,小小的嘴巴微微嘟起,他忍不住亲吻了我一下,我就一下子没了脾气。

他突然特别认真地捧起我的脸,仔细端详了一会儿:"叶芝,看来这是真的。我爱你,我叫季博然。"

"我还是喜欢叫你 John。"

"笨蛋。那是我那天用来骗你随便编的名字。不过我确定了一个事实,那就是你很笨,你记不住我。我们很早以前就认识你知道吗?"看着我皱起眉头看着他,他摸了摸我的额头,"小糊涂蛋。你不要再吃泡面了,真是纳闷儿,你半夜吃这个竟然还不胖。"他还特别淡定地将脸细心地收拾干净。我迎合着他用力地点点头。"叶芝,你有健忘症。"他一本正经,我不置可否。

不过他错了。因为第二天我又打电话给他。我对于这个项目的取得志在必得,我必须让我的投入有所回报。在一场交易里,男人们投入物质,女人们投入身体,各取所需即可。想起昨晚季博然那分外认真的神情,我倒宁愿只当他是个公子 John。"博然,你看我没有忘记你吧?"不过电话那头的他却很开心:"叶芝,我这次的担心看来是多余的。看来我不会再把你弄丢了。"我觉得季博然是绝对的莫名其妙,说不定他只是和一个与我长得很像的女人谈过恋爱罢了。

我和季博然似乎是恋爱了。别人说热恋中的女人天真,我觉得热恋中的男人更傻。我像他的女朋友一样,和他牵手逛街吃饭看电影。我其实觉得世界上恋爱大多雷同又乏味,大多数时候我宁可自得其乐。和他谈恋爱,让我少了很多众星捧月的乐趣。林昂说过我太浅薄,像只花蝴蝶。喜欢飞来飞去,谁也抓不住。我乐意他随便怎么说我,不过季博然倒是我第一个主动下手的客户。

在这期间,在我旁敲侧击之下,把他父亲那个项目拿到了手。我正在思考着要不要离开这个男人的时候,那个可恶的季老头找到了我。"你和博然是不是谈恋爱了?"够单刀直入的,我只好点头。"除了那个项目,你还要什么。"他抽着一根雪茄,盛气凌人地问我。"我什么都不要。"我笑。"我没猜错的话,您最怕的是,我要走了您儿子的心。""我可以给你钱。""我是挺物质的,但是您还真拿这个收买不了我。您是怕您儿子栽在我手里,毁了您设计好的所有前程,包括您亲自设定的美满姻缘。""嗯。"老头子重重吐出一口气,鼻音嗯了一下,"你是个聪明直接的姑娘。""是,但是我这样的小门小户,尤其自己打拼免不了还得沾点儿交际花的气味,自然登不了您家的大雅之堂。"其实我平时对付这种老男人,绝对是甜言蜜语把他们哄得一愣一愣的。男人大多都是暴君一样的国王,但是只要肯奉承,他绝对会昏庸无智商。这也是如今小三太多的原因,小三能满足男人的虚荣心。我是绝对不愿干那种没水平的事情。给一个男人当小三蹉跎了青春,最后也挣不了几个钱,还落下一个被包养过的坏名声。那才真是得不偿失。我猜这季老头子周围的年轻姑娘一定不少。

"对了。忘了告诉你。我本来就是打算离开他的。一次不算坏的交易而已,但是您别把我想得太下贱,我对您儿子还算是有好感。"我就这么云淡风轻地结束了和季博然父亲的谈话。

从此博然是路人。我开着车心里念叨着这句话,发现还真

爱十二梦

是押韵呢。换电话卡，换公寓。一切做得干脆利落抽刀断水，不拖泥也不带水。我印象中好久没这么麻烦过了。我好像也很久没跟人这么恋爱过了。

"叶芝。我想找你谈谈。"是母亲的电话。少有的严肃口吻。我纳闷儿最近怎么这么多人找我谈心。母亲一如往昔般美丽，岁月好似格外眷恋她，她的脸蛋依旧细致而漂亮。她安静地坐在一个靠窗的位置，阳光斜射进来，刚好布满她的脸庞。我说过了，我的优秀基因肯定来自于我的母亲。"王叶芝。"我特别讨厌别人叫我的时候把我的姓也带上，我一般只告诉别人我叫叶芝。可是母亲却要这样叫我："我找你是因为季博然。"

母亲怎么会认识季博然呢。我正疑惑着。"他通过林昂找到的我。他想娶你。"我扑哧一下就笑了出来。这真是本年度我听到的最好笑的笑话："妈。咱能说个正常点的话题吗？"

"你有几年青春？"母亲问我。"可是他父亲不喜欢我。""这无所谓。""我不想因为手段得到了一段看似美满的婚姻。""他爱你就够了。""可是我不爱他。""傻孩子，你要是爱上他就完蛋了。"我放肆地大笑起来，我估计我那美丽的母亲绝不是当个说客那么简单。她一定知道我没有那么高尚，这样的婚姻也未尝不是一种美满。她好像看出了我的心思："不过也是，如果太好得手的女人，男人一定不会珍惜太久。"说完就抿了口咖啡，母亲端咖啡的样子真是优雅。我一向不如她，她的优雅是本身的淡然气质，我的优雅大多为了对付男人。

"孩子。我知道其实你是非常缺乏安全感的人。女人要的，说穿了，也不过是很多很多的安全感而已。但是你要知道，

惊蛰/健忘症

安全感最终还是自个儿给自个儿。"母亲很久没有这样对我说过话了,"我当时跟你爸爸结婚,也不过是冲着这个。"说完我看到母亲眼角似乎有些许的潮湿。我故意逗她:"那也不见姓王的给你多久的安全感。"我称呼我的父亲为姓王的,因为在我的心里,他一无是处。"你不能这么说他。他给了你最好的爱。""最好的爱?他把你打跑了还最好的爱。""但是孩子,你一直还有我,也有他。这点你得明白。"

不过好像真的如此,我那平庸的喜欢酗酒的父亲,除了平日里喝完酒喜欢骂骂我,其实这些年待我还算不薄。"行了,妈妈。"我也不想听母亲为他开解什么。"孩子,你知道他为什么喜欢喝酒吗。哎,算了,告诉你又能怎样呢。他心里其实很苦闷。你没事儿还是回去多陪陪他吧。"

好像是好久都没有回家看过老王了。刚好这天我心情很舒畅,突然想起母亲那天说的话就回家了。我从家门口的花盆底下取出钥匙开了门。老王知道我爱兰花,每次都把钥匙放在兰花花盆底下。老王唯一让我能看得上就这点,那就是他爱侍弄植物,他对于他的花花草草向来很有耐心。

我进了房间倒有了种恍如隔世的感觉。我忘记了我跟老王在这屋里吵了多少回架,他多少次扬起他想要打我的手掌,我也忘记了老王在这屋子里喝醉了多少回,我也忘记了老王在这屋子里给我做了多少顿饭了。

母亲跟了另一个男人以后,老王从来不让我动她的梳妆台。后来我上了大学之后就很少回家了。不过我今天再次看到这梳妆台,我忍不住想要打开这个上了锁的抽屉。望着镜子里的自

爱十二梦

己,嘴角好似带着一抹即将开启某些秘密的兴奋与得意。我从未如此好奇过,一直以来我都缺乏这种世俗的好奇心。此刻,却似乎是被什么东西蛊惑般手情不自禁地伸上去。

在这个落满灰尘的桌子上,我打开了抽屉上那把生锈的锁。其实用卡子轻轻一别就开了,这锁子有十几年没换了吧。我发现了一个大红色的盒子,打开后是一些首饰。我在想还是把它放回去好了,突然感觉盒子的里层有些松动,原来还有夹层。打开之后是一沓信纸。娟秀而又略带英朗的字体:

林,如果分离是为了更好的纪念,那么且让我以一种忘记的姿势来记得你。没有如果,我们能够遇见就是为了这一刻的分离。时间什么也不会记得。而你对时光许下的承诺,都会在尘埃里化为永恒。如果可以,我愿意忘记你。这才是对你最好的爱。总会想起你黑亮的眼睛。那里面有柔软的光,在暗夜里洞穿我所有的寂寞和伤痕。后来终于明白。原来这就是想念,一直是那么地想念。这种想念是多么清澈,如同想你的时候,你在我的思念里,留下一点一滴的印记。感觉温暖,以为你从来不曾离开。你会在那里,一直等着我带着我的想念,给你我所有的笑。自以为是算不算作恩赐。可以让我一直醉生梦死的想念。甚至忘记你的离开。我也可以一直微笑着想念。等不来的梦终会落空成一抹羞涩的红,我等不到,你亦等不到。浮生若梦,其实我们都是做梦的人。在梦中或者醒来亦是又一个梦,言尽于此便是什么也不想说,便是什么都已说尽。情短,忘却长。可是回忆说出写出全然已是糟粕。最初不相识,最终不相认。这遗

惊蛰/健忘症

憾那么久远而绵长。我们都在不相识和不相认的轮回里磨折这自我的感情。最终我们都成了世间那个最无情的人。也许是冷,也许是寂寞。这陌生世间,能有人与我牵手并立于茫茫红尘而微笑不语,已是恩赐。我要感谢你,赐给我空欢喜。突然间就想和你做同样的梦,突然间就想和你一起走完这寂寥浮生。一个瞬间,电光石火已是又一个十年。

没想到母亲竟然在年轻时有这样浪漫而文艺的情怀呢。我直觉这封缠绵悱恻的情书中的林一定是林昂,我一定要弄清楚林昂和我母亲的关系。我继续在家里翻箱倒柜,试图找到些蛛丝马迹。老王在这个时候回来了,他差点儿以为家里进贼了,正在他准备以他一贯的大嗓门儿叫嚷的时候,他看到了我。"叶芝,你回来了。"老王有些老了,他缓慢地放下手里提的大包小包的菜,神情有些局促不安。大概他也没想到我今天回来:"刚好我买了很多菜,我去给你做饭。"

一桌饭菜热气腾腾地摆在桌子上,我却丝毫没有食欲。"老王啊。"我都这么叫他。"我问你。"我停顿了一下,突然发现灯光底下老王的皱纹也多了,白发比上次见的时候多很多,鬓角已经基本全白了。我不忍心再问。"你刚才找什么呢?"他倒先问起来。"我找到我妈年轻时候写给别人的一封情书。我想得到一个完整的故事,就看看家里还有其他蛛丝马迹没。"我塞进去一口米饭,含糊不清地说着。

老王却重重地叹了一口气:"哎。"他皱着眉头的脸更加显老,我轻轻地说:"我只是随便问问。"吃过饭,老王却把我叫进

爱十二梦

里屋。他从他的床底下抽出一个铁盒给我。盒子里放着的全是信。这些信让我感觉到非常陌生,我离那个信件的年代已经非常遥远了。我们的这个时代,连情书都是短信电邮之类的。如果谁爱我,直接会送玫瑰花在学校门口等着。我印象中好似没有谁写信给我。如果有的话,我一定会有些许的动心。

我在那些你来我往的信件里得到了一个旧时光里的爱情故事。不过这故事平淡而又狗血,林昂是母亲的大学同学,老王是母亲家里从小订的娃娃亲。而母亲这样美丽的女孩,大学时代绝不乏众多追求者,林昂就是其中之一。我母亲与林昂相爱之后却受到层层阻力,林昂和母亲的家庭差距非常大,他父亲对于儿子的期望很高,而且母亲的家庭坚决不退小时候的那门亲事。后来林昂和母亲私奔,但是后来还是迫于种种压力后回来。我母亲突然就嫁给老王,林昂受不了这突然而至的刺激,远走异国他乡。多年后林昂回来了,开了家广告公司成了我的老板。生活难道都是这么狗血而巧合的嘛。

这些信件仿若让我看到这个故事的若干细节,细细观望之后,我居然越发地理解母亲的心境。难道说,我和母亲的命运最终殊途同归吗,那么我到底是谁的孩子呢,我无从得知。我隐隐觉得事情绝不像这些信件中所呈现的那般凄美而单纯。单纯得如同电视里的偶像剧。想到此我竟然头疼欲裂昏了过去。

等我醒来的时候,我已经在医院那白色刺眼的病床上了,模糊中看到季博然那张可恶的脸。"你醒了呢。"他说,"我就说过,你有健忘症。"他一脸的平静。"老王呢?"他好像不知道我在说谁。"就我爸,我爸呢?""他太累了,看了你一晚上。林叔

惊蛰/健忘症

和阿姨也过来看你,不过在我诚恳的请求下,我一个人留下来陪你。"

"叶芝。我也想给你讲讲我们的故事。""祖宗,公子,季大少爷,您饶了我吧。我最近知道的故事太多了。我这脑瓜容量小,你不怕烧坏我吗?"我转过头去根本不想看他。"叶芝,不管你想不想听我都要说。我不想再错过你。"

"好吧,念在你态度如此诚恳,我就委屈一下自己的耳朵。"我直勾勾地看着他,我知道我一定有手段让他爱我爱得发狂。就像母亲说的,我的青春还剩几年能肆意挥霍,不如抓住眼前这个看起来还不错的金龟婿。虽说他的父亲是个微微秃顶的脾气怪异的老头,这些我都忍了。

"你第一次见我的时候,也是这么看着我的。叶芝。我想告诉你,虽说你自己都会认为你是个特别玩世不恭的、有些水性杨花的姑娘,但是我所认识的你,绝对不是这样。你对什么都无所谓,大概是我害了你。"季博然说这话的时候轻轻地摸了一下我的头发,"不过我之前倒是个混世大魔头一样的浑蛋,我看上的姑娘都会想办法追到手,包括你。那个时候我第一次见你,你对我笑得温柔而灿烂,我在你们的大学门口等我哥们儿去接她的妞儿。然后我使出我的浑身解数追你。玫瑰花没打动你,反倒是我找别人替我写的一封狗血情书让你开始接受我。我很快得到你然后弃之如鞋履,我像追逐花朵般的蜜蜂又去追其他新鲜的姑娘。你当时骂着我是个大浑蛋说一定会忘记我的,还说你一点儿也不难受,你却哭得一塌糊涂。叶芝,你爱上谁,就会忘记谁。如果是这样,我宁可你永远不要爱上我。让我好好爱你就可以。你知道吗?自从你和我分手之后,我才意识到我失

-87-

爱十二梦

去了我多么喜欢的一个女孩儿。可是我却再也找不到你。感谢老天爷又让我们再次相遇,那竟然就是一个月前我生日的那天。你当时手足无措地躲在屋檐底下,那硕大的包跟你娇小的身材产生了强烈的对比,让我又好笑又心疼。可是那天你又悄悄地走了,我以为你会待在我身边直到天亮。但是你注定是我的,稍后几天那场饭局又安排咱俩巧合相遇了。我更没有想到能再次得到你。你知不知道我多想珍惜这次来之不易的爱情。我爸喜不喜欢没关系,甚至你爱不爱我都没关系。我只想要你。"

我一下子听得有些云里雾里。我爱他?我心里不禁地冷笑了一下:"季博然,请问你这番情话有没有找个人替你打个草稿啊?"我感觉我最近的人生如同演一场又一场的肥皂剧,这都哪出跟哪出啊。我突然觉得挺累挺烦:"你出去吧。我不想听你神神道道地说这些疯话。""叶芝,我相信你能爱我一回,肯定能重新爱上我的。这次我不会离开你,也不会让你忘记我好吗?"季博然一脸的诚恳。

按照季博然编的那个故事,我好像真的是有那么点儿问题,好像是我从来没爱上过谁。如果是真的,我也有可能爱上过那么一些人,只是因为离开,我把他们统统没心没肺地忘记了。大概是忘记的人太多,导致我现在这么一副没心没肺的浑蛋模样。季博然好意思告诉我他是个混世魔王,那我呢?是个女魔头嘛。我正在胡思乱想着,他冷不丁亲吻了一下我的额头:"叶芝,你躺下休息会儿。你昏倒其实跟你这个病是有点儿关系,估计刚才你是想回忆起点儿什么,但是医生说你现在心静最重要,不要费脑子。""开玩笑?我会费脑子?我最不会费的就是我的脑子。拜托你操心好你自个儿就行了,不要把你的多情浪费在我身上好不好?"我继续拿话呛着季博然,我心里非常明白,男人真爱你,就越不要脸越犯贱,你越拿话呛他,他越黏着你,越不在乎他,越是追着你跑。看来我这些年在男人堆里没白混,还算混明白点儿道理。我又想起我母亲那封缠绵悱恻的情书来,那样的缱绻和柔情大概我是没遗传过来,我就知道这年头谁先认真谁先玩儿完。

当我生龙活虎地出现在林昂面前时,林昂特别诧异。他说:"叶芝,你疯了吧,不在家好好休息才两天你就出来蹦跶?"我笑着直视着他:"林总,您看我是个多么勤奋上进的好员工啊,不顾带病之躯,硬撑着来公司上班,不敢耽搁您的各项事务。您也就随随便便给涨个工资算了。"我打趣道。

林昂倒也没接我的话茬:"怎么?算是成功上位了?季家那老头你不好惹的。"我听见林昂这心直口快的话真是想撕烂他的烂嘴。"我上位不上位倒不重要。倒是你,当年远走异国他乡落了个清净自然,然后我妈只好嫁给我们家老王。"他的神情明显黯淡下来,显得疲惫至极。过了好久,他从他吐出来的烟雾里才缓缓地说道:"我不想提这件事。你母亲过得好就行。"

他是个大烟鬼,烟瘾大得惊人。我真有时候想脱口而出问他怎么不直接去吸毒,早死早托生。我一般最不乐意进他办公室,一进去就感觉烟雾缭绕呛人熏鼻。"怎么不能提呢?老王当年打我妈那架势你是没见有多可怕,我能不提吗?"我有点儿激动,我在激将这个故作漠然的男人。林昂只是一脸淡然,继续吞云吐雾,烟雾在他那张还未曾老去的脸上缭绕,隐隐约约间让

爱十二梦

我看到了些许的沧桑。我继续激他:"你在异国他乡倒是乐得快活?洋妞儿玩了不少吧?"

他显然有些激怒了:"叶芝,我告诉你,不要以为你用你妈的面子,就跟我这蹬鼻子上脸!"我盯着他,很久很久。似乎他的目光柔和了下来:"叶芝,你真的就这么好奇吗?"我点头。他指了指一旁的沙发:"你坐那儿我讲给你听。""小叶,我想你应该知道个大概了。但是很多事情不是你想的那样,我不是突然离开的。那个时候,我被我那有钱的父亲骗到了美国。你没听错,是骗。你以为我坚定地带着你母亲离开以后还能迫于什么狗屁压力滚回来?那不是我的性格。那个时候我们都爱爱尔兰叶芝的诗歌。我们说好了以后要是有个孩子,无论男女,都叫这个名字。我也说好了,不管她是美貌如花还是垂垂老矣,我都爱她到死。我从头到尾,没有一刻忘记过你的母亲。可是又能如何?我回来的时候,你妈妈已经嫁人了还改嫁了。我只能远远地观望着,祝福着。我不能解释不能诉说,但是我觉得也许这样就够了。"我有些听糊涂了,不过我算见到了林昂的另一面。这一面情真意切爱意深浓。"我去美国之后给她写过信,我乞求她等等我,等我三五年就好。而她写的回信却太过绝情,但是我始终觉得那是你母亲固有的倔强。她说了,她会忘记我,然后好好跟着这个男人过日子。既使她后来突然又跟了别人,我还能说什么?"

"叶芝。即使到现在,我也有理由相信。她所做的一切都自有她的道理。我信她就如同相信我自己。但是我不能够改变什么,不如就默默地把她放在心里。我娶不娶,这是我选择的方式。她如何去生活,那是她自己的方式。"说完他深深地吸进一口烟,良久才缓缓吐出。

一出门就看见季博然傻傻地站在公司门口,捧着一大束火红艳俗的玫瑰花。我上前打趣:"季大少爷,跑这儿当门神呢?这演的哪一出啊?我们这庙小,可容不下你这有钱人家的大少爷。"我拿话臊他,他憋红的脸真好看。刹那间我觉得自己好像快要爱上他了。他说:"庆祝你今天第一天上班啊,在有我的陪伴下。我得让你们全公司的人都知道你是我的,不要被别人抢走了。""哎哟喂,敢情我还是你私有财产?我得好好算算,你把我买断了得多少钱?那可不能便宜了你家老头子苦心经营的这些产业不是?"

他却一脸认真地说:"叶芝,不管你要什么,没有我舍不得给的。""是吗?那你给的又不是你自己的。"他语塞。"叶芝,我在努力,你知道的,我也很讨厌变成我家庭的附庸。我不想做寄生虫,我自信我有能力让你过好日子。""这狗血的台词你也说得出来?"我继续呛他,不过季博然这孩子脸皮可真够厚的,我越是这么说他,他越是嬉皮笑脸靠我更近。爱情里,会让男人这种生物变得至贱无比。他此刻啜嚅的样子让我有些于心不忍,我不明白我在他面前是否有些刻意的成分,我就是没法好好对待他。我感觉如果我再次陷落,这男人于我而言绝对是种禁锢。我生来热爱自由,怎能因为爱这种虚无的玩意儿践踏我这高贵的自由呢。

"你家季老头没跟你最后通牒什么的吗?"我问。他一脸认真地说:"我不管我父亲怎么说怎么做。我爱的女人我就一定

爱十二梦

争取到。"我在想若是当年的林昂也有这般决然的勇气多好,我就不至于有那样一个平庸的父亲。我所希冀的父亲,大抵就是林昂那般的,高大帅气,能力超然,口气一向不容置疑。不过我觉得这其中可能存在一些误会,毕竟林昂单方面的说法,是被骗到美国的。他又不愿意细说,我那美丽的母亲又经历了哪些波折呢?我的好奇心一上来就憋不住,我撇下捧着玫瑰花一脸狐疑的季博然:"我去个地方,一会儿再联系。"我喊着就上了出租车。

我母亲一个人在家。"你是不是该对我解释些什么?"我劈头盖脸就问。"林昂大概说了些。""叶芝,你何必知道这么多呢?有些事情过去了就过去了,再怎么算都是一笔糊涂账,你管好自个儿这些理不清的事就好。"她也没抬眼看我,低头看着她的杂志。"你当年一走了之,把我撇给老王。这些年你对得起我吗?"

"当年那是他不把你给我。"她抬起头,直视着我。她和林昂的眼睛里,都是有着同样不容置疑的漠然。"你要听?其实很简单。就是一个阴差阳错的狗血故事。我信林昂不会无缘无故地走,他让我等他,但是我已经怀了你。我不能让我的孩子没父亲。我自己还得活。我自然听从了父母的意思嫁给了老王。老王待我还算不薄,但是你出生以后,我就告诉他,孩子八个月就出生,你不觉得这孩子不是你的吗?他说他知道,一开始都知道。他恨我干吗要亲口说出来。然后他就喜欢酗酒。在你小的时候,他喝完酒就控制不了要打我。我知道他恨我更爱我,我让他打。你知道嘛,就这样他也舍不得打你。他爱你,你是无辜的。我实在受不了的时候,刚好认识一个离异的男人就离开他了，但是他死活不肯把你给我，他说他要养着你，让我愧疚一辈子。故事就这样。"

"还有，叶芝。我在怀你的时候，心里就发了狠要忘记他。在怀你的日日夜夜，是我和我的忘却对抗的日日夜夜。"算来算去，还是一笔糊涂账。那我和季博然呢？老王为了我母亲，甘愿当我爸，受我欺负那么多年。我那卑微而又懦弱的父亲承担的是我母亲苍白青春印刻的所有伤痕。林昂为了我母亲，终生未娶，他说他在以他的方式纪念他心底的深爱而已。他也许早有预感，我跟他命中注定又有至深的牵扯。那么爱情到底是什么呢？我自小就经历追求、爱与被爱。我感觉和父辈那简单的纠缠一生的故事比起来，我那些故事那些经历都太过苍白单薄。或者说，因为我记不住爱，我对爱有健忘症，我才如此没心没肺。

林昂说，他最后悔的就是带着母亲私奔。因为那次无聊幼稚的私奔行为才导致了他与母亲关系的彻底决裂，而他应该的担当是抗争到底的勇敢与坚持。他到现在也不知道其实我母亲怀着怎样的心情生下了与她所深爱男人的孩子，我唯一答应母亲的就是永远不告诉他真相。季博然看来是跟他家老头子撕破了脸皮，这小子竟然要拉着我去另一个城市。我指着他大声呵斥："爱情？爱情是什么玩意儿。爱情不是你侬我侬毫无责任感的私奔。爱是承担，是信任，是哪怕那个人把枪对着你不小心打死你，你也得相信那是枪走了火！你也配拉着我和我海角天涯吗？你有能力给我我想要的吗？你觉得你能一直让我们幸福下去吗？"

我当然不想告诉他关于我的这个故事。但是故事和故事里

爱十二梦

的人,都是这样的殊途同归。这是我的宿命。记不住爱人是我的宿命,浅薄无情是我的宿命,季博然回头深爱也是我的宿命。这宿命是我母亲怀我的时候就烙印好的。

"叶芝,我爱你。爱情关系从来就没有完全对等过,不是我爱你多一点儿,就是你爱我多一点儿。但是我不介意,我宁可你不爱我。我怕你会再次忘记我。"他情真意切,我却不知道是在故意报复还是别的什么,我对这个男人充满了一种奇怪的鄙夷。他越如此对我,我越是想要逃开。"你告诉我,你现在拿什么来爱我?"我笑。"叶芝,若是我能够选择,我一定好好珍惜当时的你,我不明白你现在对我莫名其妙的抵触是什么原因。但是我所知道的当初的你,分明就有一颗善良的玲珑心。"

玲珑心。我那善良多愁的玲珑心早就随着我的忘却一起灰飞烟灭了吧,我在社会摸爬滚打的这些年哪里需要什么玲珑心,我得让自个儿的灵魂一遍又一遍地过铁,我的心坚硬得都快结痂了。他爱我,爱的是我爱他时候的我。而我早已经忘得一干二净,再次遇到,却成了如今这般境遇。"还有我觉得你真的有点儿贱,我明明不爱你。你却死皮赖脸非得说我爱你。"我趾高气扬,大概爱情上略占上风的人永远和我相同嘴脸。但是季博然看我越说他越来劲,他一把抱住我堵住我的嘴。这一次,我似乎有点儿动心了。

我承认我是喜欢他亲吻我的,一如最初他遇见我时那个霸道而甜蜜的亲吻。我心里隐隐在担心怎么刻意地拒绝着他,我排斥的,大概就是爱他的种种可能性吧。而我越是如此,他越是缠得紧。我找到林昂,问他:"你说,我现在能怎么办?""叶芝,

惊蛰/健忘症

你还想怎样呢。这个小伙儿我看还不错,跟着他你又不会吃亏。季家就这一个孩子。他爸跟他又能闹到什么地步呢?怎么算,你都赚。"说罢他深深地叹了口气:"我希望你比你母亲幸运。试着去接受吧,接受了总会爱上的。"

"我嫁给他的话,你不是少了一员左右逢源化凶猛客户为绕指柔的得力干将?"我贫嘴给他。"叶芝,我宁愿你永远安逸永远温柔永远是个小女孩,都不希望你在这个肮脏的社会里利用着你的美丽。"他说这话的时候特别认真,我都想要拥抱着他叫他一声爸爸。然而,我深知自己不会,母亲的那份倔强我也懂。

定嫁给季博然。不为别的什么,就冲着季老头那天对我吼得凶猛劲儿。我觉得婚姻再怎么选都是错,现在看来季博然足够爱我,这就可以了。林昂和我母亲都给足了我面子,着实是备了一份厚重的嫁妆,让我能够风风光光嫁入季家。

一直厌恶我的季老头在季博然领着我提着我亲自做的点心去拜访的时候,脸色明显好看了许多,他大概也是明白人。男人爱一个女人的时候,那是什么样的牺牲和糊涂事都做得出来的。

婚后的生活平静而美满,我却明白自己根本没有爱上季博然。我不明白的是,在人这单薄的一生里,到底能爱上几个人?爱让我失忆,让我忘却,可是也能治好所有的痛楚。

一次我爱他。一次他爱我。世界很公平。浮生之中再无爱情。

夏

炎炎夏日,脑袋空空
夏花绚烂,开在你最美的年华里
绽放的不是你
而是这抹最艳丽的时光

爱十二梦

阿　盲

你的眼睛比黑夜里的星辰还要美丽一千万倍
你看得到吗
我们都如盲人摸象
探寻世界探寻彼此探寻自己
谁能找得到那颗最亮的星星

陈阿盲

阿盲,阿盲。

他再次叫醒她。虽是已睡了整整一个晌午,盲仍觉得异常困乏。恍惚中似乎是做过许多梦。午后的知了在窗外聒噪着属于知了的寂寞。盲迷糊中听见这些声响,喃喃地说:"夏天到了,爷爷,夏天到了呢。"然后揉揉眼却在模糊中望见一个脑袋微凸有小肚腩的中年男人笑眯眯地望着自己。那似是记忆里的父亲,夏天里抱着自己在小院子里转转悠悠,脸上永远是乐呵呵的。

其实她什么都看不见也听不到。夏天里知了的声响是童年的夏天永恒存在于她小小的脑袋里的珍贵记忆。到了夏天,她觉得自己该听到,便听到。她现在能听到的,都是小心翼翼,费

清明/陈阿盲

尽心思收藏起来的童年声响。那些珍贵的、清晰的各色声响,而记忆的画面,色彩斑斓的、郁郁葱葱的,永久鲜活于她的脑海中,温暖着她天真而幼小的心。她闭起眼睛闻到一阵浓郁的荷花香气,她知道,属于她记忆中的夏天又来了。

叫她盲吧。

她被他抱起的时候,他闻到一股好闻的发香。淡淡的,绵软的。是属于小女孩的那种独特的带着些微奶香气的味道。她停止哭,眼睛仍旧觉得很痛。似乎小小的脑袋里遗忘了许多她装不下的记忆,只是记得有股庞大的红色光亮淹没了自己。修长的手指紧紧嵌在自己嫩嫩的皮肤里,紧致的痛感伴随着温软的手指触碰,令她紧张的心绪很快安宁下来。"阿盲,要乖。"他说。

后来这修长手指使劲按她的穴位给她扎针的时候她也不觉得疼痛。她因为这手指的妙处才听得到一些模模糊糊的声音,倒也不是非常真切。不过她也很感激了。"盲,要叫爷爷。"一声清脆响亮的"爷爷"叫得老人笑得颤颤的,脸蛋贴过来许多冰冷的胡茬儿。只是她还是看不到。一点儿也看不到,她的世界里倒也不是黑色,而是一片茫然磅礴的红。

其实阿盲生得很美。乌黑浓密的头发随着年岁的增长愈发地长,及腰。黑亮的眼珠在一双俏丽若春桃的眼里晃呀晃的,若安静坐着,谁都不认为她是个瞎子。一张口便是粉嘟嘟的樱桃小嘴,水润润泛着粉亮色。皮肤白皙而光亮,鹅蛋脸圆圆而饱满。

要不是那场火灾,她也定是父母怀中的明珠宝贝。不过爷爷待她极好,耳朵在爷爷的悉心医治下好了不少。只是眼睛,就连爷爷也说:"阿盲呀,爷爷实在是不太高明,你的眼睛怕是好

爱十二梦

不了的。纵然爷爷再修个几十年的医道,你的这眼,怕也是病到根子里去了。"爷爷唉声叹气的时候,阿盲只是在一旁笑眯眯地望着,也不吭气,安安静静。爷爷给阿盲讲了不少医术方面的常识,让她时而给自己打打下手,就是死活不肯给阿盲往深地教。盲央求爷爷,他却出人意料地凶她,还把盲锁进屋子里不让她出来,盲哭得可怜也不理她,直到盲断了这个念想。

爷爷在老家的小镇上开了家中医馆,主要是给人把脉针灸。方圆百里倒有不少人信这个,来往的人每天都络绎不绝。倒也是医好了不少的人,也有一些病是爷爷看不好的。他常说自己是老了,跟不上这个时代了。爷爷性子好,对待病人极有耐性,只要一把脉,便能将病情了解个大概。只是爷爷有个怪癖,不为富者医,不为官者看。所以医馆就平平淡淡,糊个温饱。

直到那个冬天小医馆里来了个声音洪亮如钟的中年男人。一进门就先爽爽朗朗地笑起来,长长的羊毛大衣利索地脱下来丢给一旁的阿盲。盲抚摸着手里质地柔软而绵密的衣服,心里想着,外面的冬天该是有多冷啊。盲从未摸过这样的衣服,柔软得似一朵云。她大概是在梦中见过云朵的,躺在上面,心也被柔软化开了去。

"老爷子,别来无恙否?"

原来来人是与爷爷认得的,可是按爷爷平日里的脾性,怎么可能认识这样的人。爷爷只是笑呵呵地并不应声,用手指轻轻地指了一下墙上那幅字,不为富者医,不为官者看。中年男人倒也不似其他的人,见到爷爷这样指竟也不恼。要是搁到其他"这样的"人身上,怕是要和爷爷吵上一会儿的。他温和地笑,

清明/陈阿盲

还用手捏捏阿盲的脸:"小姑娘,出去吧。"阿盲觉得很享受这种又霸道又疼爱的动作,便乖乖关上门出去。

那门也没关得太严实,阿盲在门口的小凳子上坐着。仔细听着里面的动静,却是很模糊的说话声,时而轻柔些,时而粗暴些。但是自那中年男人走了以后,爷爷破天荒地把他屋里总是指给一些"达官贵人"看的那幅字取了下来。

医馆里人愈来愈多,阿盲接到"羊毛大衣"的机会也越来越多。她替一些人扎针的时候,明显地能够感觉到一些人皮肤的质地和另一些的不同。之前她触摸到的多是一些干活劳累、老茧分布的手或脚。而现在,柔嫩而绵软的"贵妇"手足越来越多了。阿盲喜欢这样的手和脚,爷爷却笑阿盲傻。他说阿盲的小手才是最白嫩的,小脚才是最柔软的。爷爷有时候会莫名其妙地叹气,嘴里念叨说,这些白白嫩嫩的手都是沾了穷人家的血汗浸出来的。

阿盲也不敢问,爷爷之前不是讲过,不会给"这样的"人看病嘛。为什么突然间就变了呢。她只好在心底把这些疑惑辗转许多遍。爷爷看出阿盲有些小小的困顿,就笑着抱起她:"阿盲大了,爷爷都抱不动了呢。"阿盲笑嘻嘻地对着爷爷哈了一口热气:"那将来等阿盲大了,就能抱动爷爷啦。"一旁正在安静忍受针灸细微疼痛的叔叔阿姨们听到这样的天真言语便都哄笑起来。

那天来的中年男人却很久没有出现过。但是爷爷中医馆的生意是越来越好了,阿盲每日帮爷爷打打下手都感觉非常疲惫。又到了炎炎夏日,中医馆已在这个小镇开了八九年的光景。某天爷爷突然休诊一日,不再把脉,只是让阿盲在医馆照料一些熟

爱十二梦

客。回来的时候已是傍晚，阿盲一个人坐在医馆门口听着树上知了不停地叫唤。"阿盲，爷爷回来啦。"阿盲似乎看到爷爷在黄昏中的美丽柔光里朝着自己笑眯眯地走来。"看看爷爷给你带什么回来啦？"阿盲一下子鱼跃而起，打算拥抱爷爷却碰触到一件东西。是阿盲经常摸到的，羊毛大衣。"爷爷去哪儿买的？"阿盲开心地笑，她从来不曾知道自己笑起来有多美。"乖啊，爷爷知道你喜欢这个，爷爷去大城市里买的，阿盲很喜欢吧？"阿盲不顾天气炎热，立马穿上大衣，问爷爷："爷爷，爷爷，我穿上好看吗？"阿盲也顾不上爷爷回答了没有，她只觉得自己真的躺在了云朵上，"爷爷，这衣服一定很贵吧？阿盲不想爷爷花钱。"爷爷轻轻擦去阿盲脑门儿上细密的汗珠："不贵不贵，这不是应季买，就很便宜。我们家阿盲穿啥都好看。"

"阿盲，我们得搬家喽。就搬到爷爷给你买大衣的城市里去好不好？"阿盲知道，爷爷中医馆的生意好起来也不过才半年光景，他给自己买这件昂贵的羊毛大衣，估计也让爷爷好几年都不打算买新衣服。现在要搬到大城市里，花销也应该更大，需要花钱的地方也更多。盲想到这儿心里就酸酸的，便问："爷爷，生意刚好起来就要去那里吗？""傻丫头，正因我们生意好起来了，但是让生意变好是因为那些人，所以搬到省城会更方便他们啊。"阿盲想起那个爷爷亲自刻下的牌匾就满肚子的疑问，却什么也无法问。爷爷曾经的固执、骄傲，难道都因为想要给盲过上更好的生活而变了吗？是岁月太久远让爷爷忘记了当初抱着小阿盲说永远留在这个小镇了吗？"丫头啊，等搬到大城市里去，我们阿盲就能穿很多漂亮的衣服呢。"爷爷深深地凝视着阿盲，

清明/陈阿盲

却看不到刚刚如花的笑颜。

十七岁的阿盲是如花的年纪。但是却没有上过一天的学,因为她看不到。她的知识都是爷爷手把手地教给她的。爷爷说阿盲生得美丽至极,上学会污染了那双比谁都干净的眼睛。上正常的学怕是有坏孩子欺负她,上盲人学校怕她心里渐生许多疏离。不如自己一直带着她,也好放心。不过阿盲在爷爷的教导之下,倒是生出更加出众的气质与谈吐,她也分外地懂事好学,知书达理。

阿盲的爷爷是个老中医。医德好,医术高。邻里乡亲都很信任这位叫作陈德生的医生。说也奇怪,这个陈德生早些年一直在省城行医看病,不知道怎的就跑到这小镇开中医馆来了,还带了自己的小孙女陈阿盲。他也不给孙女儿起个正式的名字,就这么随意地叫着。这小孙女的父母,陈德生给外人就说是出车祸双双离世了。外人直叹陈家老头白发人送黑发人,独自拉扯孙女长大真是不容易。

爷爷领着阿盲就这么把中医馆迁到了省城,在一个小区里租下一个大房子。位置虽说清净但是也好找。这小区之前是城中村,拆迁之后盖起了高级住宅区,基本都是小别墅,环境好空间大,是省城屈指可数的高级小区。入冬了,生意似乎更好了。这屋子里也暖和,天一冷人们倒宁愿在屋子里做做保健。阿盲帮着爷爷给客人针灸、火罐、刮痧,偶尔还按摩。阿盲人小力气却不小,手法倒也精准,再加上乖巧可人,很多人都喜欢找阿盲按摩。阿盲和爷爷更忙了些,日子也不比镇上那样悠闲,阿盲黄昏时候倚在门口,却在这个夏天到来的时候没有听到知了叫。

爱十二梦

"大概是知了也不喜欢这里呢。"盲心想,她闭起眼睛,想念好闻的荷花香,想念知了的叫声,想念小溪水的哗啦啦。

转眼到了冬天,那个声音洪亮的男人来到医馆。阿盲的耳朵现在很尖,从那人在门口的几声笑里便听出来是他。他一进来又是把大衣递给阿盲。盲摸着这柔软的大衣,心想这件和上次那件是有所不同的。盲还记着那年冬日里第一次触摸到它的时候的那份欣喜,这次再摸上去,发现比以往那件还是要柔软些,似乎也更厚实了,但是重量倒比上次那件轻些。盲见男人进了里屋,好奇地跟了进去。

"老爷子。我又来啦。搬到城里来生意好多了吧?你看,早听我的就没错,不要把医馆开在那小镇上,早早搬到省城里来,别人看病保健也都方便得多。早都听说你医术好医德高,就是这性子呀,怪得不行!"这中年男人说完还笑呵呵地摸着阿盲的脑袋,"这小闺女长得是越发水灵了。"

"你说的这些别人,放到以前我都是不看的。"陈德生低着头写病历倒也对他不甚热情。倒是阿盲喜欢这人,觉得这人笑起来特别爽朗,整个屋子都能听到,还有回响。"小闺女,给你说个对象,你要不?"

阿盲的脸一下子滚烫滚烫的,如果阿盲看得见,此刻在爷爷房间里的镜子前一定映照着阿盲像熟透的柿子一样红彤彤的脸蛋。十七岁的小阿盲根本就不会想到这一类的问题,但是她听这个男人这样直接嚷着要给自己寻个人家,一下子就感觉到非常不好意思。阿盲嘟起小嘴,说:"爷爷,阿盲不要寻人家。不要嫁人。阿盲要一辈子守在爷爷身边。"爷爷刮了一下阿盲的

清明/陈阿盲

小鼻子。阿盲喜欢爷爷的手,他的手指永远都是温热的。听旁人说,爷爷是个"道骨仙风"的老人,阿盲没法想象什么叫作"道骨仙风"。在人家一点一滴的聊天里听了个大致,阿盲在脑子里一直勾画着爷爷的形象。爷爷身材高大,因为他抱起幼小的阿盲的时候,总是把她举得高高的。而来求医的人们都觉得陈老医生身体强健,一副好身板。爷爷有长长的胡须,但是阿盲小的时候,爷爷的胡子可是很扎脸的。如今的爷爷,胡子已经蓄得很长了,阿盲喜欢帮爷爷细细梳理那些柔软的毛发。爷爷鼻梁高挺,架着一副金丝边眼镜,阿盲说那是爷爷的另一双眼睛。爷爷脑袋光光,阿盲摸上去能摸到爷爷后脑勺清清楚楚的几层褶皱。爷爷喜欢笑,笑起来阿盲就跟着笑,爷爷的笑容也让好多前来看病的人心情变得非常愉快。

在阿盲的眼里,爷爷就是她最亲的人。爷爷告诉阿盲,他祖孙俩是相依为命的苦命人。但是有了爷爷,阿盲觉得自己从来都不苦。她觉得自己是幸福的,每天都能跟爷爷待在一起,能够吃到可口的饭菜,能够听着爷爷给自己说话念诗,还能医治好那么多身体苦痛的人。

"老爷子,你看我给你说的这症状,你医得了吗?"那中年男人口气中似乎有些焦急。陈德生半晌也没吭气,思忖一下,咳嗽了两声便叫阿盲出去。"你叫我把医馆开在这里,其实是为了他吧?""算是。他当年也算是对我有恩,如今有这奇病,我也只能到那个小镇请您老出山了,但是以我对您的了解,您必须是不请自来才可心甘情愿。"那人看着陈德生,好像还想说什么,却欲言又止。

爱十二梦

"我知道，虽然你知道我一定会回来，但是你也好奇我当年为何要走，为何我放着声名在外的所有名气不要，也不再医治任何所谓的达官贵人，去一个小镇里隐没多年，施展着自己的雕虫小技治治小病。还虚伪的挂上一个不为富者医的牌匾。"陈德生说着，情绪竟略显得激动起来，但又很快恢复了平静，淡淡地说，"我其实也根本不想回来。"

这中年男人看着陈德生不说话，暗自思量该如何应对。他知道陈德生可是个犟得要死的老头儿，软硬不吃，当年省城里求他看病的人多了去了，他也是给有的人看，有的人给再多钱都不搭理。"老爷子，当年的事情已经过去那么久了。我也不是很清楚那场火灾究竟是什么人所为，但是我保证，尽我所能追到凶手。我也一定法办。"

陈德生忍不住地冷笑了一下："法办？像你这样的人，最喜欢说法办谁。你这些年追查有眉目吗？凶手的毛都抓不到，还好意思跟我说法办。我知道你那个上司很重要，要不是他提携你，你现在还是当年那个混得不起眼的小角色吧？"

被他数落的中年男人叫李子玉。此时他已经冷汗连连，却只能尴尬地赔着笑。"老爷子啊。"突然他语塞，实在不知怎样应对，就佯装咳嗽。一阵猛烈的咳嗽声刻意发出之后，他说："如今这社会，没有人是完全健健康康的。成天不是这个毛病就是那个毛病。""是呀。所以把我这里当成一种慰藉了。""我以前这上司，得的这种奇病，到哪儿去医生都是连连摇头，他也只能死马当作活马医了。我是唯一知道最真实的情况的，他连他的家人都不让知道。我于是病急乱投医，想到您老。您当年

清明/陈阿盲

在省城那可简直就是活神仙，什么疑难杂症在您手里基本就是药到病除。我知道我这样讲有点儿对您老不敬。但是您要相信我，我对您绝对是真诚的。"

"治疗倒可以，但是你别想我去他家。"李子玉悄悄说："那我在这里给他开个单间可以吗？"随即他立马拍了拍胸脯，"我李某人一不会打扰你的生意，二是这里房租我替你交三年的，你替我治他三年，单间治疗。"说罢他看着陈德生，眼神复杂但是非常真诚。

陈德生答应了。"你告诉那个所谓的大人物。我给他治可以，让他自己先养养心。什么时候他能够在某一刻感觉到心如止水了，再让他开始在我这里治疗。"李子玉狐疑了一下，过了好半天，悠悠地吐出一句："若真是能自己养好心，何苦让我费这么大周章，从找到你到劝说你来到这里，我又何苦包下单间给他这般特殊待遇呢。"

"那我也告诉你，心自己养好，和别人替自己养，效果是完全不同的。自己养好来我这调一下，便可将疾患斩草除根。若是我替他医治，怕是比你还大费周章不说，这病情也只可得到一时的缓解。我恐怕只能保他半条命。"

"我怕的就是他已经病入膏肓了。"李子玉不再多说话就告辞了。

夜里星星很亮，可惜阿盲那双比星辰还要美丽的眼睛看不到这些星星。陈德生望着星空陷入了深深的沉思。他不知道李子玉后天要给自己带的人，到底是不是自己要找的那个。这些年了，他一直在等一个人。他陈德生的毕生夙愿全寄托于这个

爱十二梦

人身上了。可是自己渐渐老了,虽说身子骨一直硬朗,虽说他胸中自有灵丹妙药。可是又有哪个人能敌得过时间的侵蚀呢？他最放心不下的,还是他这乖巧可爱的小孙女阿盲。阿盲现在出落得倒是越发水灵了,十七岁是女孩子最好的年纪,她又长着一张比花朵比水滴比太阳还要美好的脸。当初带着小孙女孤零零地离开这座偌大的城市,到如今再次回来。若是没有那场大火,他的阿盲的花季一定比谁的都灿烂。陈德生想到此不由得心里一紧。

"阿盲,到爷爷这里来。"盲听见爷爷叫自己,伸出小手,她摸索到爷爷那双坚硬而粗糙的手,但是再仔细感受一下,自有一股内在的柔软和温和的力量,这双手却能够让心迅速安静下来。爷爷握着自己的手,他说:"阿盲,今夜天空中的星星特别多。它们都不如阿盲的眼睛好看。"

盲感觉到这双抱着自己长大的手微微颤抖了一下,这种颤抖是少有的,爷爷的手一直是坚定的,强硬的,又柔软而温和的。"爷爷,阿盲知道,您又是在为阿盲心疼了呢。阿盲看不到没关系哦。爷爷,您说的星星,我能感觉到它们都在朝我眨眼睛呢。阿盲的眼睛都在天上。"

阿盲的眼睛都在天上。陈德生望望那黑色的幕布,星星跳跃着,似乎因为阿盲刚才的那句话,都争先恐后地要给阿盲和爷爷跳一支舞。他又想起这座城市里毁灭了自己和阿盲的那场大火来。他当时没有在火灾的现场,救出阿盲的人其实就是李子玉,阿盲是那场火灾里唯一幸存的人。李子玉把她抱给爷爷的时候,他慌张里却带着真诚低着头给他说:"老爷子,我也只能

清明/陈阿盲

救出这个小婴儿了。"陈德生半句感谢的话都没说,冷冷地瞟了他一眼,紧紧地抱着阿盲就离开了。

李子玉在陈德生快要关门谢客的时候带来了一个人。盲正要说不让进的时候,却听见爷爷说:"阿盲乖,去倒茶过来。"盲倒茶的时候,把盘子端进去却不小心打了个绊子,没拿稳就把盘子摔了。她想极力在陌生人面前保持正常,但是她听到砰砰砰的声音突然慌了神。她害怕那些她所看不到的细微碎片,蠢在那儿一动不动。爷爷淡淡地对着来人说:"阿盲看不见。"

"我来帮你。"盲感觉是非常年轻的声音,这声音优雅而浑厚,阿盲在想怎么会有年轻人闯到这里来。"小然,你帮她捡干净打扫好了就和你子玉叔叔回去吧。爸爸这儿不需要你陪。"原来来了一对父子,阿盲想,遇到麻烦的人来自于这个年轻人的父亲。阿盲知道爷爷有一双治病医人的妙手,但是她隐隐感觉到说话的中年男人不是一般的麻烦。

阿盲也蹲下去帮着一起捡,她知道她不必如此,她小心地摸索着周围,却碰到一只手,那手指温热而修长。他握起她的手:"阿盲,你不要捡了。让这小伙子来就行。"爷爷在一旁冷冷地说,盲感觉到这气氛似乎有些不对劲,她被这个年轻人拉起来:"对的,我来就行。小丫头,你不要乱动,周围有碎片,扎到你了可不太好哦。"盲猜对了,眼前的是个年轻人。而且这个年轻人说话温和有礼,他会叫盲"小丫头"。这让盲听了心里有些微微地荡漾。

年轻人很快就收拾完了,他站起来拍了一下盲的头,感觉个头儿应该比盲高出一大截。"小丫头,没吓着你吧?"盲只好微

爱十二梦

笑着摇摇头,心里头却莫名其妙感觉一万只小鹿乱撞。爷爷此时却下了逐客令:"好了,你们可以出去了。阿盲,你回房间休息去吧。"

"嗨。"正要上楼的阿盲听到这声亲切微小的呼唤,她停下来。"小丫头,你真的看不到吗?"这个莫名其妙的问题,盲不知道该怎么回答的时候,就听到他说,"可是你的眼睛真的好美丽。"盲笑,不管他说的是什么,盲很喜欢听到这声音。"小丫头,陪我说会儿话吧。我得等爸爸治疗完。"

盲羞羞答答地应下来。"小丫头。子玉叔叔说,我爸爸的病可能很麻烦,但是我觉得你爷爷一定有办法的对不对?"她和他坐在台阶上,肩膀挨着肩膀。盲感觉这个肩膀如同他的手指,热而暖。盲跟着自己的感觉望向他,用力地点点头:"爷爷治好了很多人呢。我的耳朵就是爷爷治好的,我的眼睛其实也模糊可以看到一些些。都是爷爷的妙手哦。"年轻人笑了,他的笑听起来非常爽朗,和他的声音一样,蓬勃而宽厚。

"小丫头。你叫什么?"

"盲。"

"盲。Love is blind。"他说,"这是一句英文诗句。""英文?"盲狐疑着,微微皱了下眉头。"英文是这世界上最广泛的一种语言。"盲虽不懂,但是她知道,这世界上有千万种语言。她听爷爷读过许多诗歌,其中有好几首爷爷说是翻译英国诗人的。她最喜欢的还是那些抑扬顿挫的中国诗歌。盲问他:"这句是什么意思?""小丫头,你现在还不必懂。"

"我懂很多诗歌,我也喜欢诗歌。"盲感觉到自己的呼吸有

清明/陈阿盲

点儿急促,她急于展现自己,"且让我像森林一样做你的诗琴,秋日的声音深沉又悲美,而你那呼啸的浩荡声响会全部囊括。但愿你这刚烈的精神会赋予我,但愿将一往无前的勇气给予我,请把我已死的思想扫出宇宙,就如同你为重生将落叶扫除。且凭着我的诗歌如同经咒,把我的话语传遍人间各处,像由我未灭的炉中吹送出火花,愿你通过我的嘴响亮地吹出,让预言的号角奏鸣。哦西风啊。"盲轻轻地背诵着,年轻人在一旁痴痴地听。

"如果冬天来了,春天还会远吗?"他们同是说出了这句。年轻人好半天没说话,盲能在黑暗中感觉一股灼热的目光正看向自己。"你也喜欢雪莱吗?他是英国最伟大最优秀的抒情诗人。"

"不,我喜欢中国诗歌。我只听爷爷念过几首外国诗歌而已。而我恰巧最喜欢这首,于是就全记下了。"盲说罢甜甜地笑笑,"大哥哥,爷爷平日里给我教最多的,也就是中国的诗歌呢。现代诗爷爷很少读给我听。今天听见你说起来,盲就献丑了。"

"你凭着声音在记忆吗?"年轻人问。盲点点头。"繁星闪烁着,深蓝的天空。何曾听得见他们对话。沉默中,微光里,他们深深地互相赞颂了。"年轻人说,"繁星,你的眼睛就像是繁星一样。你眼里的光芒虽说微弱,但是会让人眼前一亮。"

盲喜欢听年轻人读诗。他的声音飘在空气里,和那些美丽的诗句混着似乎能嗅到一种温柔的味道。盲和那些声音一同沉溺仿若坠入美丽星河。"阿盲,你怎么还不睡觉?"是爷爷的声音,只是这次,他好像分外严厉。

"盲,我叫张默然。"盲在心里默念,默然。默然。她悄悄地将这名字在心里念了两遍。"盲,我喜欢的雪莱说过,一切崇高

-111-

爱十二梦

的诗都是无限的,好像一颗橡果,潜藏在所有的橡树。盲,你的心就像是一首读不完的诗。"

盲悻悻然回到了房间,她还沉浸在那个年轻人好听的声音里。

"盲。"爷爷叫醒她,天已经大亮。阿盲感觉到晨光似乎比以往还要温柔一些,她能感觉到模模糊糊的那些光亮。盲想跟随着这些微弱的光芒,飞向云朵和太阳。她是这样喜爱光亮。"阿盲。你昨天跟那个小伙子都说什么了?"盲轻轻地说:"爷爷,我们在说诗歌。您曾经教会阿盲读过的那些诗歌。"

"诗歌?阿盲。你看这根针。"盲看不到,但是她对于每日摸索的这东西分外熟悉,爷爷给她手中放下一根针,"诗歌是心里头的针。阿盲呀,就像爱情一样。"陈德生最后的语气淡然而轻柔,似乎说得小心翼翼。"哎。"爷爷欲言又止,"阿盲呀。你以后不要再跟那个小伙子说话了行吗?"说着给阿盲的太阳穴针灸起来。"爷爷,您不是说阿盲的眼睛好不起来了吗?"

"是啊。但是爷爷不会放弃的。阿盲现在的耳朵不是比一般人还要尖嘛。眼睛啊,眼睛难治。"每天早晨,陈德生最重要的事情就是给阿盲进行针灸。每到这个时候,他没来由地都会升起一股莫名的愤恨。他恨那场大火,恨那场火光之灾毁了他的世界,也毁了小阿盲。

那中年男人倒是每天都按时来,盲的心里隐隐地盼望着,盼望着那个年轻人也能来。"默然。"盲在想,"哪一个默然呢?是默然寂静的默然呢,还是蓦然回首的蓦然呢?一个安然一个突兀。该是寂静的那个吧。"盲默默地帮着爷爷给其他人按摩或者针灸。爷爷每次都把需要针灸的穴位告诉盲,盲记得特别准,

清明/陈阿盲

而且盲扎针的手法,轻柔又不失力道。自从中年男人来,爷爷在他身上花费了极大的精力。

"老爷子。您看我这病……"陈德生冷冷地打断他:"你安心治疗就好。""我去医院查了,什么都查不出来。您说……"再次打断他:"在我这儿,你不需要问太多。你信我,我才能给你治。不信我,我也没办法。我只是代替你体内清除病症的一只手而已,另一只手是你自己。只有你我为一体才能战胜它。""可是我到底得了什么病呢?您也别嫌我多说话,这个嘛,我想大多数人都会有所疑问,毕竟是自己的身体嘛。"说罢他就看着陈德生不再说话。这人虽说已被这无端的病症折腾了许久,但是从眼睛里看得出来,他比他的家人,甚至下属,还要淡然。

"你体内污秽藏于自身形象之中,阴阳已然失衡,于是你自己的能量全部丧失,这世界纷乱了你内里那一团永恒之气。"

陈德生正要给他针灸的时候。他说:"我经常莫名其妙地疼痛,这些疼痛都是突然而至,折腾我,而且疼痛是那种细微的,如同针扎一般。"

"因为你五脏六腑已经混乱。整体已经失调。体内之气,分为阴阳,此消彼长,两者皆不可占据过多的一方,气的运动即为'气机',其运动为'升降出入'四种方式。气是天地万物之间的中介,使之得以交感相应。'人与天地相参,与日月相应'。天地之精气化生为人。而你气机不调,目前我判断为你体内之气滞留而郁积形成你这种怪病。"那中年男人随着陈德生的话竟然睡着了。陈德生一面给他的太阳穴按摩,一面嘴里继续念叨:"凡病之起,多由于郁。郁者,滞而不通之意也。人禀七情,

爱十二梦

皆足以致郁。喜则气缓,怒则气上,忧则气凝,悲则气消,恐则气下,惊则气乱,思则气结,行气紊乱,皆致壅滞,足以郁结。"

"怪梦联翩究其根底,此亦七情所伤之故。情志伤于心则血气暗耗,神不守舍,不安而成不寐。各种情志又多耗精血,血不养心,亦多致不治之症,故《景岳全书》上说,'凡思虑劳倦,惊恐犹疑,乃别无所累而常多不寐者,总属真阳精血之不足,阴阳不交,而神有不安其室耳。睡中梦多,是为思虑过甚。思虑过多则心血亏损,而神游于外,是以多梦'。"陈德生在扎针的空当,随手拿起一本《曾国藩》念了起来。

过了许久,他终于清醒。"陈老爷子,你知道不。我好久都没睡这么安稳了。""那是因为你的心不稳。不过睡不着的人很多,世界都不安稳。你回家以后把心先调好,体内阴阳才调得好。"似乎今天这番话说进了那人的心坎里,他意味深长地点点头就离开了。

医馆来的人越来越多。大多是些大人物,起码是这个城市数一数二的。盲在医馆里现在听到的话题已经从之前小镇的家长里短变成了现在的时政形势,金融经济。盲虽说也不甚了解,但是从语气和话题判断,来的人大多都是些"有些能耐"或者"有权力"的人。每日话题多有精彩之论,她却觉得乏味,因为那不是她的世界。不过盲隐隐觉得,这世界好不太平。来医馆的人,大多有个毛病:失眠。看来,不光是默然的父亲失眠,来这儿养病的,大多都睡不踏实。不过来这里,反倒睡得安稳了。若是盲能看得见,这些人扎着针横七竖八地靠在沙发上,呼呼入睡,表情各异。有的人眉头紧锁,有的人平静如婴孩,也有的人

清明/陈阿盲

面露痛苦狰狞之色。

　　大概是过了有一个月。盲每次在默然的父亲来之后都会有些许失落,这次她嘟着嘴接过他的衣服,刚放好,她就听到熟悉的一声:"盲。你好吗?"她心跳迅速加快。是他。"好久不见了呢。"盲点点头:"盲,爸爸不愿我陪着他来。说浪费时间。我知道的,你爷爷给我爸爸说,不想我来跟你说话。"

　　"哦。"盲突然不知道该说什么。"小丫头,你最近好吗?"盲点点头:"你怎么总叫我小丫头?""因为你看起来真的很小。"张默然说,"再说了,你才十七岁。多好的年纪,我都二十好几了。是不是该叫你小丫头呢?"默然笑起来,"你刚才嘟嘴的样子很可爱呢。"盲心悸,暗自思量他是不是发现了自己心里的秘密。"才没有吧。"她嘟着嘴又道。

　　张默然看着阿盲,他知道眼前这姑娘不会发觉自己此刻的眼神有多热烈。他感觉这个女孩单纯得如同一朵雪莲,遗憾的是,这么美丽的姑娘看不到这个世界。其实看不到也好。张默然想,他想,看不到才好。这个世界,毕竟太过险恶和丑陋,眼不见为净。他想起他的父亲。他的父亲,虽说位居要职,但是这些年一直都如履薄冰。他惧怕同人们的倾轧,又惧怕上司对自己的不满,又害怕底下人以财物收买自己,又得想方设法讨好上级。他兢兢业业小心翼翼。他怕这怕那还要张默然去考什么公务员,着实令张默然费解。这世界万千职业,只有这一项是张默然最为排斥的。他觉得一个骨子里喜欢诗歌的人是无法从政的,这种浪漫情怀会令自己所有的政治抱负都丧失野心,也会让所有的残酷手段都无法施展,自己有时候太过情绪化、自我、任

爱十二梦

性。而那些所谓官场的潜规则明显会毁掉自己。

"爸爸好多了。"张默然说。"是吗？我就说过,爷爷的医术很神奇的。"盲轻轻地讲着话,生怕里屋的爷爷出来,她知道自己怕的其实是,听不到张默然的声音。"盲,你有手机吗？""我没有。我不需要那个。""喏,给。你拿着吧。这是手机,我之前用过的。不要介意呵,我只是想打电话跟你说说话。"张默然有些紧张了,其实这是他刚买的手机。"盲,我总来这里,毕竟不太好。虽说我不知道你爷爷为什么不太喜欢我。大概是你年龄太小,怕你受伤害。不过呢,"张默然说到这里顿了顿,然后重重地说,"我会等你长大的。"她摸到一个冰凉的物什。和爷爷平时用的那个笨重的手机不太一样。这个手机光滑而平整像是一面小镜子。张默然握起她的手,说:"盲,我帮你调的是静音,手机震动的话,你就按左边这个键就好。这个键是接听,绿色的。右边那个是拒接,红色的。我想你只需要绿色这个键对吗？"盲继续摸着。她感觉到这个凸起的键,将会是她最美好的期待。

"嗨。"黑暗中听筒那端传来他好听的声音。盲这天很早就回房间了,她躺在床上,拿着手机都能感觉到手心发烫,她好似捧了一只会跳跃的兔子。等了很久才感觉到震动,慌乱中按了接听键。"睡了吗？""还没有呢。"盲说。"嗯,小丫头,你今天好吗？""好呢。挺好的。""盲,我给你读诗好吗？你喜欢吗？""唔。"默然沉默了一会儿,"其实我觉得,盲,诗歌,就像我上次给你说的,其实是不能诉说的。每个人内心都有一首诗歌。不能说与人听,只能任由这首诗歌在孤独的内心荒芜成一片繁茂

-116-

清明/陈阿盲

的草原,在自己给自己的诗歌中,只有自己听得到的声音,或是万马奔腾,抑或万籁俱静。孤独,诗歌在孤独里。当我站在某处大声地诵读内心的诗章,仿若旁若无人剥离自己,将我赤裸,给你看,给你听,余下一个更加孤独的我,在内心的诗歌中孤独。"盲在这段话里陷入了沉思,她想起张默然说过的橡树和橡果了。盲感觉默然心里有太多诗意无从抒出。"诗歌其实是需要歌颂的。诗歌是这个世界最后的孩子,但是当它一出生便带着原罪。因为这世界本就不纯粹,但是我们仍要不自量力螳臂当车般以诗歌和这个世界做出最后的抗争,用诗歌来质询这个世界所有的美好或者丑陋。它给我们孤独的内心开启一扇窗,任由内心壮丽图景给你观看,你找到了自己,找到自己仅存的纯粹。大多数诗人已走不出自己。"默然给盲打电话,大多数时候,都是在倾诉,像个孩子一样,不,像个虔诚的朗读者,倾吐自己对于诗歌的热爱。盲总想起爷爷喜欢给她读诗。他最喜欢给盲读的大多是"国破山河在""老夫聊发少年狂""指点江山,激扬文字,粪土当年万户侯"之类的。爷爷给盲读诗的时候,盲就会用心去记。她记性非常好,一下子就会记住。但是盲在每次听爷爷读的时候,都会感觉,其实爷爷的心也不够宁静。听默然读诗的夜晚是安静而深沉的,盲已经习惯了听着他读一读诗,说一说趣事,谈一谈天地,这样的入梦是甜蜜而绵软的。

"阿盲。"好像爷爷已经在这里站了很久,"阿盲,这手机是谁给你的?"爷爷还是发现了。"张默然。"盲慌乱中已经忘记按断电话。"盲。爷爷问你,假若你最后发觉,他是你不该喜欢的人呢?"盲语塞。"爷爷,什么是不该喜欢的。""比如说。"陈德生

-117-

爱十二梦

欲言又止,"罢了罢了。你这颗晶莹剔透的心,爷爷还是保护周全的好。你什么都不要知道,知道了反而是一种痛苦。""爷爷,阿盲知道,阿盲看不见,阿盲配不上张默然那样好家庭出来的孩子。但是阿盲宁愿把他放在心里美好着,珍惜着,就够了。"陈德生只好重重地叹了口气。

转眼已经过了一年,十八岁的盲多了些成熟和端庄。每年的生日爷爷都会亲自下厨给阿盲煮上一碗长寿面,打上一个很大的荷包蛋,远远地便闻到葱花香味。这天张默然却提着蛋糕和花束来到中医馆:"爷爷,我给阿盲过个生日就走。"陈德生面对张默然的心态矛盾而奇怪,他隐隐在担忧着什么。他怕的是阿盲陷入这份无端的爱意和热望里,最后变成一场空空的欢喜。他心里非常清楚的是,在不远的未来,阿盲和默然,这两个年轻人注定无法在一起。但是现在他又有什么办法呢,小阿盲长大了,她会因为这个年轻人而分外欢喜雀跃,她亦会因为她最亲的爷爷的阻拦而黯然伤神,陈德生不愿阿盲难过。他选择了回避。"盲,你一定看不到,我为你准备了一个多么美丽的蛋糕,蛋糕上有蜡烛。蜡烛旁边有玫瑰花瓣,还有许多玫瑰花。盲,如果可以,我想做你的眼睛,我想带着你领略这个世界上所有的美好。"张默然说,"盲,我从来没有给一个女孩子做过这些。只有你配得上。盲,你那天说的话我听到了,我好心疼。盲,我从来不觉得你看不到,我觉得你看得到我的心,这就够了。"盲心里想,这就够了。真的够了。在这样一个时刻,在一个女孩子最为鲜艳明亮美好的时刻,她能够听到这番充满真诚爱意的话,就已然足够。她细细地咀嚼着张默然小心喂给自己吃的蛋糕:"真

清明／陈阿盲

好吃呢。默然哥哥,你每年过生日都会吃这个吗?"张默然心疼地看着她,盲的眼睛里映着暖暖的烛光,月色迷人柔亮,洒在屋子里。"以后每年我都喂你吃蛋糕好吗?""默然哥,我可以摸摸你吗?我想记住你的样子。"张默然郑重地点点头,把脸凑上去。盲小心地把手放上去,细细地摸索着,如同平日里仔细去摸索每一个穴位。她摸到了张默然的眼、鼻梁、嘴唇、耳朵、下巴。她在心里默默地勾勒着这个男人的模样。张默然的鼻子挺高,嘴唇略厚,脸形摸起来方方正正的,下巴上有些青涩的胡茬儿,盲触摸到他的眼睛时,他紧紧闭起,她划过那些浓密的如同叶子一般的睫毛,她将手放在他的眼睛上,她感觉到那些叶子微微地颤抖起来。

　　陈德生在小区院子里踱着步,他陷入了深深的忧虑。张默然这小伙子眉清目秀也很懂礼貌,最重要的是,他对阿盲的那份心。但是他心里非常清楚,张默然这样的孩子跟阿盲是不能在一起的。他抬头望着天,今夜星辰很少,只有圆圆而明亮的月亮。他想起以前在那个宁静的乡下抱着小阿盲,给她念着"举杯邀明月,对影成三人"来。阿盲当时斜歪着脑袋问他:"爷爷,不应该是两人嘛。你看,月亮底下,现在就你和我啊。"惹得陈德生大笑。陈德生一直不愿意在阿盲的面前提起关于那场火灾的任何一丝细节。其实他也不知道太多,只是知道突然起火,火势熊熊,吞没了陈家在这大省城的百年基业。

　　陈宅就位于现在医馆所在的位置,只是十七年前,这里还不是设施完备的高档小区,而是一片安安静静的老城区。陈家的屋子是老城区改造的最大障碍,因为陈家老太婆还有他不学无

爱十二梦

术的儿子很固执，无论对方给出什么样的条件就是不搬，陈德生这位老中医在省城名气又颇大，谁都拿他们没办法。火灾发生的时候，他正好外出和老友把酒叙谈。火灾发生后，陈德生怕触景生情，再也不愿意留在省城，也拒绝了房产的赔偿。李子玉当时正好负责这一带的拆迁任务。其实，李子玉和陈德生还算是有一段渊源，他的妻子生完孩子之后一直浑身乏力，吃了陈老的几服中药，就很快痊愈。李子玉向来对陈德生是敬重有加的，他一直不敢在他面前提起那场火灾，但是陈德生知道，这突然而起的大火，绝非是后来解释的电线短路那么简单。

陈德生记得刚把阿盲安顿好，李子玉的电话就追过来了。"子玉，我就问你一句实话。这次拆迁项目完成之后对谁的影响最大。"李子玉倒也坦诚："就是分管城建的副市长，如果圆满完成改造任务，应该会对他的升迁最有帮助。张市长倒是个实在干事的人，年纪轻轻已经做到副市级，他绝不是只顾追求政绩搞形象工程的那种人。不过陈老，这次突然着火，着实是怪线路老化，短路之后引起的。按理来说，周围人都搬走了，您儿子是不该私接电路的。""形象工程？把好好的老宅子全拆了，去修建新的毫无生气的千篇一律的建筑？这个叫作什么工程？"陈德生憋着破口大骂的怒气，只是冷冷地问，"那你打电话想怎样。""给你一笔安顿的钱，已经打过去了。这笔钱都足够您安度晚年的。"陈德生只是冷冷地哼了一声："我不求别的，你把凶手找出来就行。"子玉电话那头却沉默了好久："我尽量。"

恍然这十多年过去。这些年的恩怨情仇似乎在陈德生那双日渐浑浊的眼睛里已然淡去，想到此陈德生心里已经乱如麻。

清明/陈阿盲

"李子玉啊,是你自己送上门的。不要怪我不讲情面,要怪,就怪当年你们都贪恋权力吧。"

盲十八岁的生日过得美丽而浪漫,但是生日之后过了好久都没有再见到张默然。盲问爷爷:"默然哥哥好久没来了。"陈德生也只是望着阿盲那张天真无邪如花似玉的脸蛋,微微地皱了皱眉头。说话间,盲就感觉身边踱进来一个人,步履沉重,来的人正是李子玉:"陈老爷子,我来想给你说个事情。"陈德生淡然地笑笑:"一定不是什么好事情。""您说对了。张默然他父亲死了。""阿盲,你出去吧。"

阿盲瞬间感觉到心口如同堵了一块巨石,她缓慢地走上楼,然后摸索着躺在床上,她试图让自己镇定。她摸着那个冰凉的手机,已经很久很久没震动了。黑暗中她觉得自己其实是个最无能为力的人,她的爱人。不能,暂且不能叫爱人。她的默然遭遇了这样大的变故,她却不能去给予安慰。

"老爷子。你知道吗。他本来在您这儿已经感觉康复,而且不再受那些奇疼怪痒的折磨,却在一天睡下之后再没起来,医生说是半夜心肌梗塞而亡。""你来告诉我这些干什么。他体内气息不稳,经络不通,气血失常,阴阳失调,我不好容易才调得差不多了,如今看来他体内应该有其他隐患,我说过了,我不是神仙,我也无能为力。"李子玉继续说:"陈老,我想告诉你。他和那次火灾决然没有什么关系。那次火灾是手下人搞出来的,你要找凶手不是嘛,这是参与那次拆迁的几个主要负责人的名单。""我不用看了,早已烂熟于心。"陈德生顿了顿,"当然,还得感谢你把我叫回来。最感谢的还是,你对我医术的信任。"

爱十二梦

李子玉长长叹了口气,轻轻地说了一句:"我明白了。"

盲在黑暗里沉睡着,恍惚中张默然过来了,他牵起自己的手。自己好像能看到了,她和他牵着手在一片花海奔跑着,阳光正好,花儿芳香。她可以看到森林,看到湖泊,看到太阳,看到每一朵花儿的模样,她沉浸在这样的美景中。最重要的是,她可以看到张默然,她看到张默然那明亮的双眼,优雅的侧面,高挺的鼻梁,用好听的声音对着她说:"阿盲长大了,我可以喜欢你了吗?"

"盲,我在你们小区的门口。你能摸索着过来吗。不远,你一出门我就看得到你。"恍惚中不知睡了多久,盲就感觉到手里握着的手机在震动,然后她下意识地接起了电话。竟然是默然打给自己的,她恨不得立马飞奔出去。此时外面很冷,盲忍不住打了个哆嗦。张默然一把拉住她搂进怀中:"盲,我想你了。"

盲任由张默然这么抱着自己,她感觉没有那么冷了。"默然哥哥,盲知道你心里一定很难过。"张默然抱着阿盲,长久的沉默,他宁愿此刻所有的悲伤都只浓缩成这个温暖的拥抱。但是他必须要把一些事情追查到底。"盲,之前爷爷给我爸治疗的时候就是针灸结合着中药慢慢调养。我拜托一个老师把这些药方弄成了盲文。你看看这些和你爷爷平时医治别人有什么不同。""你怀疑我爷爷医治方法有问题?"盲仰着脸问他。"本来是没有什么怀疑的,爷爷治疗之后爸爸确实好很多。但是你知道吗?我爸爸平时身体非常硬朗,没有什么毛病,这个奇疼怪痒的,绝不至死。可是不光我爸爸突然死亡了。在爷爷这儿治疗的好几个人都突然死亡了,都是我爸爸过去的一些下属。"盲不觉倒抽了一口气。她此时的心情一下变得很凝重,好像她那个

清明/陈阿盲

简单而纯洁的世界快要崩塌了。

"唔。盲,我也许只是想知道真相而已。"张默然又叹了口气,"我也许又不该知道这个真相。但是我觉得我该为父亲做些什么。"盲把那张纸收好:"默然哥哥,不管怎样,你都是那个会念诗给我听的哥哥,阿盲愿意一直听你念诗。"两个人良久的沉默,在月光下安静地拥抱着。

盲发现一个令她惊异的事情,那就是她悄悄对比了一下爷爷对这几个人的治疗方法和其他人的区别,同样都是失眠这个毛病,爷爷对其他人都是疏通穴位,对这几个人无一例外是以针灸封闭经络。但是其效果是类似的,都是让人安眠。而默然的父亲应该是患有高血压的,爷爷除了按常规治疗他的奇疼怪痒之外,好像没有什么特别的手段。"阿盲,这么晚还不睡。"陈德生开了灯,吓得阿盲把手里的纸张掉到了地上。陈德生捡起来看了看,他突然明白了什么。"阿盲,是张默然给你的吧。"陈德生把阿盲扶到一旁的凳子上。

"阿盲,爷爷也不打算瞒你什么了。你和张默然也不要再来往了。你知道不知道,他是你仇人的孩子呀。""仇人的孩子?"盲问。"嗯。对的,咱们家十几年前那场火灾,他的爸爸是负责拆迁项目的主管领导。""那关他爸爸什么事情?""什么事情?要不是为了他父亲的形象工程,你妈妈就不会跑,你爸和你奶奶也不会死在火灾里。阿盲,你还太小,无法明白这其中的曲折。我要给你说的就是,仇恨是在爷爷心里的,也不想牵累你什么,所以一直没告诉你。但是你知道吗?这些人,为了自己的政绩、私欲,完全可以置老百姓的利益于不顾。失眠?他们枕着老

-123-

爱十二梦

百姓的累累白骨能睡着才怪！他们一个比一个可恶,他们任意拿着老百姓的血汗钱挥霍,火灾的凶手到现在都没有水落石出,那是因为,他们全部都是凶手！"盲被爷爷义愤填膺的这番话震撼到了,她所了解的爷爷决然不是现在这副模样,他一直是淡然而超脱的。

"那。全是您做的?"

"盲呀,爷爷的命也快到头了。你的眼睛爷爷也治不好了。阿盲呀,爷爷今后也当不了你的眼睛啦。今天爷爷说这么多,就是希望你自己照顾自己,以你现在的水平,给别人做做中医保健都是可以的。给,这个存折你拿着,里头的钱够你花的。其实真相究竟是什么一点儿都不重要,每个人都有自个儿放不下的执念。爷爷这辈子在这里受尽了折磨,可阿盲你一定要快快乐乐地生活下去,爷爷要变成星星在天上去做阿盲的眼睛啦。"

"盲呀。爷爷要睡了。"

说完这句话,陈德生握着阿盲柔软的小手,沉沉地睡去。

"盲。你查到什么了吗?"

"我爷爷睡了,永远地睡了。"

张默然赶来找阿盲,阿盲已经哭得泣不成声。"默然哥哥,我不能跟你在一起。我不能跟你在一起。"她不停地重复着。张默然看到爷爷一脸从容平静地躺在里屋的床上,他突然间什么也不想追究,他只想简单快乐地生活。这世界痛苦的都是放不下执念的人。"阿盲,听我说。以后我来照顾你,好吗?"

他带阿盲到一家医院,被告知只要有合适的眼角膜阿盲的眼睛就可以完全恢复光明。他欣喜若狂,阿盲却一脸平静:"默

清明/陈阿盲

然哥哥,我有钱。爷爷给我留下了一大笔钱。"张默然知道这是个倔强的丫头,他小心地把阿盲的存折收好。心里默默地说,盲,默然哥哥帮你先把它保存起来。张默然费劲全力开始寻求适合阿盲的眼角膜,他甚至想把自己的眼角膜给阿盲。

幸运的是,没几个星期就遇到了合适的眼角膜。

盲终于看到了,她看到的张默然和她梦里的一模一样。

"默然哥。谢谢你治好了我的眼睛。"

"阿盲。其实我知道是为什么,父亲也知道。但是他还是放心地在你爷爷这儿进行治疗。谁都不必内疚,谁也都不亏欠谁。我父亲在那个时候那种环境下,他也力不从心。这种事情,他不干,背后比他凶狠残忍的人会更多。而且谁都不想那样的事情发生。"盲只是淡淡地笑笑:"默然哥,其实都该结束了。你注定无法和我在一起。我们在一起只会让这些恩怨纠缠下去。谢谢你陪过我这段美好的日子,我也不想再见到你了。"

"阿盲,如果你真的决定再也不见我。我已经决定要出国,离开这个环境。这个环境里有太多无奈,我也不想走我父亲的老路。这个存折是你之前给我的,这是你爷爷给你留下的。对了,子玉叔叔说,那个房子的产权已经是你爷爷的了,现在也是你的。"张默然回头深深地望了盲一眼,便离开了。

爷爷开这家中医馆,本是为这世界清除些污垢。不承想却是为一己之私枉杀了多少个人。仇恨,是仇恨让爷爷内心种下了一颗痛苦的种子,令他一生不得安宁。盲怨不得任何人,只恨命运将她推向这个旋涡。她放张默然走,不过是逃不开自己内心的纠结。阿盲一把火烧了曾经这个房间里所谓治病救人的这

爱十二梦

些瓶瓶罐罐,火红红的烈焰腾空而起,干脆而利落。

火光。红色的黑暗。她的眼睛因他而再次有了光芒,可这样的光芒同她所经历过的那场大火一样令她陨灭。她必须强迫自己在光芒里重生。她突然在想,若是多年以后默然还能回来找她,她是不是就能够找到自己和美好,放下一切的一切。

"爷爷。你知道吗?我从不害怕死亡,因为死亡是世界上最平常的一件事情。看不到的眼睛里其实什么都有,里头有星辰,有太阳,有云彩。而我最怕的是我睁开了眼睛,恢复了光明,却看到这个世界全是黑暗。"盲走了,她回到了她的小镇。这才是属于她的地方,这地方有最简单、最明亮、最聒噪、最香气迷人的夏天。多年后,她已是小镇方圆百里最有名气的盲人医师。她耐心、智慧、温柔、尽心尽力。只要人们身体痛苦有求于她,她都悉心治疗。只是她很少再笑,她终生未婚,在大雪纷飞的夜里收养了一个放在她医馆门口的小女孩,她唤这小女孩叫默默。

她的心里常有一片缤纷。

发生于她幼年的那场大火,带着罪恶与欲望的烟灰灼伤了她美丽的眼睛。她的眼睛里有那场大火里留下的灰烬般的阴影。那场大火烧毁了一个家庭,却未曾烧毁一颗单纯而童真的心。只有一些单调、枯燥、苍白的声音留在了她的心里。那些声音曾经是热烈过的,她想。

盲的默然哥哥再也没有回来过。

她的生命将不再灿若夏花,你给了她耀眼的瞬间,却给不了她永恒的美好。

她却用她最美好的年华祭奠这场爱情,从此后她的生命暗

清明/陈阿盲

淡无光。

　　终有一天她老去。带着漠然了一辈子的神情静静地躺靠在一张藤椅上,安静地睡过去。

　　可她备受摧残的容颜和衰老疲惫的身体,都在记得你。直到死亡的那一刻。

　　他的声音似火,一直燃烧在她不算丰盛的安静的生命里。

爱十二梦

向 日
兴许爱一个人更需要在一起的勇气
我不管不顾 没心没肺
我要与你牵手并立于阳光里
向着太阳
让我们的爱生机勃勃

向日葵

他爱极梵高的《向日葵》。

他是一位画家。他擅长运用艳丽的色彩,以白描的线条勾勒着这个他所厌恶的世界。实质上他并不是一位出色的画家。他尽力恪守在商业模式下特有的创作方式。白描,写实,油彩,绘本,他无一例外的平庸。也许他缺乏天才画家所具有的癫狂和执着的特质。在他所展示给世俗的画作上并没有表现出突出的偏执,他甚至有些开始自暴自弃了。模仿,不断地模仿,到最后他觉得自己只是一台"绘画机器",毫无激情的身体日复一日地生产着盲目而大量的复制品。

这个世界并不符合他的梦想。他只能去适应整个世界的浮华,于是他选择妥协和迎合。他选择在这种平庸的生活方式中自生自灭。一切都只是为了那蝼蚁般的生存罢了。"是比蝼蚁还要渺小的生存吧。"有时他想。再也许,就连他梦中的那点儿光亮,也不过是转瞬即逝的虚妄。

只有一样东西是他的,就是他所钟爱的艳丽而繁复的色彩。那些辉煌的、未经调和的色彩。他张开画布,沉醉于自我的小世界。他开始在那纯白的纸上涂抹着自己所钟爱的色彩。他此种作画时的状态是无意识的,就仿佛在走一条未知的路,无从知晓前方的前方究竟通向哪里,无从知晓前方的前方有怎样的风景。但是他明白生活总会给他惊奇。他在自我意识的强烈驱动下作出的画色彩艳丽繁复,线条粗陋简约,构图夸张抽象,每一处都充斥着来自暗黑深处的神秘张力,似乎是在向他所挚爱的梵高先生致敬。但他从来不把这些画作拿出来,他明白拿出来只会给他带来耻笑和不屑,他太了解世俗世界那些轻慢眼光,于是他仍旧在现实世界恪守着枯燥而冰冷的商业规律。

写出上面几段文字的时候,我的心情很是消沉。实质上,我是在描述我自己,讲述我目前疲乏无趣的生活状态。苦闷的我找不到合适的叙述方式,于是我以第三者的角度将自己的心绪以这些带有批评感的客观口吻表述出来。看似旁观,实则深陷的是我。我自己都不忍心再看一遍。抒发即是美德。原谅我在无人可说的时候找来一张白纸作为那个万能的树洞把一切秘密倾吐而尽。

当然,如果不是遇到了小罗姑娘,我大概会仍旧不自知地不知羞耻地继续浑噩地生活下去,我亦不会这么富有批判精神地

爱十二梦

表达自己。生活在别处是我给自己捏造的梦,而小罗,让我踏踏实实地活在了这个时而美好时而丑恶的土地之上。我得感谢这姑娘,十二万分的。

我是个贫穷得只能够养得起自己的画家。

小罗是个不会弹吉他、不懂乐理、不识谱还唱歌跑调却坚称自己是歌手的奇特姑娘。但是她唱起歌来就会笑,一笑就露出两颗小虎牙,很美。

贫穷的画家遇到这么一位执拗善良的姑娘,的确是个意外。

遇到小罗那天我去城市的某处建筑物前写生。顷刻间天就阴沉下来,发怒般下起了瓢泼大雨。于是我就躲进地下道避雨。然后我就看到了我的小罗姑娘。

她以奔跑的姿势向我冲过来,用奇怪的眼神将我上下打量了一番后,恍然大悟般冲我叫道:"噢,你是一个画家!"我觉得这姑娘异常有趣。我背着画架、绘画工具、画板,就这样在她的眼里,我似乎成了一个画家,一个艺术家。我通常认为自己只算是个画手,因为从画家的角度来说,我远远不够出色。在我心中,梵高、莫奈、高更、毕加索、塞尚诸流才算得上画家。接下来小罗姑娘的自我介绍让我吃惊了一番:"哈哈,很高兴认识你,画家。我叫小罗,是个歌手,我们都算是艺术家的行列吧。虽然有时艺术家连狗屎都不如,可在艺术里我们可以不知廉耻地自我沦陷。我长得不美,唱歌跑调,也不会弹吉他,但是我的确是个歌手。"

不得不说,这的确是个意外又奇妙的相遇,那姑娘如同一个奇迹般出现在我平庸的生命里。她是光,照耀我卑微又丑陋的

立夏/向日葵

灵魂。

地下道是个神奇的地方。这里汇集了乞丐、小偷、抑郁症患者、变态狂、色狼、流浪汉、白领,等等。当然其中包括我和小罗这样的所谓艺术家。我们表面是在搞艺术,通常是艺术搞了我们。

小罗姑娘喜欢李志那首《梵高先生》,她说你看那歌里唱得多好呀,我们生来就是孤独。她还说孤独的我们注定要以孤独彼此折磨,和这个操蛋的世界作战。她通常要么一股脑儿说很多话,要么一句话都不说。

也许吧。梵高他生来孤独,我们也生来就是孤独。那首《梵高先生》似乎只有一个悲伤的词汇来形容梵高,那就是——孤独。小罗姑娘因为这首歌喜欢梵高,我因为《向日葵》喜欢梵高,我们似乎对于所喜爱的对象,都喜爱得过于狭隘。所以我们最爱的,永远只不过是灵魂碎片里令自己欢娱的这一部分。

小罗说,我是个悲伤主义的思考者。她不是,她是积极热情又充满理智的。她说她会比我活得好活得长。

我告诉小罗姑娘,我是个贫穷得只能够养得起自己的画家。小罗姑娘一面不住"嗯,嗯"地应和,说我的确很贫穷。物质贫穷,精神也贫穷。简直就一穷二白一无是处。不过她觉得既然遇到了她这么一个善良纯洁的好姑娘,她就有责任把我从这种贫穷中解救出来。起码不能当个浑浑噩噩的双料穷光蛋。

在她眼里只有两种艺术家,一种是那种精神高贵自省,物质上没有所谓的;另一种就是像我这种物质上贫穷,精神上还不断丧失自我的。小罗姑娘对我讲完她的分类后,还特别豪迈地说她就是专门为了拯救第二类艺术家而生的。说完她伸出细长的

爱十二梦

胳膊搂住我的肩膀,这个时候,我一低头就会看到小罗姑娘因为胳膊的努力抬起,而暴露出的纤细蛮腰。我在这时总是觉得我的小罗姑娘真是瘦啊,瘦得让我忍不住想用我不算高大的身躯把她保护好。

我被小罗姑娘不断"拯救"的时候,发现自己在精神觉醒的过程中,爱上了她。她并不美,可是一颦一笑中有种迷人和妖娆。曾经有一个折断画笔的哥们儿说,总有一个姑娘,是你的专属妖精,你只被她一个人迷惑,然后天南地北就此疯狂。为了她你可以放弃一切,甚至包括她。我没理解这哥们儿的时候他就北上戈壁滩杳无音讯了,据说是寻他的妖精去了。

我不知道该不该告诉小罗姑娘我对她的爱意,这点异常令我困扰,我怕我对小罗姑娘的爱意会困扰到她,因此我努力克制自己,不让自己困扰到小罗姑娘。我也担心我表达我深藏的爱意后,自己都会惊觉我的爱太过浅薄导致越来越自卑。我从来都不是一个自信的男人。

其实生活里的感情总是这么多。在我平淡而困窘的生活里,越发觉得感情若是过于旺盛,那么多得就跟没有感情一个样。若不懂得克制只会让我失掉争取幸福的机会。我尽力让自己克制,如同克制表达欲,克制创作欲。

就像是我之前觉得自己爱上的那些女人一样。

这些爱没有什么不同。

关键是我能不能给我的小罗,幸福和快乐。

我觉得这个问题和生存死亡一样严峻。我作为一个男人,一个有浪漫主义情怀的艺术家,总是在幻想给我心爱的姑娘各

立夏/向日葵

种浪漫的场景和幸福的生活。实际上我都这么潦倒,我不能在画纸上勾勒出一个LV,勾勒出一栋豪宅,勾勒出一顿美食,恬不知耻地指着它们说,嗨,小罗,这是我给你的。

从这点来看,我不是个合格的艺术家。因为艺术都是凌驾在实实在在的生活之上的,它是虚幻的是空中楼阁是狂想曲。我却一直把我和现实分得太清楚,就像是河东西两岸,我望着彼岸知道繁花似锦,却因为相隔太远,或者那些美丽的花会有毒刺而不去采摘。这就是我的矛盾。

然而生活常常无轨迹可寻,时常给我们惊奇。正在我万般苦恼,将自己的爱意极力克制的时候,小罗姑娘用了一句极其简单的话解除我的困扰。

她说她爱我,然后吻了我。我就在我的小罗姑娘的这句话里忘乎所以了。我那刻已全然不管,哪怕她给我的是个虚妄的梦境。自然而然的,我占有了她。我的小罗姑娘也温柔地配合我完成了我们的第一次结合,在我那脏乱差的所谓画室里。她的温暖而潮湿包裹着我所有的孤独和卑鄙,我感觉到一种比云端之上还美妙的快乐。之后我俩躺在一堆画板上,画板硌得身体生疼,我却脸红红地不好意思看她。

"我C,有什么不好意思的。"她点上一根烟,眼眯眯地看我。

突然我有一种强烈地画她的欲望。

"别动。"我从地上弹起,随手拿起一个画板撑上画布画起来。

小罗姑娘继续眼眯眯地看着我,一根烟抽完了,她接着点上另外一根。烟雾在她脸上弥漫出一种奇异的色彩,那种灰暗的而又调皮的色彩。她的脸泛着一种无法得到满足的潮红,眼神

-133-

爱十二梦

中带着些许的轻蔑。

就这样,我的小罗姑娘,给了我一次奇妙的恋爱境遇。

小罗姑娘让我不要再那样没有思想地绘画下去,对我的创作模式进行了严厉的批判。我在一种恋爱所带来的幸福和快感里为我的小罗姑娘创作出了一幅我自己的画。小罗姑娘将我那天给她的画作收了起来,说这是属于她自己的。我决定为了小罗姑娘要勇敢一次,比如让自己内心的自卑正视那个高贵而虚无的名词:梦想。

小罗姑娘还贤惠地帮我将那脏乱差的画室好好收拾了一番。还把属于我俩的小窝整理得有模有样的。她会指着我的脑袋说:"喂喂喂,你前十几年怎么活下来的。"或者她在我画画的时候,会幽灵一样地出现,吓我一下,然后一脸嫌恶地摆手:"这画真难看,真难看,你要画属于你自己的,不要一味模仿别人!"然后她一脸苦相地盯着我看,"跟你我真倒霉。哎。"

偶尔她会用她五音不全的嗓子唱些我听不懂的歌给我听。

我必须要说好听好听,还得特别兴奋地说。

这大概就是所谓的恋爱吧。

我在这种爱情中的常态却常常陷入莫名的恐慌。我觉得眼前这些幸福太过虚妄。似乎这些恋爱只是我的一个梦境,我的困窘和贫穷才是我的现实。我自觉在小罗给我的所有幸福里,有一种担当不起的自卑感。当然这些,我都没有在我亲爱的小罗姑娘面前表现出来。我尽力表现出一种即将成功的艺术家的那种派头,疯狂而痴迷的,但同时又是不切实际和虚伪的。

我的小罗姑娘比较欣赏我的那些艳丽的色彩,她将它们形

立夏/向日葵

容为光怪陆离张牙舞爪的妖怪,吞食人们疲乏的眼睛。我挺喜欢这个姑娘偶尔蹦出来的一些奇怪的言论和新鲜的词汇,她和她的这些语言一起启迪着我的智慧,我决定用那些色彩画一些东西给小罗姑娘看看。

画布上是依稀散落的向日葵,奇怪地伫立在麦田里。整个画面都充斥着艳丽的色彩,麦子统统成熟,大颗的麦穗低低下垂,一片片的艳红,只有向日葵是正常的色彩,高高昂着头,仿佛落在大地上的太阳。

小罗姑娘她喜欢我这幅画,她说我的才华被我自己扼杀了这么多年,如果不是遇到她,我就会慢性地把自己的才华杀死。

是是是,我承认。如果不是遇到她,我不会这么富有批判精神地剖析自己,我也不会如此有灵感自我创作。如果不是遇到她,我也不知道这世界有一种东西对我来说是比孤独更加深刻的温暖,那就是爱。

她还指着那画问我,你让我想起一首歌。那歌的名字叫《麦子》,那歌说那些麦子因为它的成熟,低下了它高贵的头。你用一大片麦子的色彩反差衬托你所钟爱的向日葵,是在宣告你向过去的所谓成熟告别了吗?你要像向日葵一样抬起高高的头吧?你是用这些麦子在向世界描述一个平凡又特别的自己吗?

我没有回答小罗姑娘的这个问题。因为她理解我,知道我在画什么。我觉得即使日后不能够成为天才画家,我也能为我心爱的小罗姑娘作画,我也能任由自己心之所想由手指流进白色画布,给予我和她一个美好世界。这该是多么美妙的一件事情,如果我这样的生活和幻想能够一直持续下去的话。我在极

爱十二梦

度对于未来的幻想中沉溺时，却突然发现小罗姑娘不见了。

她失踪了。

就像她突然而至的时候一样神奇地失踪了。

带着我的那幅画。

她不在的日子里我感觉我活得越来越不像个人。

有的东西要么你一直不存在我就感知不到。现在存在过让我拥有过又他妈一下子消失了，这种落差和挫败让我整夜整夜无法入睡，或者说只能靠酒精麻痹自己入睡。我觉得女人这玩意儿真的是世界上最难搞懂的东西，比我那些虚无的大脑里所装的所谓艺术还让人捉摸不透。我觉得要么就命运好玩人，尤其是我这种人。我自认命贱，掌控不了强悍的人生。突然消失的小罗不光带走了我兴奋起来的大脑神经，还有我烈火燃烧般的欲望。

我成了一名酒精爱好者，俗称酗酒。其实酒这玩意儿是个好借口，人喝醉的时候往往是最清醒的时候。可以想念不可以想念的人，可以做很多平日不敢去做的事，可以对自己有更清楚的觉悟。

我很想她。

可这该死的女人消失得却无影无踪。

不得不承认我的性格基因里有暴戾的成分，我得到过若是失去，我会加倍难过继而加倍抱怨，甚至是过激地去恨。

我没日没夜地酗酒，然后借着酒劲作画，画很多画。酒醒之后，我看着自己的画作觉得可笑而廉价，就像我的爱情一样，就像我的真心一样。

立夏/向日葵

　　一般我都会强迫自己不去爱上任何女人，只是去喜欢她们，就像喜欢我的那些绚丽的色彩一样。说好听点儿，她们是我的灵感源泉。说得直白而丑陋的话，她们不过是我作画的工具而已。这种喜欢就似一个人喜欢天空喜欢阳光喜欢大海一样简单直白，但是你不会一直让自己暴晒在阳光底下，像不会一直在大海边生活一样。而小罗，我却发现她成了我离不开的——故乡。当一个男人能够遇到一个有故乡般归属感的女人，还能够去得到并且拥有，是值得庆幸的，但是当这个男人无法拥有她时，那只能是一生漂泊无依的憾恨。

　　而我发现自己是真的爱上这个该死的小罗姑娘了。

　　最悲哀的莫过于我发现，我竟然连一个可以去倾诉的朋友都没有，我觉得很孤独，非常孤独。其实孤独是一件很操蛋的事情，你要么被孤独弄得很变态，你要么就被孤独整得很有才。伟大的天才就是在孤独中变得既变态又有才的。因此我觉得我应该好好享受我的孤独。而小罗姑娘走了之后，这种孤独更加操蛋。时刻给我清醒和疼痛的操蛋的孤独，令我深陷其中无法自拔。

　　突然想起那个北上茫茫戈壁折断自个儿画笔的哥们儿。他的画用他师傅的话说就是很有灵气。灵气这玩意儿也不是一般人就能够看出来的，得有慧眼。他师傅是美术界相当牛逼的一个人物，美术理论大师，其实理论这玩意儿纯粹扯淡，理论界的牛逼人物说你行你就行，说你不行你就不行。好坏全凭人家一张嘴了。但是有的时候，我哥们儿会掂一瓶酒过来和我对着喝，然后醉醺醺地骂起那些搞美术理论的他所谓的傻逼们。我的哥们儿比我牛的一点儿就是什么都敢做也什么都敢放弃，也什么

爱十二梦

都敢追寻,他的画作和他的品性一样犀利而生冷。

突然间我想找她。可是我又不知道去哪儿找她。

我其实对小罗姑娘一无所知。

我只能等。这种无望的等待让我恐慌。

我看着镜子中的自己,油得发光的头发贴在我的头皮上,像是一个黑色而毛糙的罩子箍住了我的脑袋。我越是难过它就越发地紧致起来,我感觉到呼吸不畅还厌食便秘。我忘记了我这种状态持续了多少天,也忘记了我已经多少天没有出过门了。

睡觉或者醒来。

吃饭叫外卖。

喝酒看碟。

画画。

想她。

我疯了。

于是在一个睡眼惺忪的早晨,我打算结束我这种半死不活的状态出门觅食。外头阳光灿烂,可是我只认得我房子里那种潮湿而阴冷的色调,这些阳光灿烂不属于我,只有孤独属于我。我突然被这些阳光刺激得难过起来。我在这阳光灿烂的街上逛荡了一天,也许在某些人的眼里,我活像一个乞丐。夜幕降临,我坐在路边的烤肉摊上大快朵颐起来。我这么多天来第一次感觉到饥饿。我非常饥饿,我整整吃了一天。食物的好处是让我充实又空虚,我的胃塞满了温暖的食物,我因为这种充实而由衷地空虚起来。于是我开始观察一下周围的世界,我周围的世界充满着一种市井的吵嚷,那些光着膀子的男人似乎比我还要不修边幅,满嘴污言秽语地说着各色段子,我也听得有滋有味,女人们穿着各种黑色丝袜和超短裙坐在旁边,有的温柔地帮着旁边男人倒酒,有的嘴里骂骂咧咧跟爷们儿似的和同桌人嬉笑着,我突然莫名难受起来,要是小罗姑娘也坐在我的旁边,和我一起享受这个夏日的夜晚多好。

突然我就看到小罗姑娘背着一个陈旧而硕大的音箱拿着一把破琴以她那五音不全的嗓音唱着歌,我一把就把她搂住,我知道,我俩此时的傻样活像一对小别几日热恋中的情侣。可真实情况是,这该死的小罗姑娘莫名其妙地失踪让我发现自己就跟被人抛弃的傻逼一样痴痴地发疯。我下意识地又一下子推开她:"你这个疯婆子,莫名其妙的疯婆子。我陪你玩不起。"

她却泪眼蒙眬地看着我。小小而圆圆的眼睛眨巴眨巴,好似是我欠她的糖一般。我只好赶紧哄她:"不哭不哭,回来就好,我很想你,不哭了。"

她却像个母狮子一样吼起来:"想我你不找我啊?"

我也不甘示弱:"我靠,我怎么找你啊?你连个毛都没留下让我去哪儿找?"

突然我们就都笑了起来。

"哎,哎,咱都别疯了。我不对,我莫名其妙,我浑蛋,以后我不走了行不?我跟你回家成不?"

突然她又说:"其实我本来就不属于你对吧?"

我因为这句话变得更加低落起来,也许小罗姑娘根本就没有走远,她一直在我的周围,只要我走出那个阴暗的房间就很容易地遇到她,只是我没有。她的突然出现也更加让我意识到这

爱十二梦

世界没有谁,没有哪样东西是完整属于我的。甚至连我自己,都会变得无法控制和不可理喻起来。也许我不适合绘画,如同小罗不适合唱歌,只是我们仍旧在毫无意义地坚持着,但是这种坚持能够带给我们关于生活的希望,我们由此就变得快乐,这样的快乐是直接而简单的。在我思考这些的时候,小罗姑娘坐在我面前狼吞虎咽起来,她吃东西的样子很可爱,两颗虎牙偶尔外露,咀嚼食物的时候活像一只小小的猫咪,但绝对是那种很凶狠的猫。我看着她:"小罗,其实我发现自己真的爱上你了。"

她却扑哧笑了,爽朗的笑声伴随着模糊的咀嚼食物的声响,让我听着好似我是刚刚给她讲了一个不太好笑的冷笑话。"就像那种普通的情侣一样吗?"

我语塞,一时不知如何回应。

"你连自己都不爱,你拿什么爱我?"总算咽下食物,她还能完整而清晰地吐出这一句。

这姑娘常常让我的自卑和浑蛋劲儿暴露无遗。她说得对,我连自己都无法爱,怎么去爱她。在世俗的世界里其实爱是一种能力,爱是有很多标准的。我承认如果我世俗地去爱这个姑娘,那么我其实是一个无能为力的人。我没有固定收入,无法给她稳定的生活,无法给她一个富裕安全的环境。这些我自己都给不了我自己。但是并不是说我就不爱自己,爱自己这种事情比较随心所欲,说白了就是有点儿自私,我只要心里欢喜心里开心,那么就算对得起自己。可是爱别人,却必须要有一些条条框框的东西去限制住关于爱的定义。我曾经很不屑于这么理解问题,所以我留不住跟我睡过的任何一个姑娘。但是现在因为爱,我甚至愿意改变我自己。

小罗姑娘突然停止对食物的进攻，她一直盯着我发呆。

我们突然没了话。

不是没有什么话好说，而是有的话没必要说出来，或者即使说出来也无法解决倒不如不说。于是就有"沉默是金"这个词语。其实我不想沉默，我很想用尽方法挽留住小罗姑娘，我不想让她再次突然消失在我的生活里。可是我发现自己只剩下贫乏的嘴时，倒不如让它赤裸裸暴露在空气里晾着会更加让小罗姑娘觉得真实。她突然塞给我一串鸡翅："好吃呢，你也吃。"之后看见我一脸错愕无奈地生吞完一个鸡翅，她咻咻笑起来，那声音肆无忌惮并略带喘息。

"反正你得跟着我回家。"

"我纠正一下你的用词，是你那个破旧狭小的房子。不是家。"

我一下子被这句话逼红了眼眶，哽咽着硬生生从嘴巴里挤出话来："小罗，我也纠正一下你，我觉得只要有你的地方就是我家！"小罗姑娘突然奔向我的怀里，用她油乎乎的嘴巴照着我的脸狠狠地亲了一口。这吧唧的响亮一声代表着小罗极具标志性的回归。

我带她回去的路上莫名感受到一种羞耻。甚至开始觉得路上的大爷大婶都在盯着我看，在他们眼里或许觉得是一个不务正业的小青年，带着一个姑娘乱搞在一起。我还觉得是我的眼泪和可怜引起了小罗姑娘的同情，她才感动得跟我又回到她所认为的那个狭小又破旧的房间了。

一回到房间里，小罗姑娘就放肆地吻我。甜腻的口腔里夹

爱十二梦

杂着油腥味道，令我大脑发晕。我的手情不自禁地抚摸上去，小罗的皮肤极为有弹性，非常壮实。她圆润的胸部紧紧地贴着我，我的心能够感应到她强有力的心跳，迅速地跳动着，似乎快要跳进我的身体里。我的身体因为这种跳动和她所呼出的轻微喘息而变得异常兴奋，手指越来越快地游走于她的身上，似乎是想在她的身体上画出一幅画来。我突然间停止了动作，轻轻地在她耳边问："小罗，不要再走好不好。"小罗并不说话，只是用她迷蒙的双眼望向我。

我们又回到了最初的那段日子。平凡而幸福的，不像是属于一个所谓艺术家的。拥有世俗而温暖的简单爱情的这些日子。这些日子平缓而安静地流淌在我们的世界里，只有我和小罗。我甚至遗忘了自己在孤独里的那些关于绘画的所有梦想，我只想和她腻在一起。我和她每天都会出去在附近的公园里散散步，我很穷，没法带着小罗去逛商场、看电影。我唯一的收入就是将一些绘画作品临摹出来卖给需要它的商贩。

小罗姑娘有一次在经过一家西餐厅的时候停了下来，她看着门口招牌上那块色泽鲜亮、肉质鲜嫩的澳洲牛排好半天，似乎还闭起眼睛闻了闻。我知道她喜欢招牌上那可口的美味，我却没有过多的钱带她进去品尝一下。我为自己感觉到可悲和无力。我似乎只会画画，而那些画却无法负担起光鲜丰腴的生活。

她却不说话。

我也没有说话。

一路上我们都很沉默。连傍晚曾经感受过无数次的和煦微风此刻刮在脸上也成了如刀的讽刺。我连最基本的食物的享受

立夏/向日葵

都无法满足我的女人,更不要说我还想给她穿上美丽的衣服,让她和我的小日子过得滋润一些。就像我之前说的,我不能画一个。告诉她,呶,这就是我给你的。我的小罗姑娘虽然从来没有向我要求过这些,但是我总不能没皮没脸地这么一直浑浑噩噩下去。

回到我们那个狭小的房子里,光线很暗。我的心情低落到极点,我张开画布开始作画。我闭起眼睛思索,就想起刚才小罗姑娘对于美食的渴望。我的手也不由自主地迅速在这白色画布上移动,我脑子里深刻地印着刚才招牌板上那只牛排的诱人模样。我画上比它更为夸张的牛排,然而我的这份牛排中心是一个女人的红唇,牛排旁边的勺子上印着女人蓬头垢面的形象,刀面上倒映着一位衣着光鲜的美妙的女郎,叉子上是隐隐约约的钞票。

作完这幅画后我许久没有说话。

我给它起名叫作《贫穷的美食》。

小罗姑娘看到这幅画时已经是第二天的清晨。我为了这幅画从昨天傍晚开始熬了整整一个通宵,她在安静地等待的过程中睡着了。但是从她看到这幅画惊喜的神情中,我可以体会到她是认可我潜在的才华的。就如她刚开始就说的,不要做一个复制机器,要做独一无二的独创者。我却感觉到一种无力的悲哀,我不能真的带她去吃这昂贵的牛排,画出一幅画作自我安慰,有种画饼充饥的无奈。

我看自己的这幅画却有一种深刻的耻辱感,这耻辱感逐渐膨胀,变作一种莫名的气愤,我有了一把撕掉它烧毁它的冲动。

爱十二梦

小罗姑娘却微笑地看着我,她看出我的这种坐立难安的羞耻,她说:"你不要急,你很有才华。你不要觉得辜负我,不是有一句话说,最好的时光都是被辜负的。不要觉得是种浪费,这是你通向自己内心的必经之路。我就是老天专门派到你身边给你灵感的。"

我想,每一位所谓的艺术家所期待得到的女人我得到了。

我在享受这姑娘带给我的所有柔情、所有懂事、所有温暖的时候,这姑娘又再次消失了。上次她消失,我感受到了对于她的爱。因为这爱,我却自我堕落。这次她消失,我感受到了对于她更为深刻的爱,因为这爱,我决定努力完善自己,在画作上更下功夫。

这次她留下几句简短的话。

"我知道你的才华必有用武之地,即使没人认可那又怎样,就像我唱歌,旁人说什么我也不在乎,唱得自己开心就好。我该回来的时候自然就会回来,不要问我去了什么地方,就像我们相遇你从来不问我来处。我们的这段日子,是我这些年来最开心最自在的日子,虽然说你觉得没有给我什么,其实你给我了很多。是你未曾发现的许多,等你发现它们,也许你就会知道你是你,独一无二的,无法替代的。"

看完这几句我立刻浮现出我们第一次相遇时候的情景。她唱着一句都不在调上的歌曲,自我得意的臭屁样子。但是仔细听听,却在肆无忌惮的跑调中自有一种力量,这力量来自于一种不在乎,来自于她将自己的情绪完全的左右而不顾这个世界的世俗目光。她的这种对于唱歌的自信感染了我,这种自信延伸到她的歌声中,令我越听越觉得动听。这是匆匆过耳的听客们所无法体会并且有可能嘲讽的。但是她不管别人喜欢也好，厌恶也罢。她都敢大声地唱。她是我的光，我在彼端的黑暗遥望，她独自站立于光亮里，微弱渺茫，却生生不息。

我却不可以，我总是惧怕、担忧、自卑。我总是过分担心自己在所谓的规则面前是否有所失误，于是我自卑而且怯弱。这样的情绪导致我无法尽情地去发挥我的天赋，或者说我根本没法忘情投入于创作这件事情，因为在创作里你要将自己当作上帝去赋予作品生命力，而我，却时常困惑于上帝的存在。在生活里我常常是一名悲观的思考者，我的思考阻碍了我前行的能力。小罗姑娘说她喜欢我的思索，也讨厌我的顾虑。其实在我的世界里，这两个玩意儿是同一个东西。

我还记得第一次被打击是在上大一的时候。我满怀着对艺术的执着追求，在经过了两年复读的不懈努力下，终于考上了旁人眼里的一所高等美术学府。从我家乡那个穷山恶水的地方来到这个繁华的都市里，心里充满着一种叫作梦想的东西。可是在经过了这么多年之后，我才明白梦想这玩意儿就似我深夜里找不到自我安慰的幻觉一样，只能增加我精神的快感。我将我所得意的画作拿给那位令人尊敬的海派教授，希望得到他的欣赏。可是当时的他，只是眼睛向我手里的纸张上瞟了一眼，然后扶了扶斑斑锈迹的眼镜腿："小城市来的吧？这也拿得出手？画看得太少。人家玩儿的东西侬再玩儿一遍哟？"

那说话的口气活生生地让我想起初中的时候，我恨之入骨的那位数学老师："每次你都是抄别人作业，你咋不把别人嚼过的馍再嚼一遍呢？"这句话导致我的数学分数自触底之后直逼

爱十二梦

负数。

　　当时我并没有说一句话。沉默地看着那位老教授，在心底对抗着自己怯弱的自卑。"我是小城市来的。"这句话深深刺痛了我的心。我从来没有对自己的故乡产生这样深刻的羞耻，虽然说我热爱着也憎恨着那座干净又饱含肮脏的小城，对它的复杂感情却不允许任何一个外人那般去形容生我养我的地方。

　　我的故乡有这座繁华都市不曾有的安逸宁静，也有这座繁华都市不会有的热闹人情。我的故乡有这座繁华都市不曾有的空旷辽远，也有这座繁华都市不会有的闲杂琐事。我热爱我那个小小的城市，它没有哈根达斯，却有五毛一根的好吃冰棒。它也没有琳琅满目的商品，却有一望无际的麦地。它没有这里许多打扮时髦穿着光鲜的漂亮姑娘，却有我无法忘怀的初恋的她。它也没有教授口里那么多的美术展，却有着农民用沁满汗水的双手堆出的玉米和好看的窗花。因为它有着一个让人永远沸腾的名字，故乡。

　　就这样，那个教授的所谓当代艺术理论，我再也没有去过。

　　我从来不认为看那些所谓的画展就是所谓的高端的艺术。

　　我宁愿一个人在充斥着难闻味道的被窝里思考。

　　大学期间我创作了许多画。偶尔会有一些买主用很低的价钱买走，我为了几本好看的画集或者改善伙食都会卖掉它。大学毕业我尝试过办画展却从来没有成功过，我没有资金也没有人脉，更重要的是，我的原创作品并不够多。我尝试着找工作，却没有一个能够适应的工作，也没有一个工作肯适应我的那些病态的自尊和放肆的自由。

立夏/向日葵

所以。就这样。

我就成了复制品机器。为了糊口,为了能在这个给过我梦想也给过我屈辱的大都市活下去。还是那个离开这里去找寻的哥们儿让我发现我的这一特长的,我有次在寝室随便临摹了一张梵高的《星空》。这张信手拈来之作却被那个哥们儿在出售旧杂物时候一并处理掉,当我从他手里接到那崭新的一百元钱时,我意识到自己的这个伎俩是可以得到一部分人的青睐的。他笑嘻嘻告诉我,你干这个绝对可以,起码在这个无情的大城市里混个日子没啥问题。说完了就特严肃地加了一句,这大城市其实特像个婊子特没劲,给钱使劲让你享乐,没钱就冷眼相对。你想拿你所谓的艺术温暖这个婊子,其实还不如喂狗。我心底觉得他偏激,婊子也有情有义,生活所迫,其实没有谁是谁非。我还是好好琢磨自己明天的饭钱最实在。说罢那句,他又甩出一句:"哥们儿我给你说,你勤奋点儿,多画些这样的,还是有些市场的。人们都图个高雅,伪装一副艺术面孔做秀。你看我的画不是有人说过很有灵气,可是有个屁用。灵气这种东西如果不矜持点儿就会用完,太矜持了显露不出来。不如我自个儿寻清静。我想得透放得开,你却喜欢这个城市,所以你得留。"

印象中那次应该是最后一次与他的对话。之后再也没有联系,像是在毕业季里听过一位艺术青年的临终感言之后就折断画笔撒手西归。我常在梦里出现一片茫茫的戈壁滩,那哥们儿留着一撮小胡子,胡子与胡子绞缠在一起布满了细细的黄沙,在大风卷起的黄沙里,他拿着一支硕大的画笔,在地上作画。画了什么我不知道,风很大,迷了我的眼睛。也许在眼睛看不到双手

爱十二梦

的那个非常无力的世界里,那个哥们儿比我透彻。

他说得对,我喜欢这个冷漠的大城市。我被这个城市的无情刺伤却又深深爱着,所以我得留。我喜欢这个冷漠但是仍有温情的大城市,我喜欢这个冷暖自知繁华物质的大城市。我内心有一团火在这个冷冰冰的城市燃烧着,混杂着属于男人的野心,燃烧着。他却说,他走了。因为他爱的姑娘不在这里,因为他所钟情的所有,这个城市都不能给予。

离开必有所得,留下也有所失。我常常在想我没有勇气的回归,是否就是一种对于故乡的怯懦和自卑。我就是这样的人,放弃了故乡殷切的期盼和年迈的老父母,以及在故乡所有的往事、深爱过的姑娘。我留在了这里,似乎是将自己流放于汪洋大海中的一个孤岛,无人可等,亦无人来爱。所以说,小罗是我的奇迹,是孤岛外的明亮灯塔。

每每想到此,我都万分想念此刻深爱的小罗姑娘。可是她却似一只幽灵般,闯入我疲惫无趣的生活后离开,再次闯入然后再莫名消失。可是我承认我骨子里有很大成分是贱得慌,她越是这样不可捉摸,我反而越是爱她。

当我在昏暗狭仄的屋子里废寝忘食地作画、甚至开始遗忘小罗姑娘长相的时候,她回来了。我感觉眼前的小罗是陌生而美丽的,陌生的小罗拥有了一种别样的美丽,是一种陌生带给我的新奇。但是并没有减弱我之前对于小罗的深深爱意。"胡子都没有刮,好丑。"她拥抱我,冰凉的手指抚摸过我粗糙的布满胡茬儿的下巴。我忘记了多久没有过被一个女人这样拥抱和爱抚的感觉了。这种感觉很温暖,是只有小罗能够带给我的温暖。

立夏/向日葵

"我很想你。"小罗轻声在我耳边道。我因为她莫名其妙地消失心生许多怨恨来,我质问她:"我上次说不要你再走。你为什么要走?"质问中我却将我的小罗姑娘搂得更紧了些。

"我没有走远。"她仰起头,我看到她如星般的眼睛里似乎闪烁着亮光。表情甚是委屈,嘴巴里两颗小虎牙随着嘟起的唇隐隐若现。"我真的没有走远,我知道你这段日子里每天固定有个时间出来吃饭,白天蒙头大睡一整天,然后晚上在房间里亮起灯作画。很偶尔的,某个天气好的黄昏在离家不远的小广场坐很久。"

原来她都知道。她是我生活里最温柔的一双眼睛,我在黄昏的广场看别人的风景,她也悄然注视着我。"知道我为什么没有回来?因为我知道,我回来你还是不会改变没有起色,我们俩的爱情也会随着困窘的生活一起灭亡。我知道你已经开始蓬勃出新的能量,在这段日子里迸发着。我想你在完满你自己的梦想。"

小罗姑娘就是这样。她从一开始进入我的生活就狠狠地改变了我。她的语言充满一种暴力直接的美感,她的行动也时常刺激着我疲乏无趣的生活。"我告诉你一个好消息,我替你找到了门路,可以帮你办一次画展。"

我觉得小罗姑娘有种特殊的魔力,总是处处给予我惊喜。她的出现是惊喜,她的回归也是惊喜。她的话语中所蕴含的力量是惊喜,而她此刻不容置疑的这个强硬态度也是惊喜。我无法抗拒她的这种莫名的魅力。但是我很疑惑这个唱歌跑调的姑娘,怎么能有那么大的能量,此刻坚定地告诉我,她要帮我办画展。

爱十二梦

"你现在的问题是作品还不够。还好这次我离开你的日子你没有自甘堕落,勤奋地在这个房间里不停地画。这是属于你的能量,现在你得拼命地发挥这种能量并且能够不管任何情绪下都能很好地发挥出来。"我的她此刻给人感觉特别不一般,她似乎是我灵魂的救世主指引我向前再向前。

我其实也不明白我的这种突然而至的崇敬之意因何而至,但是我就是感觉我的小罗姑娘,注定是我的,注定是要来改变我的生活。之前的每一个女人都未曾给我过这样的感觉,她们也很美,在做爱的时候我也非常爱她们的美,我只想享受那种女性的美丽,但是没有哪个女人使我会产生这样的感觉。我在这段日子最真切的感受就是我已经离不开我此刻怀抱里的这个姑娘。我感觉她是熟悉而陌生的。熟悉得似亲人故友爱侣,陌生得像是初识的新鲜人。各种感觉杂糅在一起的,是我对她的爱。"小罗。"我深情地呼唤她。在心底,在唇间。我此刻也并不想要她,只想静静地抱着她。永远的。

她带着我去见了一个人。这个人我这辈子都不想遇到。竟然是大二的时候嫌弃我又土又没创造力的老教授,她说是她父亲的故交。这样的相遇非常奇怪,就像是俩看不对眼的人被某种强硬的机缘拉扯到一起,只剩下大眼瞪小眼的沉默了。小罗表现得格外兴奋,以一种过分高扬的声调叫着他伯伯:"伯伯,我觉得这小伙子有才,您就帮帮他呗。"

非常显然的,这位老教授不太记得我。我只好尴尬地笑着,并且装作敬意地说:"老师以前是带过我的课程的,估计是不记得了。"但是很明显地,这位老教授再次表示了对我的不喜欢:

立夏/向日葵

"我带过的学生哟？那特别天才的我当然是记得的。"讨厌的口气仍旧是丝毫未变。小罗却对眼前这位她称之为伯伯的人有着一种天然的亲昵感。看来确实与小罗的家里交往不浅，而且应该是很喜欢小罗。我的小罗姑娘竟然和这位清高傲慢的老教授看起来如此亲切，我瞬间觉得这个世界比我想象中还要包容。

"伯伯，这样说话就不对了呀。侬晓得有很多后起之秀喽。"小罗的口音一下子变得和老教授的上海话非常接近，我一直以为这姑娘是寄居于上海这座精致城市里的北方人。

"你这个小丫头哦。"他甚至抚摸了一下她的脑袋。他甚至都没有正眼瞧我的打算："既然你是小罗的朋友，那我可以通过我的关系帮帮你，你的作品后天送到我办公室里来。侬在学院待过应该晓得的。"

"伯伯，那你就答应帮他喽？"这位老教授微微地点点头。"太好嘞，谢谢伯伯哦。"她似乎还偷偷向这位严肃正经的老教授眨了眨眼，这未免有些太过放肆了。我还未来得及吃惊，就被小罗姑娘拉起飞奔了出去。

我就任由小罗这么一路拉着。阳光洒在地面上，洒在我们身上。地面上我和她的影子飞快地移动着，感觉像两只妖怪追着我和她跑。突然间我感觉到一阵低落，我堂堂一个大男人要她帮助，真是该颜面扫地。而残酷的现实却是，小罗姑娘让我曾觉得遥不可及的梦想看起来有那么多的可能性。我早就觉得，我心爱的小罗，肯定不是一般的姑娘。

我忍不住因为我的思索慢下了飞奔的步履："小罗，我问你，那个老教授你怎么会认得？"

爱十二梦

"认得就认得喽,和我爸爸是故交嘛。"小罗嬉皮笑脸地说,"走,我带你去吃好吃的吧。"

我感觉不对。我停下,盯着眼前这个忽隐忽现的姑娘:"小罗,你如实告诉我,这是怎么回事。你没必要伪装成一副似乎和我同等的人接近我,真的,不要你可怜我。我现在觉得其实你就是来玩儿我的是不?其实你根本就是抱着一种怜悯的态度接近我这种浑蛋又穷困潦倒所谓的画家是吗?你和我,根本就不应该在一起。"

她生气了。脸色变得绛红:"我说你清高,清高你去喝西北风啊。你何必呢?你想这么多干吗?生活要是被你这么空想过去早就完蛋了!你知不知道你最大的问题不在于你的才华,在于你心底放不下所谓的一些固执?我说不说我家里的情况,和你爱不爱我有关系吗?你这样爱一个人,却带着所谓的有色眼镜就是真的爱吗?我真是后悔回来,我真是后悔帮你联络那么多人,求爷爷告奶奶,我何必呢!"

说完她就走了,很快的速度。这姑娘常有一种雷厉风行的美,这种美又是我无法掌握无法控制的。我望着消失的那块小罗刚站立的土地,此刻上面洒满了金色的阳光,我对自己极度失望,我把这种失望转变成一种愤怒发泄到小罗身上,简直就是一种非常小气的行为。这种小气往往被我这种人披上所谓自尊的外衣,其实那些肮脏又廉价的自尊在坦荡荡的小罗面前,真是无聊又乏味。我觉得小罗姑娘肯定是知道了她爱上的其实是怎样的一种人,这一次她才跑得这么赤裸又迅疾。

回到我那个小屋子后我感觉很低落。这种低落夹杂着油然

立夏/向日葵

而生的自卑,不断地在这个黑夜里刺激着我。想想这些年,我在这个都市里丧失了先前在我故乡所能拥有的骄傲和自负,渐渐充盈我生活的,是琐碎的房租,阴暗的屋子,廉价的画作,浑蛋一般的我。唯有一种叫作梦想的光亮,它还时常照耀着我,给在这个繁华到荒芜的都市里漂泊的我一点点希望和力量。是小罗,小罗她让这种力量更加膨胀,她的出现令我的希望越来越光明。我常以为在这个冰冷的城市,我只能是游走在自我世界里的独行者。小罗给了我温暖,还有点燃我梦想的热度。不管从哪个方面去思考,我都应该感谢这个姑娘。即便她发现我不值得她去爱而离开我,我也必须实实在在的,发自内心地谢谢这位姑娘。

这样想想,我就进入了昏暗又虚妄的梦乡。

在梦里,小罗姑娘向我飞奔而来。我张开双臂要拥抱她,却在眨眼工夫扑住了虚空。我很沮丧,我的爱并没有实际的重量。它无法承担现实里狂躁的暴风雨和艰辛的琐碎。这些虚空似一团冰凉的云朵,紧紧地包裹着我,我随着这团云慢慢上升,直至蓝天之上。在蓝天里我发觉什么都不用想好自在。随着云朵我飘着,感觉身体快要融化到这团云里。云朵迅速地消散,我失去了支撑开始掉落,掉落的过程里我一点儿也没有恐惧,只是让身体似稻草一般掉落,我这根稻草被风吹到了大都市,又被风吹到了小乡村。作为稻草的我轻盈地飘在城市和乡村的上空,看到了许多人,那些人好似是我认识的,又好似陌生人。那些事好像是我经历,又好像是别人故事里的。接着我掉落到了麦地里,泥土的芳香令我觉得安然又踏实,在这股香味里,我感觉到自己快要变作养料。

爱十二梦

我被这股香香的味道唤醒。醒来后发现是自己肚子饿了。抬头看到了小罗端着一碗粥:"你已经昏睡了两天你知道吗?""我做了一个漫长的梦。梦的最后是我变作了稻草化在泥土里,那可能是我对这个世界唯一的用处。"

她却一巴掌拍到我脑袋上,用力生猛。在我痛到嗷嗷叫的时候,她特严肃地说:"你知道嘛,你就是这种有时候骄傲到固执,其实自卑到骨子里特臭屁的一个人。所以呢,谁都拿你没办法。我也就不跟你生气了,省得你又发烧又做梦,又说胡话的。"

"我知道你是舍不得我,怕我死在这个冰冷的大城市里,每年还要祭奠我,多麻烦的,不如我好好地活,把你哪天气得心死了,就冠冕堂皇地不要我了。"

"哟呵,你想法够多的啊。前一句还像个人话,后一句就他妈的开始浑蛋了啊。我真是犯贱,还特担心你,屁颠屁颠跑来看望你,看你昏睡了两天,跟个死猪一样。我何必呢?你那天晚上给我打电话,莫名其妙地说胡话的那股骚劲儿哪儿去了?"小罗姑娘的小虎牙在她快速的语速里若隐若现,真感觉它会跳跃出来,变成两只张牙舞爪的小老虎。

我突然想起那天入睡前顶着我热到发蒙的脑袋是给小罗拨了那个电话。所幸的是,它并没有像前几次小罗突然消失的时候一样关机,它嘟嘟的声响令我十分喜悦,在这样的喜悦里说的话,此刻我却一点儿都记不起了。

随她怎么说,此刻能看到她,我内心安然而踏实,就如同梦里我化为的那根稻草跌入了松软芳香的泥土。我立刻紧紧抱着她,她也静默下来。这一刻的温柔是我梦里永恒的念想,我感觉

立夏/向日葵

到一种强烈的不真实。我感觉到我的不真实感来自于体内根植的自卑和怯弱,还来自于这个缥缈无依的大城市。

曾经这大城市里什么都有,而我却一无所有。现在我终于有了小罗。

天空很蓝,金碧辉煌的美术馆在阳光下熠熠生辉。它是圣殿,我不过是个祭品。现在终于可以看到我的画作被整齐排列于这所美丽的建筑里。我的心情万分激动和开心,我搂着我的小罗姑娘狠狠地亲了一大口。最近忙着和小罗整理画作,将画作很精细地装裱。她明显为了这个画展也辛苦得面色有稍许的疲惫,不过神情看起来似乎是比我还开心。我抱起她在这个还未开放的印着我的巨幅画像前转了好几圈,天旋地转中我沉迷在这片梦想成真的喜悦里。

远处见小罗搀着这次帮忙的那个伯伯,也就是我大学里最为憎恶的教授。不知怎么的,我很不想过去打招呼,一个闪影,就缩进了旁边的角落里。

"丫头,要不是你,我才不费这个劲哟。"

"爸爸辛苦了嘛。"

"搞不懂你怎么看上那小子了。真是费解哦。从小我就溺爱你,你妈总说我惯着你。你过去要出去唱歌我不管你,你说那是艺术。不好好地继承爸爸的绘画天赋跑出去唱歌,不像话。现在倒好,交到一个穷鬼画家做男朋友,还要爸爸帮忙,竟然还不肯让他知道我是你爸爸。真是个鬼丫头!"

"我觉得他很有才华。爸爸就不要质疑人家的眼光了嘛。"

"美院这样的男孩子不知道要多少个呀。你真是脑子锈透

爱十二梦

了,要是把这事儿捅给你妈妈,看她不火山大爆发才怪嘞。"

"求求您啦,不要讲嘛。该说的时候我就会说。你和妈妈那阵不也是自由恋爱嘛。"

"哎哟哟,还自由恋爱。那阵哪里是自由恋爱,是你老爸我赶鸭子上架必须得结婚!"

一阵属于父女间欢快的笑声在空旷的展厅荡漾着绵绵的温情。原来他是她的父亲,怪不得有这般天然的亲呢。看起来,父女感情很好,我躲在这个角落里听着这笑声,不禁感觉到这个我曾经憎恨的老头子,在女儿面前也是骄纵宝贝的好父亲。我却感觉到低落,渐渐地在这种不断低落下沉的情绪里,开始厌恶我自己,我对自己很失望。我还是这位老教授眼里的"穷鬼画家",甚至就是一个在他们学校一抓一大把的学生而已。

我的脸涨得通红,我感觉这次画展似乎是他在女儿的央求中施舍给我的。

我肮脏的自尊心不断膨胀,膨胀到满心充斥着愤恨。

等了好久我才缓过来,回过神发现小罗和她父亲已经拐到这边。我抬头和她相撞的眼睛显得非常慌张,似乎自己是在这里干一件见不得人的勾当。与教授对视的瞬间,我在他的眼里解读出的是一种和蔼而温柔的怜悯。我知道我配不上心爱的小罗姑娘,她比我有勇气,有见地,更有底气,最重要的是,人家有个好爸爸。想到这里我想起我的父亲。我的父亲是我那座小城市里的小科员,虽然安分守己却顽固到死,我似乎觉得这个男人在一辈子的安逸里以压榨他儿子的梦想为乐,不停地向我灌输他所谓的普世观和粗鄙物质的人生价值。不过这样的我自小就

立夏/向日葵

对画画这种具有强烈仪式感的艺术形式有了天然的崇敬。他在我第一次高考的时候偷偷改了我的志愿导致我什么也没考上,后来复读两年加之他已对我失望,我光明正大地恶补了两年的美术专业,最终考进这个所谓梦想的都市,梦想的院校。再一晃神,却在此刻与一个同样鄙视我梦想的父亲相遇。只是这个父亲,是我心爱女人的父亲。

小罗尴尬地笑笑。见我一下子愣住,便撒娇着使唤他父亲离开。小罗撒娇的样子真迷人,两颗外露的小虎牙伴随着沙哑又柔软的声音,似一只猫儿。

"其实,我真的是不想靠你完成自己的梦想。尤其是现在的真相竟然是他是你的父亲。其实你知道嘛,你那高贵的父亲,在我大二的时候给我上课时伤害过我。"我甚至不敢看她的眼睛,我明白自己此刻看似歇斯底里的质问,是骨子里隐匿的那些根深蒂固的自卑。我怕我失去眼前的这个姑娘,这个跟我所谓"门不当户不对"的姑娘。她却不说话,沉静地看着我。她太容易了解我内心的所有恐惧,这也是我爱她的地方。

"先把画展做完再说好吗?"

我却没有回答她,我走了。

我有一种无力的耻辱感。我跟她根本就是门不当户不对。我也从不会奢望一个大小姐一般的女人爱我爱到死去活来,在现在的社会根本就是伪命题。我觉得此刻走在洒满阳光的大街上,像是漂浮在光亮里的一粒尘埃。我什么也不是就像我来的时候一样,我什么也没有就像我走的现在一样。

期待。我本来对这姑娘有一种深刻的期待,就像我对这个

爱十二梦

城市一样。但是这些期待全都是我的虚空。现在我甚至想缩回我故乡那个更为沉重的壳里,即使小罗是个平凡又有点儿贫有点儿霸道的会炒西红柿鸡蛋的姑娘,她肯跟我一起回到那个贫乏的小城市吗?小罗,梦想,此刻对我来说统统只是一种奢望。

迎面就撞上了小罗的父亲。他和蔼地注视着我,脸颊因为岁月而印刻的细纹在阳光里显得很饱满。"小伙子,咱俩谈谈?"我竟然因为这一句平和的祈使句有种受宠若惊的感觉,和课堂上他尖酸刻薄的样儿简直判若两人。我明白这种感觉是我骨子里还是对教授这样的权威人士抱有一种期盼抑或是畏惧,他对我的否定导致我对于整个制度的否定。我能想到此是成熟的思维,但是我的行为举止却无法成熟,此刻正在不屑地望着这个老头儿。

他却笑了。从容而平静的笑容透着一丝"轻易就会拿下这个年轻人"的意思。我只好回应一个尴尬的微笑,故作轻松地问道:"谈什么?"

"谈我的女儿,谈谈你。还有谈谈我,还有我的家庭。"

我知道我没资格在这几个方面的问题插任何的嘴,唯有竖起两只不厌其烦的耳朵。"小伙子,你应该荣幸能够跟我的女儿相遇并且能够拥有这段爱情。我的女儿很优秀。她一直清楚自己要什么,她也知道自己能够给予这个世界什么。说得太笼统,相信你以后会慢慢感受到。她很独立,我也放任她的这种独立。换言之,就是她非常任性,我是在骄纵她。她的母亲跟我是截然相反的,可以说,在教育孩子的这件事情上,我和她简直就是一个左派一个右派,我们家的政策是在'极其左'的阴影笼罩

立夏/向日葵

下,适度的'极其右'以至于让我女儿有了一个较为平和的发展空间。"

这个老头子在谈到她女儿的时候简直是熠熠生辉:"关于你,其实你心底清楚。以你现在的能力根本无法给我女儿幸福。不是我世故也不是我现实,这是一个男人应该有的担当。我年轻时候也是个穷小子,但是我肯钻研,有学历,也用功刻苦,我非常努力地靠着天赋去奋斗,这才承担起一个家。你们现在这些搞艺术的年轻人,动不动就拿梦想说事,以现实的残酷作为借口,成天都活在一种幻想的虚空里。梦想也是脚踏实地构筑出来的,绘画也不是空中楼阁,它是靠磨坏了多少个板凳,用秃了多少支画笔,经过了多少时日的历练才成就的一个大师。知道我为什么说你这样的人很多但是却肯帮你吗?因为你确实有那么些才华。但是天才如果止步于天才,那么最终只能沦为平庸。我理解你,现实确实很艰难,有时就需要有人施以援手,但是剩下的路你必须一个人咬牙坚持下来。懂吗?"

我现在越来越觉得小罗那强势的"说教"遗传自何处。我自小就讨厌父辈的这种教育方式,遇到小罗姑娘以后竟然被她的某些言论所折服,现在听她父亲的说教,竟越听越顺耳。再看这位教授,也不那么令人生厌了。也许我内心那根神经太过脆弱,才敏感到被一句话就伤害如此之久无法释怀。此刻再转念多想几遍,也是云淡风轻。

"你和小罗我不会太管,顺其自然就好。不过以你现在的境况看,你们是无法有个清晰又靠谱的未来的。小罗的母亲是个极为强势和干练的女人,当年认识她的时候还没有显露出她

爱十二梦

霸道的一面来。生活的真实面目总是若隐若现的,你以为你看透了,其实什么也没有看透。婚姻和爱情是两码事,你以为你俩爱到不行了,一过日子就发现根本不是那么一回事。我的话,点到就好。"

我开始明白这位老教授的几番话都是煞费苦心。重点在于模模糊糊的最后一点,就是我和她的女儿基本上是没戏的。而他现在可以不管,到时候自会有她更为强势的老妈出现横插一脚棒打鸳鸯。其实他说的话道理都是对的,对于我而言,却统统都是无解。

一回到展厅就被小罗姑娘劈头盖脸骂了一顿,她骂我无聊骂我神经病骂我莫名其妙。总之,不管她骂什么,我都紧紧地抱着她:"小罗,这次画展结束,我带你去我的家乡看看。"

怀里的女人却是娇羞地低着头,恰似月色下一株温柔的睡莲。

她是我最美的画作。

画展办得还算是成功,各方面都有些不错的反响,也有些不痛不痒的批评。结束的那天,我手里攥着两张我连夜排队买好的火车票,不曾收拾行囊便和我心爱的小罗踏上了归乡的路途。

我不知道以后的路会怎么前行下去,我也不知道小罗是否会一直属于我。但是我可以肯定我一定会好好生活下去。我知道我的小罗姑娘能够给我力量,她是我生命里最奇异的一个梦。

那天我带着我的小罗姑娘去家乡的麦地,我拉着她从麦地跑过,跑向远处的那片向日葵。风从我们的耳边呼啸而过,我们都觉得自由。

突然她停下来问我:"三十七岁的梵高长眠于奥维尔尚未

立夏/向日葵

成熟的麦田里。这位以燃烧般的热情从事绘画的巨匠,究竟喜爱什么,祈求什么?"

"他和我们一样,乞求自我,喜爱向日葵。"我微笑地把我傻傻的小罗姑娘搂进了怀里。

"但是,我不会像梵高一样。"

我指的是什么,我想她和我都清楚。阳光分外妖娆,照在我和我心爱的小罗姑娘身上,我和我的爱情,向着太阳,生长得生机勃勃。

爱十二梦

扑　风

你拥抱她
却只是抱住了风
你张开双臂
迎接你的却一片虚无
他是一阵疯

扑风记

人生如初见

初见她,她还是个甜美可人的小孩子。

我们在铺满月光的后山坡上捉或许永远都不会捉到的蝴蝶。两个小女孩儿牵着手满山地跑,然后任由月光骄傲地洒在我们的身上。彼此看不见清晰的身影,只听到孩子般固执大声地笑。我们的小手紧紧地握着,闭起眼睛就闻到空气中弥漫着的,潮湿而温热的泥土气息。

颂歌。很多年以后的梦里,我还会时常梦到你。我们牵着手奔跑的样子,你欢喜歌唱的样子,都会让我在梦里泪流满面。

芒种/扑风记

我不知道是什么让曾经年少的美好全部遗失在一个不经意的角落里。也许那些全是些不疼不痒的记忆,变成散落在时光的河流里,一去而不返。

我再没有回去过我的乡村,与你自此散落天涯。我的乡村只是因为有你,才变得分外美丽。颂歌,颂歌是我给你起的,你的名字和这个词儿发音一样,你姓宋名鸽。你觉得它充满了泥土味,非得让我替你改改。你说喜欢颂歌,颂歌,吟诵岁月的温柔和残忍。

我是一本杂志的编辑,偶尔写写小文。

常有人矫情地称呼我为作家。

我写了很多文字给这个女人。她一直微弱但是清晰地出现在我的生活里,接收她的明信片已成了我生活的一部分。她像个鬼精灵,像只飞来飞去的小鸽子,像阵春日里温柔的微风,我永远都捕捉不到她。

我身边有个温文尔雅的未婚夫,待我疼爱体贴,只是我总觉得少了些什么。大学毕业后就在这个城市里寻觅到码字编辑这样的营生,然后就遇到了我的未婚夫。我的未婚夫和我之间并不太热烈,他对我总是礼貌尊重,以至于让我觉得和这样的人吵架都是种罪恶。这些年不咸不淡地过着,一直到他跪下求婚的那刻,我都觉得是水到渠成自然而然。我将自己过早地裹进一个金碧辉煌的笼子里,却没有丝毫想要出离的意思。

我却在不经意间遇到一个男人。那个男人有修长的手指和温暖的笑,他的脸棱角分明却胡子拉碴不修边幅。但在他的身上,似乎是有我所熟悉的泥土气味,却是干净的气质,还有他孩

爱十二梦

子般甜美的笑。那个男人被我唤作歆安。那是我喜欢的一个名字而已。还有,我喜欢这个男人。第一次遇见的时候,他还在隔我很远的地方,唱他自己的歌。我在酒吧的这边与他对峙,我知道他看不到我,我就站在角落中出神而清楚地望着他。仿佛我们中间,隔着时光,还有一些模糊的边缘距离。似乎我们之间是隔海相望,恰如两只鸟儿,谁也无法飞过。我知道不该再胡思乱想,可是我就抵不过内心那些好奇的欲望。

颂歌说,我的好奇心太过强盛。在我们好不容易捉到一只漂亮的蝴蝶时,我却因为急切地想知道这美丽的躯体下包裹的究竟是什么,便用一个小刀片结束了那只蝴蝶的生命,同时也把那份美丽持久地保存下来。好奇的欲望在我的手底下释放,却看到颂歌一双惊恐不安的眼睛:"你为什么不放了它。为什么?"幼小的颂歌睁着迷茫的眼睛问我,我却不知所措。我找不到答案的,根本就没有答案。你都已经说了,我是一个好奇心太过强盛的女子。

远远地就看到那个有着好看笑容的男子。歆安。多么想如此唤他。若他亲耳听到我这么叫他,他一定是满脸的错愕。感觉到有风在我周遭凛冽地吹,吹到让我的眼睛开始疼痛。我知道只要我再往前踏一步就粉身碎骨。我会亲手毁掉一桩人人艳羡的好姻缘。他不过是个未知,是潭深渊,是吸引着我的恶魔。恶魔,如果只是悄悄地靠近他又能怎样呢。"恶魔又不会真的爱上我。"我自嘲地笑。

于是我走近他。可他的面容却模糊,我走近,不再与他隔海相望,而是义无反顾地穿越中间隔着的时光,任由身体疼痛。歆安。这个名字在我黑色的梦里被重复了很多遍以后,我决定将自己所有的想象带着纯粹的好奇去接近他。"歆安,你好。你让我想起来我的孤独。我是否可以认识你。"我还是走过我们中间那流动的空气,丢掉我的矜持和懦弱对着这个温和又疯狂的男人说。可他只是冲我微微笑,继续在台上唱歌。只是因为我叫他,他停下来,沉默了几秒的时间。他似乎可以洞察到我对他的好奇,仿佛又知道我为什么这样叫他。他什么也没问。只是淡定地看着我,那淡定的光仿佛在慢慢洞穿我的寂寞,那淡定的光和此刻所有的暴戾喧闹无关。歆安。你如同从容而温暖的一道光照在我黑色的梦境里,开始有了些许光亮与温暖。

"真是奇怪的女人。"旁边的贝斯手叫嚣着,让歆安快些演唱。于是舞台重新开始奢华般喧闹。我在想歆安绝对明了我对他的关注。否则,便不会在那样嘈杂的环境中听到那句奇怪的搭讪。更不会因此而停下来,那样淡定地看了我一眼。我又恢复到以前凝神观望的姿态,这真是一次不成功的认识方式,我这样自诩骄傲的人,怎么会犯这样矫情做作的错误。我再次丧失我的勇气。远望着歆安那一片黑暗中的光点,仿佛那光点是出现在我黑色的梦魇里的芒,照射着我内心的所有隐忍和不安。歆安在那样狭小而空旷的台上大声地叫嚣,淋漓地发泄自己所有的情绪。我沉默着注视他,看到台子底下黑压压的疯狂人群,随着暴戾的音乐不停地在晃动自己的身体和脑袋,暗色的灯光照耀着每一张倦怠而又放肆的脸。我想我是无法融入这疯狂中的,但是我会安静沉闷地欣赏有关于歆安所有不羁的声音或者疯狂的动作。歆安是能够将自己的音乐在舞台上宣泄到最佳状

爱十二梦

态的歌手。我在这个歌手的身上似乎找寻着一个离经叛道的自己。而我,始终还是一个循规蹈矩的小编辑。

很久,我从我的沉默安静中清醒过来,抬头看时,歆安已经离开。我突然间感到失落和彷徨。"你在找我吗?"身后有声音问。我不用转身就知道那声音只属于一个人。那样残酷带着清醒的声音,不是歆安,还会有谁。歆安绕过周围喧闹游离的人群,将我的手轻轻拉住,想要带我离开这些喧嚣。我们出来时已经接近黎明,路上的行人很少,偶尔有从酒吧出来微醉的男子开车在路上缓慢行进,或者有酩酊大醉的人在街边呕吐。黎明微凉的风可以吹走一些我和歆安之间的陌生的尴尬气氛。"我怎样叫你才比较好呢?"歆安问我,此刻的他,与刚才的暴戾不羁的气质截然不同,他显得有些局促而又温和。细细地看他,他的唇线柔美,略带微微笑意。手指交错在衬衣底部,修长而性感。我突然看得有些模糊,不知道究竟眼前这个温和略有羞涩的男人,还是那个声音叫嚣而尖锐、撼动人内心的男人,哪个才是真实的歆安。"你怎样称呼都好。最好叫我盲。我是个容易有盲目感的不安定的女子,这样叫我会比较贴切。""好,你好,盲。真是很好的名字。"歆安怔怔地看着我,突然说,"你的头发很美丽,让我想起一个人,关于那个人的一些美好。"我对我亲爱的歆安笑了笑,然后跟他道别,说我们就算认识了。看歆安微微点头的认真模样,倒让我突然记起十七岁那些年少的时光里所亲吻的一些漂亮的男孩子,他们都是如此认真而沉静,却有时会有冲动和激烈的灵魂在瞬间释放。年少时历经恋情太少,以至于到结婚的时候就会心有不甘。尤其是当下握着的手,令自己连心跳都不会加速。这样的婚姻真令我索然无味。他不过是我屡次相亲的战利品,我也以自己最为温良无害的面孔对着他。我的未婚夫对我的文字向来没有任何兴趣,他总是以为我所带给他的温柔与平和就是我的真实,他从不探究我的往事,亦不关照我的情绪。但是他对我,又是事无巨细照顾周到。只是和他对话,我时常语塞,他也常沉默,彼此就如同无法连接正常的电路。

这个歌手倒是重新点燃了我的热情。

其实他真的叫什么,对我而言已不重要。我宁愿在他身上赋予我足够多的幻想和爱意,我遇见这个人而遥遥相望就已足够。我叫什么也不重要,假若他真爱我,我可以是任何一种女子。歆安和盲都是我给自己写的小说里的姓名,那一个个姓名组成一个个秘密的故事,他们在我心里上演着各自的悲喜。只是我从来不给别人看我写的任何东西。颂歌,你看,我对于爱情,似乎没有那么多的好奇心。我害怕接近,和陌生人接近,我惧怕任何人了解我,很显然,一个人所用尽心力写的文字,那是迅速通往灵魂的唯一路途。

喜欢一个歌手,那似乎是该属于一个小女孩的。那该是属于我的十七岁。

而我却在二十好几的当口,遇到了这么一个人。

我,只能够远远地观望,而后与我的那位未婚夫,举案齐眉共度一生。

我于是很长时间没有去酒吧看歆安的演唱。我想我大概只是喜欢着喜欢歌手的自己而已。某个阴冷的午后我收到一张明信片,上面有好看的地方,符合我梦想的一个地方。还有寥寥几

爱十二梦

笔的祝福。童雪,你好吗?我在一个有蝴蝶的地方,我在重复我们小时候的梦想。很美好。只是没有你。

只是没有你。多么埋怨的带着心疼的一句话。我知道这是颂歌写来的。她一定是知道我的寂寞了。我在钢筋混凝土的城市中浮生太久,早就遗忘了最初的梦想。颂歌她在替我记得。我一个人生存在这个有太多伤口的残酷城市里,疲惫而沉堕,就是不知道应该停下来。对周遭的事情都无法一如从前般敏锐的感知,浑浑噩噩地在自己所处的狭小安定的空间中生活,没有了野心和欲望。甚至连欣赏自己所喜爱的男人都那么缺乏勇气。我在一家杂志社任职,每日生活平淡而庸俗,在一篇又一篇的狗血文章或者约稿任务里浪费着自己的天赋,折磨着自己的激情。于是我想有一段较长时间的休息,便向主任请了假,买上一张通往颂歌所在城市的车票。如同少年般决然热烈。我一路上都在想,颂歌为什么去那个陌生而偏远的小城,她这些年都经历了些什么,她又怎么会突然想起我,想起我这个幼年的玩伴。后来我在这种种臆想里进入安眠,梦里头又见她,对着我微微笑。

颂歌所在的城市地处偏远,在地图上很难发现的一个狭小角落,偏南,气候潮湿而温热。再次看见她时,在已经是我历尽周折找到的她所在的山谷里的破败学校,满身疲惫。她正在一所破旧的教室里面给一群可爱朴实的孩子们讲一些美丽的文章,头发和以前一样如瀑布般倾泻下来,柔软而绵长,在黑发的鬓角处不知是被哪个顽皮的小孩子扎上了一朵淡粉色的小花,颂歌那淡然的笑容仿佛是同这美丽的小花一起微微绽放。她看见我背着一个黑色硕大的旅行包,似乎感慨于我身体的瘦弱以

芒种/扑风记

及被重物压迫的拘谨,放肆大笑起来。底下那一群孩子不明所以,竟也傻呵呵地跟着傻笑。颂歌跑出来紧紧抱住我:"雪。很久没见。你好吗?我很是想你呢。本来早就想去看看你,可惜舍不得这些可爱的孩子和美丽的蝴蝶。"我伸手轻轻刮了下她微翘的小鼻子:"你怎么还和小时候一样。快乐得如此放肆,让我好生嫉妒。你把它们都看得比我重要吗?"颂歌像个孩子般地吐了吐舌头,我看着我亲爱的甜美的颂歌,一时间也放肆地大笑起来。我感觉我似乎又一次地和颂歌回到多年前那些甜美的梦境中去。我们在后山坡拼命地奔跑着笑。那些只属于年少的心。

颂歌带我到她住的地方,是这间破败的小教室后面临时搭建的简陋屋舍。从外部看,它似乎是如此飘摇,脆弱得不堪一击。走进去,里面的陈设也很简单,符合颂歌一贯提倡的简约主义。里面仅仅是摆放了一张桌子和一张干净的床这两件大的物什。桌子上散落一些书籍,有一本《瓦尔登湖》被摊在桌面。还有许多颜料和画板,颜料散落在地上,画板上有一幅画了一半的天空和大海。大海中间漂浮着一只巨大的眼睛。天空是红色的,但是只涂了一半,大海颜色偏暗,近乎于黑。那双眼睛空白在那里,只有一个轮廓,她完成的这一半画作倒看起来别有意味。"颂歌。我记得小时候你很喜欢唱歌,现在喜欢画画了是吗?"

她没有回答我,只是轻轻地唱起她给我唱过的《虫儿飞》。

我问颂歌平时给孩子都教些什么,颂歌笑起来,一脸地开心:"哈,我几乎全能呢。这里只有我一个老师,我什么都教呢。不过呢,那些孩子喜欢听我给他们讲一些美丽的故事。对了,这里的向日葵很多。要不要稍作休息就随我去看看,我的大作

爱十二梦

家?"颂歌,你看你拿我取笑的本领可真是一成不变。我笑。我总是在她面前莫名地开心:"不准胡乱叫我,没大没小,叫姐姐,听见没。我不用休息,我们现在就走。""是,遵命。姐姐大人!""你又在乱叫了哦,我要拧你的小鼻子啦。""不要啊,姐姐饶命,我错了还不行。"

我们一路相互闹着,没有多长时间就到颂歌说的有向日葵生长的土地上。那些向日葵瘦小的茎上开着硕大无朋的花,向着太阳生长得生机勃勃。阳光铺展在这片土地上,仿佛向日葵得到了太阳特殊的眷顾,它们在自己的这小天地里,向着自己的太阳努力地绽放。金黄色和斑驳的影子交错相映,很是美丽。空气中熟悉的泥土气味再次充盈鼻腔,我的呼吸已很久没有这样舒畅。

"这里真美。"颂歌也欢喜地大笑:"我也是一来就不想走了呢。"

"我总想起你的歌声,我听过最美的歌声就是你唱给我听的。"

颂歌是个很孩子气的姑娘。她遇到什么都会开心,在哪里都会自得其乐,这样的姑娘容易带给别人快乐。有时候看到她的笑容,恰似雨后突然晴朗然后看到绚丽的彩虹。

这么多年,她还是能够带给我一如往昔的快乐。我记得,她第一次给我唱歌就是在我姥姥家的山坡上。我们在夜晚里找不到蝴蝶,只好捉住许多萤火虫,她唱一首《虫儿飞》给我听。她唱那首歌的时候把眼睛闭起,好像月光下一只刚化为蝴蝶的毛毛虫,神情欢喜而专注。"虫儿飞,花儿睡,一双又一对才美。不怕天黑,只怕心碎。虫儿飞,虫儿飞,你在思念谁,天上的星星流泪,地上的玫瑰枯萎。"我在她甜美的声音里沉醉,那个夜晚我做了一个甜蜜而悠长的梦,在梦里颂歌一直唱歌给我听。

后来她和我消失在彼此的生命里,我回到这个大城市中沉沉浮浮,她留在我姥姥的小城里。我们各自按照自己的生活轨迹一直往前走。后来我知道了她也从小城离开,辗转漂泊了好几座城市。只是她经常会寄一些信给我,信中一般写很少的字,但是她喜欢画许多美丽的小画夹在里头。

这个叫颂歌的姑娘,就像一首最淡然而美好的歌一直在我心里温暖着。我知道我为什么喜欢唱歌的人,是因为我生命里遇到最美好的事情就是听到一个甜蜜的姑娘的歌声。人若一直如初见,就没有伤悲和忧郁,一直都是唱歌的她。

"颂歌。你和小时候不太一样了。我也说不清楚是哪里不一样。"

她只是笑,嘻嘻哈哈地对着我笑。我觉得这个姑娘的心就像她画的那幅画一样,一片望不见尽头的海,看似平静,其实掩盖了她的深邃和忧郁。我所了解的她,是支离破碎的只言片语里的她。

"雪,那幅画不是我画的。给你寄的那些信里的画也不是我画的。"

"你是我这些年来唯一的朋友。"

我突然想起,怪不得看到那幅画以及颜料盒的时候感觉奇怪至极。刚才看到那些散落在地上的颜料盒大多已经干涸,而那幅看似没有完成的画作,其实从某种意义上来讲,已经是完成了的。

"我是想保持他在这里的假象。"

爱十二梦

"雪,我和一个画家纠缠了好多年。"

颂歌沉默了一会儿:"雪,我来到这里,坐着火车一直前行,我走到这里就走不动了。我停下来,遇见了这群孩子们。我想试着去脱离我心里的爱,我把所有的爱都给了孩子们。这样多好。对吗?"

"你不打算回去吗?"

"我只想让你知道我在这里。这里很美,我觉得你也喜欢这里。"

"你把这里当什么?净化心灵的圣地吗?那些孩子是你的救世主吗?"我其实不该这样残忍地把问题直接抛给她。但是我莫名其妙地无法控制自己。也许我还是把她当成当年那个小姑娘,会对着我微微笑,会永远纯粹永远稚嫩。

我突然觉得不该这样说:"颂歌,你寄给我那些信,只会告诉我你的好心情。我一直以为当年那个爱说爱笑的小姑娘不会消失。而这些年,我在心底把你亦当作一个默然而秘密的倾诉对象。所以,请原谅我刚才的冒冒失失。"

颂歌笑。她的笑依旧很暖:"童雪。谁都在长大呢。包括你不是嘛。只是在你我彼此长大的过程里,对方都缺席了。但是最初的感情都还一直在。"

如今你在这里见到我,是因为我逃避了我的生活还有他。

"雪,如果有可能的话。请你以我的笔触来写下我的故事。你和我彼此缺席的这些年,是我被一个男人禁锢的这些年。但是我还是把他带到这里了。爱情最好的样子,其实就是不要接近。而我,将带着这份虚无的思念和怀想,在这里直至终老。"

芒种/扑风记

她如是说。

我带着内心的疑问回到我的城市,和颂歌相处的那几日仿若梦境。两个小女孩在山坡之上映着月光嘻嘻哈哈奔来跑去,我决定起笔写一个关于颂歌的故事。原来每个女孩都会长大。

回去之后我试图再次去看歆安演出,却发现他已经不在那家酒吧。

其实真的接触又能如何呢。

因为迷恋某个人的声音而永生不忘的这种爱意,藏于心底就是一种美好。

再见颂歌,我难道些微地感受到变化的失落和无常了吗。

如果有可能,我宁愿我的颂歌永远是个单纯得只会唱歌的姑娘。

我不想要那些故事。

故事已成了负累。

颂歌。我和我深爱的人恰似河两岸,永远隔着一江水。这样的距离,才刚刚好。丧失好奇心,就丧失了我的爱意。我亦缺乏勇气和自己所爱之人天涯海角。我的生活不过是平淡如水的河流,我似一叶微小的扁舟漂于这平静之上,我怕自己内心的风暴会将它席卷。可我,真的不似你,敢这样热烈地爱与恨。自我与我的未婚夫结婚,我竟再没有去过那家酒吧。以至于到最后连我都说不清楚是否爱过那个歌手。

颂歌,如果可能,我多希望你永远是初见时的那个小姑娘,会拉着我叫姐姐,会给我吃好吃的糖果,会跟着我满山坡地跑来跑去。而不是突然间再次消失留下一个刻薄而残酷的故事。生

爱十二梦

活里的平庸才是真相,什么歌手、画家、诗人,让他们统统从这个世界消失才好。

也许真的和那歌手发生点儿什么,我的故事才会与你同样重蹈覆辙。

爱得太深本身就是一种伤害,倒不如像我一样先自我了断。

颂歌。我还是习惯于向内心的这个你,倾吐一切。

只是我真的不知道,你还是不是最初的模样。

人海之中,你已淹没了自己。

秋风悲画扇

爱如扑风。

可是当我真切地瞅到这四个字的时候,我心里却愤愤不平起来。我本能地激发出一种惆怅和委屈。我百无聊赖地坐在一家咖啡店里,手里拿着一把叉子蹂躏着我眼前的这盘精致可人的蛋糕。如果单从外表看,我是那种清新纯真的,不带有任何侵略性的女子。我其实常常天马行空,想到哪里立刻就去做。我骨子里的随意让我知道了,这些年在他的身边,其实就是自我囚禁。

"我要离开你了。好好照顾你自己。"

留下这字条的时候是个艳阳天。我觉得自己无比恶俗,于是矫情地喝完一杯咖啡之后拖着我那个巨大的行李箱逃离这个城市。骄阳下水泥路面被阳光勾勒出一道道暗色条纹。这痕迹,就仿佛他的条形疤痕。它在他的脸上横亘许多年,他是我的,但它不是我的。那条形疤痕就像是一只鱼,一只知道他所有痛楚的沉默的鱼。我少年时习惯称他为我的鱼,我最亲爱的小坏鱼。那条疤痕上面有我的溺爱,它细致而深刻地印在他的鼻梁上,散发着属于它的味道。是的,味道。专属我所爱的男人的味道,里头有它给他的深重的记忆。我抚摸上去,深深沉溺。

他习惯左手拿烟,烟雾飘散在他鼻梁周围,鼻梁上的条形疤痕开始氤氲成淡淡的纹路。浅浅细细,却很清晰,如同掌心的浅淡纹路。我手掌上的纹路清浅而模糊,他笑笑,宠溺地摸着我的小脑袋说,我没福。我摸着他的疤痕,告诉他我的福气都在这里。他只是笑,我却知他那时乐意给我所有幸福。他是如同我父亲一样照顾我给我爱的男人。

就是这样一个男人。自我十七岁开始,一直在宠溺我。让我开始我生命中对一个人产生最为深沉的习惯和依赖。这种依赖是我的致命伤,让我和他的爱从一开始就没有任何平等可言。

我叫颂歌。我常在想自己究竟在颂唱谁的歌。如果可以,我情愿我一生都为他而歌唱,夜夜不休不眠。把我们的爱恨唱成歌,把我们的悲欢唱成歌。我却忘记了,歌曲终了,曲终人散。是歌,总有唱尽的时候。是人,总有离散的时刻。我最为习惯的,大概就是离别。

七八岁的时候是我最快乐的时刻。那个时候我爱说爱笑爱唱爱闹,住在隔壁外婆家的童雪小姐姐每天都会陪着我一起玩耍,谈天说地,跑跑跳跳。我一直以为我会是个永远快乐的丫头。如果我只有一个朋友的话,一定是这个小姐姐。

人的一生无法预知。我被姑妈接到大城市后就起了变化,他们没有工夫管我,大城市里像是钢筋水泥搭建的森林,容易令

爱十二梦

人迷失。我在这样的环境下学会了伪装和欺骗。我永远怀念的,是那个有山坡有草地有蝴蝶的家乡。

我十七岁的时候,邂逅和他的爱情。此后我便成了他命运罗盘上一颗微弱的棋子,该向何方不自知,只是被他操控得自得其乐。我只有他,我的莫非。或者他不是我的。我不自知。也许这是我故意对抗我那忙碌的姑妈一种嚣张的离经叛道。

我应该懂得爱情不是全部,但是我从不顿悟。或者说这爱情于我而言已经恰似一根稻草,从我黑暗而无情的生活里拯救我。我宁愿我不清醒,于是我从一个黑暗梦境中走入下一个噩梦。

我活该被他支配一生。不应该是这样的。而我明知却无力再去抗争。这样的思索毫无意义。爱情的终局是分离或者绝望。我于是多么希冀我和莫非之间没有爱情。如果真的存在爱情这样的关系,那决然不应该是我和莫非。我和莫非,是在索取和被索取中游离的两只无奈的鱼。

他说,我是他唯一的女人,是他生命出现的所烙印的唯一。我之前听了这样的话会快乐,现在我不愿意再听到这样的话。曾经的曾经,他对女人,从不曾相信,因为疤痕。那个疤痕是他的母亲造成的。他因它,开始懂得爱与恨。我是他的爱,那个女人是他的恨。后来我才知道,恨可以带来阴影,而爱,可以带来绝望。

认识他的时候我在等公交车。我十七岁的生活周而复始,每天都处于某种等待中。结果他来了,我的一切被颠覆。他,我爱上的第一个男人。那是冬天温暖的午后,莫非成熟又温暖的笑容把我十七岁的所有寒冷都驱走,剩下的都是他的体温和味道。"我可以带你回家吗?"他说。于是我没有丝毫犹豫。那个冬日,我陷入莫非大叔带给我的温柔里。那是柔软的,毫无侵犯性的温暖。我不知道它的安全或许仅仅是表象,真相是要靠时间的慢慢冲洗,才可以浮出。

而我的心在莫非面前,犹如冬日之树,枝干突兀,展露无遗。他可以看到我的一切,然后伸出双手牵我走。

我是个没有家的女孩。外婆抚养我长大。我从来没有见过我那出了车祸而残疾的父亲口里那所谓骄傲又美丽的母亲。我遇到莫非,仿佛抓住一根稻草般。在姑妈家常有寄人篱下的孤独感,我讨厌姑妈没来由地训斥,讨厌她的小女儿对我飞扬跋扈地欺辱。

很长的一段时间。我都在怀疑着幸福的突如其来,于是就一直心有余悸地爱着。后来才明白我不是在怀疑幸福的突然,而是在这个年龄考虑爱情的是否合时宜。但是年少的心是不可以承担太过沉重的东西的,所以,我可以理所当然地不去想,只要简单的相爱。每天都是很平和的、简单的、原始的一些细节。没有疑虑,没有争吵。只有在我感到冷的时候,缩蜷在他单车后面时,他可以很心疼地抓起我的手,把它放进自己宽大的衣服口袋里,而且还一直用他很温暖的手握着。他的手,是从来不曾冰冷的。似乎那是为我,一直暖着。在黑暗寒冷的夜,我会想起他为我掉下的泪,还有对我所有的疼爱。都让我视如珍宝。就这样子简单地爱了好久,那时年少的心总是这样不经意,哪怕有一点点的伤害,也会让我们微笑着承担。

我因在年少时候遇到的这奋不顾身的爱情,与姑妈决裂。

爱十二梦

莫非是个好男人。他说他愿意带我回家,他其实想的是,我会变成他的家。

我叫他莫非大叔,大我十岁。

他是个画家。他喜欢画很多画,那些画似乎都是他孤独而不为人知的内心,连我都无法懂。其实没有任何一个人能够完全懂得另一个人,我只要陪着他,他就会觉得安稳,他太过缺乏安全感,在我面前又常常像个孩子。我已经分不清究竟是我在抓住他的温暖,还是他在需索我的爱。

记得第一次见到他的母亲是在一个有些昏暗下午的冬天,我高三毕业的第一个寒假。我见到那个逐渐衰老的女人的脸,那张脸似乎没有莫非所描述的那样面目狰狞,我想象不到眼前的这个女人,竟是一个曾经经历过许多男人的风骚女人。我所看到的只是她的衰老和贫瘠的一张脸,看到她对她曾经抛弃的儿子充满愧疚之情的双眼。但我明白,那个女人,是莫非心中最隐痛的疤,谁也不能轻易触碰。我始终记得那个女人眼角的鱼尾形皱纹,还有她隐含的泪。我看得到这个女人生命内质有善良的成分。

莫非告诉我关于这个女人和她曾经的往事,还有她对他的伤害,令他终生不会忘却。她成了他宿命的阴影。莫非还笑着说,他或许在这世界上还有不知道的兄弟姐妹呢。我每次看到他一脸不在乎的表情,我都会心疼地抚摩他的条形疤痕。我明白他内心的痛楚和隐忍,我明白他在对我掩饰自己的脆弱,我也知道,他的母亲一直都会是他内心巨大的伤口,这个伤口,从莫非的童年开始就一直存在,提醒着莫非对于他的母亲所应该有的仇恨。

年近三十的莫非大叔向我讲述关于他童年里一些黑暗的绝望和不为人知的耻辱。五岁的莫非被她的母亲丢弃在一所破旧的电影院,一个人躺在一张油漆脱落、木质斑驳的长椅上,睡了不知道多久,醒来以后四周没有一个人,冷清的影院会一同来感受他的寒冷和孤独。他开始感知自己被遗弃的寒冷,还有他内心阴影的黑暗。六岁的莫非看到他的母亲和一个不是他父亲的男人走,想要留住这样一个内心有强烈欲望和野心的女人,但是结果是那个女人头也不回,还有年幼的莫非被那个男人推倒在旁边的楼梯上,血流如注。他鼻子上的那道条形疤痕就是关于那次事件的伤口,一直以一种提醒的状态存在。七岁的莫非看到自己的母亲带走了他的一切,带走他家里所有的能够给予这个女人物质满足的东西,唯独在一所空荡荡的房子里留下莫非和父亲。莫非的童年一直怀着这样不为人知的耻辱,独自成长,但是莫非说他最不信任的,就是女人这种生物。

莫非不知道的是,其实从那个时候起,我对他产生了深深的厌恶。我厌恶的其实是自己心里和他同样的伤口,但是我什么也不想告诉他。在他的眼里,我只要扮演好一个需要温暖和关怀的小女孩的角色就够,我只需要在莫非脆弱的眼泪掉下来的时候伸出手擦掉它们。

他总是会拥着我说,我是他最后的相信,所以才会在我最好的时光里出现,以完美的姿态令一个小女孩爱上自己。

我的生活里只有莫非。我没有任何朋友,我那孱弱而多病的外婆是我唯一的亲人,如果非得有一个朋友,她叫童雪。

爱十二梦

她是我的一个反面。她是个特别幸福的姑娘。她什么都有什么都不缺。小的时候她的姥姥家住我家斜对面,我们俩会漫山遍野找蝴蝶。她喜欢蝴蝶喜欢山坡,喜欢这个我早已待腻的村庄。我明白这里只是她假期的一个停留站,而我,是她在这里最亲密的玩伴。她比我好奇心重,是因为她还对她的生活有所梦想和期待。而我早已没有太多幻想。

我是个对什么都没有兴趣的人。大概是因为我天生就了解这些东西的全部真相。她会是那种为了了解一只蝴蝶的构造拿小刀片杀了蝴蝶的女孩子,我也得故意装作配合惊讶一下她的好奇心。对一只蝴蝶而言,只需要看到它的美丽就够了,何必拿刀子剖开那些丑陋呢。

我的青春因为他给的饱满而纯粹的爱显得特别干瘪。我没有朋友,在学校里独来独往,使得我悄然而过早地形成了一个女人的心理,我没有考上大学。他却一直在贪恋我所给他的所有陪伴。我说过了,莫非太过缺乏安全感。但是他在用自己的这种缺乏,绑架他的整个世界,包括我。

我试图离开过他。但是每一次的离开都几乎以失败告终,不是我念及感情重新回来,就是他能够找得到我。每次他找到我都会流泪,他太怕失去我,把我看得越来越紧。我们在这个城市里拥有的狭小居室,环境嘈杂,日复一日。我们在一起的大部分时间就是做爱。剩下的时间他在画画,我在沉默。我在想这种关系究竟是不是爱情的时候,莫非就会抱住我,说我是他的灵感女神。其实这个男人并不真正信任我。即使日日夜夜睡于身边,也仿若灵魂无法贴近的陌生人般。他只爱他的画。

芒种/扑风记

他不让我打工,我们在这个城市依靠他那所谓的画作又难以立足,他的大部分经济来源依靠于他那个感情生活非常混乱的母亲。但是他只要她的钱,甚至不愿多看她一眼。

我越来越像是一个在生活里郁郁寡欢的难缠女人。我偷偷报了一个大学的成人院校,开始学习。在读书的时候我获得了比爱情更多的快乐,我感觉到我之前学不进去简直就是不可理喻。然而在这个时候,我却发现自己怀孕了。

这个突然而至的孩子是我干瘪青春里的唯一的果实。

我知道莫非会要这个孩子,犹如他想要将我牢牢掌控在手中。但是我不想要,我在书本里发现了我的新世界,使我即将变得更好的世界。我去一个小医院里独自做掉这个孩子。那些冰冷的器械伸进我身体里的时候,我感觉掏空了的是我的心。我告诉莫非,我们有了一个孩子,但是现在它没了。

我没猜错,莫非暴跳如雷。他打我,不顾我虚弱的身体。打完之后又泪流满面地忏悔。我对这个男人日渐淡漠。他用尽了我内心仅存的这么一点儿爱情。仿佛是一杯烈酒有一饮而尽的疼痛。撕心裂肺的,是我这颗孱弱而又需索的心。问题在于,莫非亦是如此。

但是从那之后,莫非看我的眼神分明多了几分寒冷。

莫非在酒吧深醉之后莫名染上毒瘾。我开始帮他戒毒,我把他绑在房屋里。晚上回来就会发觉他已经把床单和绳索咬得比他流血破损的嘴巴还要惨不忍睹。

我没日没夜地照顾他,我俩穷到连方便面都吃不起。他却还戒不掉对毒瘾的渴望。莫非已经是一无所有的大叔,越是这

爱十二梦

种时刻我越无法抛下他。那时候年轻又幼稚的我,唯一想到能够迅速解决困境的办法就是,出卖我的年轻和美貌。他知道这件事更是无比暴躁,可是他连揍我的力气都没有。

我用我的身体为他戒毒。

终于他好像是好了些。

杜冷丁很贵,他却对它上瘾。他觉得这药物能令他暂时不那么痛苦。"颂歌。其实你才是我的杜冷丁。为我止痛,为我镇定,为我抚平创伤。我已爱你成瘾无法自拔。"他颤抖着说,但是我分明解读到了一丝束缚和禁锢。

他不再亲吻我。进入我的时候粗暴而直接。

秋天干燥发冷的气候让嘴唇开始开裂,我把开裂的皮肤用力撕扯下来,于是上面有了渗出的血。小块斑驳的陈旧伤痕。大概是长时间没有亲吻的缘故,一定是这样。我感觉它如此寂寞,我开始克制自己,不让它发出任何声音。

我就这样让这粉色的毒,一点点地在嘴唇上蔓延。我在想自己和他关在这个逼仄的房间里,会不会互相折磨致死。

我们的伤口,总是如此昭然。

"颂歌。我爱你,但是克制不了想完全占有你的欲望。这样的爱很病态我知道。其实我对母亲那种奇怪的感情就是无法爱只能恨。"他每次说着如此冠冕堂皇的话,我每次都要在自己心口上划无数刀。

我明白莫非的叙述所衍生而来的绝望和疼痛,我试图再次好好来爱这个始终被伤口覆盖的男人,我想带他离开他内心这块黑暗的阴影。于是我在以为和试图。我根本帮不了他,就像我也无法解救我自己一样。我再次跌入了一种无趣又重复的生活秩序里。在这种秩序中循规蹈矩,毫无激情。只剩下一个平庸又无聊的我在苟延残喘着。甚至于他对我的身体都不再珍惜,他觉得我的下贱和肮脏是种理所当然,他开始嫌弃我恶心我。

我在一张报纸里找到这个学校的信息,偏远,我需要这种远离尘嚣的宁静。我不能把自己完全耗费在这个男人身上,但是我明白我已经无法再爱上谁。

这爱如同一杯浓烈的酒,我一饮而尽之后将宿醉终生。这杯烈酒划破我的喉咙,我再也无法对着生活对着别人对着我自己歌唱。

我感觉到十分疲惫。我们的爱对于我们各自的人生来说,可能已经没有任何意义。彼此如同折磨着的两头困兽,永远斗志昂扬地彼此试练。

莫非。他始终以一种伤口的形式存在。我不知道自己究竟爱上了他还是他巨大的伤口。他或者只属于我少年时期所深爱过的某个特定对象。童雪,我说过了,爱情最好的样子是不要接近。你写的那些故事,是因为你没有拥有过一个真正的爱人。一个真正的爱人,他会霸占你的所有,将你吞噬,让你体无完肤不再是你自己。

于是我决定先离开,我必须彻底离开这个男人才能够找到我自己。

我身后有巨大的落地窗。它同我梦寐以求的一模一样。它显露着这个城市的风情万种。我突然间就有种下坠的欲望。可是我不能就这样离开。

"那个叫作颂歌的女子终究离开,在地狱里唱起关于一段往事的挽歌。她曾经深爱过你。可是现在她死了。莫非,再见,

爱十二梦

我爱你。"

　　我留下那张字条。拿起他的画板和颜料，坐上火车也不知道要去哪里。有的时候人生就是一条单行铁轨，遇过谁之后就后会无期。

　　直到遇到那些可爱的孩子们。我知道我的乡村最后一次包容了我肮脏无知的灵魂，它最后一次将我拯救。我本来是打算彻底消失离开他的。现在我不了，我已经找到了一个不需要莫非不需要伤口的颂歌。

　　爱如扑风。

　　这些年，他与我之间的爱恨缱绻，与我之间的纠缠绵远，他与我仿佛那些日子此消彼长，我们互相追赶，轮番上阵。折磨彼此的心智、耐力、记忆。我与他不过是恶魔间的相互较量。若真的有一天能够相守相爱，会继续怨念横生，继续折磨。

　　不要爱上一切有缺陷的人，恰如这世界本身就是一个巨大的缺陷。

　　孩子们捉到的蝴蝶很美。

　　姐姐，我现在只想再给你唱一首《虫儿飞》。

秋

陌生人越来越让人慌张,这些遥远的忧伤真令人沮丧
记忆比森林里的叶子还要绵密
它们渐渐从翠绿变成了金黄
只有我知道我的思念比我的绝望还要漫长
黄昏渐落,日光式微

爱十二梦

梦　旅

心如止水 人在忘川
梦境的虚无是你堕入的深渊
只有爱 方能将你救赎

梦旅人

格落若是在她二十七岁的时候没有遇见我,她也只是躲在这个小镇里独自带个孩子的奇怪女人。格落若是在她十七岁的时候没有遇到那个笑容温暖的男孩,她还是在舞台上放肆歌唱的摇滚少女。格落若是在她七岁的时候没有遇到那个黑衣男人,她还是秋千上晃晃悠悠的小傻妞儿。

她说,每十年,是一个劫数。过与不过,都会在。

我认识格落也已十年。当我去那个戒备森严的精神病院最后一次看她的时候,她已经四十岁。过了七天,我接到姜一僧的电话,他给我讲,格落死了,死的时候念叨着一个地名:青海湖。我知道她的秘密全在那里。我常常自以为是,做事情全凭借直觉。但是我突然感觉到格落所一直期盼的也是我所隐隐追寻的。她所期盼的,不过是有人替她去追寻真相,而我心底那份缺

小暑/梦旅人

失的记忆也一直隐隐作痛。于是我自作主张一个人驾车前往青海湖。

当一切能够回望的时候,记忆就会欺骗我们,唯有自己内心所向永远在记忆的前方。但是我们自以为触摸到的所谓真相,其实已经历经岁月冲刷变了模样。我还记得格落在我最后一次望向她略显苍老渐生皱纹的脸庞时,她以特别缓慢的语调说,我们永远无法设身处地。

我独自开车的时候一点儿也不专心,心猿意马凭着本能开。还好这段路格外宽阔,阳光洒满康庄大道,我的内心也未必敞亮。车里放着一首不知名的英文歌,高亢的女高音,清丽地叫唤着,引起心脏脾胃的共同激荡。

我知道,格落到死都想要回到那个地方。我本想邀姜一僧共同前往,他说,不忍心放下那么多等着自己救治的病患,只是电话里以他特有的缓慢声调告诉我要保重。末了,他还以他一贯的口吻说:"林素,你其实很固执,有的事情根本就没有所谓真相。若是你当年不如此固执,你我现在想必定是一对神仙眷侣,生了好几窝娃子了。"这就是姜一僧,总是严肃中带点儿冷幽默,在一本正经之后冷不丁地会调侃几句。我还是如同以前一样,想起他些许严肃里略带调皮温柔的神情,也会令我由衷地笑起来。

他的名字和他的职业出奇地相符,我头一次见他,是电视台安排我去做一次精神保健方面的采访。他见我就一本正经地自我介绍:"你好,我是姜一僧。"我听岔,回道:"姜医生?"那时,我是刚毕业的小丫头,新闻专业,有幸被当地电视台招聘到记者

爱十二梦

岗位。他见我一脸茫然地望向他背后那个巨大的红色木纹陈旧的书柜，严肃的脸上浮现出些微的笑意："姜一僧。有一说一，僧侣的僧。"我直言自己自小耳朵不太好。我们这代人将音乐塞进耳朵听，反而听不到最为真切的声音，伤害了耳朵。"耳朵不好还要当记者？能当好？"本来气氛缓和却被直来直去的这一句弄得尴尬，我自觉人家言辞的锐利不好发作。"不过无所谓了，看起来你也不是很专业，对采访对象没有进行什么细致深入的了解，你就莽撞前来。甚至连采访对象的名字都没有弄清楚就敢来提问，还不如我竹筒倒豆子地给你全部说完，好让你回去好完成任务。"说罢倒也没有很严肃了，而是戏谑地笑笑，就一直温和地望着我。

　　他对我所处的那个狭窄的新闻环境一定有很多了解，也见过许多像我这样的"小记者"。两句话就说得我恨不得钻进地缝，也不得不在大脑里瞬间把自己一直以来对于工作懈怠和应付的态度批评上一万次。然而我当时内心翻江倒海的自我批评引起的紧张忐忑，以及面色微红全部一股脑儿收进了姜一僧的法眼。他微微地笑了笑，那种笑容很神奇，决然不是嘴角略动的假笑，而是看到就会觉得甜蜜的笑。不得不承认我有点儿小孩子被臭骂一顿再得到颗糖的心理，但是他的笑是我见过的最有魅力，不，是魔力的笑。再仔细看看姜一僧的五官，说不上精致帅气，但是有一种成熟的绵软温柔蕴藏其中，比较耐看，加之他高大魁梧的身形，若我是患者也必然会十分信赖这位心理医生。刚想到这里姜一僧便收起笑容一本正经地问我，节目做好之后要给他看了再播出。我和摄像记者诚惶诚恐地答应下来，他说

小暑/梦旅人

媒体不论大小,只要是有他的采访,他都会一丝不苟地对待,不允许在自己的专业领域里讲错一句话。他留给我的第一印象便是如此,稳重而成熟。若不是他后来自报年龄,我也不会想到,他竟然只比我大五岁。我那阵也不过二十出头的年纪,而年纪轻轻不到三十的姜一僧那个时候就已经是他们科室的骨干医生,并且刚一进来就被医院任命为副主任,而且还是博士刚毕业,最重要地在于他那份气定神闲的稳重和分外认真的成熟。这样的人物按常理是不会留在我所处的小城市里的。我对他诸多表现惊讶的同时更多了些好奇。

因为这份好奇,我对姜一僧产生了浓厚的兴趣。我找借口给他打了电话:"姜主任,您好,节目的播出时间是下周二晚上的七点四十。"我感觉自己口气正式得如同小时候班主任通知家长来参加家长会,姜一僧在电话那头倒很轻松地答了一句:"谢谢。"能听出来他心情不错,说谢谢的时候应该带着他特有的有魔力的笑容。我憋了半天,也实在不知道该如何把这话题继续延续下去。"你叫什么来着?"贵人多忘事,我赶快自报姓名:"林素。"姜一僧似乎有了和我交谈的兴致:"蛮好听的名字,就是普普通通让人难以记住。"我在想这个男人的说话风格简直是一把柔软的刀子,话虽直率,乍一听挺好,越想越不对。不过他很快又爽朗地笑起来:"林素,对吧,不好意思呢,当时没有记住你名字。这样吧,你采访我也辛苦了,晚上请你吃饭吧。"这话经常有采访对象对我说,一般情况下统统婉言谢绝。但是我却在姜一僧雄厚而绵软的声音里答应了下来。吃过饭之后,我就基本了解了姜一僧的个人情况,28岁,本地人,未婚,目前

爱十二梦

　　单身,毕业于北京大学心理系,回到家乡的原因不明。我当时倒是口无遮拦地问了许多,包括这个,但是姜一僧对于这个一直缄默,直到后来命运吊诡得把本来毫无干系的几个人硬生生拉扯到一起。不过姜一僧在我问他问题的时候都是很认真地回答,不想回答的也非常严肃地告诉我,以后不要再问。我和姜一僧奇怪的交往,就从那次吃饭之后开始了。后来姜一僧又主动约过我几次,很明显,他把我已经看作一个适合结婚的对象。而我们当地在我这个年纪谈婚论嫁的女孩已经很多,我父母也很支持我和他的交往。当时的我还沉浸在和姜一僧的约会里,幻想着从此以后。

　　和姜一僧交往的过程中发现,生活中的他还算个蛮风趣的男人,除了他说话偶尔直来直去的冷幽默外,其他的一概都是令人欣赏的。这样的男人性情稳定,对我的好感也尚可,待人接物也很有分寸。当时怎么看也都是个适合结婚的好对象。问起他为何要跟我在一起,他会说,因为你第一次来采访我的时候,被我说红脸的样子很可爱,他就想找一个会害羞的善良的姑娘。若是我和他当初一直待在小城,一定很快结婚。我可能就已经变成了电视台混日子的小记者,主职家庭主妇,而他则会很快晋升院长之类的,而我的家庭也一定是令人艳羡的美满家庭。当然,如果不是遇到格落的话。

　　姜一僧说,他喜欢单纯善良的姑娘,所以才对我产生了浓厚的兴趣,其实我忘了告诉他我看起来的单纯是因为我对记忆的肤浅。自从十六岁跟着父母来到这个叫作"泾渭"的小城市,再规规矩矩地长大至今没有任何精彩的事情发生。大概是我太中

小暑/梦旅人

规中矩了，以至于我对于十六岁之前的事情竟然毫无记忆，十六岁之后的日子每天也只是三点一线。但奇怪的是，我总觉得内心有一股即将勃发的力量，这力量一直潜伏在我心底，直到我听一些旋律激昂的金属摇滚的时候才感觉这才是最为富有生命力的曲调。除此之外，我一切正常，性格内向，高中时期与同学也不太打交道。当然，如果不是我在高考写的一篇零分作文的话，我大概还是能够走出我们的省份考上一个不错的大学也不至于再回到这里。

我和姜一僧交往不到一年便开始谈婚论嫁，其实从心里来讲，我是不愿意早早嫁人的。但是姜一僧的母亲倒是急得开始催促起我们，她不希望自己的儿子都马上三十岁还不结婚。其实那个时候我没敢告诉姜一僧我的记忆是从十六岁模糊开始，十七岁开始记事清楚的。我印象中也是十六岁才跟着父母来到这个叫作泾渭的小城市。父母从来没有告诉过我为何要来这里，就像是姜一僧从不曾告诉我他回来的理由一样。我一来就喜欢上这个城市。这个叫作泾渭的小城，气候适宜，冬天不是很寒冷，夏季也不至于太热。这个小城的人的脾性也如同它的名字一般，泾渭分明，爱憎有别。这里的人为人处世相对单纯，若是喜欢你就喜欢得热烈，讨厌你也一脸鄙夷看得出来。我喜欢这个简简单单的带着直爽气质的小城市，我父母说，我以前在我所处的城市里不开心，我和泾渭这座小城有缘，来了就笑容满满，知足安逸。而这里人的生活方式也大多懒散，常见街道小区打麻将的众人，也常见傍晚渭河边遛弯的老人孩子夫妻情侣们。但是这里人大多很雅，有事没事都会在茶馆聊天也聊出个文意

-191-

爱十二梦

盎然的情调来。泾渭城底下的小镇名字都很诗情画意,好比有镇名曰汨罗镇,视为纪念一种宁死不屈却又无所作为的无奈与伤感。

终于我在被记忆缠绕得昏昏沉沉中进入西宁市内,找了家不错的面馆吃了碗拉面,心情也随着热汤的暖流一下子爽朗起来。老板娘见我一个姑娘家,正打算问问我,姜一僧的电话就打了进来:"林素,如果以你平时开车的速度,这阵不出意外应该到西宁了。"我一听又乐了,故意逗他:"那以我不平时的速度呢?"姜一僧愣一下,回道:"那就估计到青海湖边上了。"我让他有事快说,不然面汤就凉了。"林素,你还记得咱俩的一个约定吗?"我打趣说曾经山盟海誓太多已成浮云,愚兄不必挂怀。姜一僧说:"你答应过我,假若你我都过三十还未嫁娶,你就得嫁给我。"我笑。我说,我现在只想安心喝完这口热汤就挂了电话。一转眼,十年已过。我已不是当初采访姜一僧的青葱女生,姜一僧也不是那个才华正当年的博士主任。大龄剩男女越拖越大,婚姻对于自己倒真成了可有可无的鸡肋。我现在已有自己的杂志,姜一僧也成了西京城最大医院的精神科主任。我与他的平台都大了,事业各自也看似稳定红火,但是彼此内心的疲惫与无奈只能夜深人静自己消化。我与姜一僧的关系更像是一只皮筋连接彼此心脏,时不时才拉扯一下,却牵扯着血肉。

. 我和姜一僧交往了近一年时间,他却对我很是尊重。我们之间的亲密仅限于拉手拥抱接吻,就连我闺蜜都惊叹于我们恋爱的纯洁。我甚至会偶尔乱想该不是姜一僧有什么毛病,但是事实是他没有,他只是自控力过于强大。这种自控力过于强大

小暑/梦旅人

的男人坏起来就无法无天了,我常如是说。姜一僧倒也不置可否,只是说不想伤害我而已。闺蜜笑说我们俩是这年代难得的柏拉图式恋爱,只谈情不说性。在举案齐眉中不愠不火地燃烧着彼此的热情。

  当晚我入住在一家不算太大却很干净的酒店里。我自小喜欢睡大床,睡觉还极为不老实,在床上呈大字左右翻滚。睡相狰狞。姜一僧曾那么形容过我。我此刻躺于这张绵软舒适的大床上,刚才电话里余音绕耳,仿佛是姜一僧此刻附耳道,你答应嫁给我可好。我与他,大概都是过不了自己内心孽障的人。说到内心隐秘居住的魔怪,还是在我和姜一僧有了肌肤之亲之后才开始显现。姜一僧是个定力很好的男人,平日里待我也是亲昵不足尊重有余。我却满脑子以为是自己魅力不够,竟然在闺蜜的怂恿下设计勾引他。我平日里就是父母眼里的乖乖女,从不曾有过分举动,虽然没有正式谈过恋爱,但是我心底竟然对婚前性行为以及闺蜜所说"总要试一下"这样的看法很是赞同。我一直以为有个男人来会带给我一段缠绵悱恻刻骨铭心的恋爱,可是我却在姜一僧的成熟和完美中进入乏味的婚姻。那个时候闺蜜比我经验多,她说床上才可见男人的真性情。我当晚就约了姜一僧驱车前往忘川镇游玩。忘川镇,是距离泾渭城不远的一座风光秀丽的小镇,镇上的建筑还是明清风格,古风犹存。知名度不甚高,因此游客并不多。小镇在黄河边上,芦苇荡荡。我和姜一僧开到忘川已天黑,我说自己怕黑非得和他挤在一起睡。他拿我没办法就搂着我入睡了。天蒙蒙亮的时候,我睁眼望见他出神地看着窗外的芦苇荡,听着啾啾的鸟叫声。我轻轻抱住

爱十二梦

他，附耳问他为什么一直不要我。他捧起我的脸看了看，我好似听见很轻的一声嘀咕，他叹气道，真是像呢。我当时没多想，以为他只是叹气喃喃自语。黑暗中我看见姜一僧吻过来，他紧闭着双眼，嘴唇颤抖着。他抱起我，这个时候我感觉在他怀里像是要融化进他的气息里。我喜欢姜一僧的味道，那种味道熟悉又亲切，那种甜腻而欢欣的味道，如同他的笑容一样摄我心魄。我突然非常渴望他要我，我想要把自己溺死在这种甜腻里。这突然涌起的渴望似曾相识却无从追究，我自觉自己从未曾获得过这方面的经验。我和他的第一次非常顺利，这顺利有些出奇，不论是我或者他，都不见生涩害羞。我不断地迎合他，就似迎合我失落于深夜的一个梦。

　　第二天天蒙蒙亮，我起得大早，不忍叫醒熟睡中的姜一僧，窗外的阳光恰好照在他的脸上，这幅画面我似乎梦里见了千万次。一出门我就遇到了格落。她领着一个小男孩在晨光里散步。那小男孩非常漂亮，圆圆的脸蛋，眼睛非常美，如同一汪静谧的湖水，可是那湖水里明明有柔美的月光。这小家伙分外吸引我。我不由自主地小跑着追上她。嗨。前头的姑娘转头，我才发现她手里小家伙，出奇得像妈妈，也有一双美丽的眼睛。近看，睫毛长长好似春日里茂密的柳叶。她向我笑，我突然语塞，那刻我什么也说不出。羞答答好似姑娘山林间见着翩翩美少年。"去我家里坐坐吧。"我竟鬼使神差跟着当时还算陌生人的格落到了河边的她家。"你是这儿的人吗？"我望格落出了神，我自己都有稍许的不好意思，她倒很自然而然地介绍起自己来："来这边有九年了。我孩子也快九岁了。你叫我格落就好。"我

小暑/梦旅人

惊叹那么年轻的格落竟然有一个九岁的孩子。格落,竟也是这样熟悉的一个姓名。"我一个人带这个孩子。家里没其他人。"这个独身女子,我痴痴地望着她:"格落。你知道吗?我中学时代,曾经很喜欢听一个叫格落的女人唱歌。她还有个乐队,叫作秋日之虫。"她淡淡一笑,转身倒了杯水给我:"渺小而卑微的虫子在秋天苟延残喘而不知末日即将来临。"我一惊,口里的水顺着肠胃滑下去,能感觉到一股温热:"你就是她?"格落只是笑,她似乎知道我要问她什么,她看到我眼里热切地好奇。"这个孩子就出生在忘川。我十九岁时生下他。我喜欢这小镇。人在忘川,心如止水。这个小镇简单朴实,日出而作日落而息。是我所一直期盼的日子。"她像一个老朋友一样讲着话,我安静地听着。我多想告诉她曾经多么迷恋她的音乐,她的嗓音,那是我单薄乏味的青春期里唯一的乐趣。而此刻,我竟与她在这个叫作忘川的小镇里相遇。"格落,我昨晚和我的未婚夫第一次做爱。可是感觉并不那么好。"我诧异自己在她面前竟然这么说话。我相交多年的闺蜜都不曾听到我这副样子和一个人交谈。"因为我感觉这问题不来自于我或者他。而是来自于我们。""当一个女人身心交付于一个男人就会有这种错觉。没关系,好姑娘。"格落笑,"其实等你有了孩子才会发觉这个小东西才是你生命里最重要的。""我总感觉我的日子平淡到一种极致,这种极致带来许多无聊和无趣,我似乎从来都循规蹈矩,就连恋爱也爱得波澜不惊,水到渠成,婚前做爱竟然是唯一出格的事情。不像你,那么精彩。""你又知道我多少?你以为曾经写篇关于我的文章就是了解我了?"天呐,她怎么会知道我高考的零分作文

爱十二梦

是关于她的,我再次惊叹于命运的神奇。这个女人似乎能够看透我的一切,"好奇能杀死猫,当然也能杀死你。"她突然这么说。我笑,毫不掩饰我对她的兴趣。"你为什么到这里了?""我在这里丢失了一个人,如今我在等他回来。""孩子的父亲?"我问完就发现格落不打算理我了,在一旁拿着纸笔陪她的宝贝儿子画画。我凑近去发现一张白纸上,小家伙在上头奋力地画上了一只硕大的眼睛,眼睛里全是花朵。那些花朵如同血滴般艳红,却开得无比温柔。我惊叹这宝贝的创造力。"你也挺喜欢这孩子是吗?"她摸摸他的头,此刻格落无比安静,我们像一对多年不见的老朋友一样沉默着。过了一会儿,她说,"这孩子跟他父亲极像,做一件事情很专注。"她抬起头来,突然意识到我其实是个不速之客,但是她说,"你快走吧,不然你未婚夫要着急的。我有空去找你。"

我或多或少是知道格落的过去的。她是我中学时代最喜欢的女主唱之一。如果再次翻箱倒柜出过往的叛逆习作,那一定就是这样的:她是我平淡青春最绚烂、最诡异、也最勇敢的一个梦。她开在荒芜里,自顾自美丽着。假若恰好与她是同学少年,我必定是跟在她后边耀武扬威飞扬跋扈的一个小丫头。第一次听她的歌,是无意中点进一个书评,那书评讲到青豆和亚由美的那段故事,配合着清丽婉转但是悲伤至极的哥特式女音,我那时就陷入一种深切的迷恋。再后来知道这个人身世凄迷,再后来知道她在北京一个人孤独地歌唱与行走。我在我人生当中最为重要的时刻给她写文,似乎是写一封信给一位带着崇拜感的密友。作文当时是以"心灵之美"之话题,而我认为,所有的心灵

小暑/梦旅人

之美都来自于对外界肮脏的抗争,以及幻觉里梦境的虚空的自我安慰。若是记忆之河逆流而上,我至今还清晰地能够记起我所写下的每一个字:

格落,你是以梦为马之人。

这是一条暗黑的路途,通往梦的彼岸。

你做这个梦。梦里的你将自己置于一个深红的花园内,不断地哭泣。周围的世界是暗红色,仿佛是你肉体的血液渐渐被抽离出去的充斥。然后在暗红色里氤氲出现了一张男人的模糊而扭曲的脸。那男人在暗红色的云端冲你狰狞地笑,你忘记你的哭泣,使劲去伸手抓那男人的脸。可是就是在此时,你的梦突然停止,你开始陷入你那无止境的黑色而强悍的睡眠。

又一轮的梦境袭来。你是年幼而甜美的模样,穿着母亲特意买给你的,纯白色的小公主裙子。两条细黑的辫子柔和乖巧地搭在前胸。你展开你甜美又充沛的笑容,就如同一朵新鲜的,还未开放的花朵,在初露的黎明,有比太阳还要美好还要温暖的笑容。你带着笑容和你的纯白裙子一起旋转,突然就天昏地暗。天色暗沉,周围寂静,原来你已经忘记了你回家的时间。你周围没有人,只有你和你自己黑色的影子。你内心恐惧着,急切地迈着小腿跑向家的方向。远处斑驳的墙壁上出现了另一个黑色的高大影子,那影子覆盖了你,让你窒息,让你万劫不复。你不知道身后究竟是个怎样的人,只有个声音在你耳边硬生生地擦过:"多么漂亮的小姑娘。"然后你的生命突然坍塌。你弱小的身躯在那个黑夜承受着成人世界的肮脏,一个变态男人的龌龊情欲。

爱十二梦

你稚嫩的声带甚至来不及呐喊，就变得无声无息。只余下冰凉的黑色在夜里沉默着，甚至你都不知道此时发生的事对你来说是什么。但你感觉你开始以伤口的形式存在于这个世界，你的身体，在还没有来得及如花般绽放时就已经溃烂，已经被这个可怕的噩梦侵蚀。你在感觉你幼小的生命受到强势地进入后，迅速崩塌。

你以为你会一直掉落在那个万劫不复的梦境里，突然又有力量将你推向头一遭的梦。你又回到那个深红的花园里。你终于知道自己想去将那个狰狞的笑容撕烂。但是你连那男人的面容都已经不记得，只记得你巨大的伤口和疼痛。你跌落在你带着仇恨的幻觉里，黑暗的心脏正在往外渗出悲哀的血液。你再一次向那男人伸出手去，突然无力地瘫坐在地上，身后飞起一群一群乱叫的乌鸦，那些黑色邪恶的生灵就像是在叫嚣，叫嚣着你的无力和悲哀。

穿着白衣的少年将你拉起，对你笑，那笑容如同你幼年时一样甜美而温暖。你看着那笑容，闭上双眼，开始掉入这个温暖的梦境。他将你的手紧紧握住，神态慌张而窘迫。你站在他的身后，环住他的腰，你不敢看他的脸，你惧怕此刻温暖的幸福恍然丧失，如同梦境般易碎。你开始喃喃自语，他专心地聆听，想要聆听你所有的黑暗，所有的伤痛。但你的声音，你体内那颗渗着悲哀血液的心脏的跳动，只有你自己听得到。穿着白衣的少年承担不了如此的悲伤，那悲伤一直是悬在你心内的一条河，随时有倾泻的危险。他终于离开，带着这个关于幸福的永生之梦，这梦如同他给你的虚假。温暖过你，但最终令你彻头彻尾地绝望

小暑/梦旅人

和寒冷。

你对梦境开始产生惧怕,但你无法逃离,你又一次掉入黑暗的境地。你是孤独的梦者,无人能够救赎。你是孤独的梦者,没人再来靠近。你是孤独的梦者,和世界格格不入。你的梦如同毒蛇般缠绕你,令你窒息冰凉。时而黑色,时而幽蓝,时而暗红,时而深紫……你的梦色彩变化万千,始终却是暗色的基调。在梦里你遇到一些美丽的声音,它们低低地吟咏浅唱,仿若你内心深处那些细微的声音。你遇到那些声音,它们也遇到你。那些哥特风的歌者在梦中向你吟诵,你是一朵繁复艳丽的大丽花,生长在幽暗的森林,你是森林里的歌唱女王,站在昏暗的舞台上,将往事唱起。突然你的世界又一次被黑暗覆盖,你的心开始冷却下来。黑暗来临前,总会先预兆一些隐约的寒冷。那或者只是铺垫。

你惶恐不安,因为这些肮脏隐匿的黑暗,还是因为,你内心暗无天日的悲伤。你惶恐不安的开始重复你的歌调。

"我憎恶你所爱的,我爱你所憎恶的……"

歌词重复。梦是现实的黑暗重复,你是你梦的森林的歌唱女王。你在梦里重复这些悲哀无力又苍白的歌唱。

直到你声音嘶哑,无法再发出声音。你是这样让人疼惜的女子。你始终沉溺在一个又一个黑梦中。你是个巨大又空洞的伤口。你不断地做梦,偶尔的梦醒,然后又沉溺。我明白你将你的温暖已然丧失在那一个个黑色的梦境里。

以梦为马,奔驰在肮脏的现实里,我的歌唱女王。

后记:我想,这篇文字只有你会懂了。格落,格落,你的感情

爱十二梦

如同一个巨大黑洞，吞噬着你的所有。你是以梦为马之人，带着你的歌唱行走在这一个又一个的梦境里。你是秋天的虫子的骄傲。你是哥特森林的女王。谨以此文献给秋日之虫，献给我们伟大的女主唱。

可惜的是，当年的判卷老师并不欣赏这种阴郁又混乱的风格，更觉得我所写的是乱七八糟离题万里，我却以一种最为费解和叛逆的形式向我单薄、苍白、空洞的青春祭奠，仿若那张作文卷是我的青春祭坛，我莫名的爱恨憎恶全然一股脑儿倾洒于笔尖，祭献给我的哥特女王。在我青春的末尾，以一种隐秘的方式彻底疯狂了一把，而后来赤裸裸的成绩也着实给了我一个深刻的教训。

一大早我就从西宁出发。开车行走在环湖公路如画的风景里，看着广袤的草原里成群的牛羊，碧蓝的天空和变化的云朵，连绵悠长的山脉，感受着这别样的壮美。我正痴然地念想着，心猿意马间就差点儿和迎面开过来的车撞上，我赶紧停车缓缓神，望向前方一汪碧水。从小到大我的生活似乎从来都是犹如波澜不惊的湖泊，平淡如这方湖水。我骨子里极为安静，朋友也极少。自从那日我遇到格落就好似遇到了幻觉中的一切英雄梦想。我盼着格落能来找我，却忽而想起那日也未曾留下地址电话给她。恰似一个心空多年的人突然遇到有缘人却没有留下联络的信息，真是令自己费解。

不过好在后来格落真的来找我。那日我和姜一僧挑选结婚钻戒，我不愿他破费太多买一颗璀璨钻戒给我，我早看透这类闪

小暑/梦旅人

亮玩意儿再昂贵也不及一颗一生一世的真心。姜一僧嘲笑我,说婚前自是要万千宠爱,奢侈一回也未尝不可,这种世俗的价值才能显得真心有多珍贵。我便依从他的意思,跟着他进了珠宝店。说也奇怪,自那日我与姜一僧于忘川纵情之后,回来之后,他对我反而更加尊重。我戏谑他,如果是对那方面不满意,趁着没有结婚大可换人。

他只是宠溺地笑,笑容似往昔一般温暖缱绻。

我看中一枚一克拉的六爪形钻戒。我拿起这钻戒看了好久,钻石好似雪花一样,亮晶晶在心里落下。可是不等姜一僧温柔献上一句"买下吧"。我一回头却望见了格落。格落领着那个可爱的男孩,朝我挥手打招呼。我兴奋地朝她叫嚷:"我以为不会再见到你了呢。"我搂住姜一僧:"这就是我未婚夫姜一僧。"格落笑笑:"你好。"姜一僧却异乎平静地看向我们,也不曾好奇这个女人到底是谁。我想他大概也只以为是我老同学故友什么的吧。"我说过,我会去找你。"格落看见我手里拿着的钻戒,说,"林素,这戒指真好看。比当年我爱过的那个人,用一个红色细绳编的美丽多了。"说完她又匆匆告辞。

格落再次消失,我好像有一肚子的话要对她讲。我感觉格落如同一个谜语,她身上有太多我所不了解的东西。当年的我,也不过是在报刊网络上搜寻这个倔强女孩的一切一切,但是十七岁后的她突然销声匿迹,谁也不知道十七岁之后的格落去了哪里。而在我二十四岁的时候遇到二十七岁的格落,这中间遗失的十年光景却令我分外好奇。

姜一僧愣了一会儿,却一脸狐疑地问我:"你刚突然在和谁

爱十二梦

说话。"我笑他是否在和我开玩笑,他停顿了片刻,突然不自然地笑了笑,"没事,吓吓你。你那朋友真是说走就走了,也不留下吃顿饭。"说罢拥我入怀,"想好要哪个戒指了吗?"我却摇头不作声。我想起刚才格落离开时留下的那句:比当年我爱过那个人用一个红色细绳编的美丽多了。我狐疑眼前这戒指是否真有年轻时候以炙热和冲动用生生世世的诺言所编织的那个幻梦一般的红绳子美丽。我拉起姜一僧的手离开了珠宝店。

当晚他打电话来,问我:"林素,你向来是个安静的人。为何那个人的出现就令你心绪起伏这样大?"我语塞半天,然后竹筒倒豆子般给姜一僧把我认识的格落从头讲到尾。我说我就是莫名地喜欢她。"林素,你所知的格落不过是你带着对平静生活的厌恶所强加的一些幻想而已。你要明白,若是你真的完全见识到这么一个人的全部生活,你就未必会抱有如此强烈的幻想。"听着姜一僧学术般严肃口气的话,我倒不置可否:"行了,我累了。"

回想起那日不愉快的对话,便是我和姜一僧所有不愉快的开端,自那日起,我和他一直不愠不火的感情似乎陷入了僵局。我感觉我平淡的生活冲撞着我渴望变化的灵魂,我突然有了一个决定,那就是离开地方电视台,去广东闯荡。我一直觉得南方媒体更为开化些,对有志于将媒体当成一份事业的人来说,会更有发展和作为。姜一僧听从了我的决定,倒也不曾说些什么,只是劝我再好好想想。

车里的音乐继续高亢地叫嚣着,我随着这些激烈音符的跃动不由得给油门加速,摇下来的车窗混着风吹让我分外清醒。

小暑/梦旅人

手机铃声突然跟神经病一样大声叫唤,生怕我听不到。"林素,你写的人物传记下次可不可以不要这么感性,你笔下谁都成了文学家。"我笑:"我的编辑姐姐,你混这行这么久,不晓得他们就偏爱这个调调?""但是这次这个企业家可不吃你这套。"我顾不上电话那头批评着我刚写的人物专栏,就切断了电话。冷风继续吹,我想一想从离开姜一僧到去广东已经十年光景,这期间他的牵扯却从未间断。

　　再次见到格落,是我已经决定要去广州向姜一僧辞行的路上,我当时刚学会开车,下着细雨车况不太好,眼看着要撞上一个小男孩,我一个急刹车及时刹住。男孩被我溅起的雨水弄脏了一身,他母亲焦急地搂住他的小宝贝,要是按照常理,这个焦急的母亲定会开口把我大骂一通。这个母亲却很平静,看自己孩子没有大碍,便搂在怀里轻声安慰,我反而过意不去,急忙下去。却见是格落。"你怎么在这儿?"我问她。"孩子病了,小镇的医生看不好。"我急忙说:"坐我的车去吧,我带你去医院。"她一脸漠然:"不必了,刚刚看过了,没什么大事情。"她说着却拉开车门坐进来,"林素,好久不见,我们找个咖啡馆坐坐。"

　　"格落,不知道怎么,自从上次在忘川回来之后,我就开始思考自己到底和未婚夫是否适合,自己待在这个小城里安然于现状然后结婚生子,就是自己要的人生吗?"面对她我总是能讲出一大堆真心话,她始终只是安静地在一旁听着。身旁的小家伙却不时地跑来跑去,还兴奋得大叫。"林素,所有的记忆都带给人罪孽深重的负重,而你多好,什么也没有却非得强加些什么。"她淡淡地笑,"我猜你一定好奇,我为何后来消失不见。"

爱十二梦

　　格落缓慢地开始倾诉着她的部分往事。当年她背负记忆行走在偌大的北京城，是一次极为冲动的出走。她的父母是一座小城的教师，童年时自己所遭受的那些耻辱并没有告诉给她的父母。要不是后来自己成立乐队被一些无良媒体挖出来这些陈年旧事，父母一定不会理解为何自己的女儿越长大越会如此离经叛道，但是也给格落带来许多争议。许多人开始认为格落嗓音里的黑暗和阴郁，都是来自于这个女孩旧日那个凛冽的伤口，公众大多不懂得保护一颗孱弱而敏感的内心，于是只剩下一个离经叛道分外强势的格落用音乐和全世界作乱。直到遇到他。

　　格落说，我以为，我能够用音乐和全世界死磕。可是当我爱上一个男人的时候，却发现这些信仰、艺术、音乐统统都见鬼去吧！

　　我和格落交谈的时候，姜一僧就不停地打电话，我从来没有拒接过他的电话。我却说："让男人见鬼去吧。"说着就关了机。我像是在格落身上发现了一个崭新的自己。这女人身上的魔力在于，你以为你一直遵循的生活轨迹，在她这儿一下子就坠入了深渊。格落点上一根烟："你不是一直很想了解我吗？"我对于格落那份强大又刻骨的好奇随着她手里那根烟的烟灰落在我心里，"可是你不知道吗？越是了解一个人，就会对一个人越有感情。这种感情，本来就不多，你给了我，自然就不会顾及别人，甚至是你自己。"说罢她吻了我。突兀而至的这个吻一下子让我手足无措神经慌张，也许格落是我心底对于苍白青春的一次秘密起义而已。我并不像爱一个男人爱她，但是不可否认的是，我对于她了解越多，我越无法自拔，这种好奇带来的倾慕，大概是每个少女都会有过的吧。我自我安慰着，听她继续讲："我是恨

小暑/梦旅人

过那个在我幼小的时候便种植罪恶丑陋的男人,但是如果这些都不算什么,因为世界比这还要黑暗肮脏。我一直歌唱一直行走。我不为过往辩解不为自己掩饰。我最为厌恶的便是拿着一盏光明的灯照亮我黑暗的心,却无法切实地理解我所有痛楚,甚至只是因为好奇而接近我的男人。"

接下来格落讲的这个故事,却温情绵密带着平凡。那时候她在万人瞩目的舞台上歌唱,下台时喉咙却似裂开一般痛。一个穿着衬衣仔裤的男孩递过来一瓶水,她低着头说谢谢,抬头就看到男孩对她笑。所有有着迷人微笑的男人都容易被爱上。那天露天公园的阳光饱满热烈,她的内心多了几分骚动,收敛起一贯的冰冷,温和得还以微笑道谢,那男孩直勾勾地看着她,似乎要说些什么。后来什么也没有说,径直地走过来拥抱了她一下。她被这个突兀而温柔的拥抱吓呆了。如果是以往,她面对她的乐迷热情簇拥,或者一些过分的举动,肯定是大声咆哮十分抗拒的。但是这次她好像一只安静的小鹿,睁着大眼睛望着眼前这个突兀的男孩。

"对不起,我只是想抱抱你。"男孩又不知该说什么。她却笑:"你喜欢我?"男孩低下头没有吱声。他们对视了很久,直到她乐队里鼓手叫她过去。他突然拉起她跑了出去,跑出了公园来到一个狭窄的街道,他再次致歉:"我知道,突然拉你出来很奇怪。但是我怕那个鼓手把你叫回去,我就再也没有机会也没有勇气跟你说话,也不会再做这样的事情了。"

后来的故事就和所有的北京爱情故事一样,他们相爱,在一起。但是让格落没有想到的是,他是北京大学的高才生。他来

爱十二梦

自一个叫"忘川"的小镇,那一年,他初次来京,带着全镇的骄傲与荣耀。

她讲完这个故事,我大笑起来。我说:"我的女王就是这样被俘虏了,真是令人费解啊。"说完我看着格落,却见她流了泪:"世界上所有的爱情故事刚开始大多都是如此,心动,牵手,在一起。但是谁能逃脱这最后看得到的悲伤?你现在知道了吗,我为何要来忘川。"

这湖水如此平静,我绕着湖水开着车不觉天色已沉。于是加快速度往前赶路,夜宿小镇里的一家旅社。旅社虽然简陋却很干净,信步往前走就能望见青海湖。傍晚太寒冷,我忍不住地打了个冷战。我从来不问姜一僧,他的往事如何,和一个年近三十的男人谈恋爱,的确是有些许的平淡谨慎,我也属于那种自小就习惯了平淡的姑娘。姜一僧说,我的内心装着一面镜子般的湖泊,清澈见底,平淡安宁。"我就是要找你这样的女人。"他如此斩钉截铁的话犹在耳边,我抬眼望向远方,太阳的光芒已经十分微弱,这苍茫的红色快要完全被湖水吞没。日落,我突然又想起她。

"你知道我看过最美的日落是在哪里吗?"格落问我。我没有说话只等她全部讲给我听。"是他每日和我牵手并立在后海看到的。我才知道不是日落有多壮美,而是陪在身旁的人有多暖。我们像在北京的每一对普通情侣一样,没事儿在后海溜达看黄昏日落,去香山看红叶漫天,骑着车子去大前门喝茶听相声,挤着比沙丁鱼罐头还要拥挤的地铁,南锣鼓巷里装游客互相调侃。

小暑/梦旅人

"其实我们也是这偌大的北京城里的游客。"她说,"但是要感谢这个没心没肺的城市让我和他相遇。他从不带我去他的大学,他说,如果同学们知道他找了一个我这样的女朋友,一定会有流言蜚语的。但是他说只要彼此爱着就好,不管别人怎么说。其实我那个时候什么都不介意,因为我已经因为他看到了这个世界的光芒。我扎耳洞、戴舌钉、文身、吸烟,我唱着那些乱七八糟的歌,看起来像是一个坏女孩。其实只有我自己知道,遇到爱的时候,我也是个普通又善良的姑娘,我义无反顾而且情真意切。说也奇怪,在遇到他之前,我从来没爱过一个男人。我一向对男人敬而远之。我的鼓手说,这个白白净净的男孩会毁了我。我笑说他嫉妒我。他告诉我,两个世界的人走到一起,一定天诛地灭。我不信。"我看到格落说她不信的时候,眼睛里亮起了异常皎洁的光芒,我仿似看到了少女格落是该有多么的倔强。

我和姜一僧也并非是不适合。只是我心底总是潜藏着一些莫名的不甘心,这种不甘心的情绪难以名状,纠缠着我对于我生活的潜在抗争。我和他平静而自然地在一起,然后再平静自然地谈婚论嫁,在别人眼里,这该有多理所应当。但是我从来都没有认真地问过自己,我所追求的究竟是什么。我让少年的时候一片空白,难道就该让长大后的自己继续荒芜吗?我正在思索着,格落就打断了我的思绪。

"林素,其实你不必羡慕我的青春有多蓬勃。在别人眼里,我就像一个浑蛋少女抑或标新立异的叛逆歌手。那个时候其实我心底单纯得像是一个小女孩,他对我笑,他对我好,伸手过来拥抱我,我就义无反顾。还有,你记住不要试图去理解我。我所

爱十二梦

有的话其实只是对自己说的。这世界根本就没有所谓的设身处地。我给你讲的只言片语也无法还原真实的故事。"我笑,原来每个人都不是看起来的那番模样。突然间她的眼神迅速暗淡下去,我能看到格落能这样讲,是因为她的记忆令她痛苦。"我其实以为那样就好。但是全世界都不是这样以为,包括他。他对我的爱,迷恋大于深爱,好奇多于欢喜。最重要的是,那个时候,我们都是没长大的孩子。我们同居,我们做爱,我们没日没夜地在对方身上索取。"

"直到某个深醉的夜晚,他竟问我,小时候那件事是否是真的,还问我在他之前有过多少个男人。我被这恶俗而残忍的问题吓到了,我跟他在一起,连正常的演出都不愿意再参加,我们租住的地下室还是我用之前的演出费付的。而在他的心底,对我竟然有着如此隐晦的狭隘隔阂与看法,这着实令我心寒。"

"不过那阵我简直是入了魔。我虽然心痛难过,但是还是从来没有离开过他。我为了转变他潜意识里对我的看法,我竟然傻到努力在他面前做一个看起来像个好女孩那样的做派。我甚至开始蓄长发,染回黑色,不再涂黑色甲油,收起身体上那些叮叮当当的装饰。我迎合他的一切,他的身体,他的欲望,包括他所期望的女孩。我甚至丢了自己,以至于我的乐队差点儿要将我抛弃。我大概一时昏头忘记了,他彼时爱上我时,我是舞台上放肆歌唱的少女。"我倒是没想到格落的故事竟是这样简单而青春,简单到这样的桥段几乎散落于每个人的青春里,那就是爱与被爱。

我在我单薄而苍白的青春里,甚至连爱过一个人都不曾有

小暑/梦旅人

过。我似乎对男孩,周围那些毛头小子丝毫没有兴趣。我生来就对男人有过分清醒而理智的认识。我不屑于爱上他们其中的任何一个。"你爱他吗?"格落突然问我,这问题其实真让人头痛,我爱姜一憎吗?我也曾无数次深夜里问过自己。从他让我兴趣盎然的笑容开始,到我们谈婚论嫁,从始到终,我似乎只是深深地觉得:"这是一个不错的结婚对象。"

格落放肆地笑起来,这笑容倒令我眩晕:"我们在一起腻了一年多以后,一个突如其来的变故击垮了这个一直自以为是的好学生。"

格落怀上了一个孩子,他却在听到这个消息之后莫名地消失。"就是我见到的那个漂亮的男孩?"我显然问了一句废话,但是却让我更加好奇孩子的父亲在哪里,格落为何要来这里。"我知道,你猜我为何会和我的孩子在这里,对吧?"

"我找到他的院系,在他宿舍楼下大声喊他让他滚出来。我显然抹杀了他最后一点儿面子,他气势汹汹地把我拉出他那光鲜的大学校门。他问我是不是想让他名誉扫地。我笑言我哪儿有那般的本事。不过我们之间的间隙却因为我要生下这个孩子越来越大。我的固执让他明白,我将会成为他在大学里的一个丑闻。他竟然轻描淡写地让我尽快把孩子做掉,就像他的某些大学同学之间隐秘进行的一样。可是我爱这个孩子。我感觉我必须要生下他。"

最后格落说,她在一次激烈的争吵之后把他杀了,然后为了忘却的纪念,她隐姓埋名来到他的家乡忘川。不过她拒绝透露那次谋杀事件的所有细节,只是说,拥有这个孩子是她唯一的精

爱十二梦

神支柱。

听完格落的讲述,至此我已惊觉出了一身冷汗。叙述到此中断,我从这个简陋旅社的噩梦里醒来。我梦到姜一僧浑身是血向我走来,他说,我是个比格落还要固执的人,他在梦里控诉我杀死了他对爱情最后的一丝信任。他不停地问我:"林素,你不是一直要知道我的往事吗。你不是一直要知道我的往事吗。"

我惊醒。此刻望向窗外,一轮红日冉冉升于磅礴而安然的青海湖。

其实我并没有后悔遇到格落,然后情不自禁地陷入与格落那样的看似危险的友谊里。起码她像一面镜子,能够让我更加清楚地认识自己。只是这面镜子,是黑暗的。我离开之前问姜一僧:"假若我多年以后回来?"他只是笑,温暖一如往昔:"林素,我知道你这人固执起来如同千年寒冰。这固执就是你心灵深处最大的隐秘。你若走,没谁留得了你。后头的事情,其实谁都不知道。"说罢他深深地吻了我。仔细算算,从离开泾渭那座小城,到如今我在广州的人物杂志上成为小有名气的记者,白驹过隙已过五年。短短五年,我个人的努力与辛苦也算得到些许安慰,一个人在外的这短短五年,拉长延伸下来也是一部充斥血泪的励志大片,而我,恰巧还算是有做记者的天分,当年那个小城里连采访提纲都不打的姑娘,如今每接到一个采访任务,恨不得将采访对象内衣尺码都了解清楚。

我再次回到泾渭的时候,首先迎接我的不是姜一僧而是格落。我每次都很奇怪,为什么她总是在她想要找到我的时候,就一定能够找到我。"林素,你离开了这几年。我很想你。我看到你写的人物专栏,从你写的那篇文章开始,我就知道你有这方面的天赋。"她笑,那个男孩的身高却在这五年里没什么变化,甚至她本身都没有什么变化。我暗自思量,一定是忘川太过安逸宁静与世隔绝的缘故。

姜一僧在我和格落交谈甚欢的时候出现在我们面前,他一如既往的温柔笑容化开了我的疲惫,手里还捧着一大束红色玫瑰,我却和格落同时觉得他手里的玫瑰实在是刺眼。姜一僧倒不打扰我和格落说话,一旁安静地聆听着。"林素,五年不见了。连个拥抱都吝啬吗?"我倒是大方地给过去一个拥抱,转身却发现格落不知道什么时候已经离开了。

她总是这样,她说过,她总是会出现在她想出现的时候。"姜一僧,不对,我应该叫你院长大人了不是吗?"姜一僧没好气地看我,还是喜欢拿他开玩笑。

我回来,却孑然一身,带着成熟和平和。而姜一僧,他笑言这五年反而让他不着急结婚。反正他现在是全小城单身女性眼热的"钻石王老五"。按照我父母劝我的话,遇到这样的男人再不嫁还等什么。于是我和姜一僧却再次旧情复燃,我们这次复燃得激情万分。似乎是两个中年人的"第二春"。

姜一僧在感情上已不像过去那样生涩而冰冷。他和我每日都在疯狂地索取对方,似乎这是场两人之间彼此都预谋很久的战争。热恋三个月后我们又恢复到五年前谈婚论嫁的状态。但是我却发现了一个惊异的事情,我怀孕了。虽说奉子成婚在这社会已然不是什么新鲜事,这却令我自己万分苦恼。我甚至因为这个孩子的降临而轻度抑郁。我觉得这孩子的降临不是在加

爱十二梦

速我和他的关系,反而是在阻碍什么。

我日夜为这个问题而煎熬,姜一僧却什么都不知道。他是个成熟而稳重的准丈夫,他万事周全事无巨细地都帮我们打理好。我为此常在深夜里掉头发,这个孩子,难道来得不是时候吗?难道我和他之间,日夜期盼的,期待弥合裂缝的,不正是这个孩子的到来吗?我并不明白我在担心什么。那种隐约的恐惧感占有着我,我甚至在夜里会出虚汗做噩梦。这个梦里只有一个声音叫嚣着:这个孩子是不存在的。

格落在一个蒙昧的清晨里出现在我小区的门口。我不明白,为什么她总是悄然出现在我最迷蒙的时刻。"你不能生那个孩子。"我对于格落对我这样说话已经很习惯了,相反我喜欢她这种毋庸置疑的口气。但是我看格落牵着她的儿子向我走来:"孩子会成为你的负担,你终身不能痊愈的疾患。"她说这话,她那顽皮的孩子就挣脱她的手,很快我就看到了个惊恐的事情,在小区的门口,瞬间冲过去一辆拉土车,格落的男孩,很快就被这个巨大的怪物撞击成碎片。

我看到那个场景已经昏了过去。突然感觉我腹中的那个孩子也消失了,我感觉到的不是对这个孩子哀悼,反而是一种内心隐隐的窃喜。

格落受不了这样的刺激,她完全地失去控制了。她到处给别人说,自己是一个杀人犯。她说她谋杀了自己的孩子,也谋杀了她的爱人。但是没有人相信她。人们只是可怜这个单身女人的失常。

我将格落交给姜一僧后选择再次逃离。我想我与姜一僧之

小暑/梦旅人

间也许真的还有道无法逾越的鸿沟。远走他乡,这个名词与我而言,已是残酷得不带有任何眷恋的一个轮回。姜一僧对我的再次逃离根本不置可否,他这次连原因都没有询问。他在我离开的时候,说:"你内心执念犹如强大幻影把所有阳光都笼罩了。格落我替你照顾,你要记住在外面好好照顾自己。"

五年后。我再次去看格落。格落已然老了:"你知道吗?失去孩子就是失去了我的全部,为什么我还会在这里?"我不知道。我茫然地看向格落身后白色墙壁的巨大阴影。"林素,你走之前没有见到我。你回来我只告诉你一件事,真相在青海湖。"我被她这几句莫名其妙的有所意指的话弄糊涂了,之后她便什么也不说,只是看着我,眼神安静得看不出任何波澜。

我被那眼神盯得发毛,我第一次不想再和格落进行任何交谈。我突然想起她反复说过的一句话:我们永远无法设身处地。

我第一次为了我青春时候自以为是的作文而感觉到悲哀。

我以为我听了她的音乐,知道了她的故事,就是一种懂得和慈悲。其实当我写出来,这故事和故事里的人已经没有任何意义。而格落,当她面对着我,第一次开始讲述的时候,她就已经不再是完整的她自己。

然后过了七天,她死了。现在的我站在青海湖边,望着冉冉而跃升于蓝天的炽热红日,突然感觉到一种前所未有的温暖包裹着我,我的内心是一片黑暗,这温暖竟让我深深地恐惧。

青海湖。此时我感觉青海湖是一只明亮的眼睛,我快要跌入它的深邃里。我陷入模糊的昏睡中。远处的山脉聚拢过来,牛羊悬浮在我的头顶。我跌入湖底,陷入一个黑色的梦里。

爱十二梦

格落的记忆却跌入我的梦里。她穿着一袭白色长裙,留着一头乌黑的齐腰长发,脸庞精致而干净,她终于变成了她所期望的样子。她向我说,其实我并没有杀他,是他差点儿杀了我。我纠缠了他一段日子,他虽然烦闷,但我却还是没有过分干涉他的自由。我只是不明白他为何不要这个孩子,就像我忘了那个时候其实他也还是个孩子。他说放假了不回家要带我出去散心。我以前在一本书里看到:有情人一起沿青海湖徒步走一圈,就会永生永世都在一起。他笑着摸着我的头说:"那我们就走上一圈。为我们祈福也为宝宝祈福。"我在想,他是不是决定让我把这个孩子生下来,看着他的笑,我所有的委屈和阴霾一扫而光。其实你知道的,女人是愚蠢的生物,她对爱情就是这样无法抵抗。或者说是内心磅礴而盛大的爱,令她深陷幻觉。

我们坐火车去青海湖一路颠簸,每遇到一处美景都似朝圣一般惊呼大自然的神奇。我们两个,是爱情的朝圣者。我们顺着油菜花的清香来到青海湖,他却走得很快。我让他慢一点儿,等等我。他却没有等我。他转头看着我笑,我却跟不上他的脚步。我看到所有的油菜花在身后似乎都变成张牙舞爪的妖怪。我支撑不住昏倒在青海湖边。

我终于开始清醒地意识到,这段朝圣的爱情之旅的罪恶之处。他根本不想要我肚子里的孩子。我脾气突然变得很暴躁,我不愿意再绕湖行走,也不愿他再牵着我的手。一个寒冷的清晨,我梦到我的孩子顺利出生了,醒来时却发现他温柔地朝我笑,他给我服下药丸说,这样有助于睡眠,我在这片神奇的药丸和他的怀抱里入睡。

小暑／梦旅人

我开始依赖于药物才能有片刻的清醒。

我忘记了,他在北大学的就是精神科。他给我喂下的药足以让我产生幻觉。我开始惧怕他,惧怕这个无比陌生的地方。我怒骂他根本不想要这个孩子。看着他日渐陌生的面孔,我选择了逃离,我要独自去把这个孩子生下来。我却在迷糊里走进青海湖里,湖水的冰冷刺激着我所有的感官,唯有我下体流出带有一丝温暖的猩红血液让我知道,自己还活着。他把我从快要让我窒息的湖水里拉出来。我却忘记我昏迷了多久,醒来之后就完全失忆了。我不记得他,也不记得我们还有个孩子。我被他交给父母,来到这个叫作泾渭的小城过着分外平凡的青春,我似乎是重新开始了另一种人生。对于从前的记忆我很模糊,尤其是十七岁到十九岁这三年时间都在我的生命里彻底消失了。

最后我要告诉你的是:那人的名字叫姜一僧。

姜一僧是为了赎罪而回到这里,这里根本就不是姜一僧的家乡。

他是在我们第一次做爱之后发现了那种久违的熟悉感的,但其实他也许早知道。他就是曾经带给我几许温暖的白衣少年,那个懦弱、胆怯、自以为是的少年。他就是曾经带给繁盛爱情的白衣少年,最终却令我恨到分裂恨到遗忘。

终于在我昏睡了两天后,姜一僧找到了我,我一直迷迷糊糊不知所以然。迷蒙中我看到他在喂我吃药。我突然感觉到格落在我面前砸她那些药瓶,那些破碎的药品玻璃片似乎会随时崩裂扎进我的眼睛里。然后,格落便不再出现。

我想,我们需要的并不是这些药丸,而是一个能够医治我们

爱十二梦

的男人。

　　这世界没有所谓的设身处地,感同身受是因为我就是你。

　　格落说过永远无法设身处地,但是除非她就是我,我就是她。我决定正视我所有的往事记忆,也正视我内心潜藏着的所有丑陋与罪孽。没有任何男人医治得了我。一抬头,姜一僧笑着低头温柔地吻下来,还是熟悉的湿软与绵绵。这气味还是令我沉溺。

　　姜一僧笑着说:"林素,我来告诉你另一个真相。我和你,也就是格落。我是想过天长地久的,从一开始爱上你,拥有你。我就发现了你有严重的幻想症。你在身上附着了太过于深重的幻想。我后来回来,只是为了医治你。格落是你想出来的,孩子一直是你幻想出来的,甚至我所有不负责任的坏情绪都是你幻想出来的。在你幼小的身体被恶魔撕裂之后已经不可能生育。你对现实带着灵魂深处里的审问和质疑,你从来都不相信任何人,包括你自己。而你对我的爱,夹杂着你的阴暗和幻念,导致你对我的感情一直都是反反复复。我们从年少时到如今,已经纠缠了整整二十年,而我一直试图医治好你所有的痛楚和伤口。你一直觉得,你我是两个不同世界的人,你一直在和我的相爱里自卑怯懦,我根本就没有试图隐瞒你的任何意思。我爱你,是我此生最大的骄傲。我爱你,也包括你的全部阴影和痛楚。我当初选择举家搬到泾渭城,就是为了你。我让你父母刻意给你营造了一个平淡如水的环境。让你重新读书,让你过一个正常的生活,拥有最平凡的青春。然后等待着你长大,等待着你出现。我以为我会给你我认为最好的爱,可是这样的稳定和平淡却令

小暑/梦旅人

你再次分裂和逃离。我是个失败的医生,因为我连最爱之人都无法治愈。"

林素,你就是我此生最重要的课题。

其实分裂症不可怕,可怕的是有的人根本意识不到。你与你分裂,今天与明日分裂,此刻与彼时分裂,现在与未来分裂。在这分裂的空隙中,我寻找各种缝合的可能。而弥补这些缝隙的最好方式就是爱。我爱你,林素。

因为爱你,哪怕所有的旅程和相爱都是你黑暗寒冷的梦境。我都甘愿相陪。我只是想告诉你,现实并不肮脏,以梦为马奔跑在我的温暖里,就是我最后的请求。

这绵延二十年的爱,就是通往救赎的唯一一条朝圣之路。

爱十二梦

杜　撰

在这杜撰的一生里
我爱过几场　也被爱过
亦曾年少痴狂过
然而只有我明白自己有多苍白
大概是
我已将全部的热情献给了文字

杜撰记

我是一个作家。

当我杜撰着别人的人生的时候,别人亦会来杜撰我。当我在揣摩他人的内心的时候,他人亦会揣测我。

如果那天不是因为我无意中看到一份报纸对于我那些可笑的报道,再加上对我作品有板有眼的文学评论,我几乎都快要忘记的一个人又重新被我想起来。

那是一个阳光无比绚丽的下午,世界被满满地染上了灿烂的金黄色,温柔而舒适的光芒投射在我的眼睛里,我一时被这些金黄色感染,决定出去走走。其实我很久都没有出去走过,原因

立秋/杜撰记

是我最近正在写一部长篇,我写作的时候喜欢把自己关在屋子里,我在黑暗中写作却追寻一切光明的结局。我在创作的时候厌恶与这个世界打交道,这个复杂得让我常常无可适从的世界颠倒着我一切正常的思维逻辑。我把自己与外界刻意地隔离起来,在创作过程中,拒绝与任何群体接触,这样才可以保持纯净的写作。我保持这样的状态创作了许多年,久到连我自己都忘记了属于它的年月。是的,我老了,但是我仍旧清醒地认识着这个世界,当然我一直觉得自己所认知的观点,以及我所构建的文字城堡,还是符合大多数人的价值观的,否则是不会拥有如此众多的读者的。但又或者我也只是这些愚众的一员,再或者我也不过是在刻意迎合着绝大多数人的观点。当我拉开窗帘的一角,那样美好的奇妙的阳光成功地吸引了我的眼球。我还是决定出去走走。

路过一个小花园的时候,一个可爱的小伙子坐在那里,闭着眼睛。耳朵里插着白色的环形耳机,白皙的皮肤闪耀着金色的光,分外地诱人,我可没有丝毫亵渎这年轻人的意思。我是被这样安静地充分地享受着美好的阳光的画面而深深地感动。我向这样安静美好的年轻人走去,当然是带着我的拐杖。我已经老了,步履蹒跚,可是仍旧愿意行走在我可能拥有不太多时间的美好世界上。呵,我就是如此的矛盾。一方面适应黑暗,一方面又试图诠释光明。我轻盈而缓慢地操控着我的拐杖。可是这该死的轻微的敲地声音仍然惊扰了他。他睁开了陶醉在音乐和阳光的世界中的眼睛。那双眼睛可真美,黑亮而富有神采,在金色的阳光里焕发出一种我无法识别的绚丽色彩,这是属于年轻人的

爱十二梦

眼睛。虽然我老了,但是我的眼睛却越来越年轻,彼时我是个近视相当严重的年轻人,为此吃过不少亏,选择人生道路经历了许多挫折,然而当我老了,我的近视竟也奇迹般地好了,而且眼也不花。这真是命运的神奇之处,让我能再多看一些这个世界的美好。比如此刻我能够清晰地看到那年轻人的美丽眼睛和这幅阳光底下安详的画面。年轻人见到我时有些错愕,但是很快就恢复了平静,他大方而热情地向我打招呼,并且起身扶我坐在花岗岩纹路的花坛边沿上,他很细心地帮我给那上面铺垫上一本厚厚的书,那书本是他从他明黄色的巨大书包中取出来的,我瞥了一眼书名,上面烫金的字写着:《文学通史》。这小伙子看来对于文学有相当的爱好,我脸上不自觉地浮起了仿若前辈那般的微妙笑容,那小伙子看到我的微笑,脸上竟有了些许羞涩。

我们开始交谈。他真诚地告诉我,他读过我的作品,他真诚地感谢着这个下午带给他的好运,这好运让我们彼此相识和交谈。这是个懂得感恩于生活的年轻人。这真好。年轻真好,年轻可以让命运有无数的可能,谁也不知道在生命的下一刻会遇到谁,会有怎样的改变。而我此刻被阳光照射得直流泪水的双眼,已经在哀叹着我的衰老。

呵,他竟也是这般热爱文学。这让我想起了我年轻时候的那些执着。我当时中了文学的心魔,满脑子都是些浪漫的英雄主义情怀,我把我的执着和情怀书写在我的小说里、散文里、诗歌里。我写,不断地写。我感觉写作就是我唯一的欲望。然而我的现实世界却是一片辽阔而苍茫的草原,极少人烟,荒芜凄凉。所有的人物,所有繁盛的故事都是我的想象,我的杜撰。不过也有人诟病我的写作是一种"闭门造车"。不过我倒不在意这个评价,文学插上了想象的翅膀才能飞起来,而这想象的翅膀本来就是飞翔在自我的天空里。要我认为,所有的文学都带着作者强烈的自我意识,仔细深究下来,若真的能读懂一个作家的文字,恰如去撕裂一个作家的灵魂。

我获得经验的唯一源泉就是书本。年轻时候的我极其喜欢读书,常将自己关在屋里一读就是一整天。我读着那些文字就感觉到那些字跳跃出来跑进我的脑子里,蹦跶成一幅真实的图景。这是属于我的天赋,过早地去认识自己的天赋且熟练运用是种幸运,我早年因一篇中篇小说名噪一时,那小说说到底也有了些无病呻吟的病症,只不过比起当时人们内心里的病魔还轻了些吧。于是人们开始吹捧我。他们觉得我年轻有为,恰好他们需要这么一个现实中的人物来折射内心的影子,也恰好当时他们的眼睛未曾发现这样的人。他们尊我为少年天才,众人把我捧上神坛供奉。神坛之上并不自在,我常感觉背后好像有千万双眼睛盯着,稍微一不留神说错话做错事,就犹如万箭穿心。但是年轻的我又分外享受这种少年出名的快感。

那篇文章把我推向了风口浪尖,但是至今回想起来,我却心有余悸。

我写那文章其实矫情的成分也有,虽说抨击了现实的诸多病症。但大多只是我闭门造车的臆想而已,也有许多不尽翔实考究的地方,更多的遣词用语都来自于我年轻的狂热,以及偏激的思想。但是人们喜欢这种略显慷慨的文字。他们觉得我足以代表那个时代的浮躁与不安,如同他们自己。

爱十二梦

不过后来我吃了大亏。我当时心高气傲,自从开始在媒体崭露头角之后,我的骄傲就一发不可收拾。我越来越爱当一个救世主,而人们也越来越追捧我。一个无聊得喜欢抠字眼的记者从我一开始名噪文坛的文章入手,仔细剖析和解构,得出:"我的写作全是不切实际的胡说八道,故事架构来自于以往许多海外优秀作家的小说而已。"我觉得,其实写作很多时候都是一种借鉴。你描写一个人物的时候,所能用的辞藻也就那么多;你叙述一个故事的时候,所能想到的情节,前人也许已经用烂了,我只是把它们用自己的文字重新排列组合而已。若论及其中内含的深刻哲思,怕是自天地玄黄伊始,混沌初开的那一刻就已经注定。不过这种抄袭的言论一出,我倒是引起了更大的关注。人们其实一点儿也不在乎这些,他们只不过需要一个在灯光下的人。

我的作品开始一本比一本更加风靡和畅销,媒体在报道我的时候,将我塑造得玩世不恭,才气逼人。有的时候,这是一个记者告诉过我的,在电视机面前,我们得学着把所有的观点都变成"人咬狗"般的惊世骇俗,这样才足够吸引那些盲目的眼球。那个时期似乎成了我的写作生涯的"高产期"。

我为什么要写作。当我开始想到这个问题的时候,已经来不及思考这个问题之于我的意义。后来我的写作速度慢了下来,我故意放慢出书的速度。我知道市场上我的书并没有因此而减少,有大量的人挂我的名号卖他的书,也有许多出版社给我丰厚版税,让我三个月出一本书。我当时在想,天哪,这个世界怎么了,三个月就能写一本书吗?我写一段话都得思考良久,我

立秋/杜撰记

构思一个故事,往往是数天都没有灵感,才会突然乍现一两个好情节让我欣喜若狂。我在一本本欺世盗名的所谓我的那些作品里,看到人们狂热的追捧和盲目。很多女孩子喜欢我,她们将脑海里对于风流才子的幻想给予了我。我的女书迷里,也不乏有许多狂热的。她们以各种方式接近我,她们中不乏兰心慧质的,也不乏奔放热情的,亦不乏疯狂追捧的。她们在我的书里幻想出我的性格和生活,她们以为我就像我书里所描写的那些男人一样风流不羁,一往情深。她们对于我书中所塑造的那些男人的期望附加到现实中的我身上。女书迷寻找我的蛛丝马迹丝毫不逊色于福尔摩斯,她们总能够以各种奇怪的方式出现在我面前并且索求我的深爱。我也许对其中一两个姿色亮丽的美女或多或少产生过好感。但是我知道我的爱太过于浅薄,它已分散在我生命里的每个角落。它像是一张面具,我戴上它,才能更好地去了解自己,女人,还有这个世界。

　　我的初恋大概萌发在很小的时候。我遇到她的时候,她像一个趾高气扬的小公主,眯着她的小眼睛斜视着我。我当时手里正拿着一只又红又大的苹果,我把苹果毫不犹豫地递给她。然后看着她喜滋滋地用她那樱桃小口啃着苹果,时不时斜眼看向我。我在一旁眼巴巴地望着她,流着口水却心里暗喜。我为我能够给予她这些微小的幸福而感到一种由衷的荣耀。啃完苹果的她终于对我不再斜视,她恬静地望向我。阳光照耀在她柔亮光滑、微微卷起的头发上,她冲我微微一笑。突然间我感觉到一种满足。那种满足就来自于我对这个小丫头的爱意。她不完美,甚至不够漂亮。她不是个洋娃娃的样儿,脸上有些微的雀

爱十二梦

斑。她是我们新邻居的女儿。但那天起,我明显的感受就是,我开始喜欢我家这个灰暗的老院子,这里因为有她而变得光彩照人。我每天都会偷偷跑出去给她怀里塞一个苹果,她圆圆的脸蛋白里透红,这个爱吃苹果的姑娘却在我还没来得及进一步对她有所幻想的时刻,就又搬了家。她后来去哪里了,我不知道,但是我一直很想念她。

这想念绵延了很久。久到我第一次遗精的时候,我开始渐渐意识到,我其实需要一个女人,爱的意识从付出转变为需要,这是我的不可告人的隐秘和羞耻。羞耻感并没有持续太久,我就在我对书籍中隐秘描述的激情段落里,发挥着自己蓬勃的想象力和自己进行着一次又一次搏击,并且在这种快速的搏击中,获得了无数次的快感。

真正意义上相处的爱来自于我青春懵懂之时的一次错误的意会。她叫苏晴,其实也许她最开始的时候压根儿不想正眼瞧我。我是苏晴最鄙视的那类人,不学好,张扬,惹是生非,年轻的身体里总是莫名地有种热血,稚嫩的头脑常常就被疯狂冲昏,我在学校里算是声名远播的流氓,老师拿我甚是无奈。一般的学生见到我就退避三舍,二般的那些学生也不太愿意招惹我,和我成天混在一起的狐朋狗友也基本都处在退学的边缘。但是没有人知道,我在深夜里常常念想着这个叫苏晴的姑娘,并且给她写了整整一个本子的情诗。她在我们的学校就像是一道闪亮的光芒,所有的毛头小子都愿意对这道光趋之若鹜。这姑娘生得极白,丹凤眼,马尾辫儿粗黑发亮,若走在阳光底下,极有一种娴静却也活力并让人为之动容的姿态。我经常盯着那马尾辫儿看,

立秋/杜撰记

我想触摸到这把顺滑而黑亮的头发，因为对这头发发狂的念想，我还写了一个小故事，故事里一个小子就爱上了邻村一个有着乌黑马尾辫儿的姑娘，终于有一天他受不了了，趁着姑娘不注意，用力地去摸了一下姑娘的马尾，结果因为太过紧张而用力太猛，一把拽掉了姑娘的头发，姑娘竟然是秃子。姑娘气急，她的家里人把小伙子困住让他必须娶了他家女儿，小伙子自然不乐意，于是姑娘的父亲就把小伙子软禁起来。姑娘每天都给小伙子送饭，最后感动了小伙儿。他们终于在一起了，姑娘为了他心理偏执的爱好，每天都不卸掉她的假发，因为她一旦卸掉就会丧失爱人的宠爱。可假的终究是假的，假发不敢碰、不敢用力，甚至不定期清理还会散发难闻的味道。最后两人无法再继续过日子，姑娘的头发纠缠着对小伙儿的爱恨，缠绕着两个人的脖颈死掉了。小伙子归根到底爱的也就是那把好看的辫子。

如果苏晴看到那个无厘头的怪诞故事，一定气得疯掉。据我所知，她也是极爱惜自己的那把头发的。不过我不经意地投稿却给我带来了一次意外的殊荣。那故事被一个成人文学杂志采用，一笔不算太低的稿费以及崭新的一本杂志寄到了我的学校。我的老师就此也对我刮目相看。

那是我人生中第一笔稿费。

后来苏晴之所以能够注意到我，竟是因为一个我蔑视的浑蛋。那个浑蛋是我们这所中学有名的一个混混，虽说我算不上个好学生，但我与他平日里是井水不犯河水。我看到这个流氓大中午的在快放学的时候故意放了苏晴的自行车胎的气，我心想这么龌龊的阴暗举动也是一个爷们儿的行为？想也没想上去

爱十二梦

就给了那浑蛋两拳。我俩就在苏晴的注视下,狠狠地干了一架。我的鼻腔喷涌出许多鲜血,那些鲜血在灿烂的阳光下跳跃到苏晴洁白的校服上,宛如一朵鲜红的玫瑰花。

"苏晴,你看那玫瑰花绽放得多美。"

她估计打死也不会想到,刚才还一身匪气斗志昂扬地为她去问候别人母亲厮打的暴力少年,此刻见到她的时候,第一句的问候竟是如此温柔。她显然被我的这句莫名但温情的问候震惊住了。但是她却什么也没说,只是默默地看着我。那个刚跟我扭打在一起的浑蛋叫嚣着让我等着,便怒气冲冲地走开。我深知后面还有一堆的麻烦等着我:"苏晴,给。"

我拿袖子抹了一把脸,手在身上擦了下,把书包里那本写满了字句的本子递给她。苏晴就是我少年时的诗歌,在我臆想的国度里,她好似月光般照耀着我干瘪无趣的青春,是无数个夜晚敲打在心房里那一万种孤独。

而苏晴看到那些字句的时候,我看得到她眼睛闪烁着星辰般的微光。但也仅仅是那么一两下的跳跃之后便暗淡下去。我看到她后面迟钝的反应,我明白这个姑娘是不太懂得那些月光铺洒的夜里,我如何一字一句地描绘想象里的她,而这些字句又饱含了多少自以为是的深情和顾影自怜的爱意,她大概都不会懂。

她说,你考上大学再说我们的事情。她说话的口气仿佛一只做作的鸭子,但是大概她自以为自己是只骄傲而美丽的白天鹅,说这话的时候生硬而呆板。我宁愿要一万种其他的答案,我也不愿意得到这种和其他男生一模一样的答案。这答案看似给人无限希望,其实是拒人于千里之外。看似对你抛来一枝橄榄,

立秋/杜撰记

实则是和大多数人保持暧昧的某种联系。

这一刻,我突然敏感地意识到,原来一个人深爱着一个人,只是一个人磅礴的想象,真正的这个人出现在你面前,开口说第一句话的时候,要么会被你曾经的想象而颠覆,要么就此沦陷。非常遗憾的是,我的心给了我答案,这个答案在当时是模糊而鲜明的,甚至是我不愿意承认的。

大概她也根本就不相信,我这样的人也能考上大学。

我希望我爱的和爱我的姑娘是干干脆脆的。这确实有点儿理想化的情绪横亘在我与苏晴中间,以至于后来我很难再去如此费尽心思爱一个人。这样的爱,大抵也是因了少年的痴狂和稚嫩,夹杂着少年心境里的那一抹永远笼罩的月光。爱,还是保持些许的距离才好,这份爱的美感才不至于消失太快。

不过我还傻傻地在自己所塑造的想象里,像小时候对待那个趾高气扬的小公主一样对待着苏晴。从那以后我每天清晨都起得早早地去读书,读完书我会顺便买上早点放到苏晴的班里。她倒也悉数笑纳,只是对我一直都是不冷不热的态度,我要与她路上相遇,她也像以前一样避开我。唯一不同的是,私下里单独见见她,她会脸上挂着笑容听我海侃。大多数时候,都是我在说,她只是听。我最喜欢这个时候安静的苏晴,我幻想自己是个英雄,起码在我的嘴里是。我没了命地发疯一样刻苦用功。

其实我只想证明的是我自己。

高考结束了,我拿着我的录取证跑去找苏晴。却看到苏晴在一个男生面前巧笑嫣然,那浑蛋不晓得在给苏晴说些什么,逗得苏晴一个劲儿地笑,当我出现在她面前的时候,她的笑容凝固

爱十二梦

了。我之前给苏晴讲了那么多话,却没有得到苏晴的这样一个笑容。我突然觉得自己分外的失败。我剖开自己柔软温情的灵魂给一个姑娘,这姑娘却把它喂狗了。估计她淡淡地说出那句考上大学再说的时候,我对于她的这种感情就已经不纯粹了。

我也知道苏晴并没有考上大学。我还知道那个逗得苏晴很开心的男生其实就是个没有文化的流氓,我算得上是一个有文化的流氓。我突然觉得这姑娘对于男人的品位真是极差的。这男人就是故意放了苏晴车子气的那个浑蛋,他后来又放了一次,借故接送苏晴。曾经的这些我都装着没看到,就当苏晴是在我俩之间徘徊罢了,但其实大概她早已做出了选择。其实那个浑蛋那天气急败坏地走开,后来也没找过我麻烦,他太聪明,他的目标只是苏晴,他深知这个阶段的女人幼稚而盲目,只要他死缠烂打,便能够拿下。至于我这个他看起来又笨又傻只会写一些狗屁不通的谁也不懂的诗歌的情敌,他不屑于让我再次成为他的麻烦。

不过我给苏晴说,我们之间得做个了断。

我约她来到给她曾经海侃读诗的学校操场。操场上这种时候一般是空无一人的。阳光灼热,空气让我的脸有些发烫。我的骄傲让我鄙夷着自己却还想再努力一把。我给苏晴说,我喜欢了你这么久的日子。你这条乌黑的大辫子,已经留在我的梦里。我等了你这么久。今天,你必须给我一个答案。

苏晴根本没有给我答案,她嗫嚅着。

突然间我不喜欢她了,我不喜欢一个摇摆不定的姑娘,我也不喜欢一个不懂我心的姑娘。我却厚着脸皮问她,苏晴,我能摸

立秋/杜撰记

摸你的辫子吗?

我如愿以偿地摸到了苏晴的辫子,在灿烂而明媚的阳光里。辫子闪着黑钻般的光芒,我仔细地摩挲着,苏晴却一脸厌恶地把我的手打开。我给她看我曾经发表的那个故事,苏晴一脸的茫然,她说,你写的这是什么乱七八糟的。

我突然发现,我爱的那个苏晴,也仅仅是青春期里的一个符号而已,我和我那个故事里的小伙子一样,我爱的大概只不过是条乌黑的辫子。我根本就不了解她,而了解过她之后,才发觉她身上的那点儿意思也不是自己想要的那点儿意思。

后来听闻坊间相传,我这个混世魔王在高中时代为了爱情与混混在校外群殴,后来便和校花爱得缠绵悱恻,我为校花痴情整整一个中学时期,改头换面的我不光考入名校还赢得美人归,校花为我高中毕业时候做掉了一个孩子。我却因为她没有考上大学就狠狠地抛弃了她。

我听完这个所谓的流言,嘴里骂了一句放屁心里却想爷当年怎么没有办了她。不过后来又听说了苏晴和无数个男人的暧昧故事,我就释然而笑了。这让我对于坊间的各种传闻常持一种独特的清醒和思考,人群里的那份孤独大概就是从我突然开始意识到记忆和故事的虚妄开始的。

苏晴复读了好几年都没有考上大学。我开始在想我的中学时代到底有没有爱过这样一个女孩子。在一个暑假我回到家无意中撞见过苏晴,她竟已经和那个小混混结婚生子。身材已经发福,依旧很白,只是那根乌黑的大辫子已经不见。我突然很后悔为何要回家这件事情,可是发福短发的苏晴就出现在我面前,

爱十二梦

我却还在心里矫情地说这不是她。我唯一不肯承认的大概就是,我其实爱过的,真的是一个庸俗没品位的姑娘。

大学里我开始写一些东西,试图让自己的生活变得简单而有趣。这就是在我所勾勒的文字中获得的快乐。但是他们总评价我的文字里有淡淡的忧伤,忘记了在哪儿看过,忧伤无非是种低落的热情。我的忧伤来自于我对生活最绵远而深刻的热情,这热情牵引着我的手,创造着或长或短的故事。

我大概也要感谢苏晴,那段得不到的爱恋成了我的灵感源泉,让我的灵魂能在痛苦的自怨自艾里找到出口。我觉得在一份纯粹的爱情面前,也该是没有摇摆不定的迟疑。然而在我的臆想里,苏晴始终是羞涩的一朵白莲,她只盛开在我的梦里,承载着我青春里对一个姑娘的全部思念。我笔下所杜撰的初恋,是青涩而绵远的,在那日发烫的阳光里,永恒于岁月。

渐渐地,我在校报上开始发表我的那些或是呓语一般的散文,或是天马行空般的故事,随后到省报,再到一些刊物。我的那些故事并不能得到所有人的喜欢,有些甚至我自己都不喜欢。然而我最讨厌的是自己最不喜欢的故事变成了别人喜欢的故事,往往这种时候我都会深深地怀疑着写作的初衷。我到底为了什么而写作,为谁而写。

我平和地安抚着自己曾经疯狂而灼热的灵魂,即使在他人的眼光里,这团如火般的炽热也不过是又一个加油添醋杜撰出的刺激故事。我开始杜撰出无数个故事,而每一个故事的女主角都有着苏晴的影子,不,是曾经的苏晴,也不对,应该是我臆想里的苏晴。写完许多个故事后我自己都开始困惑,我爱上的这个姑娘是谁都不重要,重要的只是我爱过。

"嗨。"抬头一看,是个脸蛋圆圆的可爱姑娘,再仔细一看,这圆圆的可爱中透着几分清爽。她扎着马尾辫儿,不长,一个小鬏,但是看上去与她分外相称。而当时当刻的我,正在食堂吃着一份凉拌面。我不知道这姑娘要干什么,但是我一点儿也不反感她的唐突。

她告诉我,她看过我在校报上发表的所有文章。这姑娘的眼睛忽闪忽闪的,就像里头奔跑了一只兔子,眼神清亮,但是望向你的时候,却感觉到一种如水的温柔。"怎么啦?被我吓到啦?"说话的口气胸有成竹里透着一股子执拗,"我叫宋夕,名字起得略俗,出生于二十二年前一个太阳落山的黄昏。"

我很快与这个叫作宋夕的姑娘陷入了莫名狂热的爱恋,我承认每个男人都需要被崇拜,尤其是写作的男人,写作的男人通常需要别人来认可自己的作品,最好是一个温柔似水的姑娘,理解自己所写所想,恰如红袖添香,也如红颜知己。能与这样一个女子相爱,是舒服而且愉悦的。

宋夕很乖巧,但是很有自己的主意。她平时不太与同系其他女生来往,几乎把所有的时间都给了我。宋夕说,她在最好的时光遇到了我,莫名其妙陷落,并且为之倾囊献出。对于我们而言,时光于那时是最为廉价的,却是人生中最为宝贵的。我们大肆挥霍却忘记了这段日子再也不会回去。常常都是我在向她倾吐,她仔细聆听。我常在宋夕面前大话连篇,其实年少之时,总是有梦在心底令自己血脉贲张,它与女人同时令我兴奋。那些梦牵连着我夜不能寐,以至于我变作了宋夕眼里的一个痴狂之

爱十二梦

人。大概正是由于这些痴狂，宋夕倒是觉得我越发地可爱。

其实我们像是每一对普通的大学生情侣一样，朝夕相伴，云游于校园，共吃一份面条都能开心很久。我那时并不富裕，但是也不算很穷。挣来的小小稿费，足以撑起我与宋夕偶尔的浪漫甜蜜。宋夕倒是比较腻着我，但是我大多数时间宁可一个人待在图书馆里泡着，也不是看些什么正儿八经的书，我喜欢看些闲书，从中学时代我就爱看一些杂七杂八的书。我的阅读风格很杂乱，我觉得一个人若是连读书这样的事情都固化，那么他只是一个阅读机器，考试考得好的人，大多都是在阅读某一类书籍容易找到规律的人。而他往往忘记了思考，只是不断地像个扫描仪一般将那些书籍简单地印刷进自己的大脑。我喜欢琢磨，哪怕仅仅只是书里的一句话，也会给我许多的启发。这样阅读很费劲，我常常把自己带入作者的思维里，而又强加了自己的观点，导致最后读完一本书，我也不知道读出的那点意思是自己的，还是作者本身想表达的。

宋夕常常觉得我冷落了她。

可我从不认为一个男人爱一个女人，非得是火急火燎的欲望焚身式的占有。我对于此保持着分外的理智。我时常刻意地保持我精神的高贵，以至于时常得和肉体的欢娱而抗争着。我不是那种喜欢与女人太过亲近的男人。这样赤裸裸的接触会丧失独属于女性的神秘感。

而宋夕说，她时刻准备着。

当一个女人这么说的时候，她大概都快要被自己的这种献身精神淹没，似乎是把自己置身于一个高高的祭坛之上，以纯洁

立秋/杜撰记

的身躯作为献礼，献给自己隐秘的幻想。这个女人惊异于自身的伟大，陷入了自我塑造的感动里。我常常跟宋夕说，你不要对自己和男人都心存幻想。若要非得有，一个就够。

我现在，大概是属于对于自己都无法负责的阶段。

宋夕大概就是我从精神到身体上都征服的姑娘。她一直强调自己的身体是属于我的。在一次喝多了的聚会上，我在酒精的驱使下慢慢解开了她的衣服，宋夕的胸部并没有看起来那么丰满。我的手想要继续向下游走，但是它并不听使唤。突然间一种罪恶感充斥了我的内心，我深知我继续深入这个女人的身体，也无法填补自己的窘迫与困境。我从不觉得从身体占用一个女人是一种光荣，这是一种动物般的低级方式。我觉得两个人的恋爱应该是纯粹美好的，至于真的打算过一辈子的两个人，日后的亲密才是自然而然的。其实后来想想，我还有一个更重要的顾虑，那就是那时我还无法对我的未来，也就是我们的未来负责。

除了那次，我与宋夕再无肌肤之亲。

我继续徜徉在我的书海里，时常我觉得书才是我最好的情人。我对于文字的温度与热情远远胜于女人。然而在某些隐秘的角落里读到那些流转情欲的文字的时候，我脑海里出现的，竟然是小时候那个有些雀斑的趾高气扬的小公主。这样的幻想是罪恶而刺激的，我的情欲停留在我的童年时期。

这导致我与宋夕日益隔阂，我的文章再次引起关注，宋夕也因为我的小范围内出名而骄傲起来。她对我的占有和限制愈来愈多，她似乎觉得她将全部献与我的同时，我必须也如此。事实

-233-

爱十二梦

上,这种一日三问的紧迫和压制让我愈发头疼,我甚至变得不太愿意与她牵手信步于校园。我大概只是需要调整,而女人这种生物往往立刻下了结论,宋夕说我浑蛋,我变了,我不爱她了。

这样的时候,若只是淡然地置之不理,也许彼此的这段时间都会过去。然而事情往往就在这样的时刻,给你狠狠一刀。如果那天宋夕叫我出去逛街我没有去图书馆便好,如果我去了图书馆只是安静地看书便好。然而那天我就是心神不宁地看不进去,刚出图书馆大门就碰到了个晕倒的姑娘。

我抱着那姑娘冲出校门的时候,正好被和舍友逛街归来的宋夕看到。

她不听我的解释,我知道宋夕的个性里有一股谁都无法撼动的强硬。

其实到最后我也懒得解释。我突然觉得这一切都是注定的。

毕业后不久当我的第一部作品问世的时候,人们开始在我的作品中找宋夕的影子。记者采访到我几个校友,他们的讲述汇聚成了这样一个故事:我与宋夕是校园里知名的传奇情侣,宋夕怀过我们的孩子,我与宋夕隐秘地同居于校外,本来毕业之后我们便打算结婚。最后是我劈腿,被她抓到现行,宋夕一气之下打掉了孩子,于是各奔东西。更有甚者,加油添醋地说宋夕肚子里的孩子根本就不是我的。怀我孩子的是那天我抱着去医院的女孩,那女孩的孩子也没保住。而宋夕,早就跟别的男人好了,孩子是他的。她之所以与我很快分开,也就是因为早跟别的男人好上了,那个男人甚至在宋夕的家乡连工作都给她安排好了。

问到我时,我说这个人比我还会编故事。

立秋/杜撰记

宋夕与我，比白纸还要干净。我们的关系，比星辰还要纯粹。

人们通常都喜欢通过刺激自己血腥暴力的想象力，对别人发生的事情，进行着自己的刻画。我不知道我到底是因为什么而与她在一起。我只知道，我与她的故事，在我的大学，已成了传奇。但其实到最后，我也不知道到底是谁先辜负了谁。宋夕也确实一毕业就离开了这个城市回到家乡跟别人结了婚。

这一次，是我落荒而逃。我背离了一段奔向幸福安稳的康庄大道的爱情，我以自己的自以为是，错失了一个爱我至深的姑娘，反而让她背负了许多肮脏的误会。我在她离开这个城市的时候突然明白，原来在爱情里谁都不善良。

不知道在哪里看到过，说是一个男人要在年少时不顾一切爱上一个女人，而后被这个女人狠狠抛弃；要在青涩无知时，被一个女人疯狂迷恋，之后各奔东西，这个男人才能真正长大，才能遇到与他相爱直至终老的女人。大概写这话的男人，一定像我一样，也许谁也没有真正爱过。我觉得不管爱与被爱，都是一个虚假的命题，它充其量只是建立在两个人之间的某种关系。因为我在这些关系中，我的爱一直都存在着，只是不断地被我检阅和怀疑着。它们永不消失，因为我爱的从来都不是姑娘本身。

我突然觉得自己在所谓年少时，在无数个黑夜里以诗句描摹着孤寂冷清的爱恋的时候，就已经让自己沦陷在这种伟大的、自得其乐、看似理智实则荒唐、温情脉脉而又残酷冰冷的自我意淫中。

我爱上的不是姑娘，我爱上的只是诗歌。我爱上的，是那些影子。

爱十二梦

所以苏晴宁愿选择一个有血有肉的混混,也不要活在风月之梦里的我。

所以宋夕宁愿离开一个自私自利的爱人,也不要继续让我在她的温柔乡里枕眠。

我又爱过许多女人。

而我突然间发现我对女人有着无与伦比的天赋。当我发现我写的这一类作品要比我写的那些深刻哲思的呓语畅销的时候,我变得懒惰变得疏于创作。我成了一个被贴标签的作家。我的作品就是我的坦诚,我把我爱过的所有女人都写进我的作品里。她们或骄纵,或贤淑,或任性,或懂事,或温柔,或强势,但是她们统统都被一个用情专一的男人痴情守护着。我的作品在女人堆里迅速走红。我渐渐地发现身为一个男人,最危险的事情莫过于和女人们坦诚相待。我的作品看起来似乎有那么点儿意思。媒体开始吹捧我的作品,开始对我这个人有着频繁的关注。我却常自问,这浅薄而无知的身躯如何装得下一个深刻的灵魂,我的人生还未曾将我的灵魂好好锤炼与打磨,而我那稚嫩的脸蛋怎能印刻岁月的蹉跎?我思考这些的时候,媒体铺天盖地的报道便已经开始。他们开始在我的作品里探寻究竟,对我的私生活刨根问底。

当他们觉得生活里的我是这样一个无趣又简单的人,当他们发现我和我爱的那些姑娘的故事与关系如此纯粹的时候,便开始生造出一些符合人们期盼的故事来。我的生活常常在别人的口里变得活色生香。

许多女人看到我的作品便自称了解了我的全部。我试图与她们交流却只发现一道干涸的瀑布。仅仅用不了那么一段时间,我就会觉得这个女人是索然无味的。从那以后我又爱过很多人,渐渐地对于女人的需要不仅仅是我爱她们,也会同样希冀着她们对我的回报。然后我对于女人的认识随着年龄的增长也越来越不同,对,不是深刻,是不同。这种不同并没有加深我对于女人的偏爱,或者说,她们各有可爱之处。然而有的时候我通常都会悲哀地发现,人生中最为纯粹的爱大概只萌发于那一刻,然后我们终其一生都是在寻找跟那刻相同的感觉。

其实从寻找开始,便再也寻找不到。我经常思考,却也常常自觉可笑。我爱任何一个人都不够长情,我明白问题出在自己,那是因为所有的人都没有办法满足自己全部的想象。于是便会有许多人骂我,觉得我是个混账东西,玩弄女性的感情。

其实我和我喜欢的每一个女人相处的时间都很短暂。

我喜欢短暂地去和一个女人相处,而后费尽心思地想象着她的所有。

一个女书迷费尽心思地找到我,她说要和我上床。其实我在她找我之前,并未和任何一个女人有过真正的肌肤之亲。我只在我的幻觉中获得最大的快感。我似乎总是在有意地抗拒着女人对我身体的占有。然而这次,我竟然在不爱她的情况下,对这个女人产生了前所未有的冲动。在我这狭小的陋室中,她的肌肤显得犹如白瓷一般闪耀着,我被这微微的光震撼了。她安静地躺下,犹如将自己寄放于一个圣坛之上。这让我回忆起宋夕,宋夕给予我的那些温柔的朝夕和疼爱。我不明白为何那些温柔没有打动我的身体,此刻却如此燥热。这燥热牵引着我上

爱十二梦

前去摸索这具我非常陌生的身躯。她比宋夕丰满得多，她胸前剧烈的起伏似乎正在强烈地期待着。我写了这么多男欢女爱的作品，竟然还没有和一个姑娘真正上过床。所有在床上的描写都是我梦里蓬勃的想象。我唯一的经历就是和宋夕喝多酒的那一回。我又想起宋夕。要不是宋夕咬着牙让我发誓只属于她一个人，我那时也着实被她那信誓旦旦的神情吓到而没有进行下去。突然间我眼前又浮现出宋夕那柔和圆润的脸蛋，她冲我微笑着，她说，你必须只属于我一个人。

像是一盆冷水突然从头顶浇至脚踝，我浑身凉得发颤。

"对不起。我不能。"

大概我的灵魂深处，我的潜意识里，一直在寻觅，寻觅一位能够将我身心同时交付的女人。因为女人于我而言，恰如我一直想要将自己的全部灵魂于温柔的月光下安放于大海之中，不管是静谧温情也好，狂涛骇浪也罢，我都愿意永世葬于其中获得只属于自己的永恒。她的身体是大海，眼神是月光，她的意识是我永远无法探寻的宝藏。真的存在这样的女人吗？我自问没有遇到过这样的女人，大概只是遇到了零碎的想象。这真让我沮丧。

那女书迷自从跟我有过那样一次莫名其妙的机缘，逢人到处给人家说，我的床上功夫有多烂。她借着我的名气，还煞有介事地发表了个帖子，借由这个帖子又加油添醋地出版了一本自传故事类型的小说，其中写和我的那段，大概是由她人生里一小段的插曲被杜撰出一个离奇而浪漫的又近乎色情赤裸的乐章。我想我遇到了一个追求名利的狂热之徒，当女人开始追求名利的时候，往往比男性更加不择手段。她却被媒体高度评价为现

立秋/杜撰记

代女性意识的觉醒。

在她的小说里,我们的关系近乎她对我的救赎。她从一开始对我的爱到自我牺牲,她虽然精神上近乎疯狂地迷恋我,却因为离我太远而不断地用其他男人的身体来安慰她所谓受伤的灵魂,她所有疯狂的做法都是因为要接近我。接近之后却发觉我身体的无能,精神上的洁癖,导致她渐渐地开始厌恶我。她最后清醒地意识到我的自私。她把我们之间的故事架构得活色生香,令人看了以后就能立马产生许多生动的联想。不得不佩服,这个女人的文笔还算是细腻周到,当小说看的话,我并不厌恶这本女权主义的现代小说。

这个世界到底怎么了。

媒体开始嘲讽我,杜撰出一个性无能的近乎冷淡无情的我。

我再也不接触人,尤其是女人。

我觉得和一个女人长久而深入地接触是对我那些纯粹而深远的想象力的侮辱。女人令我觉得丑陋,她们不再是美的意义。从那以后,我也成了一个戴面具的人。我戴上一副漫不经心的面具,用以和这个世界上的女人隔绝。我的女书迷们大多认为我懂女人,其实我什么都不懂。当我和一个真实的女人接触的时候,我是无能的。我只和我杜撰出来的那些女人才能很好地相处,我能够掌控她们的喜怒哀乐,过去、现在和未来。

我甚至清楚而深刻地意识到我其实什么也不懂。我开始拒绝所有媒体对我进行采访。媒体上开始说我把我的女书迷当作了灵感机器。媒体中伤我的情史后消停了一段时间,不过并没有平静多久。没多久他们就发现我的生活里竟然干净到一个女

爱十二梦

人也没有。我开始停止写一切关于女性的小说。

这个时候我得了一种怪病,我对人群产生了极度的恐惧。

我把自己封闭起来,把自己变成了一个秘密。我承认自己有不婚主义,而且我觉得有了孩子很麻烦。我并不反感那些可爱的小精灵,但是我内心又极度恐惧他们在某一刻会变成我生活里的小恶魔。我也开始拒绝接近所有接近我的女性。那一段时间,我称之为,和自己相处的一段时间。和自己对话,相处,彼此折磨。我很享受这样的过程和日子。日升月落,我就把自己关在这个狭小的空屋子里写作。我突然变得无比消瘦,可是我的身体愈是消瘦,我的灵魂愈是通彻,我发觉了很多我之前根本发觉不到的乐趣。比如说,早晨的阳光和傍晚的阳光是不一样的,屋子里的老鼠是可以和我和平共处的,再比如说,我常常无所事事脑袋空空一整天,感觉到自己快要融化在这时间里。

媒体又开始造谣。他们竟说我其实是个同性恋,还煞有介事地猜测,谁是我心里那道无法逾越的鸿沟。我只是觉得婚姻的平庸会磨损我的心智,更何况我还没有遇到我想要安放整个人生的女人。我确确实实也曾经喜欢过很多女人,但是自从我封闭自己后我发觉自己其实并不需要女人。我自得其乐地活着,文字就是我的全部意义。我写出很多故事,我就活在我的故事里。如若和一个女人过日子,将自己了结于一桩婚姻,我怕是将自己锁进了一个庸俗的每日计较着柴米油盐的无趣故事里。我惧怕女人,更惧怕的是婚姻。早年声名太盛,以至于我不知道这个时候女人对我,究竟是爱,还是崇拜,还是有目的地接近。

我的作品开始不再写女人。我发觉我作品里的那些女人,

立秋/杜撰记

都是我杜撰出来满足自己幻觉的产物,抑或是,我的幻觉中产生了这些女人。这些女人恰好满足了现实中一些女人的幻觉,于是她们便以为我懂她们。我太自以为是,戴着一张面具在文字的世界里虚张声势,最终败下阵来的是我自己。

我突然发现自己写不出任何东西,我悄悄地躲了起来。

其实盛名之下,不管是好的坏的,都该照单全收。我既然享受了名声带来的诸多快感,也该承受它所带来的恶心等病症。不过我得沉淀自己才能继续写作。与其说那些姑娘们开启了我的文字世界,不如说我杜撰了无数个姑娘们丰富了我的作品。而我排斥这种杜撰本身就是一种幼稚和天真。我干吗非得让自己活得如此明白。我决定创作出一部惊世骇俗的小说。我知道他们需要怎样的惊世骇俗。

写作于我,是一件极其快乐的事情。当你真正热爱上这项事物,并且在其中发现美感,体会快感的时候,你就真正向这种事物臣服,或者征服驾驭它。这种双向的磨合令你无法自拔、无法自控,直至你死。可是文字,真的能够令人真正自由吗?还是说,它是对灵魂的另一种束缚?写这部小说的奇妙之处其实在于连我都不知道下一刻要发生什么。我是被那小说牵着走,小说里我杜撰出的人物似乎真的活在这个世界里,他们自己发生着一切。终于小说写了出来,我再次获得了巨大的成功。

媒体说,同性恋作家果然深谙人性。

你看,我早年是花花公子专抓少女心的作家,然后又变成不近女色有问题的同性恋。作家就活该如此神经兮兮,他们把你不逼至自杀,其实已是仁慈。

爱十二梦

我一直认为幸运的是我的作品一直有人认可。

而时隔多年,我才开始明白,最难的不在于到底有没有人认可你,或者是你写出来的东西到底影响到了几个人。

而是,在写作中通往自己的朝圣之路,你可能到最后,找不到自己。

"某作家早年游戏人生,女人们是他的灵感源泉。后来莫名地不再接近女性。据知情人士爆料,他其实喜欢男人。后来他秘密地隐居起来,开始创作作品。他的这部作品是他的小情人给了他最后的灵感。这个情人是个非常帅气的年轻人。这部手稿是在他情人的帮助下才完成的。该作家一直逃避人群拒绝一切媒体采访,知情人还透露,这个作家甚至有过轻生念头。他在这个世界上最后的挂念就是他最终的挚爱,这个英俊迷人的小男人。他一生未婚。"

这篇报道有板有眼地陈述了我的一生,它替我做了最详细的总结陈词。

我,是一名作家。晚年时候被一篇报道弄得焦头烂额。这世界,什么是真的,什么是假的,什么是白的,什么是黑的。这是一个处在灰色地带的世界。我没有勇气去评判人们对于我的这个报道的善或者恶。

我为杜撰而活着,竟然却活在了杜撰里。我早已拥有睥睨众生的勇气,却无法承受被众生抛弃之苦痛。我厌恶世俗生活,厌恶群体动物。我却不得不在其中的肮脏和恐慌里体会着荣耀和名利。荣耀带来的快感让我欣慰,让我疯狂,它令我深陷世俗生活无法自拔,在极度渴望荣耀的时刻却极度厌恶庸俗的自己。

这,即是我以个人面目出现与群体社会之彼端。不得不说,我是一个矛盾的悲剧。我一直在被人群所杀死。大概就是这样,我自己毁了自己的一生。

我不再写一个字,我也不再回忆任何事情。

其实每个人心底都有太多往事,回望已是种巨大的耗费。历经岁月也许才会发觉简单而平静方为绝美。而我,也没心没肺成了不再愿意回望往事的人。容易在往事森林里迷失的人,都是善良而懦弱的。其实回望是个艰难的事情,所有的回望都需要莫大的勇气,亦是一段心灵的自省。

往事即为负累,大概你回望往事的时候,会发觉你与太多人纠缠过,至于最后为何会断了这些纠葛,连你自己都不晓得。回望本身就是一种浪费,这种浪费源自于时间的不可逆。既然如此,于是很多人成了没心没肺的人,他们都在路途中,不断地走,成了来不及回望的人,他们怀揣着许许多多莫大的希望,希望过甚就是一种病态。

我甚至不知这一切到底是自己回忆的真实还是虚构。

当你试图以理智去解释生活里的每一件事情的时候,你会发现理智是一切错误的根源。后来我才明白,眼睛看到的绝对,绝对不是真相。到底谁说的是真的,你是你自己还是他们嘴里的你。这些都不再重要。终于我老了,我身体的一切器官每一天都在老去。我知道它们都会和我告别。一切都似乎显露于光明。没有欲望,没有感情,更加没有需索。这样的我才能写出更加纯粹的真实。可是我已经不想写了。

在这杜撰的一生里,我轰轰烈烈地爱过几场,也被爱过,也

爱十二梦

曾年少痴狂过。

然而只有我知道自己有多苍白。大概是，我将所有的热情献给了文字。大概是，我也成了祭坛上赤裸的"女人"。

白露/浮生记

浮 生

大概过了许多年
才发觉能够深爱的人
已是寥寥

浮生记

如果杨小桃知道自己最终还是会回到这个小城市里,那她当初一定不会头破血流地挤在北京。一切云淡风轻又是回到原点,丝丝悲伤萦绕在杨小桃此刻望向窗外大好春光的眼睛里,有些淡淡的怅然爬进眼睛,似乎是进了沙,旁边的男人从容地递过一张纸巾,微笑着朝她轻声寒暄。这男人细心地发觉着杨小桃的情绪变化,还不让两人之间有任何的尴尬。于是杨小桃在相过一百零八个男人之后决定就是他了。但是杨小桃,如果没有回到这里,自己一定还是个任性倔强跟着男朋友挤在地铁里的,以为要爱就是要爱一辈子的姑娘。

可惜年岁容不下如果,经不起变数。如今的杨小桃,已经是马上奔三的大龄未婚女青年。虽然风采依旧不减当年,也是位面容姣好、身姿优美的姑娘,但是杨小桃年逾六十的父母已经着

爱十二梦

急得好似热锅里的蚂蚁。

杨小桃刚刚大学毕业的时候就遇到了房价迅猛飞涨的房地产黄金时代。她常对自己的父母心怀感恩，虽说父母只是个连三线城市都不算的小地方的平凡人物，但是她继承了他们的优点，按照他们当地的话就是："会长"。高挑的身材，出众的外貌，还有最重要的一点就是伶俐的口齿，这些综合素质集合起来，走到哪儿其实都是焦点，连老板都会直夸小桃简直是天生的售楼小姐。但其实杨小桃最大的梦想是当个主持人。

杨小桃是北京的一所闻名遐迩的传媒类高校的毕业生。她大学里表现倒也平平，她很想干传媒这个行当，但是她也知道自己不是这块料。按照她闺蜜的话就是，杨小桃是个很钝感的女人。而媒体行业必须是要敏锐的头脑才可以，杨小桃不光钝感，而且直肠子。虽说口齿伶俐，但是胸无点墨，还常常不长眼色得罪人。

不过她也不是没有混进媒体圈的机会。

她有个好姐妹叫曾羽涵。这姑娘和她一样大方水灵，大学里两人是室友，更是好到吃喝拉撒睡都成天腻在一起的好闺蜜。但是曾羽涵有心眼也敢豁出去，她的家境和杨小桃相当。大三的时候她们就开始紧张地谋划起出路了，她和曾羽涵同去电视台实习，不过曾羽涵人美嘴甜还会来事，逢人不论年龄大小，职位高低，必称"老师"，而老师们把出镜机会大多都给她了。杨小桃常常一到镜头前，如果没有预先备好的稿子，她就紧张语塞，非得找个老记者指导一下才懂得如何说，她也对着跟自己年龄大小差不多的记者不知如何称呼。杨小桃更不懂得刻意讨好谁,常常惹得几个小老师不悦。说白了,杨小桃算是娇生惯养大的孩子,再加上没什么心眼。心直口快地有时就会误伤了那些分外敏感的心。而那些自认为资历老到的记者也未必真心待见她,更不肯耐心给她指导。他们通常只会把初来乍到的新人当作"抄同期的",或者是"三脚架搬运工",等等。镜头上偶尔的出镜机会,通常也只会给一个分外有眼色的实习生。杨小桃宁愿默默地等在办公室里抄抄同期,也不想看人家脸色跑出去像个跟屁虫一样帮人家提包提设备。曾羽涵就不,她喜欢跟在经验丰富的出镜记者后头,甚至连帮人家拿个包递杯水也显得不动声色,毫无怨言。两个曾经旗鼓相当的闺蜜在步入残酷的现实前夕就高下立判,自然昔日再亲密的友谊也会因为嫉妒生出些隔阂来。

杨小桃倒也只是偶尔羡慕嫉妒一下曾羽涵,大多数时候她都是由衷地欣赏。但是处在上风的曾羽涵倒也不这么想,在这个大城市里想要留在这个"人尖儿"聚集又名利浮躁的电视台,必须得排除万难和一切"闲杂人等",曾羽涵做事情通常都是心狠手辣又不露声色的,她想要留,就必须留。一切让她不能留的可能性都不能有。因为曾羽涵在踏上这大北京城的那一刻,她看到宽阔的长安街,气派的大剧院,川流不息的车辆和绚烂的霓虹灯,她就没打算再回到她那贫瘠的家乡。

本来杨小桃在老师安排她那天夜里值班,并且嘱咐她把剩下的片子剪辑好之后放进故事版里。杨小桃夜里开始犯迷糊,硬撑着开始一帧一帧地修剪一个枯燥又烦琐的专题片。她正剪着突然发现空间不足无法放置后头的片子,她又不知道如何是

爱十二梦

好,这种小问题也不敢去问老师。于是她想到了她的好姐妹。杨小桃一直觉得曾羽涵比自己聪明得多,对于这个冷冰冰的机器她上手也快。不过她自觉和人家渐生隔阂,平日里能不麻烦她就不会开口。曾羽涵接到电话先是笑嘻嘻地嘘寒问暖一番:"小桃子?这么晚还在值夜班哦,不要累坏身体嘛。女孩子是不能熬夜的,会不漂亮的哦。"接着她就一本正经在电话那端头头是道:"你可以在素材里头删除一部分,可以节省空间,但是不能多删,万一是别人没有做好的片子呢?"杨小桃心里嘀咕,这样的话还是得问老师到底哪些才能删除。曾羽涵那边沉默了片刻,一阵长长的呼吸声过去:"等等,我想想呀,对了对了,你可以把我做的那个新闻素材全部删了,反正片子也做好了。"杨小桃一面很感激曾羽涵的这个帮助,一面动手就删了素材。

  第二天频道总监却同时把曾羽涵和杨小桃叫进了办公室。"曾羽涵刚才说是你把她的素材删了,她有个同期没加呢,你怎么能把她的素材删了?"总监的脸色非常不好看,他阴沉沉的口气让杨小桃此刻觉得无从辩驳,再看曾羽涵此刻低头啜泣,脸庞微微抬起,无辜地看着总监,哽咽着说:"叶老师,也怪我,昨天下午下班的时候没有给小桃叮咛下,是我的工作不够认真慎重。小桃晚上估计是犯困,一时糊涂就把我的素材删了。总监,我们俩以后都会改的。您就原谅我们这一回吧。"杨小桃瞬间就明白了一切,什么叫作恶人先告状她算是彻底看清了。"改?杨小桃,不就是让你加个夜班嘛,就随随便便把同事的素材删了?万一是很重要的无法重拍的素材呢?一点儿职业素质都没有,我看你明天还是不要来实习了。"总监说完便不容杨小桃再多

白露/浮生记

说什么,摆摆手让她们走了。杨小桃心里知道总监明显偏心,偏心到连解释的机会都不给她。但是现在也没必要再解释什么,便大步流星地连头都没回就先曾羽涵一步走出了电视台大楼。刚进入社会就被所谓的好姐妹摆了一道,杨小桃心里清楚跟自己也是有莫大的关系。再退一步讲,假如自己专业精进,何至于会犯如此低级的错误。不过说到底,这只能留下一名实习生是残酷的现实,也怨不得别人对自己狠。

下午杨小桃就哭得梨花带雨坐着地铁奔向男朋友的大学。男朋友比杨小桃高两级,名字也和她很配,叫冯大帅。大帅他家也不在北京,典型的东北爷们儿,但是被北京这座城市熏陶久了,说话里莫名会带一些京腔。男朋友已经上研二,可以说暂时缓解了很大的压力。看着眼前的男人笑得如此没心没肺,杨小桃心里想着果真自己的痛苦不是所有人都可以切身理解的,哪怕是再亲密的关系。"小桃,我的小桃子,你不要难过啦。走走走,带你去吃好吃的,'老板'今天给发奖金了哦。"不过大帅对小桃倒是蛮体贴的,定期带着小桃寻觅一些好吃的地方,两人都是标准的吃货。他们在一起的日子简单平淡,没事儿满北京城地溜达,挤在地铁上拥抱着对方就觉得幸福而满足。北京城像是他们的大园子,两人乐呵呵地手牵手没少逛。

想起他们第一次认识的时候,还是杨小桃阴差阳错地坐过了站,坐到大帅的学校门口。杨小桃迷迷糊糊的样子让骑车出门的大帅一下子着了迷,她也误打误撞地拦住大帅:"我想问一下,传媒学院怎么走?往哪边?"大帅特爽快:"你是大一的新生吧?没怎么出过校门?"小桃就一面狠狠地点头,一面特无辜的

爱十二梦

表情使劲儿盯着大帅,冯大帅看着杨小桃这副样子,一下子就笑了。这个人笑起来无邪温柔,一瞬间小桃的心里洋洋洒洒地铺满了阳光,不由地让小桃原本孤单的心变得灿烂。"走吧,哥带你走。"指了指车子前座。那件事情之后冯大帅成功上位为迷迷糊糊的杨小桃的男朋友,俩人就开始了没心没肺的幸福的大学恋爱生活。大帅当时大三,小桃大一,都是正刚好的年纪。小桃喜欢诗歌,喜欢大帅念给自己听所有美好的句子。大帅用自己带着京腔的温柔嗓音将席慕蓉的那句"在年轻的时候,如果你爱上了一个人,请你,请你一定要温柔地对待他。不管你们相爱的时间有多长或多短,若你们能始终温柔地相待,那么,所有的时刻都将是一种无瑕的美丽"缓缓读出时,小桃躺在大帅的怀里,似乎是醉倒在柔软的春光中。

在相处的这四年的光景里,两人极少争吵。大帅很宠小桃,大男子主义的大帅喜欢把小桃的生活打点得井井有条。小桃喜欢喝什么吃什么,只需一个嘟嘴大帅就跑遍了北京城也要买到。大帅没有多少钱,但是宁可自己饿着攒钱也要在节日的时候给小桃奉上一份惊喜。小桃有时要耍小脾气,大帅也舍不得吼她。小桃喜欢看电影,每周二的半价场成了两人的恋爱必修课。大帅的东北爷们儿臭脾气在小桃这里全都没了脾气,甚至当街蹲下为小桃系鞋带也成了日常的光景。不过大帅就是喜欢宠着她,他常常给小桃说,等他把小桃宠坏了,小桃就完完全全是自己的了。

年轻的爱情,就是这样费尽心思,用尽全力。

转眼间小桃已经大四,毕业作品和论文忙得小桃的脑袋每

白露/浮生记

天都超负荷运转。大帅也面临着研究生即将毕业要找工作的阶段。小桃找工作找得非常纠结,投入的简历基本都石沉大海,给她回应的公司都是些她瞧不上眼的小公司。但是她的简历却其貌不扬,简单得似乎是在大学蛰伏了四年。用大帅之前批评她的话就是,简直和她的脸一样干净。大学期间在男朋友的悉心照顾下杨小桃都已经快要忘记独立自主是怎么一回事。

"大帅,你陪我去那个招聘会啦。"

"我明天也得去导师那里帮忙,小桃乖,自己去吧。"

挂完电话的小桃感觉到一种前所未有的失落。大帅从来都是无比疼自己的,明天那个大型招聘会让小桃自己挤在人堆里真的会摸不着方向。最近见男朋友面的机会越来越少了,她觉得有点儿抓不住身边的这个男人。小脾气是冲他闹过,但是每次都会在电话里被他哄好。杨小桃一得空就喜欢胡思乱想,把她和冯大帅可能出现的悲伤结果都想一遍,越想越难受,就找冯大帅哭诉一通。大帅刚开始还好好地劝她哄她,后来就懒得理她。两人开始各忙各的。

在招聘会上杨小桃着实见识到了什么叫作人多,那些招聘单位的负责人趾高气扬地吆喝着,似乎是在市场上挑选价格合适、品质优良的萝卜、白菜。杨小桃战战兢兢地投了许多简历,也忘记人家给自己说了些什么。回到宿舍以后杨小桃躺在床上,百无聊赖间她开始想到底应不应该留在北京这样的地方,想打电话给男友商量,却听到无法接通的提示音。小桃一面想这么晚男朋友去哪里干什么了,一面又开始操心自己暗淡无光的前途。想着想着小桃就睡着了,结果半夜被一个莫名其妙的梦

爱十二梦

惊醒却完全想不起梦里的内容,只是心里像是突然堵上了一块大石头,打电话给大帅,他终于在响了很久以后接了起来。

"小桃,刚刚没听到电话。一看已经晚了,就想明天再找你。"声音低低的,有气无力,大概是大帅最近跑工作的事情也很累的缘故吧。

还等不及小桃兴师问罪地劈头盖脸,那边已经把场面话说了个圆满。小桃只好悻悻地挂了电话。她已经没有力气再为了这一类的琐事和他争吵,他们近来争吵的所有内容无非就是围绕着是否留京的问题上,还有为那些虚无缥缈的前程而发愁产生的情绪抑郁。

要不是那天的一个电话,小桃也还是会觉得过了这段日子自然就柳暗花明,她与大帅就会好起来。她是个特别坚信"面包总会有的"的姑娘。"杨小桃,你好。我叫吴婷。我知道你不认识我,我是大帅他们学校的一个学姐。我找你聊聊好吗?我就在你们学校东门口的雕刻时光里。"

杨小桃暗自思忖,大帅他们学校的学姐找她又会有何贵干。她也来不及想太多就随便套上一件T恤出了门。见到吴婷她却心里莫名地紧张起来,这女孩像是来参加一场隆重的宴会,穿着成熟鲜艳不说,一身韩范的穿衣打扮,头发微卷,虽说长相一般,但是收拾得分外光鲜亮丽,想一想也对,大帅的学姐应该是已经工作一年了,这副成熟扮相倒也无可厚非。"学姐好。"吴婷抬眼打量了一下小桃,但是很快便微笑着招呼小桃坐下:"喝点儿什么?这里咖啡不够纯正,不如来杯卡布奇诺就好。"不等小桃说好,她就擅自做主让服务生端上了一杯卡布奇诺:"其实呢,

白露/浮生记

有的事情真跟你眼前这杯卡布奇诺一样,你来不及决定什么,别人就给你端上来了。小桃,原谅我贸然找你。"小桃被眼前这个贸然找她的学姐弄迷糊了,连她的话都让小桃云里雾里的。她看着小桃一副迷糊的模样,吴婷不自觉地转动了一下手腕上的表带。杨小桃看得出来,吴婷这身行头身价不菲,她虽说买不起奢侈品,但是大学舍友疯狂喜欢的"时尚杂志"已经让整个宿舍的女孩对于这些奢侈品牌了如指掌。她看到吴婷手腕上戴的是一块浪琴,虽说不算太昂贵,但是足以说明仅工作一年的吴婷要么能力极强,要么家世极好。"我爱冯帅很久了。"她开口便叫他冯帅,足以说明她带着点儿文艺的执拗和神经质。

　　终于明白眼前这个叫吴婷的女孩为什么要穿得这般隆重了,她是把在小桃面前的第一次亮相当作战场交锋了,这是一次趾高气扬的宣战,先给个下马威再说。"其实你不适合他你知道吗。他对你的爱,像是男孩迷恋他年轻时候迷恋的一切东西。他给你无限的宠溺,但是终有一天他会累。我和他,才是志同道合,细水长流。"杨小桃第一次面对这样的状况,她从来没想过万般疼爱自己的大帅在某一天会离开会失去。一下子手足无措的小桃,只好呆呆地望着面前这杯卡布奇诺,好像觉得这个勾画出来的笑脸是在讽刺自己有多天真。她此刻甚至懒得应对面前这个女人的挑战:"他爱你吗?"

　　杨小桃此时心乱如麻,但是她还不傻,她问的这一句才算是揭开一场战争的序幕,如果她回答的是爱,那么这一场爱情战役里小桃不战而溃。如果这答案是否定的,那么杨小桃只需要坚定自己相信大帅就可以。"谈不上爱与不爱。爱都是假象,你

爱十二梦

知道吗？我说的适合。"吴婷看着她，杨小桃真不知道该如何形容眼前这个女人。

"最重要的是，我能让他留在北京。我能让他不费吹灰之力地帮他建立起他的事业。"吴婷说这话的时候，嘴角还得意地扯动了下，像是笑，也像是嘲讽。

杨小桃听到这句就彻底地心灰意冷了，她能够给她的爱人什么呢？她让这个男人悉心照顾了自己四年，她没心没肺地跟他玩闹了四年，然而实质上她却什么也不能够给他，连她自己都没有着落。她和他，无法像两棵树一般扎根于这座城市丰沛的泥土之中，共同吸收养分，抵御寒流与暴风。他不过是她青春里的一道彩虹，美丽过但却不属于她，现在的他大概是能够在风雨里更加绚丽的吧，只不过他可能就不再守候自己的这片小天地。

回到宿舍的时候杨小桃感觉脑袋昏昏沉沉的，一躺床上就睡了。迷迷糊糊中醒来却见着大帅在宿舍床边。"小桃，你终于醒了。你知道吗？你都睡了两天两夜了。"小桃看着大帅就哭了出来："真好，你还在。""傻姑娘，你说什么呢？幸亏这阵是你们大四毕业时期，宿舍都没多少人，楼管阿姨才肯让我上来照顾你。"小桃吃着大帅给自己削的苹果，他削苹果皮从来都不断，长长的手指跟随着刀把转动，好像在小小的苹果上跳了一支舞。他削出来的苹果也让小桃吃着觉得无比香甜。她突然觉得这样的幸福可能不会再继续下去了就又哭了出来。大帅不知道该怎么安慰她，因为他现在面临的问题更为残酷。

吴婷是大他一级的学姐。她学习优异，能力出众，家世显赫，为人也还算谦和有礼。但是就是这样一个她，一个看似完美无缺的好女孩,大帅觉得不爱就是不爱,再加上有小桃也就一直没有把这个学姐对自己的好感放在心上。但是前段时间吴婷的一纸聘书却让自己动了念头。这是份让人无法拒绝的好工作,是一家国企的。早听说吴婷的父亲是个有来头的人物。"小桃,我决定接受那份工作,也接受吴婷。我会慢慢爱上她的,对不起,小桃。"

听完他的话杨小桃把头埋在被子里痛哭了很久很久,久到让小桃觉得这辈子都不会再哭那么悲烈,这是属于她一个人的哭泣,这是对她所有逝去青春里的那些热烈的爱的一次祭奠。杨小桃突然抬起头,擦掉眼角的泪水然后笑着对冯大帅说:"亲爱的,你走吧,记得把宿舍门关好。再见。"

轻轻地那声咚之后,杨小桃怔了许久。然后她对着门口大声地喊:"冯大帅,你这个王八蛋。我再也不要爱你了。我会忘记你的,一定会的!"她一下子喊了许多遍,直到嗓子干涩疼痛得再也发不出声音,她感觉到自己脑袋发烫,一昏头就倒在床上睡了好久。

其实失恋就是一场高烧,需要时间,需要药丸,需要睡眠,到最后都会痊愈。转眼已经毕业,杨小桃在经历失恋的伤痛之后痛定思痛。她开始恶补起自身的知识素养起来。倒是京城某家房地产公司慧眼识金把她招聘进来做售楼小姐,她觉得她背那些户型介绍词倒背得顺溜极了,而且背的是活色生香。况且杨小桃的天性使然,并不对客户过于谄媚,倒让别人觉得这姑娘挺真诚。杨小桃运气很好,刚上班就鬼使神差阴差阳错地推销出去好几套房子,真是好命遇到好时代,一拍即合春光灿烂了。杨

爱十二梦

小桃脸庞微圆,有着一个高挑笔直的鼻梁,嘴角整齐一对笑窝,总之让人一看就觉得舒服。

这个地产公司规模也不是很大,楼盘的位置和楼层户型却都挺好。杨小桃工作也越来越认真踏实,经理颇为赏识她,就让她当上了销售主管。杨小桃常对着自己卖出去的房子望洋兴叹,不知道自己何时才能够在这里拥有这样一套房子。她望着一天比一天高的房价也只好咂舌,然后拼命工作。杨小桃想:羽涵她的大帅此时一定不必为了这房子发愁,那强势干练的吴婷家里估计好几套房子任他们居住吧。她自嘲地笑笑也就不再去想这个浑蛋了。

刚当上销售主管的杨小桃干劲十足,恨不得把自己的嘴皮子磨破,让笑容再灿烂一些。但是事实不尽如人意,销售业绩也并没有大幅度增长,其实该买的人群是有限的,无非就是需要住或者投资。但是能够在这个地段买房的人大多都是富裕阶层,因此杨小桃见识了不少人,有的是未婚妻陪着过来的土大款,满嘴脏字乱蹦,一见旁边娇妻说喜欢,恨不得立马拍板买下,即刻入住。"给我来一套,就要这一套。"这是他们常说的话,杨小桃赔着最美好的笑脸,用最轻柔的语气回应:"对不起,先生,这是样板间,如果您要是喜欢这样的装修,在买下房子之后我们公司可以帮你联系同样的装修公司。"杨小桃也见过非常低调的购房者,大多开着黑色的特殊牌照的车,让司机下车陪着,看过之后也不发表什么意见,之后大多会买下。她也见过因为首付让谁家掏钱多一点儿的小两口吵架吵到不可开交的。她还见过某些大手笔的人物一下子盘下好几套房子的。她也见过给小情人买房,一旁的佳人喜笑盈盈。总之,房子问题,事关人命。此话不夸张。

见的人多了,倒让杨小桃的性子打磨掉不少的棱角。

来买房的大多数是男人,鲜有女子。那天杨小桃却意外地碰到个熟人来看房。她觉得所谓"不是冤家不聚头",大概就是如此,那人是曾羽涵。曾羽涵虽说和刚毕业那阵的水灵纯净的气质截然不同,但是甜甜的嗓音却没有变。一进来,杨小桃先是听到这银铃似的声音才敢确定一定是她。此时的曾羽涵斜挎一个PRADA杀手包,身着一身香奈儿,那双红色的高跟鞋也分外惹人瞩目。曾羽涵的举手投足之间活脱脱是在给杨小桃演示什么叫作"京城名媛",曾羽涵当年那副水灵气已经被如今这身名贵装扮,浓妆艳抹遮盖得荡然无存。她一直有颗当"名媛"的心,却没有个当名媛的命。不过如此看来,曾羽涵在毕业仅一年时间就出落得这般雍容华贵,竟出手阔绰得前来购置房产,不得不让杨小桃感叹万千之后有了些许的失落。

"好久不见。"曾羽涵倒是落落大方地与她打着招呼。一看老同学如此主动坦然,杨小桃觉得实习期的那些往事再去计较也没什么意义。就过去主动介绍起了公司的楼盘。曾羽涵也听得认真仔细,她突然拉起杨小桃:"小桃啊,你帮我挑套好的就行。"看着曾羽涵的热乎劲儿,杨小桃一想大家伙儿都是为了生存也就把心里的恶心咽回了肚子里。"我相信咱们小桃的眼光,我就只有一个要求,就是即刻入住。"这下把杨小桃难住了,她没有权利把手中留的好户型的样板间卖给曾羽涵,便打电话叫来了经理。经理来了倒很是爽快,让曾羽涵付全款就可以。

爱十二梦

"马经理,谢谢你给我这个面子,也给小桃这个面子,我请你们吃饭吧?"

说起杨小桃公司里的这个马经理也算个传奇人物,已在京城打拼多年。在地产界也算小有名气,别人贷不了的款马经理也贷得出来。三十多岁的女人到现在也没有结婚,问她哪里来的,她从来不给人家讲她到底哪里来,逢人必称半个老乡。似乎全国各地她都跑过。

饭桌上马经理倒和曾羽涵聊得投机,似乎有种相见恨晚的感觉。"我们小桃,我的老同学,你可要多照顾点儿哦。"曾羽涵这时也不忘说几句客套话,但是眼神飘向杨小桃的时候,小桃却明显感觉到了一种鄙夷和轻视。她倒不是敏感的人,但是她恨恨地想着,要不是当时被这张甜嘴骗了,如今电视台主播的位置还不一定是她曾羽涵的。不过杨小桃暗自思量究竟什么样的变化能令自己与她再次坐于同一张饭桌,还能相互举杯致意。她果真不是个能记恨的人,对小帅,对曾羽涵,她都是。"我们小桃很努力,你们学校的女孩都好优秀哦。"马经理说话也是滴水不漏,可是杨小桃却提不起心劲儿参与这样的聊天。"马经理,你才是女中豪杰。这么快就做到了地产界的佼佼者,我可跟你比不了。我也不过是电视台里一个小角色,在那里我什么也算不上。买个房子算是我自保求个心安罢了。"马经理也没继续追问,她知道曾羽涵喝得有点儿过头了。

酒足饭饱人尽兴,似乎大家都很兴奋,马经理和曾羽涵抢着买单后,曾羽涵就嚷着要去夜店继续嗨。夜店的氛围诡异又令人容易沉迷,杨小桃向来厌恶这样的地方。大学期间杨小桃就

白露/浮生记

没来过这种地方，实习期和那些同事来过一次而已。曾羽涵明显越喝越多："杨小桃，我知道我对不起你。"曾羽涵对着杨小桃又是笑又是跳，"不过我过得一点儿也不开心，那个人只会给我钱，也没给我多少钱。连个房子也不肯送。拿这些东西送我。"她拿起自己的名贵包甩了一下，还把脱掉的外套摔到了地上，"这些东西都是打发叫花子的吧？施舍我？姐姐我就值这个身价吗？"杨小桃一下子明白过来，真是人人有本难念的经啊。马经理倒对曾羽涵又是劝解又是一起怒骂臭男人的，她恨不得立刻认曾羽涵为亲妹妹。马经理还暗示杨小桃只要豁得出这张脸，这身段，一套房子算得了什么。杨小桃感觉平日里业务精干的马经理此时在自己心里一下子大打折扣。她什么也不想说，想快些逃离这个地方。却在不自觉间被她俩灌进去好多酒。曾羽涵和马经理随着激烈的音乐节奏甩头又晃动身体的，杨小桃觉得这两个女人在夜店里活脱脱地变成了疯子。不一会儿，曾羽涵倒搂住杨小桃哭了起来，杨小桃突然开始明白，今天曾羽涵买房、请吃饭，对着两个毫无干系的"陌生人"说这么多废话，也不过是求个心理上的安慰和痛快。

　　杨小桃觉得以她现在的薪资和能力来看，在北京能够拥有一套哪怕是一居室都难。坐在拥挤的地铁里，杨小桃神情开始恍惚，地铁里陌生人的气味绵密，人声嘈杂，迷糊中似乎看到曾羽涵饭桌上那不经意的嘲讽般的笑容，每个人都似乎对着杨小桃那样笑。杨小桃回到自己狭小的出租屋里就放肆地哭了起来，她趴在她家肮脏的马桶边边吐边哭。她不想做曾羽涵，也不想去找一个所谓靠山。她之前的所有愿景不过就是和大帅踏踏

爱十二梦

实实在一起,哪怕跟着他回到他的城市里过自己的小日子。大帅也已离她远去,而自己却在这个城市感受着深深的孤独和残酷。她觉得她并不适合这个城市,她做了一个决定:回去。不过她又很快否定了自己的这个决定,怎么能被这样打败。她不甘心,她一定要让同样在大北京城里的冯大帅看看,她杨小桃没有他,自己同样能够过得非常好。

马经理倒是频繁开始找小桃。其实小桃是属于"带得出去"的员工,只是马经理吃不准,她到底能不能"放得开",经过上次曾羽涵莫名其妙的那顿饭局,倒是让马经理越来越赏识杨小桃。大概也因为杨小桃看过自己"真实"的一面了吧。那晚的马经理,也未必卸下了全部的伪装。杨小桃也不想和上司走得太近,因为她懂得走得近如果将这关系处理不当反而得不偿失。她也算聪明,不过拒绝了两次马经理的"饭局",第三次她就跟着让她叫"马姐"的经理去了。

在北京,杨小桃觉得最无法适应的就是这种饭局。各类人环绕饭桌排排坐,浮浮躁躁地交换完名片,嬉皮笑脸之后又暗怀各自的心思,饭桌上说着互相吹捧冠冕堂皇的话。没坐几十分钟,杨小桃已经如坐针毡,她自嘲地想,自己始终比不上曾羽涵,在自己业务范围之外,学不会那些甜腻讨喜的话。席间有个肥头大耳的中年男人用戴着硕大的黄金戒指的手端起一杯酒要敬杨小桃,一张嘴就是满口的酒气,还作势搂了一下小桃的肩膀,说:"小桃啊,名字真中听,模样儿真美,哥哥今天就认你当个妹妹,以后在这京城啊你也算多个亲人不是。我毛哥在这一带还算是有点儿能耐的。"说着就凑近对着小桃一脸的笑眯眯,杨小桃看着这肥头大耳的样子,以及从那硕大肥腻的嘴巴里哈出的酒气差点儿要背过气去,但是她还是强撑着自己,保持着职业的笑容对着这个可以当她叔叔的人叫了一声:"谢谢毛哥。"

周围的人起劲开始给杨小桃敬酒,杨小桃喝得头脑发晕。借着酒劲儿,她感觉到一旁的毛哥狠狠捏了一下自己的大腿。这粗鲁又色情的动作让杨小桃酒醒了大半,她赶紧找借口开溜。给马经理说自己大姨妈突然造访便灰溜溜地坐地铁回公寓去了。

那日的饭局再见过其他什么人,说过哪些话,倒让杨小桃记不清了。她开始惧怕这样的饭局,不过马经理在这个饭局之后倒没"骚扰"过自己。不过有一天,马经理突然笑嘻嘻地把自己请进了办公室,先是寒暄了一下工作上的事情,杨小桃心里明白谈话的重点根本不在于此。"小桃啊。毛哥晚上想单独请你吃个饭,你看这个面子能给马姐不?"杨小桃一下子全明白了。

杨小桃是个聪明姑娘,并没有当场撕破脸皮,她知道如果再吃这顿饭后等着自己的是无休止的什么。"马姐,不好意思啊。晚上我得在公司赶季度销售报告。"

"哎呀。还赶什么季度报告啊。真是敬业的好员工,我都说了这是我的面子,这顿饭你陪好了,以后哪还用这么辛苦加班不是。毛哥跟咱董事长可是铁哥们儿,你可得带着一万个心眼儿陪好了。我就不方便跟你去了,总之,马姐我平日里待你也不薄对不?"说罢浅笑盈盈地看着杨小桃,杨小桃瞬间有了一种万劫不复被推入火坑还不得不往下跳的感觉。

千不该万不该的杨小桃太实诚地说了个这么个理由,不过杨小桃觉得自己只是吃顿饭应该没有什么太大关系,硬着头皮

爱十二梦

就过去了。她就穿着工作服,也没回公寓直接坐地铁去了那间叫水木的西餐厅。她想着自己灰头土脸地出现在那样一个高级西餐厅,一定会让毛哥在心里对自己的印象大打折扣。不过显然她想错了。毛哥之所以对杨小桃兴趣浓厚,大概也因了这份不施粉黛不过分修饰的青春劲儿。果然他一见面就热情洋溢,以他独特的大嗓门儿招呼着她坐下,还以一口浓重得让人误以为是憋出来的京腔问:"小姑娘,想吃点儿什么呀?今儿在这儿就随便点。"杨小桃只是礼貌地微笑:"我不常吃,毛哥,您常来,所以您看着点。"一顿丰盛而又浪费的大餐上桌,杨小桃却丝毫没有胃口,她永远觉得,之前和大帅在一起哪怕是去大前门吃一顿爆肚或一碗炸酱面都美味无比。杨小桃思绪飘飞,也顾不得毛哥此时在自己面前吹嘘得天花乱坠。前餐正餐饭后甜点巡回完毕,杨小桃也喝下了好几杯酒,虽说量不大,但是几种酒一起喝,已经有了些微的醉意。

醉意中竟然接受了毛哥要送自己回家的请求,杨小桃迷糊中带着清醒,她说:"毛哥啊,喝酒了不能开车,我自己打车。""喝这点儿酒算什么呀,送我们小美女回家才是大事。"也不容她再说什么,车已经在三环上开得飞快。毛哥搀扶着杨小桃上了她的公寓:"小桃啊,你这么大美女住这么小的公寓真是受委屈了。赶明儿毛哥给你换套大的。"

可是这些话并没有让杨小桃受到蛊惑,她不想成为第二个曾羽涵,从她的心底是彻彻底底鄙视那个一点儿都不开心的曾羽涵的。毛哥说着话就开始动手动脚,她一面挣扎一面喊叫:"我到家了,您就回去吧,谢谢您啊。"他却没有要走的意思,杨

白露/浮生记

小桃一急,竟然朝毛哥的下体狠狠地踹了一脚。疼痛中的毛哥骂了一句他妈的就狠狠摔门走了。杨小桃在黑暗中痛哭,她其实并不明白自己在黑暗中到底是在坚守什么。她更不明白自己心底的那些执拗到底是否应该被珍视。

之后马经理开始给杨小桃使绊子穿小鞋。马经理不是嫌她这个月销售业绩下滑在员工面前直接给她一通批评,要不就是不向上级汇报小桃的销售业绩,甚至于将小桃的单子偷偷给其他员工去接。她一面心里愤恨,一面还得微笑着把这些承受下来。马经理从前的器重赏识一消失,平日里嫉恨杨小桃的姑娘们免不了就背后说她,说她大学时候傍大款的,也有说她男朋友被富婆抢的,还有说她跟各种男人周旋的,更有甚者,说她一直单身的原因就是因为她是某某的情妇。随着其他员工越来越多的流言蜚语,她实在是觉得人心叵测又刻薄。有的时候,你真的做一件伤天害理的事情,别人反而怕了,你什么都不做,别人反而各种中伤,人们就喜欢见风使舵说些莫须有的。尤其是背后加油添醋那么一传言,你整个人在公司都变成个活色生香的笑话,你的各种鸡毛蒜皮的事儿也变成茶余饭后的谈资。

"小桃啊,你千不该万不该得罪人家毛哥。你受这点儿委屈算什么?马姐我当年一个外地小丫头能在北京城里立足,那不知受了多少个天大的委屈。小桃啊,你是个聪明姑娘,不能在大事上犯糊涂不是,马姐我最器重的员工就是你了。我也不深究你什么,你去给毛哥道个歉,咱们就既往不咎,我还像以前一样待你好吗?"就是给一棒子再给颗糖的手段,杨小桃早就不想在这样一个公司待下去了。"马经理,道歉不可能的。马姐,你

爱十二梦

到现在还是孑然一身在这偌大的北京,这样的你真的开心吗?"她说完这话看到马姐施着浓厚粉底的脸不自然地抽动了一下:"杨小桃,你,你这种胸无大志的女人最好还是回你们老家小城市去吧。"

像她这样胸无大志的女人。杨小桃自嘲地想想。很快她就向马经理递交了辞呈。她累了,想要回到离父母近点儿的地方去奋斗去努力去打拼。离开北京的那天天下起了瓢泼大雨,杨小桃拖着自己偌大的行李箱,背着一个巨大的包缓慢地走进熙熙攘攘的火车站。她感觉自己像是从一个大染缸里逃出的狼狈的小蚂蚁。她觉得自己这次回去或许才是一种真正的找寻,找寻的是自己还未曾丢失的真诚。挤在拥挤的车厢里,杨小桃感到呼吸急促,简直快要喘不过气,烟味混杂着陌生人作呕的脚臭味,飘进杨小桃高挺而好看的鼻子里。这些气味令杨小桃分外清醒地认识到自己在北京"赖着"的一年里,得到的绝不是一张单薄的存款那么简单。她在离开的时候,还是轻声而郑重地给北京说了一句:"谢谢你,北京。"

杨小桃回到西安,想要捡拾起大学里那个完整的梦。可是偌大的城市,本身就是浮躁的名利场。更何况是传媒圈。若是没有好的家世背景,或者在这城市找个靠山,想要随意进入这个领域,是决然不行的。杨小桃现在待的这个城市,是西北地区最繁华的城市,也是历史沉淀最为深厚的城市。这个地方是杨小桃日记里又爱又恨的城市,也是杨小桃想要扎根的城市,更是杨小桃的父母当年没能留下的城市。

杨小桃倒是幸运地被某个杂志社招进去做了个小小的编

白露/浮生记

辑,不过她很快发现自己不适合干这个,工资起步低先不说,现在在西安住的单身公寓的租金也是一笔大的支出。杨小桃开始犹豫了。她毕业这两年做的这两份工作都没能让她明白自己到底适合干什么。

"小桃啊。"是妈妈的电话,"这回来了也不见你抓紧时间找对象?"杨小桃现在对于父母的三句话不离找对象很是反感,又是没说几句就迅速地挂断电话。她的生活其实很简单,每天就是杂志社和自己的窝之间然后坐着公交三点一线地跑。

西安这些年的变化可真大。杨小桃记得第一次来西安是爸爸带着来的,钟楼四周的四条大街也没如今这么宽敞,爸爸让杨小桃上了一次钟楼,对着小桃悄悄地说:"小桃啊,这可是过去的皇城。方方正正的,爸爸这辈子的理想就是能在这省城里头安营扎寨,你可要给咱们杨家争口气,爸爸不希望女儿跑远喽,这儿就行了。"

杨小桃的家乡离西安不是很远。高中的时候她和小姐妹放假没事儿就满西安城的溜达。不过杨小桃考上北京的大学之后,小桃父母对她的期望便上升了一个级别,他们全家都做着首都梦。后来知道杨小桃和大帅分手了,知道单身的女孩在北京那偌大的城市里太不容易,两个老人就分别劝着小桃赶紧回来。杨小桃刚到西安就夸下海口:"爸妈,你们二老放心。杨小桃就在这古城扎根了,以后给你俩在省城买个大房子。没事儿你俩就抱着孙子到大雁塔遛弯去吧。"

现在的西安却让小桃感觉到陌生。高楼大厦不比北京少,公交上人的拥挤程度也不亚于北京。况且,西安如今的房价也

爱十二梦

像是坐了火箭一样往上蹿,她不忍心让父母用养老的钱帮自己在这个城市立足买房。不过杨小桃当时刚来的那份"热气腾腾"的杀劲也快要被这干燥单调的日子磨平。"小桃啊。回来了也别成天忙着工作,有什么好的男孩就试着接触接触啊。"她也开始寻思着要给自己找个对象,可惜圈子太小,一个办公室的男人她看着都觉得前途比她还暗淡,她又不是西安本地人就更加觉得漂泊无依,于是父母和自己都干着急。

但是一个兄弟报社的一个短信却让杨小桃心里燃起一团小小的火焰。甚至杨小桃自己都意识不到对这件事情的期待。那条信息上写着:"由本报社组织的告别单身千人相亲会,将于本周末晚七点在金华大厦顶层举行。受邀的帅哥美女已通过本报社初步审核,信息可靠真实,这是一个属于单身者的时代超华丽party。快快报名吧。"杨小桃知道很多媒体都组织过类似的相亲会,规模更大的也有之。但是杨小桃一次都没有去过,一是那多如牛毛的人群里,选择量太大,鱼龙混浊得让她懒得筛选。而且大多数的质量肯定都非常一般,去了基本是在浪费时间。二是相亲地点都太过开放,感觉像是众人在赶集而并非相亲。更有错觉会令人误会是在市场上挑拣白菜和萝卜。想到这里,杨小桃为自己即将面对的"相亲"多了几丝清冷凄然,不过这个报社组织的楼顶party 多了几分文艺浪漫的色彩,杨小桃着实动了心。

其实这样的相亲方式杨小桃很厌恶。但是她还没有到完全抵触的地步,加之她在这个城市并不认识什么人,于是抱着试一试的态度去了。去之前杨小桃还是精心打扮了一下,化上淡淡的妆容,穿上了一件浅绿色的雪纺连衣裙,随意搭上了一件白色

白露/浮生记

小西装。她望着镜子中的自己,叶子一样的眉毛,柔美的丹凤眼,小巧的嘴巴,笔直修长的腿,走在人群里自己绝对还算出挑的一个。

这样的杨小桃在当晚的众人狂欢里绝对算是出彩的一个。但是她并没有兴趣加入狂欢的人群。面对着那些陌生男人刻意而谄媚的笑脸,她感觉到深深的落寞。那些男人盛情邀请着杨小桃加入他们无聊的游戏,她并不想让自己立刻陷入这种莫名其妙的热闹里。但是这种集体游戏就是要讲究一种狂热的参与感。其实来这里的,鲜有人抱有绝对认真的态度。女生们刚开始大多都有些矜持,但很快那些长相一般的先和那群男人熟络了起来。

而那些陌生的男人,都不愿意很快对哪个女人投入太多精力。男男女女,都在隔岸观火。杨小桃看着这些逢场作戏和敷衍随意,突然间觉得悲伤,她默默地流下几滴眼泪,此刻她更加怀念自己美好而热烈的青春,那个给自己万千宠爱的冯大帅。倒是有个好心男人递给自己一张纸巾,可是那长相,实在让杨小桃提不起去交流的兴趣。那些长相不错条件不错的男生基本已经成了全场的中心。不是说男多女少嘛。杨小桃还自嘲地想着,一旁满脸雀斑的一个微胖姑娘似乎看出了杨小桃的小心思,冲着她一笑:"现在剩女多了去了,我可不能在乎面子继续矜持下去了。我可不想嫁不出去。"不过那个微胖的姑娘很快璀璨地笑笑,"我倒不急,主要是父母。现在社会上都说呀,越是优秀的姑娘越是难嫁人。所以喽,我得先勇敢地跨出自己的第一步。"

剩女。杨小桃从没想过自己会和这个词沾上边。

爱十二梦

　　倒是有几个笑容可掬温和有礼的男人问杨小桃要电话。杨小桃却犹豫自己到底要不要给，她在想人的感情真的是越来越单薄而肤浅了。犹犹豫豫中倒是让几个人丧失了耐心也就没有再过多纠缠，坚持着和杨小桃说话的男人，倒是抱着看似真诚的态度去进行沟通，但是无外乎三句话不离工作、家庭、年龄，诸如此类的冰冷问题。看来这次来的男人大多都是相亲场面的老手，应付各种互动游戏也是游刃有余。
　　她无比想念的，还是她的冯大帅。
　　这就是她第一次的相亲经验。大帅像是魔鬼的投影，往昔的幸福，爱情的甜蜜，大帅的温柔体贴优秀。这些完美的肥皂泡在杨小桃面前一个个升腾，轻轻地一声啪，全部都破碎了，连它们存在的影子都无法寻觅。
　　杨小桃突然对这种集体相亲产生了莫名的厌恶和恐惧感。
　　说也奇怪，电视上播放着那些所谓"相亲类"的节目，无端地也引起了杨小桃的恶心。五分钟，像是问答题一样，难道就可以决定什么吗。这世界太着急。难道连要走进一个人的心都要这么着急嘛。娱乐时代里连相亲都被娱乐，杨小桃大概得嘲笑一下自己的过分严肃了。那上头人人都是演员，表演着这样或者那样的自己，只是一张张面具而已。杨小桃从来都是不愿意戴上面具的人。上头的男男女女摆条件说故事，只有欲望在荧屏上膨胀。
　　之后被父母在西安的一个朋友介绍给了一个朋友的孩子。这一次，杨小桃的心情倒是放松多了。"你好。"对面的男人好像有点儿紧张，也没有搭腔。倒是杨小桃先开了口："你很紧张

白露/浮生记

吗？""不好意思，我第一次相亲。"男人缓缓地点上一根烟，"介意我抽烟吗？"其实杨小桃很反感男人在公众场合这样，尤其是相亲第一面就大咧咧点上一根烟而不顾自己的健康。但是小桃仍旧是有礼貌地说："请便。"之后的谈话倒也不算尴尬，杨小桃还算是健谈。听那个介绍的阿姨说，这个男人条件挺好的，有房有车，工作不错，年龄有点儿大而已。不过现在看着面相倒不算老。这一次，男人走前留了她电话说以后联系。

过了几天，杨小桃才收到一个短信："小桃，你好。我是杨安。你下班以后有空吗？我想约你看个电影。"称呼得倒是挺亲昵，可杨小桃却没什么太大的感觉，不过还是决定和他再接触一下。"好。"简单的一个字，过了一小会儿，那边的短信又过来了："一会儿你下班我去接你。"杨小桃突然间有了小小的失落，她感觉这种短信的苍白只能说明对方的不重视。大帅以前约自己从来都是电话里说得清清楚楚，还要把自己的喜好问个遍的。

杨安倒是准时开车过来接她，车明显有些旧了，样式也老了。在车里杨安似乎察觉到这种情绪的波动，以为是小桃嫌弃自己的车旧，就淡淡道："结婚以后可以换。"杨小桃暗自思量，这么快？不过也没吭声，继续刚才心猿意马地胡思乱想。两人平平淡淡地吃了顿饭就去了电影院，她发现杨安早已将票买好。还说自己请小桃看的是最新的大片。其实杨小桃喜欢看无厘头的喜剧。电影院里放的大片杨小桃没心思看，只觉得黑暗中杨安倒是自然而然地握住了自己的手。

杨小桃却毛毛的，但是她想不出拒绝的理由。难道相亲之后就是这种平淡的交往，然后就步入婚姻的围城吗。这男人现

爱十二梦

在看来又明显不像是需要相亲的人,更不像是第一次相亲的人。杨小桃怀着忐忑的心,她感觉被握着的手快要僵化成一块坚冰。

第二天在办公室,一个老大姐却神秘兮兮地叫住她:"你跟老杨认识啊?"杨小桃怔了一下,淡淡地说:"一个阿姨的朋友而已。怎么了?""哎呀,他是我们院子的啊。世界好小,到处都是熟人。他孩子跟我孩子都是一个小学的。"等等,杨小桃立刻明白了哪里不对劲,按理说,父母的朋友不会给自己乱介绍人。原来这是一个已经经历过一段婚姻的人。她一下子明了,不然,像他这个年纪这个条件在这个城市里"剩下的"可能性极小。杨小桃突然有点儿心灰意冷。

世界就是这么小。她自嘲地笑笑,很快打着哈哈跟眼前这位热心肠的大姐立刻换了个话题。之后立刻发短信给杨安和阿姨,都说谢谢你们的费心和照顾。口吻客气又周到,那边却也没了回音。

回到单身公寓,她一个人发着呆看着窗外,高楼底下的车子像一个个火柴盒,她感觉那些人都是火柴盒里的小火柴,在这个偌大的城市里拼命奔忙。只是有的人自己拥有一个火柴盒,有的人和其他人挤在一个大的火柴盒,但是所有的人都在随着车流、人流在这个城市里点燃着自己的光和热。她思考这些的时候,头就莫名其妙地疼起来,她其实是个不爱思考的姑娘。她又想起父母的催促:赶快找个对象结婚! 而自己的生活却一天比一天单调,这狭小的公寓是她唯一感觉到自由与平静的小天地。

之后又见了一些男人。他们中间,有的人条件不错只是外形有点儿抱歉,有的人外形还不错肚子里却没多少墨水,有的人

白露/浮生记

各方面都不错,但是脾气却很奇怪,有的人条件很好人也很好,只是一打听女朋友在排队。

其实最大的问题是,杨小桃没有心劲,就好似心弦少了一根,不论怎么弹都无法奏出动听而美丽的音乐。一个男人如果有房有车,自己似乎没理由不嫁。自己又还算年轻美貌,嫁得好应该无可厚非。"别说不考虑条件。少清高了,房价这么高,谁敢说谁境界更高?有钱的男人就一定花心?什么逻辑。爱穷小子就是好女人?狗屁理论。男人有钱就是比没钱好。挑三拣四是剩女通病。"她那结了婚的同事如是说。

合适的男人极少。她遇到了也是长时间地持观望态度,她认为自己这是慎重而认真的表现,但是人家一溜烟早跑去排别的女人的队去了。但是杨小桃就是不想一夜醒来突然发现自己已婚了,然后躺在自己身边的男人还不知道到底爱还是不爱。她的周围有很多人,都是出乎意料地就结婚了。

杨小桃感觉自己心里殷殷所期盼的婚姻,决然不是被世俗的条件所框定的,但是连她自己,都似乎陷入了一个怪圈。她的爱情和梦想,从离开北京的那一刻起似乎一起死亡。她那颗因为爱而纯真的自尊心,早就在北京所受到的所有委屈和肮脏里淹没。她从心底,似乎在抗拒着什么,却什么也抗拒不了。

杨小桃在想自己一定就属于那种"难以搞定"的女孩子。甚至于连她自己都不知道自己到底要什么。但是她绝对不想因为一套房子就委屈了自己,因为某些"条件"就丧失了自己对爱情的期盼,"做好自己"永远是一步光荣而卑微的棋,甚至她早已不在局内。

爱十二梦

这些无厘头的狗血相亲之后,杨小桃觉得自食其力才是当下女孩最有力的自我保护。她决定买房子,打电话给父母。"小桃啊,你还是不要买房子了,女孩子买房干吗呀。你反正是要嫁人的对不对。"父母看来都不支持自己。不过她也没打算靠父母。

倒是第一次相亲之后的杨安在这座城市里成了她"大哥"一般的亲人。这也要来自于杨小桃在拒绝他好意时保持的坦诚和直率,杨安也只好对自己的婚史和孩子导致的这道无法逾越的鸿沟感到十分遗憾了。于是她约上杨安陪自己一起看房,毕竟多个人也多个建议。

售楼小姐很热情地招待了他们。杨小桃其实对于这一套很熟悉,售楼小姐殷勤的招呼和周到的解说,倒是把杨安弄得稍微有些不自在。不过售楼小姐见的人太多,她也并没有把眼前的一男一女解读成夫妻。因为现在这社会,男女之间可能存在的关系太多。到底是人心变了还是环境变了,杨小桃不知道。看到眼前这售楼小姐小心翼翼地整理措辞推销着房子,让杨小桃想起过去那个信心满满的自己。她当时确实以为自己只要简单地卖力工作,销售业绩会不断地提高,自己也会住上属于自己的大房子。如今却还是灰溜溜地回来了。

"不知道杨小姐是打算付全款还是分期呢?"杨小桃倒是看中了一套比现在租的公寓稍微大点儿的房子。"如果分期的话,所有的贷款手续都不必担心,我们会帮您全部搞定的。"杨小桃不置可否地笑笑。突然她捏着自己薄薄的存款单就有点难过,她曾信誓旦旦夸下海口,要把父母一起接过来的。如今望着

白露/浮生记

这城市高速飞涨的房价,她却只能买得起一个比自己的单身公寓稍微大点儿的两居室。她突然感觉到一种前所未有的失落,这失落不是来自于婚姻,而是来自于自己根深蒂固偏执的自尊和强烈渴求的安全感。她开始对于房子产生了一种迷惑。她到底是需要一套房子呢,还是自己卑微的虚荣作祟。

杨安倒是不失时机地说:"小桃,这么累干吗。杨哥家的房子够住了。"

杨小桃对着这句平淡无奇的表白倒是不置可否,她发现从头到尾,对这个人就是排斥的。把他当成一个大哥来相处,着实有点儿利用的私心。平日里真有什么事情也好有个车接车送的照应,在这大城市里也能多个像哥哥一般照顾自己的人。而这次,她不再坐杨安的车,而是选择继续坐公交。她的固执,一如既往。

她坐在公交车上就开始失落起来。她的自尊心、骄傲,就这样被这个城市最简单的标准打击得一无是处。她再努力,至今也没有拥有一套属于自己的房子。当她望向那些高楼大厦,耸立在眼前一栋栋大楼飞速地向后开始倒退。那么多,那么多。但是仔细看看,里头一个个房子,充其量也不过是这钢筋混凝土构建的城市森林中的一小块罢了。她突然扑哧笑了出来,也不顾旁人错愕的眼光。她不顾一切地笑,直笑得有气无力。她觉得自己比蝼蚁还要可怜。这么多时日为了一个方块状的盒子痛苦着踟蹰着折磨着,甚至在可以预见的未来里要把自己的一辈子拴在一个盒子上。蝼蚁亦可对大地,对粮食,对天空骄傲地说,这个自然是我的,我要为之奔波劳碌。那么自己呢,劳碌一

-273-

爱十二梦

辈子就为了把自己拴在一个狭小的盒子里吗？自己就这样将自己的年少轻狂，英雄梦想活生生地全然塞进那些形形色色的盒子中的一个？

杨小桃累了，彻彻底底。她被自己周而复始的单调生活和心里不切实际的期盼弄累了。她觉得一直在十万分委屈里挣扎着不愿意委屈。她一直试图着去当一个好女孩，而忘记了人心险恶、世态炎凉。但是她无力去改变什么，包括她自己。生活始终没有那么完美，从大学毕业的那一刻，就该结束自己的童话梦。

她一直觉得简单地去生活，去工作，去和一个人相爱，这种简简单单的平凡梦想，如今也似乎成了奢求。她觉得自己不适应所有大城市的节奏，她不想让父亲的这个皇城梦变成自己的，自己要的，从小到大，一直就是简单而平凡的。

"爸妈，我累了。"她打电话给父母，她现在最大的牵挂和依靠就是在家乡的父母。"爸爸，妈妈，女儿大概没有能力给你们买大房子了。"那头是父母的一声轻到几乎听不清的叹气。她父亲接着电话："小桃啊，累了就回来吧。在家乡舒适。回家了找个差不多的单位，我们帮你联系联系。"小桃她妈又把电话抢过去："小桃，我们闺女最优秀了，走到哪儿都很棒。咱们不在乎在哪儿，最重要的，咱们家人要在一起过日子，对不对？"

听了妈妈的话，杨小桃放下电话就哭了起来。她感觉走到哪里都像是一个逃兵。从北京到西安，从西安到如今回家这个决定。这又是多少个平凡的固执的又没那么多好运气的姑娘的生活轨迹呢？她觉得很久没这么放肆地哭过，她感觉自己的情绪越来越单调，她成了一个在城市越来越淡然的姑娘。不管是北京还是西安,那些高楼大厦,那些博物馆,那些高级商场,那些高消费的娱乐场所,统统都不属于自己。

　　一回到小城,杨小桃就给自己买了一套房子,在她父母朋友的帮助下,她干着一份不咸不淡的工作。她旧时的玩伴萧逸如今已经当上了妈妈,她去看萧逸,宝宝非常可爱。萧逸在一旁一本正经地劝着:"杨小桃,咱这条件不差啊。你这速度可赶不上我喽。"萧逸当初就去西安上了个大学,回来就经人介绍认识现在的老公,半年多就结婚了。杨小桃和萧逸当初可是高中时代闪耀的一对姐妹花,在她们那所美女不算太多的中学里,她们启蒙了多少个少男的春心。她们一起翘课一起抄作业,甚至上厕所都手拉着手。

　　不过自从杨小桃买了房子,对于所谓的婚姻大事,她倒没那么着急。她问萧逸:"你爱他吗?"两年不见的闺蜜像是听到了一个好笑的问题:"爱?我为了宝宝成天忙得晕头转向,我哪有时间顾得上去爱他啊。"说罢就低头掀起衣服给宝宝喂起了奶。看着萧逸脸上洋溢的幸福和快乐,她知道自己和萧逸的差距已经拉开了。杨小桃悄悄给宝宝塞了两百块钱就走了。

　　回到小城以后杨小桃的生活反而丰富起来。她之前相好的中学同学会偶尔找自己聚聚,也会时常搞个活动什么的,但是她的那些回到小城的男同学们,基本上都是联系杨小桃给送来喜帖的。杨小桃很烦这种强制性的收份子钱,但是风气民俗如此她也没办法。

　　不过参加婚礼的时候,倒是老被熟人问到一个极为尴尬的问题:"小桃啊,你对象呢?""没有啊。""啊,没有啊。这么好的

爱十二梦

条件怎么可能没有。是不是你眼光太高了啊?"小桃倒也一脸的真诚,回道:"真没有。"倒是开始有很多热心的熟人开始张罗着给杨小桃介绍对象。

马不停蹄的相亲让杨小桃分外疲惫。父母只是催促,可是她那一向憨厚的姑妈却说:"小桃啊,数量决定质量,你现在根本没得选。你都二十六了,再过两年比你大的男人都有孩子了。要么你孤芳自赏、蹉跎岁月一辈子不嫁,如果你想嫁个人过点儿好日子,按你妈说的就没错,别嫌俗,赶紧找。而且像你这样的,要嫁,嫁个有钱人。因为你美丽,你也得珍重自己的美丽不是。婚后你需要大把的钱来维持这种美貌。"当老师的姑妈说话却这么直白露骨。目前的现状就是,要么就是速战速决的市井路线,要么就是继续高傲的单身做一名新时期的独立女性。

杨小桃在父母的催促下又见了几个。

她现在去见谁已经是例行公事。不过见了大多很快就无疾而终。杨小桃感觉似乎是有道屏障隔着自己的真心。不过,在一个阳光温暖的下午茶时间,她去公园的时候见到的王磊倒是点着了杨小桃一直意冷的灰心。他长得让人舒服,似曾相识的感觉,从侧面看,倒是很像冯大帅。杨小桃心里明白,不该把谁当成谁的替身,冯大帅在自己心里也早已云淡风轻,但是问题在于这张脸还是引起了她莫大的兴趣。而且王磊也自诩喜欢诗歌,他说着让杨小桃就想起了那个揽自己入怀给自己念诗听的冯大帅。

两个人绕着公园的湖边走着,湖边柳树已发了新芽,微风徐徐。杨小桃对于这种充满着田园意味的相亲场所里遇到这么一个人感觉到由衷地庆幸。"春天是个恋爱的季节。"王磊说着话,"你知道吗,海子说,春天,十个海子一起复活。"

"海子就像春天里的孩子一样。他是一个在自己王国里做游戏的国王。每个人都是孤独的。"王磊倒是自然而然牵起了杨小桃的手,"孤独的人是相似的,只是为了让孤独看起来不那么孤独。"

听着王磊说话,杨小桃倒是没有被眼前这人的诗人气质感染到多少,因为杨小桃从来都是个简单的人,她对于诗歌的喜欢,是简单而纯粹的,从头到尾也不过是因为爱过一个人罢了。她根本无法让诗歌充斥自己的全部生活。不过王磊好听的声音和念诗的表情让杨小桃感受到了一种所谓"精神上的贵族",也令她分外地享受这种温情和诗意。她无法去应答什么,只好当一个安静的聆听者,自己被他贸然握起的手,她也觉得并没有上次在电影院时候的莫名其妙和尴尬僵持了。

之后王磊又叫自己出去。又是逛公园,这次他继续说着他对诗歌的诸多见解,杨小桃走累了,她说她想喝瓶水。王磊说:"那你自己去买吧。"杨小桃虽然觉得稍微有点儿不舒服,但还是买了瓶水,给他也买了一瓶。"我不渴啊。"王磊这样说着还是很快接过这瓶水。杨小桃那天的精神状态大概不是太好,有点儿疲倦,可能是昨天加班赶材料的缘故。王磊却不知疲倦地漫步在这个公园里,和第一次一样亢奋。"你很喜欢逛这个公园?"杨小桃问。"我喜欢。我平时没事就来到这里,和这一汪被世人遗忘的死水对峙,和蓝天和树木对话。"杨小桃再问:"我们今天可以换个地方吗?我没看出这个公园有什么好的。又这

爱十二梦

么小,又没有什么特别美的景致。"王磊听到她这样说,皱了一下眉头:"美?美丽在人的眼睛里。世俗的眼睛是发现不了日常景色所隐藏的美丽。我每次来到这里都会发现不同的美。"杨小桃还是忍不住了:"我不觉得重复逛这个公园有什么美的。"王磊立刻反驳她:"重复,重复本来就是一种饱含秩序的美。世界就在这种重复的秩序里。"杨小桃倒是一时词穷无力应对,她指了指公园旁边的咖啡馆:"我们去那里坐坐吧。"却看到王磊一脸的不情愿。

"我没有带钱。再说,咖啡馆之类的都是包裹纯粹灵魂的肮脏。那里面,以一杯四五十块的咖啡兜售着所谓的文雅,其实是一种极端的恶俗。"杨小桃却说:"没事,我请你。"磨磨蹭蹭下他们终于还是进去了。进去以后王磊明显是喜欢这个地方的。他说:"我要给这个小城市里仅存的诗人开一个咖啡馆。就像是一句话,我不在咖啡馆,就在来咖啡馆的路上。你知道吗?在巴黎,咖啡馆随处可见,人们可以坐在那里什么也不干只是望着铁塔发呆。我想开的就是东方的风情和西式浪漫结合的一种咖啡馆,诗人来这里都可以免费。这是一个美妙的理想。"杨小桃下意识地问:"你去过巴黎?"却看到王磊眼睛里闪过的慌张。于是杨小桃无心思听他高谈阔论,她只想在这里安安静静地喝上一杯咖啡而已。

"你平时都干些什么工作?"第三次约会的时候,杨小桃终于忍不住发问。

"工作?我不需要工作。所有的工作都带着俗世的肮脏和负累。我的工作是写诗,我是上帝派来的一抹纯净。你知道吗,每一种工作都有它存在的意义,大多数人工作是为了生存,而我工作是为了,为了心理的崇高和诗意的美丽。"

"你住哪儿?"

"我和父母住在一起。他们应该感觉到光荣,住在一起,是我为令他们感觉到亲情的温暖而向我内心孤独的高傲所做出的妥协。"

"那你结婚怎么办?"

"你不是有房子吗?且让你我诗意地栖居于那里,共筑爱巢。"杨小桃一下子被恶心到了,她意识到,这是一个啃老的、抠门儿的、极其理想化的所谓文艺青年。她又一次选择了逃离。她青春里的诗歌是美好灿烂又纯粹的,然而这次,却令杨小桃无比反胃。

杨小桃越来越安于现状,有的时候她感觉男人不是生活的必需品,那种必须而为的婚姻,越来越有做给他人看的意味。但是她周围的朋友倒是越来越少,大多数闺蜜和姐妹都结婚了,一旦结婚,女人之间的友谊崩溃得很快。她按着自己的喜好装修好了自己的房子,她终于有了让自己安然栖居的地方。虽然已经和王磊不再联系,但是这个男人身上的一部分浪漫情怀倒是激发了杨小桃些许的诗意。她将自己的房子布置得浪漫、简约、田园。她会在餐桌上放上一个浮雕的花瓶,插上一束好看的雏菊。杨小桃的父母倒是万分着急,几乎每次杨小桃回家看他们,话题无一例外,都是:结婚。

在一个绵绵的深夜里。杨小桃躺在自己柔软的大床上望着窗外辗转反侧,她又一次失眠了。她感觉到自己非常孤独,但是

爱十二梦

她又觉得这种孤独不是因为婚姻那种生硬的形式而可以消解的。她开始思考婚姻对于自己到底还存不存在意义，但是她再仔细想一想，她感觉这世界上绝大多数东西都是没有意义的。她反思了一下自己，觉得自己倒并没有对婚姻这种形式产生极端的厌恶，归根到底，是因为相亲的过程中，在两个人的潜意识里，都带着某种目的，这种目的是结婚，但是不全是。看一个人的时候，不是拿自己的心去看，而是被规则和目的圈定住的标准。她思考到这里的时候就开始头疼，她，做好了步入婚姻的准备了吗？难道就这样随便跟一个男人，不是随便，难道就是这样跟着一个经过规则选择过的男人过一辈子，为他生子为他洗衣做饭吗？

但是杨小桃又不是那种强势到可以自己过一辈子的女人。她一直都不够优秀，她只愿意简简单单地去工作和生活。但是现实里，每个人都没那么简单。爱一个人更不简单，它不仅仅是需要爱。它需要多少个日日夜夜的磨合才能令两个人心甘情愿地共度一生。谁和谁都不是天造地设的一对，只有时间会说真话。

杨小桃想想父母那斑白的双鬓，着实不忍心再让他们继续为了自己而操心下去。她还是见了好些人，越见越失望。再次见到萧逸的时候，这个洋溢幸福的妈妈比起刚生完宝宝的时候又发福了不少，萧逸主动来找杨小桃："小桃啊。你是不是太挑了啊。"一进门就开门见山，她知道昔日好友是好心好意来找自己谈心的。"你们都这样说。你知道的，我其实是个特别简单的人。"

"简单？我看你一点儿都不简单。你其实是个心里挺有主意的人,就是困惑太多。可是小桃你知道吗,咱们现在周围的环境本来就是一个大大的问号,每个人都在问号里过着日子,谁都这样过下来的,小桃,你说呢?"萧逸的笑还和过去一样,爽朗又甜蜜。杨小桃想起自己在高中的时候和她坐同桌,她总是把好吃的东西大把大把地塞给自己。上课还老怂恿着自己跟她一起偷吃东西。那时候的开心与快乐,可能是杨小桃最纯粹的时候。

"你知道吗?小桃,在中学的时代,我一直暗恋着邻班那个高高帅帅打篮球的男生。后来我和他终于考上一个大学。我看着他和一个美丽的女孩子,相爱,分手,又和另一个女孩在一起。我都一直没有告诉他我喜欢他,我觉得我能看着他就够了。大学毕业的时候,他终于要去远方工作了,我也要回来,我们终于要各奔东西了。他却借着酒劲和他们系男生的起哄,过来抱着我说,其实我一直都喜欢你。我那天哭得一塌糊涂,我给你打电话我只是哭,你却在遥远的北京享受着你的爱情。后来我才明白有一种爱最美的状态就是欲言又止,就是遥遥相望,就是不在一起。我回到小城以后见了没几个对象就确定是他了,你知道吗。他给我说的第一句话就是,我是你隔壁班的,我喜欢你很久了。我大学毕业回到小城一直在等着你。其实人和人之间,该遇到的,就绕一圈还是会遇到的。在一起的,注定要在一起。不过结婚了,生孩子了,我们俩的争吵也多了,他也不如之前那么体贴了,我们被生活里的琐碎折磨得也根本就不会再说什么爱来爱去了。现在我的生活里最重要的人就是我的宝贝。这就是生活。"

这就是生活啊。杨小桃感觉眼泪又不自觉地要掉下来了。

爱十二梦

临别的时候萧逸抱了一下小桃："你呀,还是这么瘦。可得好好找个人疼自己。其他的,都不重要。对吧?"说罢又是一阵爽朗的笑声,"不过你可得准备好喽,生孩子可不是一般的疼。这种疼,带着女人与生俱来的所有骄傲。我们产房里当时呼天叫地骂他男人祖宗十八代的都有呢。那也是我这辈子经历的最刻骨铭心的一次疼痛。小桃,这就是女人。"

"说那些还远。"杨小桃淡淡地说。

真的远吗?此时,杨小桃看着眼前这个不算太帅,又不太高,从容中带着微笑,会敏锐地察觉到自己情绪的不安与难过,会问小桃喜欢吃什么,还会在落泪的时候轻轻地递给自己一张纸巾的男人,悄悄地告诉自己:"不远了。"

冬

心如冬日之树
枝干突兀,展露无疑
你似是将一切献给了它
此后万籁寂静

爱十二梦

美皮囊

是否真的分得清爱的内里所隐藏的是怨念嫉妒还是付出和忍耐
你年轻而丰盛的爱究竟是爱一个人
还是只是疯狂地迷恋一个人的皮囊

美皮囊

易小花生了两个女儿。

这是她这辈子最悔的事情,她恨自己肚子不争气,给她的男人连个儿子也生不下。连生了夏南、夏北都是水灵灵的女娃子,生到第三胎,疏通了无数关系塞了许多钱去医院做了个胎儿性别鉴定,一看又是个女娃娃,这心狠的女人硬生生地把肚子里已经成形的胎儿做了引产,还落下个不能再孕的孽障。

她对两个女儿也是厚此薄彼。

夏南不善言谈,不懂讨喜。自小便是一副木讷而生硬的面孔。虽然那脸蛋也算继承了老妈的美人胚子,可是怎么看,都觉得像一个木刻的雕像。似乎是不食人间烟火,没有了那么多活色生香的凡人气。夏北古灵精怪,小嘴巴非常甜,从小就爱说妈妈漂亮,漂亮妈妈给我买糖吃,又爱搂着爸爸的脖子喊,北北很

寒露/美皮囊

乖北北听话之类的漂亮话。长大了越发招人欢喜,走到哪儿都说夏家的小女儿真是又可爱又美丽,夏老板好有福气。

这个叫易小花的女人可了不得,想当年在罗敷镇可是出了名的美人胚子,罗敷镇本就是盛产美人的江南名镇,易小花又是万花丛中夺目粲然的一朵娇艳花,想藏着掖着都难。当年追求易小花的男人可多到易小花撕情书扔玫瑰都忙不过来,楼底下那些浪荡子的情歌情话可是好不害臊地喊了好几个晌午,传遍了好些个街区,连易小花的母亲都会帮着女儿把那些前来骚扰的小痞子没好气地骂走。泱泱中华大地,罗敷镇的水土可真是养人,把顶级美人都奉献给了这片土地,罗敷镇也被慢慢传成了每一个男人魂牵梦萦的"温柔乡",是千千万爷们儿梦寐以求的好地方。每年来这里找媳妇的外乡人都能把罗敷镇的大小旅馆挤爆了去。

说来也怪。罗敷镇的男人鲜有在本地娶妻。有道是肥水不流外人田,近水楼台先得月。可是罗敷镇的男人倒也奇怪,眼看身边红肥绿瘦,莺莺燕燕,偶尔有对着美人调情挑逗的痞子,却没有正经追求美人的正经人家。罗敷镇的美人倒像是罗敷镇出产的商品。

相传有这么一个故事。罗敷镇本来是个穷乡僻壤,有个姓顾的男人家里更是穷得揭不开锅。罗敷镇有个穷死也要憋在家里的传统,于是罗敷镇便越来越穷,人人都守着自己的一亩二分田,默默耕耘,自给自足。顾姓男人本来已经在他们村上说好了一门亲,那姑娘硬是宁愿死也不嫁,嫌人家穷。但是早年这顾姓男人被她家看上时也是相貌周正,家道还算殷实。只是因为顾

爱十二梦

家老爷突然去世,家有病母才日渐衰落。这事闹得满镇风雨。因为罗敷镇自古就是保守至极的江南小镇,姑娘家说好的亲事,那是雷打也不会动的。顾姓男人受不了这个耻辱,破了罗敷镇的规矩,背上借来的两斤干粮就出了罗敷。说来也怪,他出了罗敷便遇到了一位讨饭的婆婆,硬是可怜巴巴地求顾姓男人给她些吃食。顾姓男人心想自己肯定就是栽在女人手里了,拿出干粮给了婆婆,婆婆吃完了连句谢谢也没说,径直就走了。顾姓男人只得硬着头皮往前继续走。饿得实在是撑不住了,便停在一棵树下休息。迷迷糊糊中似乎有个人在耳边低语:"小伙子,向东走。再坚持一阵子。"于是顾姓男人便一直向东走,走得累到不行发现不远处一个木屋,就想到那儿歇歇脚。谁知没走到木屋就昏了过去。他醒来时便看到一张绝美的脸,眼若清波流转,唇似桃花轻点。一张鹅蛋小脸,一身朴素衣裳也遮不住眼前姑娘的盈盈好身材。顾姓男人心里已经无法找到合适的形容词去形容眼前的美人,只觉喉咙好像越来越干涩。那姑娘用她纤纤玉手端来水扶着他喝下,又端来热乎乎的一盆饭给他吃了。半刻过后,男人终于恢复了力气。"姑娘,谢谢。你是?""别问我是谁。"那姑娘说完转身就走了,留下男人一头雾水躺在床上,走也不是,留也不妥。反正男人也恢复了力气,便起身走。一推门就一头撞在了一个人身上。定睛一看却又是那个老妪,那婆婆竟然一个踉跄就站稳了:"小伙子,急啥。"男人愣住了,不知怎么应。"小伙子,你喜欢我家那闺女不?"男人傻愣愣地待在那里。"小伙子,让她给你做媳妇好吗?"顾姓男人回想起那姑娘美丽的脸蛋和纤细的手,突然就觉得一阵燥热在心底蔓延开来,氤氲得脸红发烫。

"走吧,她在西边等你。"

他只得往回走。本来走出罗敷镇大干一番的计划全盘打乱,不过再仔细一想当初走出的缘由,也不过是被罗敷的姑娘羞辱丢了面子。如今带回一个美人儿又何尝不是一件美事。想来自己就算出去干出一番事来,也不过是为了娶个更美的姑娘回罗敷,然后再大肆炫耀一番。可现在自己这一出门便莫名其妙地抱得美人回。那美人儿跟着男人回去以后竟然变戏法般变出许多金银财宝来。从此顾姓男人算是发了家。

罗敷镇自此却再也不太平。像是突然被注入了一股新鲜而涌动的血液,让每一个罗敷镇的人沸腾着。看着顾家成了罗敷镇首屈一指的富贾,自然让罗敷的男人们眼红发热,更是让曾经羞辱过顾家男人的人坐立不安。总有人想着去顾家攀攀关系,要点好处,一律是被顾家新娶回来的媳妇打发了回来。

顾家那个美人,在顾姓男人把她带回来招摇过市之后,就像是怕被人抢走了宝贝再也没见她抛头露面过。那在街巷中的匆匆一瞥已成为一只惊鸿掠过整个镇子人们的心,骚得男人们心痒难耐,看得女人们是妒忌羡慕。

"那女人该不是妖精吧?不然怎么那么美?"

"说不定是个会旁门左道的巫女呢。"

"就是的,不然怎么这么美。还让顾家那个窝囊废一下子发了家?"

女人们这么谈论着,不时还冷眼瞟着顾家森严而华美的大门。

"顾家小子好福气,刚死了爹妈就娶上这么一个天仙一样

爱十二梦

的媳妇儿。真是祖上积的阴德啊。"

"啧啧,想当初咱镇上连个姑娘都娶不着的窝囊废出去一下就捡了个宝。"

"那美人儿给那黑炭睡,真是委屈了。"

"怎么着?你意思是给你睡才合适?"

男人们插科打诨地叫嚷着,不时吞咽着唾沫,脑子中出现许多香艳图景。

镇上未娶媳妇的男人们开始谋划着要一起出去。他们觉得就是因为顾家男人出去了,才这么好命地得到了一切。说也奇怪,但凡是出去的男人,一个也没有回来过。罗敷镇的人们害怕了,就不再准许自家人出镇。顾家不多久也喜得了一个千金,那千金慢慢长大,出落得美艳动人,才十三岁便倾倒了罗敷镇所有男人。顾家小姐喜出门,好玩乐,在罗敷镇总是能听得到她铃铛般清脆的笑声。

终于长到了顾家小姐出嫁的年纪,求亲的人络绎不绝,快要把顾家大门踏破。但是当年娶回来那个天仙媳妇却发了话,不准罗敷镇男人们娶她家姑娘。罗敷镇的男人们一下炸了锅般的议论纷纷,由于顾家根本不让提亲的进门,他们便说顾家的媳妇儿是妖精生了个小妖精。有几个不怕事的不要脸皮的浪荡客日日敲响顾家大门,求小姐出来,甚至满嘴的污言秽语,更有甚者叉着腰像只鹌鹑一般终日堵在门口。

顾家小姐却被浩浩荡荡的迎亲队伍接出了罗敷镇。霎时间罗敷镇锣鼓喧天的热闹,却也有许多青年男子不甘心的叫骂声。快要出镇的时候,顾家小姐的轿子却被几个青壮年一齐截了下来。

寒露/美皮囊

"那好吧。你们抢,谁抢到了便是谁的。"似乎是顾夫人发了话,但是声音飘飘忽忽地,那几个青壮年便扭作一团开始厮打。其中一个青年人似乎被捅了一刀,哎哟一声便倒在了血泊之中。

小姐没嫁出去,罗敷镇却出了这桩说不清的命案。

人心惶惶的罗敷男人再也不敢提起娶顾家小姐的念头。

风平浪静了一阵子,却有传言说顾家小姐不见了。也有好事者打听到是跟着罗敷镇上一个文弱书生私奔了,还有人猜测说是,顾家小姐因为婚事受辱而羞愤难当地自尽了。没多久,一个外地人却摆出了大阵仗要迎娶顾家小姐。

所有的流言在迎亲队伍浩浩荡荡地走过罗敷镇之后,风平浪静了。

罗敷镇的男人断了念想的时候,罗敷河里却出现了一具形似顾家小姐的女尸。她安静地躺在河里,乌黑的头发飘荡在水面上,在阳光里似一条黑色的绸缎带。顾家小姐带着浅浅的微笑躺在河里,粉色的衣袂柔柔地浮在河面,似是漂游在河面的一株白莲花。

然后就见到顾家夫人站在河边轻轻地说:"谁让你们争着抢我闺女的。"

自此顾家便搬出了罗敷镇,杳无音讯。

自此却改了罗敷的风水。说来也怪,只要是罗敷镇出生的女孩儿便一个赛一个地漂亮。但是一旦罗敷镇女人嫁了当地男人,那家就会莫名其妙死人。没有人知道为什么,也没有人敢去追究为什么。

-289-

爱十二梦

俗话说红颜祸水,这话里的话便是美人多事端。

慢慢地罗敷镇有了个不成文的规矩。罗敷镇的男人不娶本地的女人,在外地找回来的不管美丑,只要生出来是女孩,便极美。生出来的若是男孩,父亲便把这传说讲下去。这是罗敷镇男人之间的秘密,一代传一代。

易小花却经常在她爹面前嘲笑这个故事。她说,是因为罗敷镇的男人太懒,不肯出去挣钱,才编了个这么一个故弄玄虚的传说出来,好掩盖他们懦弱又自卑的心,罗敷镇的美人们,哪看得上这小小镇子里的男人?可是易小花的小弟弟,却被他爹说的这个传说吓得差点儿尿了裤子。那是一种无以名状的恐惧,隐隐约约的模糊和莫名其妙的未知撞击着男人内心深处的孱弱和恐惧。

夏国平得到易小花的手段,说来也是非同寻常。

未曾露面就先是包下了全部的旅馆让全罗敷镇的人猜测纷纷,罗敷镇的外地男人独独儿剩他夏国平一个的时候,派人去给易小花家里送了一个箱子,小花她妈先是被关于姓夏的男人各色传闻镇住了,再一想他所做全是为自己女儿,一种莫名的骄傲油然而生,自己倒也是在罗敷镇乡亲里长了脸。再说那一箱子东西倒也无非是些普通的提亲礼物,不过却被外头风言风语地传得神乎其神,甚至有人传言那可是满满一箱的金银珠宝,他易家花几辈子都花不完。易小花的母亲也并未声张这箱子里到底是些什么,只觉得未来姑爷做事的手段不与常人一般。而这位一直不肯现身的姑爷,易小花她妈是铁了心让女儿跟他。小花的爹爹也觉得,这男人有魄力和胆识,还有手段。小花跟他,亏不了。

结婚的时候，夏国平才露面，却是一个满脸土黄病秧秧，穿着老土，看起来有点戾的男人。这男人个头不高，眼神里却透着些许狠劲儿。

易小花气得是想直接摔桌子离家出走。小花她妈也悔青了肠子埋怨自己判断失误，可他爹说了，这婚，结也得结，不结也得结。反正易家的脸是肯定要丢了出去，不能让女儿再落个逃婚的罪名，不然易小花这辈子也别想嫁出去了。

后来跟着夏国平，来到一个鸟不拉屎的西北小县城。谁知道这满脸土黄的男人竟然把事干成了。投机倒把投资煤矿，没几年资产就上亿，有了资本之后她原本瞧都瞧不上眼的乡下婆婆发话了，让小花生个伢子嘤。易小花本来一直不打算生小孩破坏自己曼妙的身材，但是自己老公的娘都发话了，要保住在夏家的地位，怎么着都得争个气生个儿子出来。

其实易小花肚子不争气也怨不得她。夏国平每次跟易小花同房都似蜻蜓点水，丝毫没有激情和乐趣。夫妻生活像是刻板的课程安排，按部就班，就连姿势似乎也都次次一般。倒不是夏国平对易小花性冷淡，而是每次就算夏国平非常激动地去投入，自己那不争气的身体让他举而不坚，每次好不容易坚硬起来让易小花刚刚兴奋，都是那么匆匆儿下就泄了。

易小花心里深深地觉得，这肯定影响自己作为一个女人，尤其作为一个母亲的运道的。易小花觉得自己这辈子只是净给人家眼里看的光鲜了，实质上自己什么也没享受到。她常常在夏国平无暇顾及自己的时候，自己给自己最大的安慰。她很了解

爱十二梦

自己这具饱满美丽而充满精力的身体,她用各种办法给自己满足,她在网上在书籍在杂志里疯狂地吸取有关这方面的经验和知识。

但是在外面找个野男人或者是像别的富婆一样包个小白脸,她都不敢。

其实她心底是怕夏国平这个男人的。这个男人当初娶她的时候的手段,后来用在生意上,打通关系的时候也是官商勾结做得满满当当顺顺利利。只要是他夏国平想要拿到的项目,基本没有拿不到的。这个人文化没多少,脑子却够数,做事情又够狠肯坚持。当时他听说夏小花的美丽后便义无反顾带上身家要娶她回家。说白了,这男人就是敢赌。

男人都好赌好胜,尤其是对金钱和女人。

但是夏国平有举而不坚的毛病,就把对女人的兴趣全然转移到了赚钱上。他也感觉易小花不敢胡乱造次,好吃好喝好穿的都给这娘们儿供着,她要是敢乱来就灭了她重新找个替代的。这就是夏国平内心的真实感觉。虽然他底下不硬,但是心肠却异常地硬。对于夏国平来说,易小花更像是当年一次豪赌的战利品。

对于两个如花似玉的女儿,夏国平却怜爱万分,丝毫没有嫌弃易小花没有给自己生一个儿子。他觉得自己上辈子似乎是欠了女人的,这辈子落上个性能力差的难言之隐,又摊上两个如水般让自己心疼的女儿,再娶回一个难缠又刁蛮的易小花。但是他早就隐约知道自己不可能生儿子,他命里没有,他知道,所以他不强求,他找再多女人去造人,还是不会有儿子。夏国平是个

寒露/美皮囊

对自己十二分清楚的男人。

夏南和夏北这对姐妹平日里好得要死,可是一到要得到什么的时候,不管是好吃的,还是美丽的衣服,还是仅此一件的玩具,都会被嘴甜的夏北一句,姐姐我好喜欢,姐姐最好了都让给北北,或者是以易小花的严厉呵斥而让夏北得到。但是这种情况不是很多,夏国平尽量会以对等的爱关怀两个爱女,基本上什么都是两份。只有易小花,莫名其妙地会偏心夏北,总是让夏南幼小的年纪就感觉到亲疏有别的痛苦和孤独。

易小花自然是喜欢这古灵精怪的小女儿多一些。

谁料上天对易小花这样的女人不甚眷顾,不给她朝思暮想的宝贝儿子不说,连她最为偏爱的夏北都被车祸夺走了。

结果旁人就说了,夏北这名字起得不好。夏北命里本来就忌木,和北方犯冲。也有人说,是夏国平经营太过刁钻和罪恶,上天见不得他好,就生生给他心口插上一刀。夏北走的那天,夏国平耳朵旁边还嗡嗡作响,仿佛还听到有人讲,夏老板好福气哦。

易小花在那个闷热的午后干着燥热的嗓子号哭了许久,直到她晕倒在抢救夏北那医院的病床上。夏国平忍着万分的悲痛一步一步有条不紊地处理着女儿的后事。夏国平在那样的时刻里,他明白自己更不能乱。在这西北小城,想看自己家笑话的人多着呢,他明白自己万分的悲痛在别人嘴里不过是一云烟的小道消息,甚至于他清楚地知道,自己的丧女之悲是某些人喜闻乐见的。他一定要让那些恨他的人,以后更恨他。他把自己的悲痛握进拳头里,冷静地和医院、肇事司机交涉着。

倒是夏南显得镇定些,平静地看着病床上停止呼吸的妹妹。

爱十二梦

　　女人情绪来得快去得也快,易小花过不久又恢复了一副刁蛮的嘴脸,更加觉得夏南不顺眼,也更加思念离去的夏北。每天变本加厉地指使着夏南做这个做那个,恨不得把这木讷的女儿当成发泄的对象。

　　夏国平倒是在夏北走后就立刻病倒在家里,完全没有了做事情的心。脸似死灰,心如刀割。每天要么如行尸走肉般游离在自家硕大的院落里,对着家门口的老梧桐发呆,要么就是躺在床上昏昏沉睡。但是当他看到某天院落里,易小花对着夏南的一句,把这洗脚水给我倒了。夏南却是一个趔趄连盆带人摔倒在了自家院门上。还好只是磕着了胳膊,但是却磕得清脆一声响,夏国平突然一个激灵就冲了过去,瞅见一个豆大的口子往外涌着血。他好似这时才记起来自己还有个宝贝女儿,心疼和怜爱刹那间齐齐倾泻而下,浇了他一个万分清醒。

　　"易小花,你是疯了嘛!贱女人!有你这样对待自己亲生女儿的嘛!北北已经走了,你现在只有南南一个,你还要怎样?"一个巴掌扇过去,响亮声音里立见一副赤红脸庞。易小花也意识到自己做的是有些过分了,而且自己的伤心劲儿还没过去,一听见北北的名字,就一下子消沉下去,不多一会儿又开始失声痛哭。

　　"你他妈以为我不难受是不?这俩女儿,手心手背哪个不是肉?我是实在伤心我那可怜的北北啊,我看见南南就更加思念我的北北,我一下子情绪根本由不得自己控制啊。你整天也不管不顾咱们这个家。这个家越来越死气沉沉,你叫我怎么受得了?你说说,你说说呀?"声泪俱下这番话说得也是得情得理。霎时间说得夏国平一下子又心疼难受起来,易小花手脚麻利地握起南南的手,一边柔声细语地叫唤着"南南不痛啊。"一边进屋细心给夏南包扎起来,这其中的疼爱算是一半做戏一半属于母亲的真情流露。说到底,那也是自己的骨肉。再如何不称心如意,骨子里也是要爱的。只是这爱里多了许多纠结和矛盾罢了。

夏国平却在那一天以后振作了起来。他分外宝贝夏南,发誓要给夏南最好的一切。他要给女儿最好的初中,最好的老师,最好的学识,最好的素养,最好的高中,最好的大学,最好的房子,最好的衣裙,最好的一切一切。他的公司越做越大,不过几年的光景便在当地成了小有名望的企业家。

明里暗里的,易小花还是会在心里暗暗地跟自己使劲。她还是较不过自己内心那些莫名的虚荣和偏爱的欢喜。虽是时时都有这种矛盾的心态作祟,但是她和她唯一的女儿夏南却也有许久的风平浪静。她是聪明的女人,知道自己再如何对夏南不满意,她也始终是自己的亲骨肉,还是她那唯一的指靠夏国平的掌上明珠,她自然也是要对夏南悉心照顾的。但是夏南总是在接受了她母亲的好之后却表现出来一种生分的受宠若惊和唯唯诺诺。

母女俩之间的沟通随着夏南的长大而越发稀少了。

夏南入了秋就该上大学了。这个夏季有些莫名的燥热,易小花想起来她的夏北就是在这个燥热的天气里离开的,想来如果夏北还在,这阵也该和夏南一起考进大学了。想着想着泪就不由得往下掉,夏国平在床上看着易小花这副模样,那年夏天的

爱十二梦

那种沉痛和心疼又齐齐涌上来,他搂过易小花:"花,咱们让夏南留在这里吧?""南南心气高,报志愿报得那么远,自然是不想回来的。""哎,花呀,咱们就这一个宝贝女儿了。你说,你就舍得任她海阔天空地去飞了?"夏国平靠在一只硕大的靠垫上,点上一根烟悠悠地吐出一口气。

"她也不乐意跟我交流,平日里在家话就少。只顾埋头学习呢,不过倒是进了个好大学哟!"易小花自个儿说出这句,突然觉得有些心酸。

"咱家南南聪明着哪,别看她不爱说话,其实这娃心里头就跟明镜儿似的。"

"就你能?你能,也不见你跟女儿说说报个近点儿的学校呀。"这些年,易小花的南方口音算是彻底被这里的风沙走石卷成了一口西北腔。

"你不管了。南南这娃犟着呢。不过你看她还是争气,知道她老爸给她没法弄来最好的大学,自己给弄上了。"夏国平突然又不愿意跟易小花拌嘴,他感觉即使过了这许多年,易小花当年那盛气凌人的势力劲儿还是没有消减。

易小花本来还沉浸在当年痛失爱女的心情中,一听见夏国平带着这种无以复加的自豪口气说着夏南的时候,心里还是有一种酸酸的感觉,嘟囔了一句:"南南也就是个只爱学习的书呆子吧。"就陷入了沉沉的梦乡。

这晚她却做了一个奇怪的梦。她梦到她的女儿夏南从小小的身体、木木表情的小孩子忽而就长大了,长大后的夏南打来电话,告诉她,她再也不回家了。她说,她知道母亲一直最爱夏北,说她其实什么都知道。夏南说,她觉得外面的世界甚好,她说自己要一直走下去,没有头回,也不会回头。夏南还带着她特有的木讷神情,淡淡地说,妈妈,你不是从罗敷出来了以后也没有再回去吗?我其实和你一样的。

易小花醒来后吓出一身冷汗,连忙摇醒夏国平:"我说,这女儿心大了,留也留不住了吧?"夏国平沉默了,他油然而生出一种惧怕,生怕自己唯一的女儿也离他远去。

夏国平把夏南叫到他的办公室,劈头便问:"南南,大学毕业以后回来吧?"似是问,又似是命令。夏南没有看她父亲的脸,低低地应了句:"知道了。"便转身离开,突然脚步又迟疑了一下,似乎是听到她父亲在背后一声沉重的叹气。但是夏南却没有回头。

去了大学的夏南倒是越来越沉默了,除了必要的一些电话主动打来给家里。剩下的都是夏国平主动打给夏南的,但是属于父亲的主动毕竟是屈指可数。再说夏国平自夏南幼时便不是一副亲昵宠爱的慈祥面孔,他自夏北走了就对夏南严格管教,生怕再出些纰漏。

"爸,学校要用钱。"

"爸,麻烦把床底下我的那些书寄来。"

"爸,这个假期不回去,我要打工。"

"爸,这个假期我实习呢。"

这四年的单薄语句萦绕着夏国平和夏南这对父女,有时会让夏国平也莫名产生力不从心之感。而夏南跟易小花的电话也是屈指可数,甚至很久很久不打,易小花倒不常跟夏南主动联系。

爱十二梦

倒不是不想念,实属不知该说些什么。

过年回家,也是夏国平硬逼着回来。机票什么的都订好,夏南才回来待上十天半月,回来以后也是帮忙做些家务,也不太说话,问什么,答什么。见到亲戚熟人来自己家里,夏南也是立刻就躲进里屋去,不见人,也不跟什么朋友联系。

夏南很少开口要钱,她知道自己家境殷实,但是自小就没有胡乱花钱和贪慕虚荣的毛病。夏南是一贯的沉默和隐忍,内心仿佛一条深不见底的鸿沟,只有自己在岁月里缓慢地跋涉,很少被人逾越,也不愿意为人所知。

大三的那个暑假,夏南却回来了。炎炎夏日,汗涔涔的夏南回来,身边还多了个戴眼镜的文文气气的小伙子。夏南还未开口,那小伙子就微笑着跟夏国平先打了个招呼。夏国平看着夏南,夏南低下头不敢看他。"叔叔,我自我介绍一下,我叫陈文柯。是南南的大学同学,比南南高一级,已经毕业了。这次我跟着她回来看看你们。"一席话,彬彬有礼,落落大方。夏南在一旁早已低着头似乎要钻到地板缝里。小伙子微笑着抚摸了一下夏南的脑袋,"南南一直不肯让我跟着她来,我想着这个决定也不是南南一个人做得来的,所以回来跟叔叔阿姨商量商量。"

夏国平和易小花望着低着头的女儿而面面相觑,突然而至的这个男孩让夏国平一下子觉得身为父亲的无力和惶恐。女儿大了,始终是别人的。夏国平再疼再爱女儿,女儿的心却总是拴在人家的臂弯里。这么一个白白净净的小伙子,夏国平不是不喜欢,但是更深深地感觉到一种无力掌控的苍白。夏国平这些年来精心为女儿打造的商业基石,也说散就散了。将来夏家的

寒露/美皮囊

产业也是跟着人家的姓,甚至就是为这个社会做了贡献而已。夏国平开始打量起眼前的这个小伙子。

小伙子国字脸,剑锋眉,长得还算英俊。个子高夏南一头,白衬衣黑裤子,干干净净。微笑的时候还有浅浅的酒窝,亲切而自然。大方地握着夏南的手。夏国平对夏南的眼光多了几分欣赏,但是内心还是希望夏南在当地入赘一个女婿继承家业。于是也没有正眼瞧他,踱步进了房子。易小花觉得眼前的男孩还算中正,就亲亲切切地招呼他坐了下来。

家里还多了一个人。

丽柔也是罗敷镇来的。

易小花太过寂寞,就叫来了罗敷镇的远方小侄女陪自己。脾气性格倒也相投,日子也过得相当滋润。易小花也算把自己这个和女儿年龄相仿的女孩当作亲闺女,对丽柔很是疼爱。而夏南一贯的沉默和疏离已经让易小花失去了耐性。但是易小花从心底有着一种作为母亲的天分,那就是对于女儿细碎的关切和担忧。她担忧她的女儿在未来会落人之后,也担忧有个男子一下子就把她身边的南南拐走,说到底,她对于丽柔再如何疼爱也不过是应了一个寂寞孤独的光景聊以慰藉。但是夏南对于自己来说,似乎始终有些说不清的隔阂和冷淡。

"介绍一下,这是丽柔。南南的小表姐。"

"丽柔姐好。"陈文柯微笑着打了招呼。

丽柔眼睛偷偷瞄了一眼陈文柯,娇媚地笑着应了声:"小帅哥好呀。"

夏南却对丽柔分外的陌生。夏南瞅见她觉得这个女孩跟自

爱十二梦

己的母亲气质非常像,之前倒也没对她留下多深的印象。小时候的夏南也不太记事,大概小时候也是见过这个小表姐的。"丽柔,这是南南,南南,你小时候这个小姐姐还抱过你呢,还说你重。"

丽柔接过话来,浅笑盈盈:"哎呀呀,南南小表妹一下子长这么大了。姐姐不是嫌你重,是那时姐姐也小,抱不动呢。"说话间自然而然地就挽起了夏南的胳膊,仔细端详起来,"南南现在是越长越美了,女孩子嘛。自然是这样的。倒也是姑姑的好模样放在那里,南南再怎么长也不会错。"夏南对这眼前和自己年龄相仿的小表姐倒多了几分好感,猛然一觉还以为是北北一直都在。想想如果夏北没有任性顽皮,如今也是和自己牵手并立,细数着各自大学里的趣闻轶事,抑或拿彼此感情的细碎秘密相互咬咬耳朵。

倒是母亲,应该是喜欢丽柔这样的女孩多一些。夏南心里清楚得很,可就是对于丽柔这样乖巧讨喜的女孩子厌恶嫉恨不起来。陈文柯只是默默地跟在两个女孩子后头,听她们讲些家长里短的。夏南在学校里很少话,平日也不太见她与哪些女生有过密的往来,就是夏南那份深深的沉静在某个晚自习的教室里打动了陈文柯,就对她开始了缓慢而持久的追求。于是眼前这场景中夏南和一个女孩牵手并立而细碎交谈的画面,对于他来讲是新鲜而有趣的,他脸上不由得浮现出微微的笑意。

易小花眼疾一些,她能捕捉到任何男人对于一个女人些微的变化。正如她这些年来清醒地知道夏国平早已不爱她了,要说爱,那也只是陈年旧景里的一方镜花水月,自个儿在记忆里观

寒露/美皮囊

赏一番便好，拿到现实生活里去攀比只能徒添怨气。想到此，她又怕自个儿这个木讷的女儿应付不了眼前这个温暖但是不够成熟经事的大男孩，其实不是怕女儿应付不了，是怕他俩应付不了往后平淡的日子和多变的世事。易小花没来由地又为自己刚胡思乱想的隐忧将自己冷嘲热讽了一番，她转念又觉得是自己瞎操心，儿孙自有儿孙福。估计女儿有她自己的造化，自己的人生都过得未必圆满如意，哪管得了其他许多。

这天晚上夏国平辗转反侧，难以入睡。

他想了许多，最多的是关于夏南和她所带回来这个大男孩的。作为一个父亲，尤其是一个与女儿缺乏交流的父亲。女儿突然间带回来一个男人的时候的心情，是复杂的。他无法预知女儿叵测的未来里，这个男人的陪伴究竟是美梦一场还是会突生变卦。在这样一个夜里，他感觉到这么多年来，他对于女儿的母亲或多或少是有些亏欠的。他当年只觉她是一位光鲜可人的美人，只当她不过是一个战利品。光景长了，他也只是与这个女人按部就班地过着日子。平时最令他热火上心的只有他的事业，而他的女人这些年来缺什么，要什么，他从来没有关注过。他发觉自己不会与女人进行合适的交流。身边这个女人除了为自己生儿育女，更是自己事业上的好帮手。在生意场上，这女人强势干练的一面也让自己有过欣赏。不过很快也就淹没在她一贯的强势过分的刻薄里了。

就这样，他睁着无法安眠的眼盯着漆黑的天花板。转过头，注视了一下正在熟睡的易小花，透着月光发现曾经青丝飘逸的易小花如今也有了丝丝的白发。不过仔细端详，她仍旧是那么

爱十二梦

地美,虽然有细微的纹路爬上了她娇媚的脸,不过却透露着岁月沉淀下的纯熟。

他这些年来第一次这样地仔细看过她。

想来离上次这样看她已过去了二十多载,那是刚娶她进门的日子,夏国平当时觉得他这辈子简直赚大了,费尽九牛二虎之力娶了一个这样美的媳妇。于是在新婚之夜待她睡熟之后仔细地端详,似是欣赏一件战利品。心中滋味是欣喜中透露着得意,她当时也任由着丈夫这么看着,夏国平觉得睡着的易小花是最美的,一睁开眼的她就得对自己指手画脚,满脸嘲讽。当年的易小花是那般的不可一世,如今对自己虽说越发地低眉顺眼,可是骨子里那股刻薄劲儿,夏国平觉得是无论如何都无法消解的。

"怎么你还不睡?"易小花睁开眼,着实还吓了他一跳。他觉得易小花的眼睛大而妩媚,不过半夜突然睁开,倒多了一分鬼气。"是不是担心南南?"易小花半打着哈欠问。

"没有,最近公司事情多。"

"行啦,行啦。我觉得那小伙儿还行,不过呢,你也别瞎操心。姻缘这东西都得看个人的造化。你看我就摊上了个你!这么多年外面看着光鲜,都不知道我受了多少委屈。"说着便似开了闸,滔滔不绝地数落起夏国平。

夏国平也不想搭话,他知道他要是搭话只会引来更多的数落。这女人这么多年还是这么的刻薄不饶人,看似精明其实是种愚蠢。他没了与她说话的愿望,再看她美丽的脸只觉厌烦,一转头就沉沉地睡去。

丽柔在夏南家里看来是住了不少的光景。姑姑在人前也总

寒露/美皮囊

是夸自己,说自己像极了她,还说自己像她的北北。丽柔也仰仗着姑姑的宠爱,在夏家以小主人的身份自居起来。平日里对于夏国平也是姑父叫得极为亲热,也不忘用一手好菜讨好姑父的胃,更是没事爱去夏国平的公司帮帮忙。夏家倒也很喜欢这女孩子。如今这南南一下子回来,也和自己亲近。丽柔也就没把自己当外人,里里外外都照顾着。不过夏南倒是敏感地感觉到周围的人似乎是喜欢丽柔多一些,自己也不善言辞,只懂埋头看看书,写写字。见了人,她也不懂该叫什么,只是轻轻点一下头。有时候轻的旁人都看不清,就以为这姑娘特别木讷比较沉闷。其实夏南有时候真的不晓得说些什么才好,她知道面对李家二婶得点头示好,见了王家大爷得问问他儿子最近回来带了些什么好吃的,碰着张家的小妹妹最好夸一下她的水灵。可是呢,夏南觉得俗世里这些都太复杂,她宁愿自己是沉静的,简单的。

她母亲也总觉得她木讷。她在人前总是战战兢兢,唯唯诺诺。丢了她当年不可一世的盛气凌人。她总不愿带她出去,她需要一个伶俐的聪慧的大方的女孩撑住场面,她觉得自己的女儿亏待了她给的这副美皮囊。丽柔却在这诡异莫测的情结里沾了光,跟了她那光鲜耀人的女强人般的姑姑,风光无限。

"南南哪,你应该见人就有礼貌。姑父公司里那些叔叔伯伯,你一定得巴结好了。你将来要想撑住公司,还是得多多倚仗这些前辈们的。你是大学生,懂得知识自然比你丽姐我多。但是呢,要是说到这人情世故啊,你可就真不如我了。我说妹妹,姑父其实最大的愿望就是你能回来。可是咱们这小城里,做生意就得靠为人做事,丽姐是今天掏心窝子给你说这句话。我看

爱十二梦

你带的那男朋友,也未必是省油的灯,他也不一定肯让你舍弃咱们这一大家子,跟了他留在你们那个所谓的大城市吧?"丽柔拉着夏南到处乱逛。

"喏,你看这件衣服好不好看?"

丽柔生了一副南方女子特有的白皙脸蛋,一笑浅浅柔柔,似乎是要把自个儿的万种情绪都糅进这笑容里,如同一个谜。可她又长得一副好身段,个子也如北方女子一般高挑,身材突兀有致恰到好处。眼前这件衣服又是特别衬她的肤色和身段,夏南转念又觉得她这小表姐今天试的什么衣服都是很漂亮的。夏南就不觉得这些美丽的衣服有多么吸引自己,她时常就觉得衣服不过是外在的皮囊而已,再如何光鲜都是做给别人看。就如同她从不会刻意去遵循世俗里那些人情世故一般,她的衣服也是简简单单,常常就是一条牛仔裤加件普通 T 恤。

夏南清楚地知道母亲对丽柔的喜爱,还有丽柔那些所谓掏心掏肺的话也不过是父亲下的任务。可是她不愿意说什么,她觉得自己嘴巴常常被某种莫名的东西焦灼,无法开口,于是时常是沉默。

"小傻瓜哦,光笑呢。"

她其实很想对丽柔说一句,姐姐穿什么都好看呢。但是她却说不出口。就算说了她又觉得稍显做作。她一直都是这样的,改也改不掉。幼年的时候夏北说"爸爸,北北很乖"的时候,她还木讷地在一旁一个人发呆。日后很多美丽的话即便是她在心里百转千回很多次,也无法转到人家的耳朵里。这些天也难为丽柔姐对着自己这根木头说了许多话,也偶尔见到丽柔面露

寒露/美皮囊

"热脸遇冷"的尴尬。

她跟人的相处,大多数时候都是别人在说,自己在听。有时还莫名其妙地被人误读出一种漫不经心的神情来。她很感激生命里能出现陈文柯这么一个人,爱自己的沉静似乎是发了疯。若不是他一直这么慢火细炖煎熬着她的感情,她怕也是永远学不会谈恋爱。旁人说自己木讷,爱人觉得是沉静。她感激也许世间有一个人懂得自己,便是够了。她目前对这世界有所期待的便是陈文柯,独独要他一个懂得自己就足够。其实她亦常有自卑,她也希望自己能够像丽柔那样的女子,左右逢源,甜蜜美好。可是对于母亲她总是显得隔阂和生分,而父亲,却似一座高山一般压在心底,重重的,却无法令她有对等的交流。对于旁人,她也总是沉静默然,不敢面对与人交往时所需注意的诸多细枝末节,时而就陷进自己的臆想里而显得木讷。

回到家乡已有些时日。丽柔倒是热心肠地拉着夏南和陈文柯东逛西逛,家乡的变化在丽柔的生动讲解中显得更多更大。陈文柯倒是听得很认真,夏南常在一些熟悉的地方晃神。夏南倒也没有说这些的欲望,倒是陈文柯喜欢有一句没一句地问,夏南回答得非常简洁:"嗯,这是以前上学的地方。""那是以前常去的。""我小时候常常在这里买糖果和面包。"诸如此类。

比起夏南。丽柔倒是兴奋得似当地人,热情招呼陈文柯去这里那里。夏南倒也无所谓,只是觉得给自己省了不少的"麻烦"。"夏南,回到你的地盘了,你的话也是这样少啊。"陈文柯笑意满满地说着,似乎是漫不经心的。

回到房间,夏国平找夏南去书房谈话。这硕大的书房里摆

爱十二梦

放着两个精雕细刻的书柜和出奇庞大的书桌,柜子里满满当当,整整齐齐地摆放着书。夏国平喜欢书,但是不喜欢看书。夏国平靠在太师椅上,优哉游哉地闭着眼睛作冥想状,似乎是没有想好该怎样开口:"南南,回来也有些时日了。"

夏南望着父亲,蓦地想起自己自小到大,父亲都是这样与自己谈话的。严肃而具有仪式感。父亲背后那硕大的精雕细刻的红木书柜,令她感觉到一种威严而虚空的仪式感。于是她自小就在这个父亲专属的书房里语塞。"你是打算跟那小子回去?还是留下来接管公司?"

其实夏南从未认真地思考过这个问题。她只是想拥有自己的美满人生,平静而安然。如今父亲倒是直言将问题拖了出来,夏南亦不知如何作答。她也未曾想好是否要跟定陈文柯这个男人,自此和生她养她的故土天涯远隔。还是留下来在这里继续一个有所预见的安稳人生。

夏国平见女儿半天不吭气,有些着急:"如果你觉得两者都不妥,那就把那小子招进来。这样也好帮你。"

原来父亲的重点是在于此,这精明的男人早已算计好了女儿的后半生。夏南并不觉得意外,只是没来由地有些抵触。她知道父亲也是为了自己好。她常自省自己决然不是一个乖巧聪慧的女儿,也算是辜负了父亲对自己这些年的宠溺。哪怕是对至亲的人,她也莫名地有些奇怪的抵触。

"他肯定是不大愿意的。"

"没关系,我让你妈去说,丽柔也帮着劝劝。"

她不再说话,出门见了陈文柯也只是简单地提了提这件事

寒露/美皮囊

情。陈文柯竟立刻就情绪激动起来："我一个堂堂男子汉，入赘女人家里成何体统！"一时间也是面红耳赤，不过对着无比淡定的夏南，却是无法发作。

夏南明白陈文柯这样的男子，一定是大男子主义得要命的人。否则他也不会擅自做主跟着夏南回来，摆明一副"要人"的架势，要她跟他远走高飞。陈文柯的家境倒也一般，不过学习甚好。有一种好学生自小就有的骄傲和任性，这种固执在学校里倒也无妨，反而一路学习过来也是顺顺当当。他也是顺利考上了美国某著名大学的研究生，打算这次跟夏南回家与她父母商量，带着夏南一起去念。夏南也是无所谓，反正除了这里，她去哪里都是可以的。她也没有个方向感，随着陈文柯走，也算是命数。

"南南，你还没有给你父亲说，你要跟我一起去美国读研的吗？"见夏南摇头，陈文柯有种气不打一处来的感觉，"你这样让我怎么办，我总不能莫名其妙地跑去跟叔叔说？当初我说要跟你回来，也是怕你处理不好这件事。南南，我真的很在乎你，我想你跟我一起去美国，去完成我们的梦想。"

梦想。夏南感觉这句话落得这样冠冕堂皇，其实她也不知道自己的梦想是什么。自小的性格早已在母亲的冷漠里磨平了，她从不做那些色彩斑斓的梦，她的梦通常是黑色的。陈文柯这样的男人，一味地侵略自己的沉静，把他的梦想强加于自己头上。他自以为是地认为自己的梦想便是夏南的，夏南厌恶他这样的理直气壮，可是她却从未试图寻找过自己。

"南南。不然我们一起去说。"陈文柯拉起夏南火急火燎地便要走，却一下子撞上了丽柔。"哎呀，表妹啊，你这是和妹夫

爱十二梦

去哪儿啊?"夏南低声地说了句"丽柔姐,对不起。"就被陈文柯一把拉走了。丽柔摇着头,眉头紧皱。

丽柔找到易小花:"我刚才听南南说,她要跟着陈文柯走呢,你快去看看。"丽柔也只是听了个大概,为了讨好姑姑,赶快便来汇报。易小花进书房只看见夏国平怒目对视着陈文柯,夏南在一旁战战兢兢的,像只受伤的小白兔。

"这是怎么了?"易小花一进门就差点儿摔个趔趄,瞅着了夏国平虎视眈眈的眼神,不禁打了个冷战。此时的夏国平更像是护犊子的老牛,死死地盯着陈文柯。陈文柯倒也不怕,拉着夏南的手,脸挺得平整,好似一张纸,口气平淡地吐出一句:"反正我是要南南跟我去读研的。至于您刚才说您家这基业,我也不稀罕。"说罢也不再看夏国平,倒是一脸深情地望着他的夏南。

女儿大了终究是留不住的,养也是给别人家积攒了功德。易小花愈来愈觉得夏南脑子太一根筋,认准了什么就直直地去了,哪怕是一堵坚硬厚实的墙,也是不到头破血流的地步不会妥协。不像她,内心总是百般周全千般算计的。"哎哟,我家南南还没跟你怎样呢。你这口气就大得不行哦。我家的基业也轮不着你这个外人说三道四,更不配你去稀罕。"易小花一张口,屋内的气氛从生硬一下子到了剑拔弩张的境地。再看夏南,也没有吭气,任由陈文柯这么拉着。

陈文柯拉得更紧了,夏南觉得有些疼。"南南,我也不说你这个想法有多么疯狂了。跟着一个男人去美国,你想过你的未来吗?你以后都打算只是围着这个男人转?还有陈文柯,你若只是想出国留学找个陪读的,我女儿并不适合你!"

寒露/美皮囊

夏南看着气到脸色绛红的父亲,心底的思绪飘来荡去不知如何是好。"我和南南决定好了,一起去美国发展。希望您能支持支持我们。我会照顾好南南,我和南南是真心在一起的。"

易小花扑哧一下大笑起来:"我说男人的真心值几斤几两?想当年追我的男人们可是里三层外三层快要围了我家。什么样的伎俩没使过?"再瞟了一眼夏国平,"南南她爸当年的真心表得不比谁真?我才放下身段跟着他来到这个鬼地方,这么多年还不是得忍受折磨?"

夏国平觉得易小花这尖酸刻薄的劲儿是这辈子也改不了的,虽然南南不及小花那样的精明能干,但是那种内里的憨厚是夏国平所欢喜的:"南南啊,真的过开日子你就知道了。爸爸也是希望你能认真考虑好你自己的。陈文柯,我自己的女儿养这么大,也不能任由你说带走就带走。这个问题以后再谈,你们先待一段时间。"

丽柔倒也在门外听得真切,一见到易小花就长吁短叹地安慰起来:"这陈文柯看起来斯斯文文的,真的怎么样了心还挺硬。谁家的女儿不是心头肉,说给你就给你的。"易小花说:"还是丽柔懂姑妈。""这南南也是大了留不住的。姑妈你还是多给自己想想,不要气坏了身子。"

转念一想,易小花还是觉得不要去管这件事的好。丽柔说的也在理,不过也不能任由这陈文柯毁了自己的家业。虽说她也并不完全希望夏南最后全部得到这些资产,但是她也是由衷希望自己女儿找到一个称心如意的好郎君,起码有个美满的人生。她觉得陈文柯这小子并不靠得住,她总是从陈文柯那看似

爱十二梦

真诚坚定的眼神里读出莫大的野心来。

"丽柔,你是最懂姑妈的心。有时候觉得你比南南离我还要近的。""姑妈,我觉得这事,关键得先试试陈文柯。"在这样的对话里明显是出了点儿差错。易小花对陈文柯这样的外人提升了戒备是自然而然,丈母娘考查未来女婿,再怎么都是得多加考查、小心慎重才是。不过丽柔的话里却有了别的意思。其实丽柔第一眼见陈文柯就多看了几眼,后来再一回想,脑海里浮现出那个浅浅的笑却也是牵动着丽柔的心。男女之间的欲念太过纯粹,尤其丽柔这样年纪轻轻正值好年岁却苦于没有遇到一个优秀出挑的男人。如今她算是碰到这么一个人,却是搂着自己的小表妹回来的。不过丽柔倒也不觉得有什么愧疚罪恶,心底也只是偶尔闪过一丝隐隐而干瘪的惆怅和遗憾,余下的只是展现在脸上的热情来了。

早年在罗敷的时候,丽柔遇到的男人大多都是直接而裸露的,却浅薄而浮躁。来到罗敷的男人大多目的性太过鲜明,以手段和条件作为交换一份婚姻或者一个女人的方法。丽柔在内心深处总是渴望着一份深刻的感情。虽说自己像是姑姑那样的精明,但是却做不到易小花那样的理性。

再一次撞见丽柔是天刚亮,微微的晨光柔和而轻慢得充盈整个院子。陈文柯就看见丽柔拿着一把小梳子轻轻地梳着头,头发侧搭在丽柔软软的肩膀上。丽柔看到陈文柯,略带不好意思地笑起来。陈文柯看着这样的笑觉得新奇而陌生。这样灿烂的笑,在晨光里荡漾着,如同春风一般吹拂在心里,让他心里痒痒的。这是他在夏南面前体会不到的。

寒露/美皮囊

丽柔大大方方,笑盈盈地迎上去问了句:"起来了呀。"他只得回应一句简单的"嗯"便隐匿了刚才心里的惊心动魄。同时有欲念的男女总是没来由地会尴尬些,丽柔余光瞟到陈文柯脸色的微微变化,笑容更加妩媚地走向他:"起来得还挺早。我陪你去转转好了。"

"南南还没起来。不过我以前在大学的时候,总是一个人早早起来跑步,遇到南南后,跑完步买好早餐再叫她起床,她不太喜欢晨跑,那丫头爱睡懒觉。"似乎是拒绝,又像是逢迎上去。丽柔对于男人的这点儿小聪明吃得很透:"南南那丫头自小就不爱说话,静得似一根针。"

静得似一根针。陈文柯被这句话瞬间击中了,他一直觉得她太过沉静。不想今日却听到这样贴切的一句,这根针隐匿于浮躁的尘世里,一旦太过接近,也许就会被刺伤。但是不接近,这微弱而明亮的光横亘在那里,隐隐的冰冷。他就是为这根针着了迷,却也伤了神。"南南那丫头也没个主意,倒是跟你走是不走啊?"陈文柯语塞:"也许她只是没说而已,心里还是期望着跟我走的。"

丽柔只是笑,没有吭气。以丽柔的聪明是一下子看得出夏南对于这一切也是拿不定主意的,只不过是觉得自小在这个家里太过压抑,如今遇着这么一个人,也就似抓住一根稻草浮了上去,管它东西南北。看着陈文柯一脸的尴尬,她自己在心里也苦笑起来,她又何尝不是将眼前这人当作了一根稻草?

"反正我是想要她跟着我一起的。"陈文柯虽说内心狐疑,不过对于自己选定的爱人却也是霸道、缱绻、温柔的。丽柔将这

爱十二梦

男人此刻的眼神读进了心底,却酸酸涩涩引得她发痒。她只得继续笑,只是笑声更加放肆了些:"陈文柯,走呗。反正现在日光正早。"说罢就直勾勾地看着他。

跟丽柔从小街里荡回来以后,陈文柯觉得不太一样。丽柔是那种对待什么都充满热情的女子,总是在笑。笑容暖暖的。可是白玫瑰红玫瑰,要了谁都会在心底给另一个留下念想。陈文柯很明白男人的这点儿劣根性,所以也就只是想想便过去了。可是晚上的事情却出乎了自己意料。

丽柔来到他房里:"劳累一天,不如泡个脚。这是我们罗敷的佳人美,一种草药。泡在水里用来泡脚,是很解困乏的哦。"丽柔看出陈文柯隐隐的丝丝尴尬,却知道他拒绝不了自己的。不然白日的时候在桥上,自己一不小心的趔趄也不会让他紧紧张张地搀扶。再看丽柔,陈文柯觉得在昏暗的灯光底下她别样的美。丽柔轻轻扶起他的脚,缓缓地褪下袜子,慢慢搁到水里,柔软而修长的手指按压在脚上的经脉穴位上,分外的舒服。这水也是刺激得人有些意乱情迷。她竟是要帮自己洗,陈文柯心里暗自踟蹰了一下又自然起来。男人在这种时候通常是无法自控的,面对一个温柔又热情的女子,主动这样对待自己,哪个男人能够把持住自己心内的一团火而不勃发?想起夏南,别说是一盆水的温柔,就连倒上一杯水给予自己都不曾有。丽柔的手指绵软而修长,低眉顺眼地抚弄着自己的脚,让陈文柯一下子乱了方寸。在这样的欲念里,陈文柯一把搂住丽柔,放到床上想要她。丽柔却是一副欲拒还迎的态度,一面推搡着,一面又是柔柔地叫唤,叫得陈文柯心里是由痒到酥再到麻。他和夏南从未经过这样的事，但是二十多岁的男人，哪一个不是血气方刚正值欲年？夏南总是冰冷而木讷地泼自己这种正常需求的冷水，甚至就连一个吻也都是小心翼翼地。他迅速脱掉丽柔的衣裳，急急忙忙就撞了进去。丽柔感觉到陈文柯一定是个"生手"，她很努力用身体逢迎这个男人，但是他很快就气喘吁吁败下阵来。抱着丽柔，陈文柯心里莫名地涌起一种感激而不是愧疚。他突然觉得有一个女人与自己的身体这样融合是一件在这个年纪里最妙的事情。他甘愿成了美的囚徒。这种美似一团火焰，让他的心发烫。雪白的胴体在眼里炽热着，丽柔胸前那如同脱兔一般跳动的乳房如同两座高耸的小山峰，他再次不顾一切地爬上去探索着这美丽的山峰和幽暗的泉水与森林。

夏南倒没有觉得丽柔这个时候没有回来有什么异常，她也知道丽柔白日里带着陈文柯又转了一圈。想来陈文柯也是喜欢这外乡的风土人情，多转转也未曾有什么不妥。于是安心地一直在睡，等到丽柔回来的时候她已经睡得非常沉了。倒是易小花耳朵尖，在院里倒水的时候听出来了点儿什么。但是自己也不好去陈文柯的房里去看。她隐隐约约察觉出这夜里生出一种诡秘而甜腥的味道，这种味道好像自己分外地熟悉，她也在许多年以前的每一个日日夜夜，独自美丽而寂寞着。那味道足以撩骚每一个寂寞而美丽的女人的心。

陈文柯面对夏南的时候非常心虚。这种心虚并不来自于愧疚，而来自于他的不确定。他现在也不知道自己究竟想要一个什么样的女人。最近也不急急切切地催促夏南跟着自己走了，反倒是劝夏南为自己父母考虑考虑。夏南也不置可否，态度模

爱十二梦

糊。易小花也是冷眼对着陈文柯,嘴里有时候会猛然蹦出些不中听的话来:"假期在我家待上瘾了吧?还想怎样呢?某些人就是不知趣哪。"经常院里就是剑拔弩张的气氛。易小花觉得自己内心明显开始厌恶这男人,她洞察了他的野心,却也因这团火焰而焦灼了自己。

经过那夜的温存,丽柔对陈文柯心底的渴望越发地强烈。就连看向他的眼神,也是火辣辣灼得心里疼。陈文柯在丽柔面前也多了几分慌张,不似在夏国平面前那种铁板钉钉的强硬和沉稳。夏国平找来丽柔:"你跟南南近,没事就多劝劝她。我是希望南南能留下来。你对南南也好有个帮衬。"这话不止说了一次,但是这次一说,丽柔却有些紧张起来。说起来自己是有些对不住夏南的,不过陈文柯在耳边那句热气腾腾的"好喜欢你柔软的肚子。"直到现在还沸腾在心里。

夏南最沉得住气,对于丽柔的苦口婆心和母亲暗地里的讽刺倒也没有很在意。只是她真真切切地觉得父亲是老了。"南南。"父亲沉睡在藤椅上,嘴里还喃喃地叫着自己的名字。小的时候父亲就在这张藤椅上给自己讲了许多新奇有趣的故事,幼小的夏南常常听得出了神,张着小小的嘴巴发愣。现如今看着父亲跟自己说着说着就躺倒在藤椅上睡着,眼角细密的纹路扎实又饱满,不禁唏嘘开来。她其实心底是深爱着父亲的,只是不懂得如何去表达。她常自觉于深刻的爱是无须去说,各人自有不同的体会,但是最终的隐秘却殊途同归,就如同自己内心翻腾的此刻一般。

陈文柯心底总是被一种东西挠着,挠得他坐立不安,心痒难耐。他总是回想起和丽柔缠绵的那个夜晚,丽柔却刻意地在回避他,而眼看着假期即将结束,夏南那边也没有个拿定的主意,他非常焦灼。二半夜里他睡不着,想起丽柔柔软而白嫩的身体,使得他的心怦怦乱跳。再仔细回味一下,似乎这床铺里还有着丽柔那芳香妩媚的气息。"陈文柯。"是丽柔轻声叫他,迷迷糊糊中他开了门,却没有一个人。失望里却看见丽柔在院里倒水,跑过去一把搂住她:"我很想你呢。"丽柔却软绵绵地推搡开,嘴里轻声叫着不要,陈文柯却更想了,于是搂得更紧。可是他未曾看到夏南也出来寻丽柔,正在不远处静静地看着他们。

夏南倒也不想说什么,心底只是觉得受到了一种莫大的,莫大的冲击。莫大的什么她也无法形容,只是觉得呼吸艰难,本来就沉静的世界更为默然。她静静地伫立着,看着陈文柯搂着丽柔,说不出话来。她无法知道他们之间究竟发生了什么,但是也清楚地意识到自己丢失了什么。

第二天易小花寻夏南陪自己说说话的时候,却发现怎么都找不到这丫头。这倒让这个一直忽视女儿的母亲有了些许的愧疚,问丽柔夏南去哪里,丽柔也是吞吞吐吐半晌就是说不出话。再看陈文柯也是一脸的慌张样,易小花以自己的人生经验判断一定是这三人之间出了某种说不得见不得的问题。易小花只是冷笑地对着陈文柯喊了一句:"你要是找不到我女儿,你就别想回去。"

夏国平刚好撞见这气氛凝重的一幕,却非常淡然地说:"让他回去吧。这样也好,让南南认清了一个人。"说罢就对着易小花摆摆手,让她进来单独说话,"夏南给我留了封信,走了。这

爱十二梦

回是咱女儿自己走的。谁拿她都没办法了。"那封信整整齐齐地用小楷体写：夏国平，易小花（亲启）。

　　我不知道我该何去何从，亦如我从来不清楚自己内心所想。我从来在你们眼里大概也只是木讷，就连此番这惊心动魄的爱情，也是如此狼狈收场。我谁也怨不得。其实就连陈文柯，我也搞不清自己究竟爱过与否。原谅我不能如你们所愿，当一个聪慧灵巧的好女儿。只是这段时日所带给我的，我大概需要很久的时日才好明白。我连自己都无法找寻得到，如何又能够妄图去爱别人呢。很多的时候，我什么都明白，就是无法表达。我的沉默混杂着我的自尊、骄傲以及内心的焦灼一起无法得到释放。这寥寥的几句，怕也是女儿成长至此，与你们最长的一次对话。

　　易小花以为夏南只是赌气消失两天，也就没太在意。见到丽柔："你还是真替姑妈解了围，让那臭小子滚出了咱们家。他也不看看他几斤几两，也想我家的家业！"丽柔只是沉默，她明白再说什么也是无力的。她也知道易小花以后对自己决然不会像先前那般的信任了。丽柔甚至惶惶地认为，是自己那些蓬勃的欲望毁了夏南一生的幸福，这样的内疚之中她再见陈文柯都觉得索然无味。陈文柯自觉没趣，匆忙地离开了夏家，而与丽柔这寥寥几日的云雨之情，在心底里随着易小花的那几句话也荡然无存。

　　夏南却是毅然地走了。

　　夏南回到她母亲的罗敷镇，她终于听到那个传说。

寒露/美皮囊

传说都是这般隐隐约约的，令人在莫测的神秘里体会着一种刺激。大抵是这不太真切的故事里所给予自己的一种崭新的忧愁。这忧愁有关美丽，更加关乎丑陋。她愿百年之后再次投生不要当个女人才好。

夏南在罗敷镇待了很久，发觉罗敷镇的女子虽然极美，但言必称谁家女儿的美丽取悦了多少的男人，这种美丽，似乎专为了勾引和征服而生，这是罗敷镇的资源。那天她在罗敷的玉娘桥头撑着伞坐着，一旁路过一个姑娘痴痴地对着她笑。她冲着夏南摆手，似乎是在叫她跟着自己。夏南便好奇地跟着姑娘去了她家。

原来这姑娘是被人"退"回来的。这姑娘嫁过去的那男人，就因为姑娘年纪稍大，身材走样皮肤变差就给赶了回来，在别处又寻另一个年轻貌美的。夏南握着这发疯痴笑的姑娘顿时语塞。她是退回来的一株花朵，只是在还盛开的时候就已凋谢。因为她除了美丽的皮囊，再无他物。这样的灵魂稀薄到无法再盛放再多属于女人的优秀品性。

她终于明白传说里的顾家夫人，怕是自离开之时就诅咒了罗敷镇的生生世世。而罗敷镇的姑娘们，太美丽，也只是太美丽。她探寻到这个美丽而残酷的秘密。似乎是她们以女性之美征服太多人，后来发觉这种美是空虚，是漠然．男人们皆臣服于这极致的美丽且被这种美俘虏。得到这种美丽之后又随意抛弃，兴奋地臣服于下一个风情万种。

夏南又去了很多地方，认识了很多美丽或者不美丽的女孩子。她一路上都在听故事或者自己创造着故事。这些故事里夏

爱十二梦

南都不是主角,她就在一旁安静地观望着,似乎也在观望着灵魂深处的那个不太清晰的自己。

她一个人这样走了许多年。夏南也渐渐变得丰盛和美满、独立,不再唯唯诺诺。开始清楚地知道自己要什么,自己是什么。她也开始变得跟人沟通不那么费劲,学会了微笑着对待每一个人。但是骨子里的那份沉静,却也渗到血肉模糊的深处,细密饱满地流动着。

终于有个男人识得自己的好。那男人有着宽厚的肩膀,会在每个冰凉的深夜里把她的脚搭抵在自己柔软的肚皮上。她也有勇气再次回到故乡,再去看望父亲。父亲已是老了,母亲也已去世。她问父亲后来的故事。

夏国平微笑地说:"其实你不用知。你因这一切活得很好。我死之前看到这样的你,我很开心。我也不用你活得太累。我把一直希望你继承的家业变卖了,这些钱只是希望你能够安稳一些。拿着吧。"

她如童年一般屈膝卧下,静静躺进父亲些微生硬的腿上:"你还是讲讲好。我只是想知道。其实女儿很不孝顺。这些年,一天孝道未尽,还惹你操心。"

"后来的事情其实早是定数。你走的时候就知道这一切并不会有个好结局。你虽然自小木讷,但是心中跟明镜似的。我知道我女儿总是会回来的。"他脸上微笑,抚摸着夏南柔软的头发,"你非得听,我就讲给你。"

"算了,不必说了。现在还能够再这样陪着父亲你,是我最大最好的福分。"

寒露/美皮囊

"其实我当时娶你娘,也不过就因为她生得美。"

夏南是明白的。

陈文柯后来再见过许多女子。只不过每每与她们交往的时候,总是会落下些令他焦灼的后遗症。他的耳畔总是响起自己偷听来易小花对着丽柔的那句"你还真是替姑妈解了围。"他就会觉得任何女人都索然无味。夏南连看自己一眼都没有就走了,哪怕是痴恋了她那么些年。最无情的人却也是这临到终了连醋都不肯吃一滴的夏南,而这根针扎进自己心里好多年,沉静而绵绵。他总觉得女子都有各自的乖张令他无法掌控、无法理解。他始终再没爱过谁。

有的女子,初见时觉得新鲜有趣,时日长了,便觉生出些乖僻无聊的情绪来。有的女子,刚开始平淡若水,可就在你的生命中留下席位和不可磨灭的印记,这印记会随着时光的长河,被渐渐冲洗得越发清晰,越发生动,越发鲜活起来。

女人再美,也不过是副皮囊罢了。

爱十二梦

风　尘

风尘里有爱有恨
人心叵测
情事皆随风尘
他也许是爱过的.

醉风尘

上海的夜里很安静。

城市的夜空有种悠然自得的美感,仿佛欢场里女人轻摇羽扇慢慢吟唱的吴侬软语。点点滴滴的细碎声响都在耳旁轻抚伤痕,划过人群里的孤寂。

上海的夜里很喧闹。

灯火阑珊处是游离在繁盛喧哗里的一只只不甘寂寞醉生梦死的鱼,他们嬉笑怒骂,他们纸醉金迷。狂欢收场之后,却是一片狼藉一地鸡毛。

他手握起一张发黄的旧照,想看,又不忍看。

他有心魔。这泛黄的往日记忆就是他的孽障。

悔,却不知当初为何。

立冬/醉风尘

也许当生命跟尊严、民族、道义起了冲突的时候,他那颗无比懦弱的心就会变得万分恬不知耻。也许生存的意义本身就在于苟且与肮脏的缝隙之间游离,只是他在这样的游离中找到一丝丝的心理平衡罢了。

他此时已经老了。从国外回来满腹愧疚的内心滋长出满头的白发,已经让他步履蹒跚地踏上故土。他那颗悬浮多年的良心在飞机落下时怦然碎裂,在这个物质纷扰的年代,人们早已经遗忘了他当年耻辱的行径,或者是已经被花花世界里的繁荣与迷失遮盖得一干二净。这个世界,早已将他遗忘,每天都变化飞快,人们忙忙碌碌根本无暇再回顾任何往昔,人们越发地只关注于当下。他有时候看着人群,突然觉得自己不过在这世界里是粒小小的尘埃而已,再次回望那段痛苦的历史,他的脸上也不过是挂着自嘲的笑容轻叹几句罢了。

所有关于他的罪孽都在时光的冲洗里化为历史的尘埃。只有当别人翻阅起尘封的历史档案时,会指着浩瀚的文案故事中夹缝的这个叫作宋南生的名字淡淡地说一句:"他妈的又一个汉奸。"

那是一九四〇年的上海。战乱中的废墟困顿,瘟疫与灾难横行遍野,这片靠殖民租界苟延残喘的城池在混乱中体会着死亡与奢靡并存的味道。中国上海在这场战役中成为一座奇异的城池,那些混乱肮脏里仍有一片繁华之地,各色绝美女子,以事不关己的悠然姿态独自唱着一曲又一曲不知亡国恨的温柔乐章。夜上海是这片繁华之地最为著名的欢场。蝶蓝是里头的头牌歌女,貌美、形端、态媚、声柔。

爱十二梦

她却孤立自傲,从不与上流人物低眉顺眼,亦不喜在伶人圈内拉帮结派。她若要走,没有谁拦得住。可她偏要留在这儿。她就留在这个舞台之上,每日夜夜笙歌。

她生了一副好脸庞。白皙的鹅蛋脸点缀着黑珍珠似的眼,一转一动便似浮波微澜。有时她热情似火,在台子上似一只翩翩起舞的蝶儿,轻舞翅膀便摄人心魄。有时她冷若冰霜,在台子上如一株静谧而孤傲的莲花,只可远观而不可亵玩焉。

她天生一副好嗓子。当初在夜上海一开口便技惊四座。众多文人骚客连"余音绕梁,三日不绝"之类的滥调都省了,只是默默地不断咀嚼着蝶蓝那清丽动人的声音忘记了捧和。倒有个老先生在蝶蓝面前自顾自地卖弄起来,沙哑而浑浊的声音混着"如怨如慕,如泣如诉,余音袅袅,不绝如缕"的话慢慢说着,被蝶蓝一个冰冷的眼神堵了回去。

连那欢场老板也要敬她三分。

因了她,全上海就独独儿一个。

绝尘出世的孤芳自赏,怕只有她,能玩转儿。

然而在战乱中,一切以往既定的靠山、人脉关系往往就因为下一刻的覆灭而变为彼岸虚幻的花朵,全化为了梦里的光鲜,只有此刻当权的、弄事的才靠得住,才有谱儿。但也就怕这此刻的依附也化为彼时的凄凉,蝶蓝的聪慧在于,她谁也不依靠,谁都不攀附,她就独活她自个儿,而且还毫不费力地周旋于各种权贵和关系之间。她的骄傲、任性、自我,亦成了她的可爱之处。

其实她原名姓顾名歆安,也是个上海叫得上号的大家闺秀。别人见她也得尊称一声顾家大小姐,处处也有人殷勤替她张罗

立冬/醉风尘

各种聚会排场,让她在万人艳羡中做个万众瞩目的公主。一切皆因为乱世中一场场突变的风云浩劫,曾经的大家闺秀也变作了欢场上铺得开面子的得宠歌女,以往的老关系也不过是一时保护自我的依托。

她的才气、身段、歌喉、美貌也统统成了灯红酒绿的夜上海的点缀,成了座上贵客嘴角香醇的一点点余香回味,或者是上流人物闲暇时的一点清纯幻梦。

虽说此时已是战乱灾祸横生,但这里仍旧是个粉墨登场热闹喧哗的太平天。

她还是在这方瑰丽舞台上唱着她的吴侬软语。

其实她心里有太多蓬勃的幻梦。

她多么希冀自己出生于普通人家,最好再赶上一个和平温软的好年代,遇到一个爱自己的贴心男子举案齐眉终了一生。这样的幻梦,她也不过就是在回到公馆时偶尔闭眼一做罢了。醒来之后仍旧是满目的寂寞。曾经辉煌的顾家公馆,也随着战乱变得冷冷清清,家里的老仆人也都走得差不多了,连说个体己话的下人都没有,只有一旁随着等着被使唤的赵老板安排过来的几个奴才。蝶蓝知道,她现在是赵老板的摇钱树,这几个奴才,更是过来替赵老板看着她的。若是她像自己愚蠢的爹一样轻举妄动,第一个灭自己的,绝对不是日本人。

也许有人会鄙夷她不知亡国恨的成天唱些靡靡之音纷扰视听,而忘却了整个中国正在遭受着前所未有的浩劫。这,又怎是她一个小小的歌女能够奈何的,当她看到报纸上对她这样那样的嘲讽怒骂时,也就只是淡然一笑。

爱十二梦

她会平静地对别人说,这些我又奈何?亡国家恨,不过过眼云烟。

但是她内心印刻着不能诉说的仇恨,这仇恨其实是女子的狭隘,刚好碰上了时代的病症。她那肥头大耳贪得无厌的父亲,若不是因为过不了心里的那道民族自尊心的梗,怕也不会被日本人整得那般惨,就连最后的尸首都不能埋了个周全。蝶蓝想到她爹的死,禁不住打了一个寒战,随后又不由得紧握起拳头来。

是的。日本人。她恨日本人。

但是现在她却恨不起来了。

因为每晚的座上贵客都有日本人。

她可以对着自己老板的无理要求嬉笑怒骂甚至愤然离去,而如果对日本人摆脸色的话,得罪下来的灾祸就不只自己遭殃,更严重的是有殃及池鱼的巨大危险。蝶蓝并不是跟这帮小姐妹,还有那个贪财若命的赵老板有何亲密瓜葛,只是都是中国人,于是便在这凄惶乱世中多了几分对于同胞的怜惜和认同。再说现在是日本人的天下,总有些消息灵通的人士说些不痛不痒的风凉话,说上海租界过不了多久也得插上日本那恶心的太阳旗。

但是她对日本人的态度,不过是小心翼翼地礼貌应对,冷静周旋。她内心深知把这群吃人的狗惹急了的下场,自己的父亲便是明证。

这日她登台唱歌之后,连唱三首已是十分疲惫。若是底下还是如往常一样,几个不甘寂寞的老头儿叫安可,她也是不搭理径直要走的。只是叫她安可的是几个已喝得醉醺醺的日本人。

立冬/醉风尘

嘴里叽里呱啦地乱喊着一堆蝶蓝听不懂的鸟话,中途亢奋地手舞足蹈,才明白是要蝶蓝再唱一首,而且听那个点头哈腰的中国人一脸谄媚地翻译着:"要中国风味的!中国风味的!"

"册那这群赤佬。"蝶蓝内心不知道把那几个手舞足蹈的日本人骂了几十遍,方才登台。登台之后站定,一束灯光照耀着自己曼妙的身姿,随着音乐轻轻摇摆,她开始唱:

好一朵茉莉花,好一朵茉莉花;满园花草也香不过它,奴有心采一朵戴,又怕来年不发芽;好一朵金银花,好一朵金银花,金银花开好比勾儿牙,奴有心采一朵戴,看花的人儿要将奴骂;好一朵玫瑰花,好一朵玫瑰花,玫瑰花开碗呀碗口大,奴有心采一朵戴,又怕刺儿把手扎。

蝶蓝唱的是江苏小调《鲜花调》,这是她的拿手活儿。她的声音柔软但是内里坚硬,仿若从一片宁静而温柔的湖水中映照出几分烈日般的炎炎光芒来。唱到最后,深深向台下鞠躬之后便下了台去。

那几个满嘴吱吱哇哇的日本人却也不纠缠,而亦是礼貌地对着台上颔首谢礼。蝶蓝以余光轻微地斜扫过去,看到那几个日本人安安静静地向自己致谢回礼,发觉心里莫名地对日本人多了些惧怕。但是并未曾多想,只是在后台仔细擦拭浓妆,卸掉了满脸的浮华。

蝶蓝住的公馆离夜上海很近,走几步便到。平日里蝶蓝这几步路怎么也是要坐个人力车的。倒不是懒,而是这乱世里变

爱十二梦

数太多,她得万分谨慎地保护自己才能生存。可是今日出来已晚了,夜上海门口也是一片意兴阑珊的萧索,她也只得低了头快步向公馆走去。

突然不由得感到肩头一紧,已是有一双大手搭了上来。蝶蓝猛地回头一看,是个面目清秀的书生气的男子,那人慌慌张张收了手,窘迫得不知该把手往哪儿放,一个硕大而笨重的相机耷拉在脖子上,脸涨得通红,脖子梗出了青筋,不知道因为那硕重的玩意儿,还是因为蝶蓝此刻虎视眈眈的怒目圆睁。

面前的男人穿一身拘谨而不甚合身的西装,手臂上托着一个厚重的大衣,似是急匆匆追着过来。他头发梳得油光可鉴,但是并没有感觉分外突兀和令人作呕。"你是谁?"蝶蓝倒先开了口,她看着眼前的男子吭哧吭哧憋不出话倒有点儿好笑,刚才没来由的惊慌和惧怕倒因了眼前的人这副样子而烟消云散。怕那人听不懂官话,再提高些许音量又问了一遍:"侬撒拧啊?"

那男子倒像刚才被谁吸取了魂魄而失了神,蝶蓝的两声娇嗔的质问把他从无边无际的莫名世界拉了回来,他定了定神开始了语无伦次的表述:"我,是这样的,我叫,我叫宋南生。我是《申报》的摄影记者。你,你知道《申报》吗?"说罢还用手扶了一下眼镜,却再次从鼻梁上滑下来。这样子看起来很滑稽。

蝶蓝扑哧笑了起来,也不管平日里怎样的一副冰霜作态,大抵也是压抑得太久,她开始不停地笑,甚至笑得都略微有些前仰后合,她从未这么放肆地笑过。笑够了,板起脸来问他:"这大半夜的,你跟在一个姑娘家后面,吓着了她不说,就是为了告诉这个来的吗?"

立冬/醉风尘

"对不起,对不起呀,蝶蓝小姐。"宋南生被蝶蓝的几句话呛得更加慌张起来,慌乱间用手掌把挂在脖子上的大相机轻轻地向上托了托,似乎是在减轻这种物理压力,以便于让自己放松一下。

"蝶蓝小姐,我并没有恶意。你千万不要误会,我给你解释好不好。是这样的,我有次奉命去采访你们赵老板还有百合小姐,还跟你打过照面的。"

"哦,你就是宋南生,百合还说,你把她拍得很好看呢。一个乌烟瘴气的地方也能被你们报道出道义来,真是有你的。不过我对你这张脸倒是没什么印象了。"蝶蓝算是想起来,有次《申报》来了位所谓"首席"的摄影记者到这片奢靡之地拍了一组照片,赵老板对待那年轻人甚为客气,任由小姐们在那年轻人面前搔首弄姿也不恼怒,倒是百合,反倒在他的摄影机前多了份不自然的端庄来。

"若是再没别的事,我就走了。"蝶蓝看着眼前这个慌慌张张搭讪的傻记者,没来由地一阵好笑又不忍表现出来。见他只是盯着自己发呆,于是便故作嗔怒地说:"你这人好没有礼貌,大半夜盯着人家姑娘家看什么,还鬼鬼祟祟地尾随其后,要干吗?"说完她便作势要走,但是心里莫名其妙地想跟这个人多待一阵。

"别,别走。蝶蓝小姐,我真的没有丝毫恶意。我有一些东西想给你看呢,你看了以后再走好吗?"他说着,便颤巍巍地将手伸进衣服的里兜费力摸索。掏出来,是一个牛皮信封。看来藏得仔细,收得也仔细。"你看。"他缓慢而慎重地蹦出这两个字,小心地把那牛皮信封里的东西倒了出来。

爱十二梦

"是一些照片,上面都是你。"

蝶蓝此刻的心里却又说不出的奇异。拿着那些照片一张张看过,纤细的手指抚摸着那些黑白色彩交织出来的自己。仿佛看到往生,而此刻的自己,却是站到了命运的彼端,仔细而周全地审视着自己的一切。冷眼旁观着对望着自己内心那些焦灼抑或虚妄。

许久。"你拍这些做甚。"蝶蓝小声地喃喃了一句,细微地,似一个叹息。突然提高音量故作冷淡尖酸地问道:"这些都是你拍的吗?你总是这么勾搭女人的吗?怪不得百合喜欢你拍她。"

突兀而细微的,似是鼻尖嗅到了轻轻的醋味。

"蝶蓝小姐,请不要介意。我只是,我只是……我只是有点儿情不自禁,你不介意我拍你吧?如果你要是介意了,我就把它们都扔到黄浦江里去。"宋南生在这个女人睥睨之下已是乱了方寸,只是不断地搓着手。天,也的确是入冬了。这急促的呼吸间也都带着些许的白气。

她却扑哧笑了起来。一阵银铃儿般爽朗的笑声划过宋南生的耳畔,其实蝶蓝笑起来更像是个孩子,天真、直率,与她在台上温文尔雅的吴侬软语歌唱的姿态截然相反。"你已经拍了,我又如何去介意?再说我若是介意了,你这些照片就能凭着我的介意消失吗?"说完她突然觉得一阵悲悯之感涌了上来。亡国家恨,就能凭着她的介意也消散无踪吗。而她却得没皮没脸地在这奢靡之地做个"不知恨"的"商女",唱着没心没肺的《后庭花》。这乱世,谁又能有几多介意呢。下一刻,说不定已是镜花水月,了无踪迹。

立冬/醉风尘

　　此时两个人倒都沉默了下来。天似乎更冷了,宋南生单薄的西服遮蔽不住有些哆嗦的身体。蝶蓝看着这副窘样倒也有点儿好笑,衬了衬自己奢华的貂皮外套,慢悠悠地张了口:"你为何……难道在你眼里,我竟然是这般寂寞的女子?"

　　"你又如何知道我将你拍成了寂寞的形状?"他反问道。其实宋南生心里很明白,蝶蓝虽每日受着众星捧月的荣耀,但是身边连说个体己话的人都没有,姐妹们嫉妒她,赵老板利用她,捧她的人不少,但都别有用心。

　　宋南生此刻倒也不甚紧张了。天愈冷反而自己的心也愈加沉静。他只是刚才觉得自己贪恋了太久的美,突然一下逼近眼前,还对着自己笑。这情景,仿佛是在自己孤枕难眠的春梦里。若眼前佳人能再给自己几分好脸色,宋南生怕是要飞到云端里去了。

　　"你不拍我的妖娆,不拍我的风情,不拍我的妩媚,不拍我的扬扬自得,不拍我的欢乐喜悦,不拍我的鲜艳时刻。你只拍我表情落寞的、眼神无望的、姿态慌张的一瞬间。"蝶蓝久久地凝视着眼前的人,突然觉得这人该是懂得她的吧,再看看,恍惚间觉得眼前这人眉宇间多了几许深情,怕就怕是自己会错了意,领错了情。她也不知道,久经欢场许久,却不经意间被眼前这人触动了心弦。想到此,竟令自己有些愁闷。

　　他突然不知再对她说什么,淡淡地拉成一个"也许是吧"的自我疑问从嘴边倒回自己肚子里。"这些照片我没收了,以后不准再拍。听到了吗?"蝶蓝突然很想似小女孩般冲他的耳朵大声嚷一句,不准再拍了!然后扮个鬼脸嬉笑着跑掉任由来人追赶打闹。她好久没有这样的心境。恍然间,她似乎是将眼前人当作内心期许。

"那你告诉我你真实的姓名我就不拍。"蝶蓝就是夜上海的蝶蓝,自她家父过世,都知道蝶蓝最避讳的就是提起她之前的姓名,那纠缠着她不愿触碰的过去,更是蝶蓝心底永恒纪念的美好,宋南生明白,若是谁能打开蝶蓝的心,就必须让那个曾经灿烂美好的顾家大小姐回归。

"名字不过只是个代号罢了。我早已忘记自己姓甚名谁,宋先生,你知道我是蝶蓝,是夜上海的蝶蓝便可。其他的我自己都不去计较了,你计较那些有何用。"蝶蓝轻微地叹了一声便转身要走,"这便足够了,我走了。"

"别走呀。别走,蝶蓝小姐……"宋南生苦苦地唤着,却只能看着蝶蓝快步消失在这巷子深处的无尽黑暗里。

宋南生。想来也是上海文化圈里红火的一个人物,当年因为一组给风骚伶人的人物写实照火透了整个大上海的文艺界。大家都觉得这个人的摄影机似是会讲话般,把人物拍得传神而透彻。

他和一个叫作易凯之的写通讯的记者珠联璧合,配合默契。每次报道都占据了《申报》的压轴位置。可是时局动荡,转眼上海也不是太平天,日本人打到了眼皮底下让许多人不得不抉择未来的路。《申报》也不是个能够庇护自己的上佳良所,而且时时面对各种冲突和道义谴责,有时左不是人,右不为鬼。宋南生比易凯之聪明,他知道此时最是不能冲动,一时冲动除了葬送前程之外可能小命也是不保。易凯之不懂,他只觉肩膀上担子太重,内心太过彷徨和焦灼,索性就要求去了战地,从此宋易二人便是分道扬镳,各走各道。

是日,蝶蓝登台献唱。

一曲风华绝代的《夜上海》唱毕,蝶蓝看着底下一片乌烟瘴气,只觉眩晕非常。她近来愈加觉得自己的无力和脆弱。

"这姑娘真是漂亮,来来,今晚陪大爷我玩玩,今晚咱来个鸳鸯戏水,来吧。"说着孙二狗的手便搭上了蝶蓝的胳膊,扯着她的胳膊便要拉下台来。蝶蓝也不是个好惹的性格,虽明知这孙二狗的后台是日本人,但是这口气却是硬生生也咽不下去。

"你做什么?拿开你的脏手!"她怒叫,甩手便给了这醉醺醺的孙二狗一个响当当的耳光。孙二狗今晚的酒也是醒了一半。突觉自己不该上台轻薄夜上海正当红的花旦,他虽肚子里没有多少墨水,却也通晓人情。他知自己是几斤几两,何况在这儿的日本常客对蝶蓝也是有着相当的分寸。他知道从此这梁子算是结上了,蝶蓝小姐此后对自己必是冷眼相对。

但是他不能在这群中国人面前跌了份子,既然决定做一只日本人的狗,那么就得做一个恶狗的样子出来。他便恶狠狠地说道:"你这臭婊子,没事立什么牌坊!还不是给钱就让睡的货色。"那几个常来的日本人也站了起来,往这边凑着看过来,叽叽咕咕地议论着。

蝶蓝听见这话有点儿苦涩却发作不出来,只是猛地嚷了一句:"你若要逼我,我也没法,逼急了我也就是一死罢了。婊子命轻,不要脏了你的手。"

赵老板看着这边的炸药味,也只是淡定地过来,说了句:

爱十二梦

"孙先生,那边借一步说话,可否。"说罢拉着孙二狗便走,附耳对他轻声说道,"孙先生,你也是常来照顾我生意的贵客,何必跟一个女流之辈计较呢!这边来的也都是有头有脸的人物,让人家看到了也不好,是吧。"说完就把孙二狗拉进了自己的办公室,"给孙先生倒茶。"

"你可知蝶蓝是什么人。"

"他爹是顾遇玄。他爹当年都敢对着日本人开一枪,她虽为一介弱女子,也肯定是不会妥协的。逼急她可是真要出人命的。你也不喜欢在这租界里惹出什么事端来吧?"

"你可知道,东田司令看上这女人了?"

一句一句。听得孙二狗一头雾水,但是也听出来个中端倪。

"哎哟。坏了。"孙二狗想了一阵,突然一阵激灵。觉得得罪了东田大佐看上的女人,如果被大佐知道可是不好。不如来个恶人先告状。告状倒是未必,起码不能由别人传这个话。孙二狗再寻思了一阵,眼咕噜一转,突发奇想,想出来一条诡计,这样一来自己在东田面前也可以邀功请赏了。

"赵老板,今儿得罪!我先告辞了,我得赶紧回去。"他离开后便直奔东田大佐住处。一副点头哈腰的狗模样进了东田的住所大门,更是卑躬屈膝地在东田面前说着一些让东田打着哈欠的马屁话。

松本东田是个中国通。少年时在日本便研读中国古籍,对于这个神秘国家的一切都充满着好奇而充分的探寻。此后大东亚计划他由衷地狂热参与,在中国战场奔波征战,打了许多胜仗出来。他给天皇脸上增了许多光彩,出身不甚光彩的东田也算

立冬/醉风尘

出了背负多年耻辱的恶气。虽然东田的父亲是响当当的上将,但是母亲却是日本名妓纪和美智,虽然在艺伎界她也是个响当当的人物,风靡日本上流社会。终被松本上将虏获芳心,娶为妾室。

"孙先生,深夜造访不只是为了说这个吧?"东田一口不甚流利但还算标准的中国话,一旁的孙二狗哈着腰流下一脸的冷汗。

"哎呀,大佐是明白人。我今天去了夜上海,不小心得罪了蝶蓝小姐。我嘴贱手也贱。不知道那是大佐你看上的女人啊。"

"你把蝶蓝小姐怎样了?"松本东田冷冷地看着眼前这个人。他太了解这种墙头草是个什么货色。说到蝶蓝,倒也是好久没有去夜上海听她唱了。他是有些想念她。虽然很想将这女人立刻据为己有,但是那租界的地方还是少惹些事端比较好,最重要的是,他与生俱来的高傲令他觉得这女人早晚是自己的,何必巧取豪夺。

"嗨,那是人家的地盘。我能撒个什么野。就是知道了大佐真心看上这女人却也没什么动静,于是呢,便有几个拙计想要献上。"

松本东田最初遇到蝶蓝并不是在夜上海,而是在一个阴雨绵绵的小巷。他那日闲来无事便换上一身中式长衣带上些便衣卫兵就出了门,想要了解了解他所触及不到的中国。遇到一个小巷见到一个一身素白衣裳的姑娘打着油纸伞匆匆地行步,一不小心撞上了自己。抬眼发觉这女子眼神倔强,姿态不慌不乱地道了歉,自己用不甚流利的中国话回应时,却被这女子不经意的一个白眼噎了回去。他觉得这女子心中定是对日本人有极深的仇恨,不过就连她这不经意的鄙夷都令他觉得极美。但是很

爱十二梦

快她又是一个浅笑盈盈,便低眉顺眼地快步离开了。

再一日。闲来无聊,和几个部下去奢靡之地消遣。见她却像换了个人般站立在舞台之上,他大为惊艳。爱美之心,人皆有之,尤其是男人对于女人最原始的冲动和占有欲是与生俱来的。大佐看上的女人,不管在哪里,都是要完全得到的。

"大佐,那蝶蓝和一个叫作宋南生的,走得很近。不妨利用这个人得到那女人。毕竟中国人和中国人之间,嘿嘿。"孙二狗狡黠的双眼不断地转动,干笑了两声便不作声地偷瞄着松本大佐紧蹙的眉头。

东田大佐也知若是直接用自己的身份去娶她,便是和野兽没有分别。眼前的这个人就是自己的一条狗,让他跑腿办这事倒也不错:"你按你的计谋先试试。"

孙二狗也不敢怠慢,当即便去找了宋南生。

"你这条日本人的狗找我作甚!"

宋南生高傲地抬着头,并不正眼去看眼前来人。不,在他眼里,眼前的不过是条日本人的走狗。其实他也没觉得自己能比这条狗高尚多少,乱世之中自保才是明智之选。他不也正一直苦于如何选择道路嘛。

"宋先生,你得罪我可以,但是可别得罪日本人!"

"我得罪你又怎样,你也不过是一条走狗而已。"宋南生还是有点儿骨气的,但是他的骨气也是建立在一种敏锐的理智分析的基础之上,他深知日本人对于中国人的利用,他也知日本人绝不会因为一条狗而得罪自己这个著名的《申报》摄影记者。最紧要的是,他得在办公室的其他同人面前,保持一副正义凛然,绝不和汉奸为伍的样子。

孙二狗倒也不恼。低声念叨了一句:"宋先生,我知道你心里在想什么,我也心甘情愿做你的挡箭牌,若你真为自己前途考虑,就出了门来说话,我在街口那家药铺门口等你。"

"宋先生好傲骨!日后有你好看,孙某告辞!"说完便出了申报社,在街口一家药店门口等待。

果然过不了许久,宋南生便急匆匆地赶了过来。

"刚刚说话,希望孙先生莫介意啊。"宋南生在这许多天的权衡和评判里,将心归附给了在华东地区势力日渐膨胀的日本人,而他明白大家都在台面上做事,自己所在的位置需要以一种热忱的爱国主义嘴脸面对周围罢了。当狗的人当好狗,做人的继续做人。台面的事儿还是做得漂亮些好,这样彼此的利益和面子都不会伤着。

"我知道你宋南生是聪明人,我也不跟你计较。大佐看上夜上海唱歌那臭娘儿们了,你看,这样好不好……"孙二狗低声在宋南生耳旁恶狠狠地说着,那叫蝶蓝的臭娘儿们,让孙二狗的口气里含着恨也含着畏。

但是此时宋南生却生出了千丝万缕的纠结。说实在的,他似乎是真心有些爱上这女人。但是当初自己接近这个美丽女人的目的,也不过是为了让这夜上海的当家花旦给自己行些便利。而他似乎也有所耳闻,日本大佐对这女人也是有点儿意思。这一切的一切,只是为自己。老话不是说了嘛,人不为己,天诛地灭。

想他宋南生一介才子怎会在这等歌女身上费尽心思呢。他想要什么样的女人能没有,而他宋南生想要的也并非是什么倾

爱十二梦

国倾城的美人,而是属于他宋南生呼风唤雨的一片天地。

"好吧,暂且就按孙先生的这个办法行事。"

蝶蓝这天登台的时候心里莫名其妙地慌张。她轻轻扶住话筒随着音乐摇摆着自己的身体让自己放松,她张口来了一首自己编曲的歌:"纷纷扰扰伤别离。是那落尽梨花春又了。怨悠悠念满地残阳,望尽翠色和烟老。看那满地残阳,心是寂寞。"

"老子今晚就是要睡你这个臭娘儿们!妈的,当婊子的立什么牌坊。走,跟老子走吧。"孙二狗又摇晃晃地上台,说着就要搂住蝶蓝,却被蝶蓝狠狠地一个耳光打了上去,霎时间,他的脸就白一道,红一道了。"你干什么!拿开你的脏手!"孙二狗当即立马怒气冲天:"你今儿跟我走也得走,不走也得走!"

他们僵持着,一个风姿绝绰的女子端着一杯茶就上了台,来人正是往日红极一时的百合,虽年龄稍大,却也依稀见得那份盛极一时的美人模样。美人总有迟暮时,那年那月那日那时的惊艳也不过成了故事里的传奇和经年里的一声轻轻喟叹。"别这样嘛,孙先生,来喝杯茶哟,消消气噻。蝶蓝年纪小不懂事,侬莫跟她一般计较。侬伐要桑气了好伐?有撒气头呢?多气桑森体饿。"说着把一杯热茶敬上,却被孙二狗一甩手就打翻在地。

"放你娘的狗屁!婊子他妈的就是婊子,少他妈的当了婊子还要立牌坊,老子什么样的女人没见过,吃你这套?哼,老子背后是日本人,得罪了老子,你们谁都甭想在这儿混下去。"孙二狗怒目圆睁,将百合一把推倒在地。

一双温柔手却扶起了此时在地上娇喘连连的百合,宋南生扶住百合站定,就厉声斥责这条狗:"孙狗子,你一条日本人的

立冬/醉风尘

走狗都欺负到租界里了,欺负到赵老板的地盘了?一个大男人在这种地方欺负两个弱女子?你若不想明天见报,就赶紧滚蛋。"

"你这小子,你,你他妈给老子等着。"他说完便轻飘飘地带着一股恶心的酒臭味离开了。

"两位姑娘都没事吧?"宋南生的脸面向着百合,眼神却不由自主地向蝶蓝那边飘。一脸紧张的神情被百合看了个通彻,不过这百合对这眉清目秀的才子也是钦慕已久,落花虽有情,流水却绕着青山走,自己只好将一份醋意盎然的感情隐忍在心底:"谢谢宋先生搭救。"一个躬身屈膝尽显感激之情。

百合明明不是这样的女人。年轻时在夜上海叱咤风云,自己也是个说一不二的角色。只可惜年纪渐大,便没了那么些张狂的资本。她对蝶蓝平日里也是面子上过去,里子恨之入骨万分嫉妒。蝶蓝夺了她在夜上海当家花旦的位置,也夺走了她曾经的万千宠爱。不过她懂,花无百日红,女人总是要有这么一天的,蝶蓝不来,下一个蝶蓝也会来。如今国难当头,她更是没资格再去嫉恨谁,自己的平安就是最大的福分。她不像蝶蓝有那么深的背景,穷苦人家出生,混到如今的地步,也全靠了自己温软的性格和人美嘴甜会来事。

"两位姑娘没事就好。"说罢扶起了她们,百合本就对宋南生很有好感,这下更是心内欢喜:"宋先生,谢谢你。"宋南生和百合说话客气间,蝶蓝一句低落的"谢了"就冲出了夜上海。"我去看看她。"宋南生也不顾百合一脸的失望,跟着蝶蓝追了出去。

夜上海外却是一片湿冷的阴雨连绵。蝶蓝想要在这滂沱的

爱十二梦

大雨里洗净自己所有的深重罪孽,冲刷掉她所有的苦楚。她再也不想待在一个喧嚣混乱的鬼地方,她想要逃离却不知在这乱世中又能逃往何处。她想到了一个人,宋南生。想起他刚才为自己挺身而出的样子,突然一阵暖流涌上心头。他不是心心念念记挂着自己嘛,他不是名动上海的记者吗?他是不是也可以放下一切带自己走。此刻,宋南生于她而言,便是一棵救命稻草,只有抓住他,才能从这苦海里游离。"蝶蓝!"一声响亮的叫唤让蝶蓝停住了飞速运转的脑袋。

"你这是干什么!"宋南生轻轻按住蝶蓝不住颤抖的肩膀。

"我干什么!我要疯了,我要在这个鬼地方待疯了!"

"你能去哪里?现今时局就是这样,你要走?能走到哪里?哪里都不是归宿。"宋南生搂起蝶蓝柔软的肩膀,突然间有些心疼,却转而心一狠继续道,"蝶蓝,你不要犯傻了,你这样我很心疼。"

蝶蓝突然不可抑制地大哭:"宋南生,你带我走吧!你带着我一起走吧!"她的心似乎是有万般蠕虫作梗,难受万分却无法驱除,"我不要待在这里,做一只被观赏被玩弄的动物!求求你,让我做回一个人吧?"在他面前,蝶蓝第一次放下所有包袱,卸下所有面具,也第一次如此恳求一个男人。

"我不知道,我有没有能力去承担带你走如此沉重的负担,因为我觉得我没有资格,没有勇气,我觉得我其实是个很懦弱的男人。"他明白如果答应得过快,蝶蓝那样聪慧的女人,肯定觉得自己的考虑并不慎重,"蝶蓝,我怕我给不了你一个安稳的现世,我也怕你委屈了自己。"

言之切切,绵绵而诚恳。

立冬/醉风尘

"你就不能勇敢地担当一次吗？我知道的，我知道你是爱我的！"蝶蓝语无伦次不知该说些什么，只能一次又一次地重复着。"蝶蓝，你容我再想想好吗？别冲动，在这种时局里还是清醒些、理智点的好。但我承认我是爱你的，从看见你的第一眼，我就被你深深地吸引。不然也不会情不自禁地傻乎乎跟你搭话，情不自禁地给你照那么多照片，情不自禁地每日默默地跟着你望着你回家，在你身上，真的有我太多的情不自禁。但是眼下这乱世里我们又能逃到哪里去？"宋南生说出这些话的时候，自己的心也狠狠震颤了一下，他似乎觉得，自己是真的爱上了这个叫作蝶蓝的欢场歌女。但是这种强烈的心动仅仅又只是一瞬。当雨水流过脸颊时便顷刻恢复理智，一个男人若是连自己的感情都控制不了，在这个混乱的大时代，这个男人的结局便只有死。

所有的感情放在一个浑蛋的时代都会显得苍白，个人的命运终究抵不过时代的命运。

"你能不能为了我勇敢一次呢，能不能？我们可以去香港，我们也可以离开这里，随便去哪个地方都好。你是记者，你一定认识很多的人，有很多的办法，你带着我走吧。"眼前的女人泪眼婆娑，梨花带雨的苍白面容在雨水里显得楚楚可怜，十分动人。

反正都是做戏，不如做得认真些。"蝶蓝，告诉我，你确定好了吗？是我吗？"眼前女子已经哭到肩膀不住颤抖，宋南生轻轻扶住就势将伊人揽入怀，"我能。我能。你别哭了。不然我真的心疼，嗓子哭哑了，怎么办？"

"你还想我继续唱那些该死的靡靡歌曲吗？"

"不是的，不是的，蝶蓝，你莫要误会我。"宋南生急切地解

爱十二梦

释,"哎哟。"急切的说话间已是不小心咬了舌头,大概确实是太紧张,"蝶蓝,你现在还不肯告诉我,你究竟是谁吗?"宋南生捧起蝶蓝那张梨花带雨娇媚的脸,"不管你是谁,我都愿意带你一起去天涯海角。只是,我希望在我的面前,你永远都是最真实的自己。不要伪装不要面具好吗?"

其实眼前人是风云一时的顾家大小姐,顾歆安的名号他这个触角敏锐的蠕虫会不知?"顾歆安。"蝶蓝话音刚落,宋南生便搂得更紧了:"好,歆安。你等我便是。"

"宋南生,我真的好怕。乱世之中,弱女子更是如浮萍。我怕你不要我。我爹爹死了,现在只剩下你了。"

"歆安莫怕,我,宋南生今日立誓,我愿意带这个叫作顾歆安的女子走,照顾她,疼爱她,一生一世,不离不弃!"他将此刻凝神望着自己的歆安脸上的泪痕小心擦掉,接着说,"我还需要点儿时间,你给我时间,让我把一切安排妥当好吗?只是夜上海那边,就怕赵老板追究起来。"

"我其实本就是自由身,先生只管放心。我还有些许的积攒,到时我们去哪儿也不至于活得困窘。"蝶蓝此时铁了心要速速离开这是非之地。"歆安,我不会让你受苦的。"

百合本名叫白棉。赵老板早年从人贩子手里买来的。自小调教,长大后也出落成一个美人儿,在夜上海红过一段时间。可是女人的青春比金子还宝贵,比流沙还流得快。

此时的宋南生刚从百合床上下来:"百合,给你交代的事情可听清了?"

虽说宋南生莫名接受了自己的示好,百合心里也是空荡荡的。她喜欢宋南生，因为这个男人有才而且家道也颇为殷实，不失为自己退出欢场之后的一个好依托。她虽和蝶蓝并无多少瓜葛，只是往日的一些轻微嫉妒引起的宿怨积攒在胸腔，导致她现在也一时脑热，不顾宋南生对日本人一脸献媚的嘴脸，甘愿帮宋南生完成他交代的事。

"侬放心好了啦。"一句娇滴滴的话，宋南生看着眼前人儿又再度心痒难耐，压下身去再次风起云涌一番。

一辆笨重而陈旧的汽车驶了过来。蝶蓝望下去，突然觉得内心一阵没来由地慌张。"哎哟，蝶蓝妹妹，你放心跟他好了。这边自有我打理。"

"你竟然会帮我们？为何？"

"没有为何呀，阿拉好妹妹，侬莫要多疑。都是女人，侬的难处我懂。"百合一番话，倒也情真意切。

"谢谢你啦。其实，哎。姐姐哎，我这一下又不知从何说起了。"

"侬莫要多言，赶快离开。我送你。"

送蝶蓝至楼下，司机已经打开车门彬彬有礼地等候。蝶蓝望着这种现时很难弄来这么好的车，还布置得如此周到："好姐姐，这……"

"好妹妹，这可是阿拉朋友费很多周折安排好的。妹妹一路一定小心。"

"劳烦姐姐费心了，以前对你竟有许多误会，这次走后不知何日再相见。前尘往事就此一笔勾销吧。其实你和我也不过都在风尘中，我们应该最能体恤彼此的苦痛，希望姐姐也照顾好自己。这里不是长久之地，姐姐早作打算的好。"

爱十二梦

"侬一定要幸福呀,一路小心。"百合轻轻握了握,目送着这辆车缓缓驶出了巷子。而车里的蝶蓝,却也莫名地开始慌张起来。她不知道前路漫漫,等待她的到底是幸福的彼岸还是苦难的深渊。她的担忧来自于内心深深缺乏的安全感,但是一想起那个深情的情不自禁的宋南生,她的疑虑和困惑又一下子烟消云散了。

百合收拾细软也匆匆离开了自己的公寓。

"走了?"

此时的宋南生坐在百合对面,懒散地点了根卷烟,缓缓将烟吐出一个烟圈来,烟蓦然散开,百合觉得自己像是看不真切这张脸。

"南生。"

"怎么了?心疼那婊子了?婊子不过是婊子,就是用来给人睡的。"

"其实她比我干净,其实她也如我一般认真待你。你为何如此看待我们女人呢?"

"哎呀,你倒假慈悲起来了?你也不就是想为了跟着我离开这里讨个活路嘛。"宋南生一脸厌恶地看着百合,他似乎一下子就将与这个女人过往的欢娱抛在脑后,畅快地憧憬起自己飞黄腾达的未来,"告诉你,我不走了,我觉得跟着日本人,在这里,照样呼风唤雨呢。要说我还真是感谢你们夜上海这两位大美人,夜上海还真是我的福地呢。"

谈话显然慢慢陷入僵局。一阵长久的沉默之后,百合突然凑近南生,盯着他看,弄得他浑身不自在。

"南生,我以为我已是狠心异常。无爱无欲。没想到你比我更甚。"

"那又怎样？乱世之中，为了生存罢了。"宋南生狠狠地吸了一口烟，结果把自己都呛了一下，咳嗽着轻轻说了句，"说不定对她来说那也是个稳妥的归宿。"

"我倒觉得，你把她丢进了一个绝望而悲惨的命运里了。"

"那你也是帮凶，假惺惺的猫哭耗子干什么？你也别多嘴，拿到松本东田的赏金就立马滚回你陕西老家去。别在上海这地方装什么上海人。"

男人比女人更翻脸不认人，而且记性奇好，攻击力超准。女人在男人面前什么话都别说太透，尤其是秘密，说给男人听只会导致自我伤害。百合此刻就在自食恶果，她觉得她看错了这个男人。想当初宋南生来夜上海给自己照相时，她甚是对这个年轻有为而富有才华的摄影师着迷。他还对她说，她唱的黄梅戏，全上海再找不出第二个。虽然自己在夜上海的地位日渐式微，不过宋南生却给了自己莫大的骄傲和虚荣。她和蝶蓝同样天真，都以为这个男人会是救她逃离的一叶方舟。

"你当初会帮我们呵斥孙二狗统统都是演戏？你那次扶起我，我以为你有多纯良，不想你今日作为竟不如一个婊子。你从一开始接近蝶蓝就是一场赤裸裸的阴谋吧？就是为了将她给日本人？好让你前程似锦？"

"你说呢？"

"日本人是狗，你就连狗都不如！"

百合越说越激动。其实她恨日本人，就像是每一个恨别人侵犯到自己家里的女人一样，女人大多有天生的母性要护犊子

爱十二梦

的，而生她养她的土地便是她的褥子。此刻让百合不知所措的更主要的原因是宋南生明显是急于摆脱自己，而自己也不过成了一个可恶可恨的帮凶。她看清了，这个男人不会爱她，他只爱他自己。

"我觉得我对你的爱真是犯傻真是愚蠢。我把自己置身于一个虚妄的梦里，不断地自我欺骗自我催眠。我竟然一直觉得你是个有担当的好男人呢，你这个浑蛋啊……"

说完，百合拔出头上的簪子向宋南生刺去，却一个趔趄被他一把推倒在一边："你这个可恶的婊子，你要怎样？别给脸你不要。"

她爬起来，刚才的光鲜亮丽瞬间变作蓬头垢面，也不管不顾地大笑着出门，嘴里念着："谁又比谁可恶多少？哈哈哈哈，枉我对你那般情痴，原来自己爱上的不过是只披着人皮的畜生哪。"

"我畜生？我若不畜生卖给日本人这个面子，你以为日本人就没有办法弄到蝶蓝？她是个什么东西？要不是大佐真心看上，怎么会这么大费周章？"宋南生看着这个疯疯癫癫的百合走远之后，嘴里自言自语地念叨，"不过，可惜了这张如花似玉的脸和那曼妙绝人的嗓音了。"他看着给蝶蓝照的照片发起呆来。照片里的蝶蓝仍旧是风情万种身姿绝色，他甚至有些想念她了。

突然百合冲了进来，从公寓阳台纵身跳了下去。他还来不及阻挡，便听得见"咚"的一声。血茫茫刹那间一地寂静。宋南生此时只是呆坐在椅子上，不知该起身站立去察看还是转身逃逸。只听得半响之后楼底下突然有几声童声在喊："死人啦死人啦。"

"怎么办？怎么办？"傍晚时见到孙二狗，宋南生就一下慌了神般地六神无主，目光呆滞。"女人都是麻烦，本来大佐对你这次很满意，打算重用你呢。现在整个上海都沸沸扬扬地传着夜上海当家名伶百合惨死在《申报》著名摄影师宋南生家楼下！"

"现在蝶蓝也安全送到了大佐那儿。今晚就是大佐的大喜日子，你小子就别他妈的给人节外生枝了好不！大佐决定派我把你送往日本避避风头。到时候，你回来了就可以为大日本帝国效力，你继续做你上海的首席摄影记者。"

宋南生已乱了方寸，全然没了平日里气定神闲、运筹帷幄的得意劲儿。他只能任由他平日最看不起的狗来安排他的后路。

此时顾歆安在房间里任由着几个日本女人对自己摆弄。她顾不得外部的这身皮囊，只觉得内心无比灼痛。宋南生欺骗了自己，不过又能怨谁呢。也怪自己识人不清，心急火燎地以为那男人情深义重，便投怀送抱，许下良多期许和过分地依赖。镜中那娇艳欲滴的红人儿分明不是自己，不过是个人性玩偶而已。如今自己被所谓心爱的男人送进这虎口，她也只有认命的份儿。

"统统退下。"

"是。"

那帮身着硕大笨重的和服女人鱼贯而出，一个身材魁梧的男人出现在了顾歆安的面前。她还来不及抬头瞧他，便有一种莫名的威慑力让她继续低着头。

"顾歆安小姐，对不起。冒犯了你。我想，我们不算陌生，你对我一定还是有些印象的。"

这个自大的日本人。顾歆安默默地心里骂了一句给了自己些勇气便抬起头。站在自己面前的竟是他。他算是夜上海的一

爱十二梦

位熟客吧。每每过来也不见似其他日本人肤浅张狂,只是静静坐在一边听蝶蓝几首小曲,酌几杯酒便离开。偶尔会有几束花送到后台,只是淡淡的几句恭维,显得彬彬有礼而又不失气度。

"你还撞过我一次,歆安小姐。"

那日下雨天。蝶蓝蓦地记起当时急匆匆返回公寓在小巷时确实是撞上了一位日本军官,她本身就憎恨日本人,于是没正眼看过又很快离去。后来,来夜上海的日本人多了,她也没有做过度的联想。

"这一撞,算是撞出了个好姻缘。歆安小姐,请你放心。我松本一定不会亏待自己的女人。待战争胜利之后,我会带你回我们日本。"

"你这巧取豪夺也算是好姻缘吗?"

"歆安小姐,我实在是不想招惹太多事端才出此下策。你看,你那宋南生不也是个懦夫嘛,他此时估计拿了我的钱正往我们日本逃命呢。他可算在上海干了一件惊天动地的大事。"

顾歆安并没有听出来大佐此时是话里有话。只觉得自己也不过是人家案板上的鱼肉,任人刀俎。她突然间好累,觉得此时再多仇恨也于事无补,于眼前这日本人她是个炙手可热新鲜有趣的玩物,谁知道过些时候会是什么情景,得到之后又会是什么。在夜上海自己也不过是个不知亡国之恨的商女罢了。何去何从都是死路一条,不如也不反抗就此沉默。

"歆安,你是聪明的女人。我也算是费了周章把你明媒正娶进来了。你先休息,日后我会让你明白,我松本绝不会亏待自己的女人的。"他对着镜子整理了一下衣领,留下一个似是欣慰又似是嘲讽的古怪笑容离去了。

屋外是一片灯火辉煌张灯结彩的喜庆景致,松本也算是最大限度地尊重了这个女人。

众人围绕在大佐旁边纷纷道贺,孙二狗更是兴奋得满脸泛红光,他自觉自己是功臣了,便美滋滋地凑上前去:"恭喜大佐贺喜大佐,娶得一房貌美似仙个小娇人儿啊。"孙二狗突然又附到大佐耳旁,低声道,"宋南生已派人送出去了。大佐过些时日决定是杀了他或者利用他都可以,反正我觉得,这个人不可久留。"

大佐:"你管好你自己!"

众人熙熙攘攘,来人很多,许多中国人夹杂其中:"松本大佐,不承想夜上海当家花旦竟会娶入府邸,可喜可贺,可喜可贺哪。"

"赵老板,蝶蓝甩了你这个东家,你可觉得颜面无存?"说话人是一商会小头目,和赵老板平日有些许过节,此时说话,更是多了几分酸味。赵老板此时思绪万千,却也无可奈何,他一直想不通,为何蝶蓝就突然离开,虽然她在他那儿也是自由身,不过怎么自动"送入虎口"实在费解。这不到一日的工夫,夜上海已损失了两员"大将",还闹出了这么些特大的新闻轰动了整个上海滩。今日中国人皆曰他赵老板已是做了日本人的附庸,租界里的夜上海也快要挂上亲日的牌子。但是赵老板此时的苦水却不知该往哪儿倒,任自己再家大业大,在上海混得是如何只手遮天,却也只落得今晚前来道喜的份儿。他再怎么权宜得周全,也比不过此前日本人日益壮大的势力,他只得暂时委屈做个墙头草倒到日本人跟前。此时他应对这对头的方法也只有沉默了,更为尴尬的是,他道贺道得喜庆也不是,道得悲凉也不妥,于是

爱十二梦

逼着自己紧紧闭嘴。

"大家喝好,今日喜得良眷!可喜可贺!来,喝它个不醉不休!嗖嘎。(行的意思)"松本司令对着众人喜滋滋地说道。

此时的顾歆安坐在房内。她什么也不想,亦什么都不敢想。

换我心,为你心。始知相忆深。谁谓荼苦?其甘如荠。靡不有初,鲜克有终。落尽梨花春又了。满地残阳,翠色和烟老。看那满地残阳,寂寞春行路。一场寂寞凭谁诉?算前言,总轻负。早知恁忑难拼,悔不当初留住。世情薄,人情恶。雨送黄昏花易落。

几句细微的念念叨叨,便道出了千古愤怨万般痴缠。一位女子若是太有才情,总是被负抑或自负。总之,逃脱不了孤凄的命运。女子若是太美丽,总是红颜薄命抑或美人迟暮,总也甩不开悲凉的境地,尤在乱世更甚之。

顾歆安两样儿占全,她只恨自己生在这乱世。她突然觉得之前恨日本人,和此时愤恨日本人的心境大有不同。她切切地感觉到了一种前所未有的家国之痛,领土不在,亲人覆灭,血肉被踏,何谈自我?她又不知道自己一介弱女子,又能做些什么呢?又能把这群畜生如何呢。

她一想到那张看似儒雅却丑陋恶心的面孔过一会儿就要到自己眼前,就觉得自己不可再这般逆来顺受下去。她觉得自己真是聪明一世,糊涂一时。怎会相信了宋南生那个衣冠禽兽?真是几句甜言蜜语就把自己哄得晕头转向,自己竟会如此愚蠢

立冬/醉风尘

地相信这个人。是他,才能将自己骗出租界,骗进这个魔窟。她真的无法忍受自己去侍奉一个日本人,她甚至想过杀了松本,可松本那么有心计的男人,会不防着自己吗?就怕如果杀松本不成,自己就会死得非常难看毫无尊严。不如现下死了还好一了百了。

她见那几个日本女人出去忙了,便将贴身装的照片拿出来,一张一张看过,她觉得眼前所见每张都是莫大的讽刺。当初宋南生是如何拿这些虚无的影像来蛊惑自己的心,自己此时便有多么的难过。

她看着眼前的红烛台,火光映照着自己的眼。"不如一把火烧了个干净。"心里默默地声音说给自己,不由得便拿起烛台,点着照片,点着点着便痴痴地笑出了声,照片扬起,火光飞溅。她将照片扬向床,床单似是着了魔般迅速燃起来,红与红交织纠缠在一起。

她,将自己沉没于火海。所有的爱恨,这刻皆为虚妄。

那边,似是传来了"着火了"的惨叫……

他衰老的手指婆娑过一张张照片:"她很美吧?"问旁边的一个戴着黑框眼镜的学生妹。

"好美。"那小孩子忽闪着眼镜后大大的眼睛,嘟着嘴巴问,"爷爷,那后来呢?"

"后来。后来爷爷随人东去日本,到了日本,爷爷跟一个美国人跑了。认识了你妈妈的妈妈,结婚,生子。做着小小的生意,再也没有给谁照过相。"

爱十二梦

"哎哟,爷爷。别内疚了啦。人不为己,天诛地灭嘛。"小孩子哪里懂得国仇家恨,在这个时新的年代,什么都迅速变化着。她很小,受的还是美利坚标准教育。眼里自觉个人利益大于天,没有自己哪里来的家国。

"你不懂,你太小。等有一天你有了选择,有了信念,有了取舍,有了欲望,有了爱,有了恨,你就知道了。"宋南生将照片再次颤巍巍地包裹好,像往常一样放在衣服的里袋,"你要记住,你始终还是中国人,再怎么你也留着炎黄子孙的血脉,爷爷若是能够再选择一次,我不愿带着愧疚死。我也许会勇敢一点儿,像欵安那样的小女子都能有勇气一把火烧了自己,虽然无异于飞蛾扑火,自取灭亡。不过那场火倒也是点燃了许多人的良心。"

"爷爷,你说得好深奥哦。"

"快走吧。跟你爸爸走,你以后就在这片土地好好生活下去。你会知道,你为何要热爱这片土地,你为何流着中国的血脉。孩子,你终有一天会明白我的。"宋南生目送完父女俩离开,喃喃自语轻轻地,"我也该走了。"

他行至黄浦江边,再望一眼如同昔日一般繁华的上海。

跳了下去。

他也许是爱过的。

大雪/他叫红

他　红

世间真爱之事已是极少
大多痴男怨女
戴上一张欲望面具
演着一出出
爱恨交加的悲喜剧

他叫红

那天的雨未必是凉的。

他听到这个女人用一双布满老茧的手细致地抚摸自己背部的时候，嘴里喃喃地念叨了这么一句。他常常觉得这手，太过丑陋。能够引起他兴致的手，必然是光洁如玉、细腻如丝的。他多么希望自己诞生于那么一双似白玉的手里。然而正是这双手几乎覆盖了他童年的全部记忆。给他煲汤的是这么一双手，做饭的是这么一双手，纳鞋底的也是这么一双手，在他高烧不退时，悉心照料他覆盖于他额头的也是这么一双手。

其实或许在他的潜意识里，这双手摩娑了自己的整个童年时期，以至于他无端地生出太多厌恶。他越是被这手抓得紧，越

爱十二梦

是想要逃脱。然而他是个讨厌被控制的人。困顿于他灵魂深处的，反而是那股极为强韧的控制欲。他亦强烈地渴望能够掌控自己的全部人生。

当他在高中课本第一次接触到 fate 这个词时，他立刻想到的造句就是"For man is man and master of his fate（人是他自己的主人）"。他喜欢这个词，他喜欢这个词里潜藏的控制感，那是他自己的，一种隐秘的欲望。

他叫红。他其实不明白母亲干吗起这样一个俗气又香艳的名字给自己，但是他一出生，那接生的婆姨就说："这男孩长得可真俊啊。"三岁看老，那个时候连邻家的小姐姐都喜欢抱着他到处转，他已经初见迷倒众生的端倪。再大些，村里的大人就说，这孩子长了一张风情万种的桃花脸。母亲生下他的时候，因为年龄偏大的关系，难产，哭天抢地喊了一整天，终于在接生婆和他父亲费劲的侍弄下，生下了嗷嗷啼哭的他。他的哭声极为响亮，小小的身体里好像藏着一只鼓。他是他们家的期盼：一个男丁。再往上他还有两个姐姐。

红所成长的山村，闭塞，贫穷，总之，红觉得自己一定不属于这里。红不爱自己的姐姐，他喜欢隔壁家那个长得漂亮的被人叫作"宝贝"的小姐姐抱着自己玩耍。他觉得宝贝姐好看，皮肤白皙，长相甜美。而自己的姐姐长得粗鲁又丑陋。很小的红就已经懂得区分美女和丑女。

若是时光不那么迅疾，红的母亲在当年的清贫岁月里绝对是个大美人，县里招待所的一支娇艳欲滴的花。只是不知道怎么就看上了临时当保安的红他爹。红他爹是个有点儿傻里傻气

大雪/他叫红

的愣头青,硬是为了他,母亲退了家里给订好的那门亲事。被他爹给退亲的那个姑娘可算是气坏了,这在当时当地绝对是个莫大的羞辱。姑娘的表哥带着一干人等把红的母亲狠狠打了一顿,等他爹赶到的时候,他母亲已经被揍得眼睛不是眼睛,鼻子不是鼻子了。不过这门亲事算是彻底告吹,而这个老实巴交的男人此生也就干了这一回惊天动地的大事。

根据宝贝姐姐的说法,在他爹娶他娘的那天,村里下了很大的雨。他爹把他娘一路背着,两个人都湿透了,他娘就穿了一双红色的新鞋,宝贝丫头跟在后头看热闹,一直跟着两人,那双红色新鞋一直在宝贝丫头的眼前晃来晃去,跟到他家的屋子里,才得到了两颗糖,这才欢天喜地地走了。

红喜欢隔壁的宝贝丫头。宝贝姐清秀可人,是他们村里大部分男人的梦中情人。他第一次梦遗是因为梦见了宝贝姐,他梦到宝贝姐抱着自己,那雪白的大胸脯柔软地蹭着。可是呢,就是这样一个大美人,却非常意外地被许配给了张家的大儿子。

张家大儿子那是个什么货色?如果说这世界非得给粗俗这个词举个现实例子,那么张家大儿子绝对是个典型。他吃饭会端上一碗饭蹲到门口很快吸溜完,生怕谁跟他抢饭吃,吸溜的声音非常大,伴随着涎水鼻涕一并而下,吃完也不拿纸擦嘴,鼻涕擤出来往土墙上一甩,吃完就随便拿袖口擦两下嘴巴。吃饱以后还要再骂骂咧咧地叫嚷一会儿,跟同村的张三李四吹吹牛皮,说话的时候嗓门儿大得堪比村头的王泼妇,唾沫星子乱飞一气。红看见这种场景觉得如果宝贝姐嫁给这样一个人,她一定会窒息而亡的。猜测终归是猜测,他的宝贝姐还是被张家人张灯结

爱十二梦

彩地娶回去了。

村里最美最雅的姑娘,嫁给村里最粗鄙的男人,红想一想就觉得难受,但是他又能怎样呢。他还是得面对村里那些长得歪瓜裂枣的丫头们随时抛过来的媚眼和大嗓门儿们言语上的戏谑嘲弄:"哎哟,这娃咋长得像个姑娘似的。""红真是出落得越发俊俏了啊。""红,婶子喜欢你,赶明儿把二丫嫁给你好不?"

每天早晨,都是红最难熬的时候,他得穿过那几家多嘴多舌的门户到邻村的初中去。每天晚上,红都会在学校里看书看得很晚才回家,他会把他母亲在他书包里装的干馍和油饼吃干净了再回去。他怕回去得早了,又看到村里某些无聊的人对着自己指手画脚。冬天的夜特别长,也分外地黑。红摸着黑回家,他越发地喜欢在学校里待着,越发地喜欢学习。这天他回去得稍微晚一些,经过张家的门口,他发现平时严实的窗户竟破了个小洞,而这昏暗的灯光里,人影似乎在动着。他控制不了好奇心,顺着那小洞看进去。屋子里头那盘大炕上,是他的宝贝姐和张家那大儿子赤身裸体地对峙着。宝贝姐一脸的漠然,犹如此刻那身子不是她的。张家大儿子粗鲁地侍弄着这具雪白的光滑躯体。宝贝姐还是一脸的漠然,似乎眼下这事情毫不关己。他恨不得替宝贝姐杀了这个禽兽,但是再一想,自己算个什么东西,又有什么资格去管别人家的闲事。

他突然间心底潜藏了某种窥探的欲望,这欲望一发不可收拾。他几乎每晚都会刻意而悄然地在张家窗下驻足许久,虽说他知道初三是升学的关键时期,他的目标绝对是县里的重点高中,但是他似乎就是克制不住。在自家的炕上,他每天晚上都在

大雪/他叫红

想他的宝贝姐,而她的形象在自己的心里也从那雪白的胸脯幻化成了一具绝美的胴体,那细微声音经常跑到他的脑海里,他克制不了这种隐藏的欲念,他想象着,在他的想象里,她的身体是温柔且沉静的,他无数次地,祈求这具身体能够宽恕他,拯救他。他觉得只有自己才配得上这温柔与沉静,红闭着眼睛,在想象中与这温柔一次次对峙。那是红梦境中隐秘而潮湿的洞穴,令他在黑暗中沉溺而深陷。

  成熟得过早未必不是好事,起码让红感受到一种绝然而凄美的孤独。他在夕阳西下的麦田里,拔了一天杂草的疲惫并没有阻碍他欣赏这些。他狠狠地喝上一口小铝壶的凉开水,似乎是饮琼浆喝玉液。他喜欢这个时候的麦地,金黄得透亮,纯粹到极致的美。在这样的夕阳里,他觉得自己根本不属于这里。他所在村庄是愚昧而落后的,就如同夕阳下的麦田,残阳似血。夕阳朗朗地照在四周泛着淡绿的群山之上,照着他村庄里的每一间房屋,每一棵树,远处低矮的山峦在夕阳里显得如同圣母的面纱,美得神秘而通彻,在瓦蓝而透明的天空里显得静穆而悠远。每一棵梧桐树上的知了都放肆鸣叫,骄傲而自大。他就好似那个渴望脱壳之后就一鸣惊人的昆虫。他对于生养他的村庄狠狠地厌恶着嫌弃着,却无法不得不直面心底隐藏着的那一份根植的热爱。于是他越发地渴望"衣锦还乡"这个庸俗而得意的场景。红时而幻想着自己便是那无所不能的孙大圣,他的村庄便是他的五指山。而那漫漫的人生路上的修行还繁多而吊诡,不过红自信他所向无敌。年少的红一直渴望的便是一种逃离,他恨不得生来就和脚底下这块盐碱地没有丝毫关系。此刻他双脚

爱十二梦

站立于这厚重而干燥的泥土上,感受着内心的焦灼与不安。

红不爱他的父亲。每当他看到他那衣衫褴褛不修边幅的父亲下地干完活后端上一个偌大的碗吸吸溜溜在家门口蹲起来,以一副满足的神情吃面的场景,一种厌恶的情绪便油然而生。他知道他父亲有个无法启齿的毛病,那就是不举,这对一个男人而言简直是奇耻大辱。红自从喜欢偷窥宝贝姐的私密性事上了瘾之后,他内心偷窥的念头就一发不可收拾。他甚至对父母的那种事情也非常感兴趣,他知道这是一种几乎变态的欲望,却无法克制。直到他观察了好几日索然无味的父母的床底之事后得出了一个怅然的结论,那就是他父亲几乎是半个废人。红越发地厌恶父亲,他宁愿不是他的儿子。

大概母亲是老得比较快的。红终于考上了高中,接到县重点高中通知书的这天,他突然发现他那还算年轻的母亲已经有了很多的皱纹和白发。"红。娘给你说件事情,你宝贝姐跟人跑咧。好像是广州哪个老板,反正这几天张家鸡飞狗跳的。"她说着这话,似乎她一直都知道她儿子的心思,她儿子自小就爱生得水灵秀气的宝贝。红却闷声闷气地出了门,他来到了属于自己的麦田时,却惊奇地发现张家那粗鄙的大儿子也在这里。灿烂的阳光照得他的脸比以往更加通红,他那写满苦闷的红脸蛋被阳光照耀得有些滑稽。"哥。"红轻轻地叫了他一声,此时他站在齐茬割过的麦田上,旁边就一垛收割好的麦子。他拿起烧酒往红的怀里塞:"喝。"红和他沉闷地对喝着酒,无话。夕阳西下,只是这天的麦地不独属于红。

县里的重点高中是寄宿制,红在这里每日埋头苦读,心里隐

大雪/他叫红

隐地潜藏了许多摆脱他那个小村庄的愉悦。他刻苦，认真，勤奋，好学。总之，很快拔尖。他的个子越来越高了，身体也越发地壮实。他和县城里那些自小条件比较好的同学打起篮球来也丝毫不逊色。红喜欢这个高中，同学仰慕他，师长欣赏他，而他自我感觉也越发良好。他觉得自己就是人中之龙，有朝一日定会飞黄腾达的。红喜欢在每一个晚自习之后都如同一位智者一般信步在操场上踱一圈，他觉得，缓慢地散步有助于自己更加清晰地去思考。那天他正在思考着课堂上关于"fate"的造句，却跟迎面跑来的一个姑娘撞了个满怀。再仔细一看，哪里是什么姑娘，是刚分到学校里的音乐老师。"老师好。"红有礼貌地叫着她，但是心跳却明显加快。他生怕自己面对这位优雅美丽的老师而显露出来的嗫嚅被发觉，而他分明还是想多说些别的什么。

他记得开学在第一堂音乐课上，她彬彬有礼地向同学们介绍："我叫弋楠，刚刚毕业于一所非著名音乐院校。虽然非著名，但是还是培养出了比如赵西平这样优秀的作曲家，但是同样也培养出了我这位学艺不精没有成为大师的学生。但是音乐会令人得到最优美的智慧，也能让人的心灵得以愉悦。我不要求你们能将你们那些繁重的课业之外的多少时间留给音乐，我只要求你们专心听我讲课，珍惜每学期稀少的音乐课就好。"这番幽默而睿智的话打动了红的心。红在音乐课上算是听得分外认真的那个，他喜欢直视着讲台，目光随着弋楠的动作而起伏。弋楠的嗓音极好，一首歌经她唱出，红听着便犹如天籁。弋楠生得白皙，眼角细微上翘，也是一双桃花眼。嘴唇略厚，粉嫩又漂亮，她的身材恰到好处，自有一种丰满的瘦。最为奇特的在于，他自

爱十二梦

觉这个老师跟他一样,注定是不属于这个小县城的。

此时,弋楠面对着红却有些局促紧张,毕竟一下子撞到了自己的学生。这个学生还是她平时上课的时候分外留意的一个。她觉得红是所有学生里最为出众的一个,从形象上评判,红高挑,壮实,干净,英俊。她刚一来学校的时候就从老师的闲谈中得知了红拔尖而优秀的一切。她在她的课堂上,自然也捕捉到了这双热烈而认真的眼睛。电光石火是男女间自然的化学反应,她明明知道自己这样的反应有些违背这个闭塞落后的小县城的道德准则,但她就是克制不住。

弋楠讨厌这个小城。她心高气傲,大学里就没有看上任何一个追求她的众多男生。她自认为可以顺利留校任教的,于是在他们系主任的诱惑下成了他的情妇。而阴差阳错地,她却跟那个教授决裂,迫于无奈回到这个县城里当了个小小的音乐教师吃着安稳的财政饭碗。亲戚朋友在这个县城倒是给她张罗了好几门亲事,她见过人家之后都没了下文,于是落了个眼光极高的名声。

"老师,对不起啊。我走路没看见您。"红彬彬有礼,在月色下,弋楠的皮肤好似更加白皙了,朦胧柔光里犹如圣母。红不敢如课堂上一般直视,低着头不时看一下她。她却扑哧一下笑了起来:"你是红吧?"这位美丽的老师竟然认得自己,红不由得紧张了起来,红平素里的骄傲在这一刻缩为了地上的影子,他不敢仰视的,是弋楠柔美的脸庞。虽已是深秋,红明显还是感觉到了手心的点点汗珠。"没关系的。红也很喜欢音乐?"红微微点头。"那你没事来我办公室嘛,我可以给你很多原声磁带。""老师,谢谢您,我没有录音机。""这样啊,那你想听了过来我放给你听。"她温柔地说着,微笑着转身就走了。红呆呆地望着月色下那美丽的背影。

　　红开始对这老师多了莫名其妙的亲切,大概老师也是欣赏自己的。红这么想着就来到弋楠的办公室,天已有些冷了,昏暗的黑使得红在地上连自己的影子都寻不着。敲了门,弋楠把屋子的炉子烧得非常旺,而她办公室连着他们学校那个简陋的琴房,办公室推开门,一张简易的床放置在一架陈旧的钢琴旁。白天这张床是要收起来的。红感觉到非常温暖,因为这音乐,也因为这位美丽优雅的老师。炉火映照着她洁白的脸庞,她的脸上泛起丝丝红晕,那双弹钢琴的手,手指性感而修长,优雅地将一块块焦黑的炭放进炉中。"老师,你怎么能干这样粗重的活呢。"他说着话就要去抢她手中的铁夹子。在他们双手相碰的那一刻,似乎有些微妙的情绪猛然间迸发而出,这间屋子似乎更热了。

　　"红。"是弋楠在叫他。

　　她的声音绵软而性感,红即刻就陷入。他与她久久地凝望,似乎都看到了对方眼中自己那个火热的影子。他们对视的一瞬间,犹如膨胀出无数电光石火,她在他的眼里寻到了迷恋,他在她的眼里找到了温柔。他们彼此的男女化学反应来势汹汹,还没来得及用大脑思索的时候,就已经拥抱在了一起。他们犹如困在这闭塞狭小的笼中而找不到天地的猛兽,彼此撕扯在一起,尽情地咬着对方的嘴唇、脖颈、肩胛,直至腰间。

　　她轻易就俘获了他。少年的心总是这样经不起诱惑的。她

爱十二梦

俘获了他的身体,连同他的心。他看到她美丽的身体里隐匿着的欲望,那里有诱惑的阴影。他乐意享受这被诱惑的快感,他年少的心仿佛在瞬间有了和身下一样的抽痛。弋楠似乎也乐于享受他年轻而丰盛的身体,处于青春期的红热烈而蓬勃,他们在那狭小的琴房里一次又一次,如同两个旗鼓相当的战士,那黑暗逼仄的琴房是他们的战场。这是场关于欢娱的云雨之战。

红亦迷恋上这个年轻而优雅的老师。他自认弋楠的谈吐,学识,雅致,和自己是相通的。她常给自己讲的那个高雅的音乐世界是红所迷恋和向往的,他们每次做完之后,红喜欢她在那个狭小阴暗的琴房给自己弹奏一段钢琴曲。他觉得那些悦耳的音符里有自己无处安放的灵魂。他学习越发地努力起来,他并没有过分沉溺在这段肉体关系里,反而越发地意识到突破和冲出的必要性。他比之前更加发奋和认真。

周围的同学和老师倒是有些许风言风语传出,但是红不在意。弋楠和他的这段美妙而奇特的关系是,没有承诺,没有索取,没有付出,亦没有责任和纠缠。他所处的小县城虽然闭塞,性关系却开放得骇人听闻。周围的同学们纷纷陷入各色青春期的"桃色"新闻里,这些全是红从校门口那家奇特文具店里听来的。那家文具店表面上是文具店,实际上承载了全县城最重要的一个任务:那就是所有绯闻奇闻的云集点。老板娘不仅仅售卖的是文具,还兜售和收藏许多秘密。似乎全校的学生都喜欢那个爽气温柔又善解人意的老板娘。老板娘的文具店几乎装下了全校的故事。青春是欲望的青春,小县城里藏不住秘密。红的窥私欲在那家文具店得到了很大的满足,那个老板娘乐于给

大雪/他叫红

红讲。什么哪家的姑娘和隔壁班的男生偷食禁果啦,谁又和谁校外租房子住了,哪个男生把哪个女生糟蹋了送局子里头了,哪个女生偷偷跑出去喝酒,却被灌醉就被好几个混混欺负了之类的。

红有一天从文具店出来以后被几个来路不明的青年打了。"你配得起弋楠么。"红在鼻青脸肿后突然明白了什么,这个女人本来就不该跟她沾惹得太多太深。这个小县城里,得有多少双热烈的眼睛盯着这个貌美肤白优雅的音乐老师呢。自己却不知好歹跟这老师扯上这么一段说不清道不明的关系。

他再也不敢去找弋楠,甚至连上音乐课都是小心翼翼的。他不敢再抬头搜索那一双带着疑惑与责备的眼睛。他更加埋头学习,"你也配得起弋楠。"这句话真是莫大的羞辱,他一直认为他和他那位优雅的音乐老师,是旗鼓相当的。他自认为自己如今就是困在草窝里的金凤凰,只有学习和考完试后张贴的排行榜才能证明自己。他这旺盛的野心支撑着他每一个挑灯夜读的孤独之夜,终于他的第一再也无人可撼动。

理所当然的,他接到了他所中意的大学的录取通知书。那一刻的欣然和喜悦,他觉得自己终于要"飞"了。当他拿着这张红色的烫金纸张在他爹面前张扬的时候,却从他爹那双浑浊的眼睛里解读到了些许的为难。随即又立刻开怀笑容满面地拍着红的肩膀:"我娃有出息得很,今年收成挺好,这些年也攒了不少。你到时候就风风光光当你的大学生吧,好好念书,啥事儿都有我跟你妈呢。"他爹说这话的时候眼神明亮,似乎看到了他儿子即将带给他的光鲜而美丽的未来。

但是红非常明白的是,那在城里人看起来不算昂贵的学费,

爱十二梦

对于一个普通的农民而言是多么艰难。他读书,就是他们家唯一鲤鱼跳龙门的希望。他知道缴完那笔不菲的学费之后,自己的生活费都得靠自己。他也急切地想要证明自己,也不愿意再给这个不富裕的家庭增添什么负担。红他娘在这一天却失眠了,她感谢老天爷给了她这样一个完美的儿子:高大,英俊,聪明。她再次回想一遍自己的命运的时候,若是当初没有一头栽进盲目的恋爱里,在那个县城招待所里,以她的姿色找到一个小县城的权贵依靠,不是什么难事。她这样想着,望着身边这个呼呼大睡的已渐现老态的男人,心里着实捏了一把怨恨。她恨的是自己,傻乎乎地就被这男人背到了这个村子里。不过她有个好儿子,她的未来一定还是非常美满的,她在想"母凭子贵嘛。这就没错儿。"这么念叨着,在天蒙蒙发亮的时候,她终于进入了梦乡。

全校张贴的光荣榜里,红的名字赫然列于首位。这让红着实又风光了好一阵,他胸前戴着大红花在学校操场的讲台上,高音喇叭扩出去红斗志昂扬的一席话,听得低一级的学生们热血沸腾。他的演讲题目是:知识改变命运,命运握在你手。

但是红来到首都这个全国闻名的学府之后,他就在心底开始嘲笑自己那篇慷慨激昂信心十足的演讲稿。在这个学府,学习上超越他的同学大把都是,而他那贫穷而寒酸的扮相更是让自己羞愧难当。同宿舍住了某个高干的公子哥,名唤李德。家世优良学习也不赖,更重要的是,李德平时也非常注重外在形象,穿衣打扮得体而入时,性格也比较随和,在学院深受女生的欢迎,老师们平时也多有青睐,与很多男生也打成了一片。而李

大雪/他叫红

德丝毫没有架子,对红在宿舍里也是客客气气。每次接到李德递过来的红可能连见都没见过的进口食品,红却在心底暗暗鄙夷这个一看就没吃过苦的大公子。不过,每次李德不在的时候,红都会悄悄地拿起他挂在床头的外套穿上,对着镜子他看到了自己未来的模样,他感觉那些名牌得体的大衣,理所应当是属于自己的。"我穿上可比李德还要精神得多!"他这么想着,每次都悻然放下。

他唯一骄傲的资本在这里荡然无存。这个大都市令自己眼花缭乱,这里什么都有就是容不得贫穷。李德在他面前每天晃来晃去,他是这个城市里潮流的代表。今儿哪场话剧演出了,明儿哪个明星演出了,又打电话吆喝着外校的哥们儿聚聚了,又去请哪个女孩看电影了。这些生活全然在红的眼里没概念,他得拼着劲儿利用周末时间为自己赚生活费。他的周末生活就是发传单,做家教,打零工。而这城市的灯红酒绿的繁华,已经在他苍白单调的生活里凝结成了心底的梦想。

但是红仍旧会穿得整洁而干净,平日里上课分外认真,学期末一份奖学金还是能够得到的。他也努力地让自己看起来像个"城里孩子",平日里待人接物偷偷地模仿着李德那份大气,而红底子不赖,人缘也不错。红在心里暗暗给自己较着劲儿,他从来都不会在同学面前说半句方言,一口标准的普通话。这当然也得益于高中时代那个优雅而美丽的音乐老师的熏陶。

红在一天的英文课上却出了丑。他那蹩脚的略带乡音的英语发音,着实让班级里的同学嘲笑了好一阵。他开始对自己所骄傲的一切产生了深切的怀疑。尤其是班里一个叫作纪嫣然的

爱十二梦

女孩笑得更大声,她在前排坐着,听到红的朗诵便扭过头来看着红,红低下头都能听到她那夸张的笑声。红知道这个纪嫣然,学习一般,但是长得极为妖娆,家里极其有钱,一个包是红一年的学费。她在全系都很出名。"不好意思啊。"纪嫣然下课后竟然主动跟红打招呼,"红,这名字真好玩儿。就和你上课说英文一样。不过真挺好玩的,好久没笑那么开心了。你哪里人啊?"红看着纪嫣然一脸璀璨的笑,刚才那股对她的愤恨劲儿少了点儿,不过心底还是非常鄙视这种不懂疾苦的大小姐的:"反正不像你是从大城市里来的。"纪嫣然笑得更璀璨了:"是吗?还介意刚才课堂上笑你啊。我只是觉得那么读很好玩,不要介意哦。"说完笑笑就离开了,红这才发现,纪嫣然长了一双极美的眼睛,虽然是单眼皮,却微微上翘,嘴唇亮晶晶的如同蜜桃,头发柔软散乱地斜搭于肩的一侧,背着个昂贵但是一看就非常大气的包,穿着一件粉色的宽大毛衣,里面黑色的蕾丝背心隐约可见。红突然发现她比他见过的所有女人都美,这种美是简简单单,高贵大气的。红却立刻在心底狠狠地呸了自己一下,心想这小妞给自己笑一下难道就阳光灿烂了吗:"他妈的,这种货色给我都不要。她以为她是个什么东西,还嘲笑我。还不是靠她父母得到的皮囊和好条件。"

"红,这周末我过生日。一起吧。"李德冲他笑着,"我还叫了我们美丽的班花纪嫣然呢。"红故作淡定:"周末我要出去帮那个熟人的孩子辅导功课。"红以前在宿舍里宣扬过,他最看不起大手大脚花父母钱的孩子。他父母都是知识分子,平时管教自己非常严格。而自己宁愿打工赚生活费都不乐意让父母养着

大雪/他叫红

已经二十岁的自己,说这话的时候当时还故意瞟了一眼李德。红说他的父母在这里有个熟人,是父母以前的同学,孩子刚好上中学,每周末过去辅导功课赚点儿钱。一席话说得自己既体面又凛然。李德却看着书本连脸都没抬地说了一句:"我也这么觉得,靠父母也没啥本事。我和我几个哥们儿合伙弄了个小网站,虽然父母刚开始资助了点儿,不过网站稳定之后就把他们的钱都还了。现在没事儿我就用赚的钱炒炒股票弄弄基金。"一番轻描淡写的话,却深深地刺激了红。从那时候起,红就暗暗和李德较着劲儿,表面上和李德嘻嘻哈哈称兄道弟,实际上憋着劲儿努力,这点努力的唯一效果就是他成了宿舍里学习最好的人。

李德却盛情相邀:"红啊,平时也看你不苟言笑只是学习,人嘛,也得多接触接触别人不是。我生日可请了不少人呢,我哥们儿都想见见你这个我们系第一才子呢不是。"红听着这番颇为舒适的邀请词,心想还是去见见世面也好,反正也就耽搁半天的工夫。

红在李德生日这天找出了自己最好的一身衣服,穿着平时不太舍得穿的那双网上淘的高仿耐克鞋。他一进入那个偌大的KTV包房就看到了斜靠在沙发上举着酒杯浅笑盈盈的纪嫣然,她今天和平时的休闲装扮判若两人,穿着一袭粉色的洋裙好似童话里的公主,但是看那张脸却一脸娇媚得摄人心魄。她朝红的这个方向微微举了一下杯,红不敢再盯着那边看。这是红在上了两年大学之后第二回来到这里,第一回还是班级军训完的大聚会搞的一次集体活动。李德拉着红向一个微胖的架着一副黑色框镜的脸色已经有些红晕的哥们儿介绍:"王钰坤,他就是

爱十二梦

我给你说过的我们班大才子。"那人笑呵呵地冲着红点着头,和善地吆喝着红一起喝酒。红几杯酒下肚就觉得有些许的醉意,他平素有些不胜酒力。王钰坤拿了盒中华递给红:"随便抽。"红知道这盒烟价值不菲,这么随意地撇过来,就立刻知道王钰坤绝对也属于家里条件非常好的孩子。他趁大家伙儿都吵吵嚷嚷东倒西歪的时候把这盒烟悄悄地装进了口袋,他不抽烟,但是他喜欢这烟盒,他觉得那是一种身份的象征。纪嫣然唱歌非常甜美,有许多歌是红连听都没听过的,他从小在农村听的大多是刘德华、张学友之类的。王钰坤唱歌倒是喜欢唱些经典老歌,让红莫名地对这个微胖的男生产生了些许好感,大概还是因为他长相敦厚而且身高不高,红在他面前稍许还有点儿优越感。李德已经被灌得有些多了,他搂着一个挺高挑的妹子边跳边唱。那姑娘倒是有点儿味道,让红会想起人淡如菊这个词来。

"红。"纪嫣然朝他走过来,自然而然地坐在他旁边,"你怎么不唱歌呢?"她贴过来的身体明显能瞅见她那深深的乳沟,红有些尴尬,他是怕自己唱得不够好,他从来没有在众人面前唱过。虽说弋楠夸奖过自己是有音乐细胞的,但是他很怕缺乏这方面锻炼的自己当众出丑,那次英语课的经历着实刻骨铭心。"哎哟,咱们班大才子不唱歌,怎么行呢?"一声娇滴滴的哎哟,让红的心软得都快要忘记她平日里张扬骄傲的那股劲儿了。"好吧,那我就去献个丑。你不许笑太大声呀。"红这么说,发觉嫣然看向自己的时候,眼神多了许多温柔,他暗自臆想了一下。他拿起话筒唱了一首《李香兰》,低低地吟唱,闭眼就似乎是凝望到了弋楠那双多情惆怅的眼睛和那段痴然愉悦的放肆日子。

大雪/他叫红

红唱完后纪嫣然用力地拍手鼓掌,还冲自己甜蜜一笑。红微醉中有些得意了,他感觉自己才应该是万众瞩目的中心。他忘记了自己是办不起这样一个生日会的。纪嫣然倒是大大方方地站起来,唱了一首节奏明快的歌曲,还伴随着一支热辣的爵士舞。红望着纪嫣然美丽而修长的腿更加陶醉了,他痴痴地望着她,那是他所渴望的骄傲公主。

自从那次的生日 party 之后,红对纪嫣然莫名地多了些好感。但是他知道那是一个遥不可及的美梦。她见了他也不过只是点头微笑打声招呼,还能让她怎样呢?她是一朵美丽带刺的玫瑰花,不知好歹的蜜蜂、蝴蝶已经太多,他也有他放不下的自尊和骄傲。这么想一想,倒也只是每次礼貌回应着纪嫣然的粲然笑容。班里倒是有一个女生常盯着他看,只是那个叫作王艳的女孩长相着实平庸,身材又似水桶,着实无法引起红的丝毫兴致。王艳倒不在意红的冷淡,常对红嘘寒问暖,冬季还织来一条厚实大方的羊毛围巾。红对这些热切的关心照单全收,但是仍旧对人家是一副冷脸。倒是每次遇到纪嫣然的时候,红都会主动地贴脸上去报以一个热切的微笑,他对纪嫣然的各种花边新闻和身旁的莺莺、燕燕已是了如指掌。他以为纪嫣然会像弋楠一样,也注意到一旁远远的这个热烈澎湃的眼神。红还在幻想着假若有朝一日能够追求上纪嫣然,那才该是一件光宗耀祖的买卖。不过他对纪嫣然的喜欢,在午夜梦回时候倒也是真真切切的思念。

红在一个大冷天里站在街头发传单的时候遇到了李德生日会上他搂着唱歌的女孩。见到的时候有些尴尬,一个矮胖的男

爱十二梦

人环抱着她的腰,活像一个矮胖的猴子用劲儿攀着一棵修长的树,虽然递过传单接触的时间不过两三秒,他还是一眼就认出了她。他们彼此尴尬地笑着连话都没说,不过红对这个女孩倒也没有多少厌恶,她不似那些美丽的女孩接过红的传单通常都是一脸的鄙夷和傲慢。他想着那个有些许尴尬的笑容,在想那个姑娘也许有不为人知的故事吧,胡思乱想中他继续站在寒风里发着传单。"嗨。你是红?"不过一小会儿那个姑娘又回来了。"自我介绍一下,我叫杜冉。上次没来得及认识一下就走了,真是不好意思呢。"杜冉继续笑着,"我请你喝杯咖啡吧。大冷天的,别干这个了。"红踟蹰着,他只打算今天发两个小时就走的。他不好意思地笑了一下:"我还得再干半个小时呢,这也是一种锻炼方式。"杜冉说:"那我陪陪你,反正也就半小时。我今天就想找个人说说话。"杜冉笑着拿起他的传单帮着发起来。

"你今天心情不好吗?"红拿起面前那杯卡布奇诺轻轻地啜了一口,他心想这么一杯又甜又苦的水都要卖那么贵真是要命。杜冉把长发拨向一边,红这才发现她的长相很清秀,柳叶弯眉,凝水之目。"红。你是不是觉得我挺贱的?"杜冉看着红,那双眼睛此时像是有灼灼热光,"其实我跟你一样都是小地方来的。"杜冉温柔的声音却似一把尖刀插在红的心上,红最忌讳的就是这个说法。"红,我听李德说,你是他们宿舍里学习最好的呢。而且你又这么英俊,前途无量嘛,不像我,在这里读了个二流大学二流专业,父母也帮不到我什么,很早就得靠自己。"杜冉的一席话又让红有些飘飘然。

杜冉的手指很长,这令红不自觉地想起弋楠来。弋楠给予

大雪/他叫红

自己的温柔和甜蜜是红这辈子永远无法忘怀的,她那双弹钢琴的美丽双手所令自己坠入的快乐深渊也是红在大学之后的日日夜夜都分外想念的。但是红明白自己和弋楠已恰如交叉线的两根,交叉于一点之后大路朝天各走两边了。他想要的是留在这个繁华得让人怨恨的大城市永不回去,而弋楠想必已经是嫁作他人之妇了吧。他突然在想她是不是就嫁给了当年打他的那个小混混。他正胡思乱想之际,杜冉却打断了他的思绪:"假期你也不回家的吗?"红上大学这三年都没有回去过,利用假期努力赚钱让自己在学校里尽量看起来体面。不等红回答,"其实我也没回去过。我挺讨厌我们那个小城市的。"杜冉继续说着,"我挺讨厌李德,家里什么都有,做什么都有资本。他喜欢我愿意跟我在一起,可是我就讨厌他那副骄傲又无敌的样子。其实我知道,我如果很快答应他,他反而对我就没了兴趣。我宁可周旋于有钱的老男人之间让我看起来光鲜亮丽,我也不会依附于他。"红听她这么讲,觉得杜冉又亲切了不少。

红手里的咖啡杯已经有些温凉,他望着窗外夜幕已降临,这城市华灯初上,此刻让红舒适而着迷。"红,我今天很开心。我们去喝酒吧。"杜冉不等红拒绝拉起他就走。红被杜冉挽着,这才发现杜冉的个子只比自己矮半头,若是外人此刻看他们,俨然一对非常登对令人艳羡的璧人。红觉得今日一切皆莫名其妙又有些情有可原,他自觉自己还算是有些个人魅力的。"红。再陪我喝一杯嘛。"杜冉叫嚷着,"你知道今天你见到那个秃顶老头儿是谁吗?他可不是一般人。他是能让我留在这里的人。"杜冉巧笑嫣然,在酒精作用的衬托下,加之今天她的妆化得挺

爱十二梦

浓,在灯光映照中让红觉得比纪嫣然还要妩媚动人。"红。陪我再喝一杯嘛。"杜冉继续叫嚷着,红知道再喝下去,他这不胜酒力的小肚肠到时候肯定就翻江倒海丑态毕露了:"你也别喝太多了嘛。"杜冉也不听劝就一杯接着一杯给自己灌。红知道杜冉今天肯定是遇到什么事情才会如此,而一个女人在十分脆弱和寂寞的时候,是最需要一个男人的贴心相伴和关怀的。弋楠如此,杜冉也不例外。杜冉此刻的意识已经有些不太清楚,她蒙蒙眬眬中搂住红,红都能感觉到杜冉呼出的气带着浓烈的酒精气味,他扶着杜冉从 club 出来,正不知如何是好的时候,杜冉趴在红的耳边说:"去我家吧。"红来不及疑惑就扶着杜冉坐上了去她家的出租车。

红推开门看到了一个极为简洁的公寓,不算很大,收拾得井井有条,风格简约讨喜,就像他第一次看到杜冉时候的感觉:人淡如菊。杜冉从冰箱里拿出啤酒来吆喝着要继续喝,红怎么劝都挡不住,杜冉此刻不断地胡言乱语。杜冉紧紧地贴着他,轻微地喘息着,红能够感觉到她起伏的胸部不断刺激着自己,他有些控制不住此时的局面。他知道这个女人可能是个麻烦,他再次想起中学时代那段疯狂而迷幻的感情经历,却是以被人揍得鼻青脸肿结束的。但是杜冉此刻很迷人,红已经顾不得许多。

他抚摸着杜冉光滑而平坦的小腹,这小腹让他想起家乡那条美丽而温柔的涓涓小溪,小溪是红童年中最柔和甜美的存在,它是红最亲密的伙伴。红常在这条隐秘于山原之间的小溪流连忘返,他心里所有的话都愿意告诉那条小溪流,那条清澈的小溪能够包容他的一切善恶,给红最温情的抚慰,恰如此刻,他的手轻轻滑过杜冉的腹部,就似再次滑过那些温柔而绵绵的溪水。

　　半夜的时候,熟睡中的杜冉醒来,看见红在她家那个漂亮精致的落地窗前出神地凝望着窗外。杜冉悄然起身过去从背后环抱住他:"你睡不着吗?"红轻轻地抚摸了一下杜冉这双细软修长的手。"红。我有过很多男人,这间小公寓,也是一个老男人赠予我的。我拿我的青春和美色和他们交易,这很公平,不是吗?我在这间房里,和太多人做爱。"这段直白的话刺激着红年轻而强盛的心脏。

　　他此刻抚摸着给他讲这些故事的女人的手。他对于这样的女人总是抱有奇怪的好奇心。红想要知道她这双手,究竟是有着怎样寂寞的野心,流淌了多少的情欲。她的手,在握紧红的同时,突然间令他有了些微的快感和急促的疼痛。红又想再要一次,但是他心里非常清楚的是,他们之间,亦只是情欲关系。其实这是比任何带着感情与暧昧或者交易还要干净得多的关系。

　　红明白,杜冉只是需索一个健康而体面的男人倾吐一下她的感情垃圾,倾吐之后,她就不再需要他。红不能给这个美丽又多情的姑娘任何她想要的,但是自那之后,红对于杜冉多了些许惺惺相惜的好感。红突然想起杜冉被李德搂着唱歌的夜晚,开始明白,人淡如菊也可以是一种麻木不仁。

　　杜冉比红直接坦白。杜冉要什么,做什么,如此赤裸于光明,那些肮脏并不至于令人作呕,反而多了些坦然直白的意趣。红知道自己喜爱的,还是纪嫣然那样高贵美丽又大方的女孩,他一面享受着杜冉和自己这层不清不楚的暧昧,一面不忘在班级继续讨好纪嫣然。但是纪嫣然给自己的微笑和关怀,亦不会比

爱十二梦

其他人更少或更多。杜冉倒是让红在大四这个黑暗多愁的日子中，多了很多快乐。在杜冉的调教下，让红对于纪嫣然平日里使用的那些奢侈和名牌了如指掌。红在心里开始欣欣然规划着自己在未来的日子里，一定要给心爱的她买得起相配的衣饰才好，不过连日来参加的招聘会倒是让红的这份信心如同霜打的茄子。红要求的薪资待遇以及工作条件是招聘会上大多数企业和单位没法给他的，但是那些企业和单位要么拒绝了他的简历，要么能够进去的渠道颇为隐秘和尴尬。他感觉在毕业季是最为体现城里孩子关系优越的地方，他的那些同学基本都能留在本地并且拥有了一份很不错的工作，红等待着时机，他觉得以自己的条件找份好工作不是难事。杜冉却哭丧着脸找到红，一顿哭诉之后，红明白了杜冉由于挂科太多学校不给她发学位证，而且，她之前一直攀附的那个老男人的老婆找到杜冉，把她整得很惨，房子被收回了。杜冉也只能灰溜溜地回到她从小长大的小城了。红突然觉得很伤感，在宿舍里一连好几天都没有出门。

　　李德早都不见了踪影，他的公司现在办得如火如荼，创业有志青年的名号在业内已是很响亮。红想要在毕业答辩的这天给纪嫣然亲手奉上他为她所写的三百六十封情书，这是整整一年对于纪嫣然的隐秘暗恋。但是鼓足勇气给那个骄傲的公主把电话拨过去，却听到的是一句："红啊。好久不联系。我要出国读研了。"纪嫣然那边好像是声色犬马的热闹声响，红心里非常清楚，他和她毕竟不是一个世界的。而她，就如同一颗晶莹剔透价值连城的钻石镶进红的心里了。这是爱，也是带着刺激和喧嚣的虚荣。

大雪/他叫红

红对于一份好前景的工作越发地渴望。不过从天而降的一个好消息倒是令红一下子振奋起来,是王钰坤通过李德找到了自己:"嗨,哥们儿,还记得我吗?"声音挺宽厚,让人听了莫名舒心,"我王钰坤啊。一年半载也没联系了,不过我还惦记着您哪。"红觉得王钰坤虽然年纪不大,但是说话很是老到。"听李德说,你拒绝了好几份工作了?也不考研?哥们儿您可真牛,要我说,爷们儿就该这样,志向远大不是!"虽说对方三言两语也不动声色地就把自己夸赞了一番,红却非常冷静地意识到来者不善。按理来说,除过李德那次盛情相邀的生日会,自己和他们那样的孩子,一定是不会有太多交集的。红得体而平淡地应付着这个电话。"听说你做图纸设计又快又好,我推荐你去我爸爸的公司好吗?"红心底冷笑了一下便想,其实找他去做的公司也不少,他都没有动心,他总觉得凭什么要把才华浪费在一些没有前途待遇又不丰厚的公司上。而当他听见"华美实业建筑有限公司"着实动了心,没想到王钰坤的父亲竟是这样一位有能耐的大人物。这个公司是北京建筑行业数一数二的大企业。而给红的待遇也着实令他欣喜:月薪一万加提成,设计费另算,职务为项目部经理。红决定去试试看。

工作还算顺利,红的才华得到了王钰坤父亲的重视,红在公司里还算如鱼得水。那份初来乍到的紧张不安以及局促在工作半载之后就消失殆尽,红迅速地成长起来。虽说这个工作机会他最初也带着千万个疑问,如今连带着对王钰坤、李德诸流的厌恶而掉落到工地上扬起的粉尘里了。

他需要他们。他们也需要他。

爱十二梦

红知道他越来越适应这个都市里所谓的那些冰冷的规则，但是他明白，他的价值绝不仅仅体现在专业的出类拔萃上，红在公司里的是非人群里也是如鱼得水的。很快他就受到了那个肥头大耳经理的青睐，那个叫王磊的经理视红为一党，但凡利益划分之事，都不忘给红一杯还算丰美的羹。

办公室里一个叫惠婷的姑娘引起了红的注意。

这姑娘眉眼清秀甜美，虽说有些像纪嫣然，但是比她多了几分温柔，少了几分骄傲。和红说话的时候，稍微有些害羞。偶尔抬起头，红看到一双清澈的眼眸，那眼眸里透着清亮单纯。那是有着良好而平顺的家庭里出来的姑娘所特有的简单纯粹。红一时为她着了迷。

他开始狂热地追求她。惠婷在红的百般攻势下终于败下阵来，他们进展得迅速而火热。很快在某个黄昏送她归家的路上红亲吻了她。红第一次真正意义上地去单纯地亲吻一个他所喜欢的女孩。他感觉那个吻是比黄昏还要美丽的温柔静美。惠婷是简单的，是需要呵护的，是红独一无二的小女人。红享受于这场迟到的恋爱，他发现自己如今的费尽心思，是轻松而愉悦的。而过往那些热烈或者澎湃过的，早已消散于时光的风中。

红在经过这条他们彼此亲吻的路途将至她家时，不断地思忖该带怎样的礼物给他的小女人。眼睛的余光刚好瞥到一家小花店，于是精心挑选了一束，用美丽的花纸包裹好，敲开了惠婷家的门。惠婷开门的时候先被花朵的芬芳香味迷离了双眼，闭着眼睛陶醉在这个男人给予自己的所有浪漫里。正在她无法自拔的时刻，又听见他说："小惠，这花朵很衬你。知道吗，本来我

大雪/他叫红

手中是没有东西的,现在活该出现这捧花来。那别致小巧的花店也活该出现在你家门口,我也活该鬼使神差般走进去,这花也活该衬托你,我不会说什么动听的话,只是觉得那花店离你这样近,似乎也是仰慕了你的美丽才变得诱人起来,请让我每次经过那儿,来你家看你都送一捧花,可好?"她此刻已被这男人的话迷了心神,恍惚中又被他抱起,投入一场痴缠里。这也是惠婷第一次邀请男人来自己的家里。

红算是第一回正儿八经地谈起了恋爱。他们牵手拥抱缠绵,一起看过这个城市的日出日落,躲在黑暗的电影院看着爱情电影咬着彼此的耳朵。红将想要赋予纪嫣然的一切给予了惠婷,男人时常比女人更易陷入某种极端的浪漫和幻想,而这种浪漫的幻想是需要男人以血汗和物质支撑的。他们心里都住着一个温柔缱绻的梦,只是有时现实所迫,或者遇到的人不对,让这份温柔浪漫来不及施展。

如今红也算是小有成就,他在惠婷面前施展了浑身解数用来获取芳心。他自觉惠婷是个不错的对象:长相甜美,身材高挑,本地人。他一定要将这个女人牢牢地把握在自己的手里。红在惠婷面前唯一隐瞒的是自己的家世。在红精心的编排中,他是优秀的高才生,他父母是当地首屈一指的大人物。惠婷的母亲不太喜欢红,她总觉得即使在当地再如何也不及本地人的那一份踏实,在这个本地小市民的眼里,大抵只有腰缠万贯的大人物才配得上自己的可人儿。每个丈母娘都是不好搞定的,她所期望女儿找的对象是能够让女儿物质上十分优渥的。红即使伪装得再好,也比不上丈母娘心里的无限幻梦。

爱十二梦

　　与惠婷相处久了,倒令红多了几分的索然无味。这姑娘着实像是一杯白开水,生活简单毫无乐趣,听话乖巧,红说什么就是什么。他开始变得冷淡了些。红在这平淡庸常又周而复始的办公室恋情里渐渐萌发出想要脱离的欲望。惠婷固然是好,但是惠婷属于那种小日子过惯的女生,他感觉日后惠婷是无法适应自己那些横七竖八的野心的。现在的公司虽然也待红不薄,和王磊他们看似结成了一派,其实红知道像他们那样的城里人骨子里压根儿就看不起自己。公司的工作越来越按部就班毫无挑战,圈子也是越处越小,打交道的无非也就那么些行业。而在这样的环境里混久了,红觉得着实没有前途。红萌发了自己想要创业的念头,但是这偌大的城市里,红开始工作也不过两年光景,根基还未扎牢,积蓄也不多,想要大一些的资金扶持几乎是不可能的。

　　王磊是京城有名的老油条,也是王钰坤的表叔。红很清楚这老油条是非常善于知人用人的。他有次在私人聚会热忱地给红发来了邀请,红在接到电话的那一刹那感觉到王磊对自己的那份器重,一旁的惠婷吵着要跟去。而得意扬扬的红却以"男人之间的事"将惠婷搪塞过去。红找了一身自己平日里舍不得穿的西服就奔赴宴会了。

　　这场觥筹交错的宴席中,红在所有高谈阔论的爷们儿里发现了一个有着利落短发的女人,他一直注视着她,她倒在里头是一副漫不经心的样子,始终低着头玩儿手机。红注意到她一旁的人在跟她偶尔的几句对话里,对她的语气中透露着十分的尊敬。红感到这个女人一定不简单。漫长的饭局之后就是一些即

大雪/他叫红

兴的娱乐活动,KTV里红便故意坐在她的旁边:"你怎么不唱歌?"红让自己的语气尽量自然,优雅地对她微笑。"不爱唱歌。"那短发女人对红的搭话明显是不给薄面的。"冒昧问一下,怎么称呼你呢?"短发女人嘴角扯出一抹不易察觉的冷笑,这冷笑明摆着是一种极端的不屑。"倪超。"片刻之后才撇出这冰冷的两个字。

不过后来红没有想到倪超会主动打电话给自己。"红吗?"虽说口气稍显得生硬了些,不过可以听得出要比那天亲切得多,"体力怎么样?有空出来陪我去爬山。"红自信自己是能够拿捏得住一切女人的脾性的,听到这个邀约的时候,红的脸上浮现出一丝连他自己都未必察觉的得意微笑。

红觉得倪超的体力真是惊人。从刚才一路不停歇地上到半山腰处,红已经觉得有些疲惫。而这个所谓的城里姑娘,在身边一路欢实地飞奔,自己甚至有些跟不上她的步伐。山麓郁郁葱葱,放眼一望便是翠绿,红呼吸着新鲜宜人的空气,他恍然觉得自己好像还是许多年前,带着好些梦而离开村庄的那个年轻而壮实的小伙子,这空气里的泥土的味道让他觉得踏实和亲切。

在山顶的阳光照射下,倪超额头上细密的汗珠分外晶莹。她自然而然地脱掉外套,绑在腰间,倪超向红微微地点头致意,笑着说:"你看,我比你快吧。"红感到这块坚冰融化掉之后的笑容更多了些亲切,于是说话也放肆了些:"额头有汗,帮你擦擦。"他能感觉到,倪超对自己其实并不排斥,起码当他温柔地用纸巾拂拭过她的额头,她的眼神里有了莫名的慌张和闪躲,但是并没有阻止。红对自己,向来异常自信。尤其是对女人。

爱十二梦

　　爬完山后，倪超自作主张地就带着红来到不远处的一家度假山庄泡温泉。这个时刻的男女其实分外尴尬，身材一览无余不说，还透露着丝丝的暧昧。热气腾腾的池子泡着两个人，荷尔蒙刹那间也要升温好多。倪超倒是不甚享受这热气腾腾的温泉池，要红陪着自己去一旁的温泉泳池游泳。红尴尬地说，自己不会，支支吾吾间找了个连他自己都觉得可笑的理由：怕水。其实红哪有条件去学会游泳。他也只好在泳池一旁的躺椅休息。倪超的身材结实中透着性感，红看着泳池里如同一条强健而美丽的鱼翩然而游的倪超，心里不由得一动。其实这个姑娘，和自己认识的所有姑娘都不同。这个姑娘，看似平常普通，却自有独特的耀眼光辉。

　　红自那日之后，和倪超的关系变得亲密许多。但是倪超身上的强硬干练的气场，还是让红不敢对倪超太过于轻浮和热情。倪超越发频繁地喜欢找红聊天，红知道倪超是某个高官的女儿，自身也非常优秀，年纪轻轻已经在这个城市开拓出自己的一片疆土。家世深厚的倪超凭借着自身强硬的手腕，在这偌大的城市如鱼得水。只是倪超在向红不断展示自己的强势和优秀的时候，红分明能感觉到这背后隐藏的孤独与落寞。她朋友极少，男人觉得她过于强势，女人又讨厌她的生硬。红倒是觉得，这女人像是一块生铁，越烧越有味道。

　　惠婷对红倒是变得十分地热情。整日整日黏着他，每天要打个电话亲吻着互道晚安才肯挂断。红常推脱说刚工作加班很忙借以摆脱惠婷的纠缠，以便于对倪超也应付得过来。惠婷对于红的某些异样也未曾发觉，只是在周围众多姐妹结婚的大趋

大雪/他叫红

势下，不停地向红透露着"恨嫁"的小情绪。而从一些抱怨中红也听得出来，惠婷其实也有着小女生间攀比的那些虚荣。红尽力去配合惠婷，在朋友面前出手大方阔绰，经常给惠婷买些时兴的衣服，或者一些时髦的小奢侈品，令她欣欣然然。红心里暗忖，小女人还是好打发些。

但是就是如此明显处于强势的恋爱，让红以为如鱼得水可以两边讨好的时候，却给了红致命一击。红在一个生涩的节日里挖空心思给惠婷准备了一个惊喜，却被惠婷给予自己的一个大惊吓击溃，他着实想不到惠婷竟然会被一个个头儿极低长相猥琐的男人从一辆宝马车上搀扶下来，脸上还带着喜悦暧昧的潮红。

红算是明白了。惠婷也不过是把他当作一个排遣寂寞或者情场练兵的工具。而惠婷的害羞和单纯就好似一张最为扑朔迷离的面具，他把看似单纯的惠婷想得过于简单了。而惠婷只是把自己当作初涉世事的一次风花雪月，抑或是自己活在惠婷头脑中那浪漫的幻想里，一旦现实风起云涌，惠婷那理智现实的一面会如同尖刀一般割裂彼此的关系。

这个钢筋混凝土的奇怪森林里，光阴似乎是停滞不前的。因为它始终灯红酒绿始终纸醉金迷始终暖气洋洋，没有寒冷没有炎热，没有候鸟没有蝉鸣，没有土地没有麦子。红看到过这样一句话，只有敏感地感觉到时光流逝的人才会有往事。那么红的往事，断然已经留在那个永恒的村落里了。若是能够继续在这个奇怪森林里大步流星地行走，是没有往事，没有牵连，没有动心，没有爱恨的自己。如果这样就算作对惠婷的成全，那么现

爱十二梦

在这般结束对谁都好。这世界根本没有什么善男信女。红刚才看到他们牵手那一幕的那一股突然心尖涌起的怅然若失的酸劲儿已经释然。余下的,便是一个百毒不侵的红。相忘江湖与相濡以沫,究竟哪种凄美哪种幸福,就留给日后这漫长的时光自由评说吧。红这么想着,就决定忘记这个跟他真实而饱满地相爱一回的她。红狠狠地裹了一下新买的羊毛大衣,往惠婷家相反的方向踱步而去。回到小公寓里的红很快就没有了难过的情绪,他收到了倪超的短信:我们试着在一起好了。

没有试探,没有疑问,甚至没有一点点挣扎和犹疑。大概也只有倪超这样的姑娘才能发来一条这般赤裸裸的信息。红此刻已不知该以如何的情绪面对,刚才试图沉溺在他所自我臆造的忧伤里,现在再去想想,甚至都开始忘记了惠婷的模样,而倪超于阳光底下的笑脸此刻越发地清晰。她似乎是一股清凉微风,挠得红的心里直发痒。

红迅速打电话过去。问倪超:"为什么是我?"倪超似乎站在一条河边,电话那头过于沉默,以至于话筒里全都是风声的呼啸。这安静让红忐忑,红冲出去找她。红记起倪超跟自己提起过,她只要一有烦心事,就会在后海附近一个人溜达。此时的后海,黄昏渐落,一片灯火。

在拥抱住倪超的那一刹那,红才恍然明白自己内心对女人这庞杂而强盛的欲望,连接着自己内心的野心早就生根发芽了。此刻那个叫作惠婷的女人早就被抛弃在跟前的海里了。"红。我知道你一直对这座城市有太多的渴望,我也知道你一直试图把自己融进去,像一个虚妄的泡沫一样。其实我们每个人都是一个虚妄的泡沫,掉进这海里就什么也不是。我们都是戴面具的人,有的时候累了,卸下来的时候却不知道自己余下的这个面孔还是不是原来真实的那个。"红突然发觉自己眼前的这个姑娘,过早世故,过早成熟,已在人海和俗世里沉浮太久。可即使是这样的姑娘,红在心里也确信她不过是需要一个强有力的安稳肩膀。他拥她入怀,此刻后海的微风和煦,黄昏的柔和光芒照耀在他们身上。

"我第一次见你,以为你是个冷若冰霜,优越感特别强特别骄傲的那种姑娘。后来在山顶上你对我笑的那一刹那,我感觉其实你也是个需要人去呵护的丫头,我那个时候就喜欢你的笑容,如果你这样的笑容是为我,哪怕只是片刻,我也心满意足,心甘情愿地为你做任何事。"红深情地望着倪超,倪超的眼里温情脉脉。

大概这样的时刻容易真情流露。他们在后海边你一言我一语地说了很久的话,他们在路边摊一人买了一个椰子,就坐在后海边,倪超靠在红的肩膀上。此刻的后海安静而缱绻,柳叶弯弯吹拂在湖面,华灯初上,鼎沸的人声遥远而模糊。红想要亲吻倪超,倪超竟然害羞地避开了。他们像一对初恋的青涩少年,享受着每一个暧昧而甜蜜的时刻。红每每要表现得更加亲密些的时候,倪超都会刻意避开。红觉得她在恋爱关系当中还是少女的心态,常常害羞到不知所措。红像是一个训练有素的完美恋人,给倪超最温柔的关怀和体贴。而倪超,则是以一种羞涩的不谙情事的少女面孔应对着这一切。红更加觉得,女人这种生物归根到底还是太可怕,有谁能了解到,惠婷那种看似小鸟依人清纯

爱十二梦

可人的,最终也不过是将自己当作一个恋爱的练习对手,到了婚姻大事的当口,她丝毫都不含糊,比谁都拥有足够多的精明和无情。而倪超那样干练而强势的女人,在恋爱这种事情上竟也还是个小孩子。红使出自己浑身的解数对她好,她也照单全收。

女人大抵都是用耳朵谈恋爱的。红深知,他对任何女人都从不吝啬自己的甜言蜜语。对于倪超,他大概更甚之。只是倪超对自己的回应大多也是礼貌而又生硬。他想这个女孩子大概还没有学会同样的恋爱语言。他乐意在这段关系里当一个好老师。

倪超对于红送她的美丽花朵之类的,倒也不似惠婷,收到便会感动得雀跃。她大多时候对于这种浮夸的礼物都是比较淡然,基本上只是礼貌地回应一句:"谢谢。"两个人的接触也不算频繁,约会的地点大多还算是倪超兴之所至。约会中红倒越发觉得倪超有时候还是像个可爱的小丫头,她面对红的一些亲密动作大多有躲避,甚至会脸红。红面对倪超的诸多生涩,心里油然升起一种莫名的兴奋和征服欲。

红在倪超的耳濡目染之下,倒是动了考取公务员的念头。虽然不知道倪超的父亲究竟是官居何职,但是从这个姑娘的行为举止当中,以及一些细节里,红判断老爷子的职位势必不低。红一想到若是入了仕途,再加上未来老丈人的提携,日后定是飞黄腾达的美满。红也还算是幸运,国考笔试成绩骄人,终于是进入了最为关键的面试阶段。红对于面试心里倒也没底,但是出于内心强烈的自尊,或者说其实是对倪超的某种试探,他并没有把这种担忧写在脸上。

而他与倪超这样的关系仅仅维持了不到半年。红没有想到，倪超竟然会先开口将婚事提上议程。红在跟着倪超去她家的时候内心像是奔腾着千万匹马。倪超看着忐忑不安的红，莞尔一笑道："你真的很紧张嘛，这可不像你平日里没羞没臊的作风。我父母都是很和善的人，所以你放轻松些就好了。"红听得她这么幽默地开解着，心一横就进了倪超的家门。

她家里挺宽敞，装修风格简约而大气。客厅里一套红木沙发看起来典雅而尊贵，倪超的妈妈是个微胖的妇人，但是看起来挺年轻，面色红润。一双手看起来丰满白嫩，这让红想到自己那饱经风霜的母亲的那双布满老茧的手来。倪超的父亲此刻正襟危坐地坐在沙发上，只是冲红微微点一下头。"小伙子，快坐下来。"那微胖的妇人倒是蛮热情，纤纤玉手捧上一杯热茶。红坐下来片刻的紧张不适之后，因为倪超母亲的这份善良的和气也放开了许多。

无非是问些常规的问题，红在刚开始的时候都对答得体，毕竟已在北京城里飘荡了这些年，行为举止方面修炼得已经和这里的人差不太多。当倪超的父亲问及红的家庭的时候红却再次撒了谎。他再一次地给自己的家庭套上了一个光鲜的外壳，父母都是小县城里的中学教师，在那个年代里，红的父母也是屈指可数的大学生。当年一腔热血就回到家乡教书了。虽说红的家境一般，红的父母都是知书达理的人。倪超的父亲倒是微微地点点头，然后饶有兴致地讲起自己当年下乡插队的故事来。他父亲说，他对庄稼地极为有感情，他认为，那里是中国的根，自己的根。红心里觉得只有像倪超父亲那种干了几天体力活的文化人才会莫名赋予一片土地犹如信仰般的意义。而真正将灵魂根

爱十二梦

植于土地的农民,其实什么也无法表达。

他始终都不愿意承认自己是农民的儿子。他觉得农民的骨子里有一种无法消除的卑贱和怯懦,那种卑贱是对于土地自然而然的折服与膜拜,而怯懦则来自于黝黑而干瘪的那一双布满老茧的劳作的双手,这双手被土地和庄稼牵绊着,永远无法逃脱无法挣开,土地就是农民的囚牢。红那卑微的父亲在面对熟透的庄稼的时候,脸上那份由衷的欣喜在红的眼里,将那张老去得过快的脸庞上写满了令他所厌恶的谦卑和迷信般的敬仰。红在面对土地时多有焦躁,每每遇到农忙,那些农活都是红平日里借着学业繁重所尽力去逃脱的。若是有机会再度满身荣耀地返回那个小村庄,红大概是想要毁了那一片种植了他父亲卑微一生的土地。红的内心里一直是疯狂地焦灼着欲望。那欲望是红内心的火焰,是红时常升腾起的莫名的骄傲和极端的自卑。

让红没有想到的是,倪超的家长对自己会满意。当倪超提出要开始准备婚事的那一刹那,红不是如释重负而陷入了另外一种更深的焦灼,红在幻想着倪超的家世能够如一盏明灯照亮他的前程。而倪超的父亲倒是非常通情达理地答应要帮红顺利拿下那个万里挑一的职位。

人生中两件大事一下子全部坦露于红的面前,仔细看看,竟然全都是康庄大道。"真是天助我也。"红早些年在村庄中的那些困顿、疑惑,所谓燕雀不知的惆怅,进入这繁华大京都的自卑和压抑全都随着红即将而来的光鲜命运而终结了。他在幻想着衣锦还乡之时,他那卑微的父亲该是要有多扬眉吐气,脸上一定比捧上一把新鲜刚熟的麦子还要欣喜。

大雪/他叫红

红被这喜悦冲昏了头,但是他还令自己尽量维持理智。他考虑到接下来的婚事所必须面对自己父母的真实模样被拆穿的尴尬境地。他在言语中再如何包装出一个尚可而光鲜的父母,也抵不过父母进入京城前来会面的那一瞬间的尴尬。还好红借着准备面试的当口拖了一段日子。红的面试很顺利,数千人报考的职位,红脱颖而出。倪超的父母倒是常叫着红一起吃饭,红越发觉得倪超的父亲睿智而宽容,而老爷子也给红有意无意地灌输了许多为人之道:"最近倪超的伯伯送给我一套书,我没工夫细读。你读来讲给我听。"红将书拿回去仔细研读,并且细细做上笔记,下次再见到老爷子,便以自己的语言和方式讲给他。老爷子时而点头称赞,时而紧紧皱眉。如此往复,红感觉到自己在书里学到的智慧要比以往更加深刻透彻,而红的言谈倒也比之前精进圆熟得多。红感觉到倪超父亲培养自己的方式是一种高妙的,近乎名师指点。而红的性子也磨下来许多,他也没了最初在企业时只不过是谈拢了几单业务的狂妄。

倪超对红的越发亲密的渴望,还是一直欲拒还迎地娇羞。红倒也不心急,他知道这女人迟早是自己的囊中之物。红自认最识得女人之美,但是红不觉自己是滥情。每每到深夜陷入虚妄的回忆中,红所骄傲的就是他所拥有过的那些女人们。那些美丽的名字和身体都如同一朵花儿般盛放在红的内心,灿若桃花抑或是热如玫瑰,或许还是一株静美而洁白的睡莲。红在这些念想之后却莫名空虚。若论及初恋,红竟悲哀地发觉自己不曾拥有一个美好而单纯的恋爱。再仔细思索下来,这些女人带给红的还有些许的阵痛,阵痛之后,就是红又一轮的重生。

爱十二梦

　　李德曾经告诉过红，自己睡过的姑娘用一双手都是数不完的，而杜冉曾带着自己故作淡然地说过，她必须对李德保持这样一种冷漠的距离，那个男人睡过的女人太多，能让他记住就是不被他睡。此刻红躺在床上想到此，竟然又是心生出一种莫名的愤恨来，他总觉得自己即便再如何努力，也不及人家随手摘得的一株桃花。不过想起李德，倒是挂念起这个让他一直嫉妒的男人如今过得如何，顺便求助于他，看看自己的尴尬境地有何办法缓解。电话很快就被接起，李德以分外慵懒的声音答应了红的见面。

　　红刻意穿上了倪超给自己置办的那身还算不错的行头，戴着一块自己攒了很久的钱买的一块名表。这位两年不曾谋面的舍友却很随意地穿着一身休闲装就跑来了。红在李德面前总是刻意多了些比较，但是这样的刻意让红反而愈加自卑。从进入大学校门的那一刻起，红的这种刻意就一直在滋长着。红的念头其实单纯而执拗，仅仅就是，出人头地，与那片庄稼地永远断了牵连。他憎恶那里贫瘠而丑陋的一切，若不是这该死的出身，红自认为一定比李德还要光鲜得多，潇洒得多，能干得多。

　　在看到李德的那一刹那，红才明白自己再如何奋斗，也无法比得上李德。就好似他如明灯般在前头一直照耀着红，红再如何努力，追赶的也不过是李德的影子罢了。之前在网络上他看到过一篇文章叫《我奋斗了十八年不是和你坐在一起喝咖啡》，而此刻，红坐在李德面前端起眼前这杯他把名字背得滚瓜烂熟的咖啡，心情极度的复杂。他不再一如曾经学生时代的年少气盛，再也没有了所谓喝上同一杯咖啡的愿景。

大雪/他叫红

李德倒也坦诚,他分析了红接下来进入的这段婚姻的利弊得失,眼下最要紧的是如何瞒过倪超的父母红的真实家境。李德淡淡地说:"其实,谎言开了头,日后需要用许多个谎继续圆。你说呢?从一开始你的这个谎撒的就挺没有必要,现在是自己给自己挖了个大坑,还填不满只能往里跳。""我现在吃不透倪超这家人,结了婚其实就算我撒了这个谎被他们发现,又能如何?"听到这话李德微微一笑,似乎是想到了一个好主意般却欲言又止。

谁能想到,倪超父母此刻见到的温文尔雅又带着小地方的朴实谦逊的两个人,不过也就是李德从朋友剧组拉来的不知名小配角演员。红在几次尴尬的笑容之后,倒也被他打造出来的父母带得渐渐入戏。"我们家红从小很乖,老师特别喜欢他,成绩名列前茅,待人有礼,在我们家也特别懂事,什么事情都帮着做。"笑容和蔼可亲的"母亲"端起茶杯,细细地抿上一口,悠然地和倪超妈妈唠起了家常。一旁红的"父亲"倒显得些许拘谨,话并不多,但是老爷子问什么,倒也答得挺得体。倪超规矩地坐着,红的"父母"还时不时给这未来的媳妇说些红的小坏话。

当然,这所有的一切都是在红和李德的精心安排和调教之下,这两位专业的演员才演得如此惟妙惟肖,一切就跟真的一样。以至于红在饭桌上都觉得恍然中自己的父母恰如自己所一直描述的那样。而记忆里那个地地道道的农民,沾着浓厚的自卑和乡土口音的父亲,就这样被轻而易举地抹杀了。饭桌上红时不时给倪超夹菜,他却没看到倪超稍许凝重的脸色。

他不明白在那次会面的饭局之后,倪超对自己的态度竟然

爱十二梦

变得有些冷淡。而倪超的父母倒是对红越发地热情。红的"父母"那出色的表演博得了倪超家人的十二分的好感,起码让他们觉得,这样家庭出身的孩子很是有教养,也是非常懂事的。红也越发庆幸自己的这点儿小聪明,他感激李德在关键时候还算是帮了自己一把。

当红请李德吃了一顿不算昂贵的大餐之后,红开始意识到自己与李德这样的人的关系已经产生了微妙的变化。这种变化来自于红自身心态的转变,他不再只是以一种鄙夷或是轻视的目光去看待李德的时候,他发觉这样的人也有很多的可爱之处。红已经算是倪家的准女婿,在李德面前底气也硬朗了许多。

"虽说老头子对我很满意,可是倪超最近对我倒是有些冷淡。"红酒过三巡稍微上头,"你对女人比我有经验,给兄弟我支支招。""我也没什么经验可谈的。不过这趁热要打铁嘛。一位作家不是说了嘛,通往女人心的最好方式就是阴道。女人嘛,她爱你自然会让你要她,可你竟然连倪超都没碰过。这也不像你的作风嘛。"红听他这么风趣地一打岔,突然不知道该怎么接话。

"李德啊,不瞒你说,我之前对你是有些偏见的。不过现在这些都烟消云散了。咱兄弟俩,争取在这大北京城里闯出一片天!"看见红满脸的得意,李德眼睛一转:"你不如趁着酒胆,去试试倪超?"

红也没细想,就拿起电话约倪超。"我最近很忙,你体谅一下好嘛。"倪超又想拒绝这次约会。"我不是不体谅你,我们好几天都没见面了。我太想你,出来吧,我在门口。"倪超一直很厌烦红的某些自以为是的套路,但是一直憋在心里自己斟酌着。

大雪/他叫红

她是个不喜欢自己既定的轨迹被突然横插进任何人任何事的人,倪超在一直独立做事的同时,也非常厌恶突如其来的束缚,这令她不安。她当初决定跟红在一起,是因为红的足够迁就。

红紧紧地抱住她。他却明显感觉到怀里的可人儿不甚情愿,她显然是敷衍着说:"大晚上的,咱们干吗呀。""这月黑风高天寒地冻的,倪大小姐不请我上你家喝杯热茶,就算赏一口热水也行呢。"倪超被红此番的可怜样儿打动了,她邀他去了她的公寓。

这是红头一回来到倪超的这个小居所。这小居所是倪超的父亲在倪超千般任性下才购置给她的。倪超家里的传统观念其实很重,父母就她一个闺女,当时说什么也不愿她独自住出去。倪超却非得要来这么一个自我的小天地,说适合她独自安静地去想事情。不过当时她允诺父母的是,在结婚的时候,会与老公一起住在自己家里。

如今他们要结婚,是被要求在倪超家的大房子里和她的父母同住的。红对这点不置可否,但是他心里非常清楚若是被小县城那些多嘴多舌的人知晓,势必乡里乡外的就会多了很多"上门女婿"的嘲讽。可是红不在乎,他一想到"光宗耀祖"这个词,再想想自己那成天吸溜着鼻涕的干瘪而黝黑的父亲,他知道自己究竟要的是什么。

倪超穿着一件纯棉质地的吊带背心与短裤,让短发的倪超增添了些许的可爱与妩媚。虽说红极力地在克制内心蓬勃而起的欲望,看得也是有些痴了。倪超平时打扮总是偏中性些,此刻在这昏暗的灯光下,紧致的背心包裹着她若隐若现的玲珑曲线,让红的心似乎跳到了嗓子眼儿。

爱十二梦

红感觉倪超再也没什么理由拒绝自己。而倪超仍旧推搡着自己的攻势,甚至不由得铁青起脸来。红望着这张熟悉又陌生的脸,不禁心里打了一个问号。红问她:"你不爱我吗?"红深情款款地继续表白,"都是要结婚的两个人了,怎么还这么样的隔阂。"红试图去搂住倪超,倪超却一直闪躲。"你知道的,我刚才是情不自禁。我爱你的心是真真切切的,可你还在闪躲什么,害怕什么?"

倪超却一阵冷笑,令红心里分外发毛。"男人都是这么着急的吗?既然你我关系已经确定,你何必在乎这一日两日的。"红顿时无语。刚才一时燃起的激情如刹那的火焰被瞬间扑灭。于是对倪超好言相劝了几句,自己又陷入了一种莫名其妙的独自焦灼中。

转眼就到了结婚的日子。一切都被倪超家里人安排得妥当而周全,红唯一在深夜里所纠结的也不过就是他一直羞于启齿的真相:究竟让不让自己的双亲出席自己的婚礼嘛。完全可以继续用李德上次找的两个人再演一出绝妙的戏,不过这戏再演下去就得伴随一生的尴尬与谎言。红决定向倪超摊牌。没想到倪超却主动要求找自己谈谈。

红,我告诉你一个秘密。

大概是在我十九岁的时候我发觉自己并不太喜欢男孩。

那年我大一。从小到大我都是一个沉默寡言的女生,在校园里留着齐耳短发,规规矩矩地上课,基本上都穿着校服。不喜欢女孩子那些闪亮的发饰和美丽的裙子。青春懵懂的日子里,我并没有得到多少男生的欣赏,起码我从来没有接到过一封情书一次告白。我普通规矩到几乎没有什么存在感,但是我对于男生也从来没有任何情窦初开的幻想。在无数个深夜里,我独自一个疯狂幻想的也不过是些天马行空的桥段,无关于感情。我也好似清汤寡水一般,不知修饰自己。

大一开始军训,因为我面容清秀,再加上我个头儿一下子蹿得高瘦而直挺,穿着军装倒显得分外精神。同连队的一个男孩子喜欢上我,疯狂地开始追求我。情书,鲜花,告白,弹吉他唱歌,还有让同学们帮他起哄,按理来说,女孩子的人生第一次遭遇这些温情的浪漫,怎么也会有所动心。我奇怪的是,我没有,我的心平静如止水。同宿舍的女孩子都很羡慕我,在大多数女生的眼里,追求我的这个男孩阳光帅气,会讨人欢心,又体贴温柔。他追求我未果,转而便迷恋上别人,也是相同的手段,没两天和那个姑娘就出双入对。我一点儿也不诧异,仿佛这剧情是我一手排演好的。我从小对男人有所抵触,男人是有缺陷的生物。他们多情但是幼稚,追求新鲜和刺激,虽说我常自嘲晚熟,我在这方面出奇地早慧。

我的奇怪情绪说到底大概也是因为我那风流的父亲。我的父亲表面上是个严肃认真而又极富正义感的好男人,其实我内心里觉得,他绝对是个道貌岸然的伪君子,除了善于撒谎和奉承之外,他最大的特点就是好色。他对我母亲倒也是绝对的疼爱,该给家里的绝对不会少。只是新欢换得太快,别问我我为什么都知道,我说过了我在这方面出奇的敏感又早慧。

我自认为我对男人已经丧失了全部兴趣。

直到我遇到了她。

爱十二梦

那是在一次辩论比赛中。她是中文学院的四辩。其实我看得出来,这并不是个善于言辞的姑娘,在辩论赛中常常语塞迟钝。但是最后的总结陈词着实给了对方有力的一击。沉稳,文静,安宁。在缓慢的语速中,废话并不多,几个漏洞抓得让人觉得既是匪夷所思,又在情理之中。

自小我就是个沉默寡言的姑娘,但是我出奇地喜欢看人家辩论。辩论赛结束以后我朝她走过去,一时间竟然不知道该说些什么。然后这个长头发姑娘朝我微微笑了笑,这样的笑容清朗而舒适,令人如沐春风。我和她成了好朋友。

是那种传统意义上,关于女生的那种好朋友。

干什么都会在一起的那种。

其实女孩子之间非常容易就相互喜欢。但是我明白我对于她的感情已经变得有那么一些的与众不同。甚至于看到她被男生追求,我的心里竟然有些小小的愤恨。这愤恨来自于我对男人这种生物的天生厌恶感,更来自于我内心深处一直隐藏的事实:我爱这个姑娘。

一直到我们毕业,一直到她换了好几个男朋友。

我在毕业那天喝了许多酒,我才告诉她,我心里的所有感受。

毕业之后,我们竟然在一起了。

我们共同经历了太多的事情都可以写成一部无关爱情的小说了。

我觉得自己和她在一起很快乐。简单而平静,人与人之间的感情有很多种,若是不夹杂欲念,这样的感情该是有多纯粹。

大雪/他叫红

但是我父亲决然不会允许我的家里出现这样一桩丑事。所以你,被我选择成为我家的一张体面的面具。

我知道你的所有事情,包括你所不愿承认的那贫穷的家庭。你对女人欲念太深。我知道这也许并不是你的错,你潜藏了太多黑暗的念头这并不影响你本质上是一个怯懦而虚荣的人。你如此急切地证明自己,自信到好像全世界的女人都该爱上你。你渴望跻身于这繁华城市,那么我就给你这片天地,让你好脱胎换骨,这就叫作各取所需。

"你说。这人世间的关系有千种有万种,为何你就偏偏选择了最奇怪的一种。"红感觉到无力,他好像又被命运的罗盘拉了回去。"既然所有的关系你都不可能全身而退,不如就如此了结也好。你遇到这样的一个我,也是我们之间的缘分。记住,你是我机缘巧合下选择的一张体面的面具而已。"

简单而直接的叙述中红明白了所有狗血的真相,他终于明了自己才是被坐进"木已成舟"的局中的那一个。红一时慌了神,懊恼起自己一直以来的自作聪明。红再如何急功近利,也断然无法接受与他厮守终生的人是一个冰冷无情,对男人毫无兴趣,把自己作为工具的一个女人。这简直是可怕而煎熬地,他甚至能够想象自己在后面的日子里将会面临怎样残酷的境地,他每日都得活在这张光鲜的面具背后。

婚礼上,红搂着巧笑嫣然的倪超,望着在她一旁同样甜蜜微笑的伴娘。他知道自己不过是傀儡一般的道具。他不停地喝酒,一直到有人把他送进了唯美浪漫的婚房。

黑暗里。

爱十二梦

他望着脱光衣服一脸木然的倪超,他知道眼前的这个女人,对于自己没有丝毫欲望。他大脑一片空白,突然感觉下体一阵刺痛,他知道自己再也无法兴奋。而且他强烈地预感到,在以后的人生中,自己的这具身体大概将成为和他父亲一样的玩笑。不,他甚至不如他所一直深深厌恶着的父亲,他更像是一具行尸走肉罢了。

他自以为可以掌控女人的全部欲望。

女人的欲望却如此千奇百怪,变化多端。他知道他的人生里所遇到的女人里,既有救赎他安慰他的女菩萨,亦有折磨他伤害他的女妖精,还有最后这一个,令他哭笑不得的,真实的一桩狗血婚姻,让自己心念所及的全部欲望化为了美丽的泡影,他自己只不过是命运的罗盘之上被戏耍的一只猴子。

红感觉到无望。

他在黑暗中仿佛又看到一张笑脸。那是李德眯着眼睛在笑,依靠在宿舍的床边,轻轻地问他:"嗨,哥们儿。你好吗。"

后 记

【壹】一叶障目

一个好的故事就是需要先令自己有所触动,而不用去想别人怎么看。所有的人都难以揣测,他们对于每个故事都有自己的揣度。他们都带着自己的故事进入一个又一个故事。最后,我们也分不清我们在故事里头,还是故事把我们装了进去。我总以为,这个年代的爱情来得迅即去得轻易。我总认为,这个年代浅薄多过于热火。我总觉得,这个年代的故事怪诞离奇甚于平和有力。

告别。青春和故事都在告别里。一场连着一场。我倔强地说不要不要,它固执地再来再来。最后你问我还相信什么。我为你建造你曾勾勒出的玻璃房子,却装进别人的故事。你为我错落出一个虚妄的孤独梦境,只有一些无望记忆。这才是现实。现实没有团圆没有相聚没有巧合,真实地只有告别,一个连着一个。最后所有人都是告别。

如果最后终须沉没,如果最后依然坠落。曾经的沧海执着,也不过是夜晚抬头时温柔的繁星闪烁。日子最初始于温柔归于平常。我始终是愿意执着地说,我想永远和你在一起。等待本就是虚妄的一件事情,不能说不要说。自己的心一直为你空着,

爱十二梦

怎么能够不等待怎么能够放弃你。你爱过这样一些人,却也如此的恨过。你的等待终究也成了繁华一梦,误了终生。

人们常会如是说在一起的时候,且行且珍惜。下一秒,真的不知道还要发生什么。其实我们在进入爱情之前,都带着伤疤。吵过、放弃过、分开过,最后还是发觉心里那个位置是无可替代的。曾经年少的爱是热烈执着的,那对于我们来说是一种光荣。如今已变化太多,我羡慕历经时间的沧桑还不改变的人。

我喜欢跟很多人聊天。因为聊天中会得到不同的故事和人生。那些人生有的温软有的刺激,有的平平淡淡,有的天雷地火。但是呢,那些语言都是经过意识地加工和修饰,戴上了华美的面具。后来发现原来跟人聊天也是件耗费心智的苦差事,到最后也许不如什么也不讲,这种沉默的尴尬用以还赠彼此语场对立的难堪。倘若如此,不如余下力气写一些好故事聊以自慰,都比胡言乱语来得自然生动。

有的时候,谈话本身就是一种限制。将自己限制于他人的思想牢笼里丢了自己。

借用聊天去了解一个人其实过于单薄。再说了解一个人真的不代表什么。今天他大概喜欢凤梨,明天他可能会喜欢香蕉,大后天他喜欢什么连他自己都不知道。大概就是这世界变化太快,快到连我们自己都应接不暇。

道理大概已然说尽。但是故事终究只是故事,当它纯粹为一个故事的时候,自然可以有万千种解读。故事太多,解读太盛。恰如盲人摸象,永远都只是看到了它的狭隘。我宁愿不说。一叶障目,不见了人心。

后 记

也许只有故事成了永恒。

【贰】之死靡二

我总是一个人跑到电影院里看电影。

电影院里看电影通常有莫名仪式感,黑暗的电影院犹如一个巨大的盒子,我把情绪统统放进去,没有谁会管我到底是在哭还是微笑抑或是黑暗里分外的那些沉默。电影里总是有很多爱。电影里说,他的悲伤都在他的拳头里。电影里说,该是忘记的时候,过去的总会过去。电影里说其实他没那么喜欢你。电影里说爱情的感觉会褪色,一如老照片,但你却会长留我心,永远美丽,直到我生命的最后一刻。

如果说看电影看到动容之处就哭,也不失为一件痛快而开心的事情。

再如果,个把小时之内便能经历悲喜的起落,自己还未曾麻木到没有知觉,也是值得庆贺的事情。生活的河流冲向何方我不晓得。我只是觉得感情对我来说随着岁月的冲刷反而更加弥坚而深重,于是变得不再愿意表达。那些表达都在电影里,随着电影里那些情绪的起落,自己也变得分外欢喜或是伤感。

好电影烂电影,不管是什么电影,只要能够给人以感触便是它的意义所在。其实电影没有意义,有意义的是每个人的故事。常常我看完电影也不会留下只言片语。常常我看完电影觉得我想说的话会比电影里还要多。常常我看完电影会觉得意犹未尽却还沉浸在那个故事里。这通常取决于我看的电影。我喜欢看晚间电影,因为人少因为安静。伴随着我的那个月亮总是在深夜里思绪绵绵,晚间夜场电影的泪痕还没有干涸就已流进心里。

爱十二梦

有的电影感情细致入微暧昧绵长,有的电影情节安排巧妙鬼斧神工,有的电影因为一句足够经验的台词就让我们无法忘怀。

拍电影的男人总是分外性感和值得热爱。

他的电影,只有剥离了时间与空间的画面,在脑海里支离破碎才能成为完整的悲伤记忆,群体人类的整体恐慌和病态被完美沉陷,青春期弱小的思绪和感情被无限地放大。笔触细致,角度奇特,思维诡异。在他的电影里,我们统统是丢失了的那个自己。虽说透露着死的失落,却也不失生的温情。他,就是岩井俊二。我最喜欢的导演之一。

他的电影,在光影间弥漫着暧昧和人欲纠缠,东方式的隐忍含蓄,将台词的美妙发挥到了奇异的地方,于是我常在观感之间获得脱离于故事本身的快感。他塑造了太多个经典人物,唯独看不透他那颗孤独脆弱的玲珑心。他是旧梦里的一抹最为璀璨的光亮,他亦是虚无年华里的唯一见证。他,就是王家卫,我最喜欢的导演之一。

他的电影,黑色的冷幽默里带着些许偏执,一如他固执得坚持一贯的叙事方式。他如杀手,冷峻却也多情;他是怪才,在他的世界里勾画着一个光怪陆离的奇幻世界。他,就是吕克贝松。我最喜欢的导演之一。

而好电影太多,它们给予我生命最为深美的韵味,令我单薄的生命变得丰满。我喜欢的导演寥寥几个,在我心底悄然赋予他们甚至比爱人多一些的热爱和敬重。

电影里需要绝对的纯粹和热度。比如《海上钢琴师》,那个没有名字,叫作1900的钢琴师。他执拗而天真,充满着热情和

后 记

固守。音乐是他的信仰,钢琴是他的器官,海洋是他的母体。他一生与自己内心的纯粹恋爱。他所惧怕的城市永远都望不到尽头,犹如窜动其中的无止境的人的欲望。而包裹他的海洋是永恒的温柔,那纯洁的浪涛在永恒地呼唤着他。他固执地死去,他在所有人欲望的爆炸里死去,他亦死于自我纯洁的理想主义。他的死亡是光荣的纯洁的,作为一个纯粹的钢琴师的光荣。

我对电影的热爱,之死靡二,如同我除却文字以外的第二情人。

一部伟大的电影作品,通常让我们无法说出任何言语,仿若脑袋突然空空。殿堂级大师太少,模仿的人太盛,反而会丧失电影的初衷和诚意。

文字亦如此。

我一直自觉修炼不够。

【叁】三言两语

我们都得带着一份足够的美丽心情和大分量的往事上路,这旅行的意义才显得飞扬跋扈,非凡自我。我娘说,我这样的姑娘一出门就好似一匹脱缰的野马,看到好风光就撒欢地狂奔呼叫,我爹说,我走哪拍哪超级臭美还是个典型的吃货。但是他们一起说,我女儿真是热爱生活。我宁愿我不是个被人认可的作家,也必须尽心尽力精彩地去当一个生活家。好似是在旅行中才能够放松自己,去了解自己,打开自己的心。

总是想为每一段的旅行赋予些什么,结果发觉执念的是自己。随心随性地去行走便好了,走的时候有暴雨也有晴朗,内心却是一片开阔。再想想当时要走出去的理由和心情,突然觉得原来那些虚妄也是一种梦境,只是长到分不清现实的边缘,心里

爱十二梦

怀着梦出行,且让那些旅行中的歌声永恒地停留在梦里。

可是,没有什么是永恒的。

星辰会陨落,日光会式微。但是每日的太阳都是崭新的。旅行的意义大抵如此,每日都过得如此丰满丰盛,以至于以为自己的人生就是这样。旅行中遇到太多人,听到太多故事,看到太多风景,触摸到那些分不清现实的梦想,自己的内心就这样的蓬勃起来。那些温暖的力量一直给予自己前进的动力,在旅行里就似换了一副金刚铁甲武装到牙齿的身体,莫名的兴奋感让本来就很美的景色增添了几许属于自我的动人。

日子过久了才发现有的事情真的是无法强求的,须臾的终归要停留在须臾里,永日的终归也化作日常里那一抹淡然的烟灰。鼻子蹭上些许的灰土才发现以前那些血气方刚强大到即日起程的去远方,也变作故乡里每日飘浮的云朵游荡在自己的心中,写了那么多无聊而毫无意义的长句子才发现不如短短几个字来得实在,比如去感受。比如在一起。比如父母在。比如现实。再比如上班。还有不饶人的一点点侵蚀自己的岁月,也许等我意识到了的时候就是我失去的时候,那样就为时已晚。

我不是自怨自艾,我也不是莫名其妙地发发牢骚。

其实妥协了很多也不代表心里那些燃烧的火苗就被扑灭。还是有很多留在我心中,等着一点点去实现。其实就算忘记了地平线的终点也不代表就不会一直前行。还有许多路要去走,等着一步步来走完。也许人生就是这样不断地失望而后又不断去希望。然后发现许多不尽如人意再感受到很多幸福和美好。越来越发现这些其实并不矛盾。是有很多无能为力,也有很多

后 记

等着自己去慢慢努力和改变。相信自己说起来很简单，但是常常就被心灰意冷这几个字折磨到无比失落。

因为你不去做不去等待不去感受就永远不知道明天在哪里，幸福在哪里，万千红尘里，你遇到一颗落在你身上的尘土都已经实属不易。何况是你爱过的、爱过你的那些人呢。珍惜好当下的所有，用力而美丽地活着吧。

【肆】肆无忌惮

我相信这就是我最好的年华，没有之一。我始终生活在当下，不过分念旧亦不过度憧憬，才会成就一个最好的自己。我始终相信爱。这爱，是疲惫生活里的英雄梦想，是宽容是淡然是得之而幸。若然还没有地久天长的期许，那是因为该来的人还没有来。既往匆匆的过客无须挂怀，爱若是没有经历时光、欺骗、等待、距离、现实、付出、无望、失去的熬煎，怎么能显示出它的光辉和永恒。

我始终相信的不是爱某一个人，而是这爱里蕴含的璀璨光芒。照耀于每一个寒冷深夜，让每一颗孤独的心得到温柔的慰藉。

这爱，便是永恒。

这世界的感情有许多种，没谁能分得清自己到底能够真爱过几个。心底最为牵挂的，也许永远都不是身边日夜相伴的那个。白玫瑰红玫瑰是永恒的悖论，得到的好好珍惜，得不到的就让它留在梦里。且行且惜，别犯贱，别矫情，别患得患失。最重要的是，你选择的爱人最终会成为照映你心灵的一面明镜。

这世界的感情有许多种，有的人即使相爱却无法告白不能够在一起。明明深爱着转身却各处地狱，大路朝天，两个人的道

爱十二梦

路若无法交合只能一直远望着。而一直心底深藏的名字,也不过是在死去的深夜放肆哭一场。之前的逢场作戏真的就被称之为逢场作戏,至死连爱字都不能说。这种爱,不能占有也无法成全。

时代的鸿沟里许多人都彼此僵持着,每一个境遇里总是有太多的限制。能够相爱且深爱是件稀罕的事情,遇到了就是侥幸,遇不到的才是人生。

【伍】吾之深爱

我说我爱你,可能你不会相信。

哪怕最后分崩离析,过往那些说出口的温柔,也请相信都是真的。如果这一切都是最初的模样,爱情总是会从嘻嘻哈哈打情骂俏沦落到生活最本质的模样。每个人的爱情都是当初美好、后来糟糕。幸福爱情的秘诀就在于时时更新与用心经营。

讲三个从电影看来的小故事。

你忘记了你的爱情。你被工作,工作,工作压得喘不过气来。你每日每日像一只工作怪人一样过着无比规律的忙碌生活。你给了你最初许诺给她的生活却遗忘了她。你们多久不曾拥抱过,多久不曾亲吻过。你不知道她在忙些什么,你不知道她这些年喜欢什么。

你给了她一个衣食无忧的生活,你越来越忙碌,忙碌,忙碌。

直到有天你推门而入,发觉她带给你的世界已经无法让你接受。一切新奇和有趣到让呆板的你无所适从。你不敢探究,只好逃离。平凡无奇和规律古板淹没你对于爱情曾经的好奇,你在你平淡而枯燥的生活里忽视了她。

她大概是世界上最平凡的一个女人。嫁为人妇,心里只有

后 记

着关于爱情关于生活的小小愿景。在你要求下,她似乎成了一个乖巧的家庭主妇,她变得更加平凡普通,每日为琐事而累。她却并没有甘于平庸,她在这些平凡日子里不断地闪着光,发着亮。她偷偷去学习,去充实自己。她在心里种下每个小小的梦想,然后一个个实现。她交许多新朋友,她的生活没有因为你的忙碌不顾而丧失乐趣。

终于,你在逃离和探究的矛盾与游走中,发现了这一切的秘密。

亦是关于爱情的秘密。

因为爱情,怎么会有沧桑。你们又回到了最初的模样。

曾经的你们也是众人艳美的神仙眷侣。青涩校园里盛放着你们青春无敌的美满初恋,有遗憾,亦有自我的完满。有悲伤,亦有无尽的快乐。这是爱情最开始的样子。爱情的花朵盛放着,最终会开成每个人一生的花朵。可是残酷的生活最终将每一个没心没肺的妖孽打回成面目可憎的原形。

他娶了某某。她嫁给某某。某某都不是你。

你们共同的记忆被生活分作两条轨道,在同一个世界运行着生活这列最终驶入死亡的列车。同学会是旧情复燃的同学会,是回忆漫漫的同学会,是可以让一切狗男女再续前缘的皮条会。刚好,她离了婚,丈夫是个不务正业的社会地痞。你被你那可憎而乏味的媳妇闹着结束婚姻。

可是呢,可是呢?谁又能保证你们再在一起之后不是现在这副狗样子?

还是算了吧,就留些美好在心间。

最后送别的一个轻轻的吻。

爱十二梦

你知道,你的爱情在和你招手说再见。

想起许多年在机场送别的情景,也许你还会哭。你自此找不到她。爱情就从你的生活里莫名其妙地消失了。你知道也许在这无情的星球某端,她在实现了她的海外梦之后,还会淡淡地想起你。但是你无法忘记。

你在每一个场景里,都有脑海中虚设的一个她。

你念想里的这个她在陪着你。

你曾经答应她看的海。你录下手机声音给她。你在这世界每一片海边都大声喊着对她的念想。最终一个电话让你找到了她在浪漫的法国波尔多喝着最香醇的葡萄酒却品着大口大口的苦涩。

你去寻她。寻到了她一段面目可憎的婚姻。寻到了她正在接受一个年轻女孩强势的挑战。寻到了她在一段丑陋的出轨事件里挣扎。

于是你的救世主情结爆发想带她走。却发现不管如何的婚姻,怎样的男人。这个女人心底还是会残存着一点点爱意。

你大喊。你手里已经没有了你那十几年都没变过号码的手机。

两手空空。她却奔来牵住。

也许你们才是该在一起的一对。

因为爱情,不会轻易悲伤。

如果一切都该是幸福的模样。我愿意我还爱着你。却不知从何处寻,连自己都找不到爱情最初存在的意义。没有谁在原地等我,连我自己都等不了自己。

每个人都是如此,在青春岁月里将情根深种,因为有爱,我

后 记

们的青春才有声有色，有好故事可以讲。因有深爱，你才必须要成为更好的那个人。

【陆】六月飞霜

挥别错的才能和对的相逢，让过去快些过去，让未来美满到来。我并不是想写过去如何如何，未来如何如何。活在当下需要的更多不是洒脱，而是勇气。和过去的一切瓜葛斩断干净，不给未来太多期许。

我只是淡淡地，在一朵一朵浮云里辽阔着自己的内心。浮云飘过，于我已是了然。其实我了解，每天都可以是崭新的开始。每一个昨天都可以迅速过去，每一个明天都可以美满到来。

我要等的男人会给我最独一无二的爱，才配得到一个最好的我。现在这个浮躁肮脏的世界，缺乏安全感，缺乏恒久耐心，所以没有谁的心透亮如同雪花，但是心底都有隐藏起一片晶莹剔透，这颗七巧玲珑心，唯有真爱才懂。

我所思念的城市从来不在远方。陌生人越来越让人慌张，这些遥远的忧伤令人沮丧。记忆比森林里的叶子还要绵密，它也从翠绿变成了金黄。只有我知道我的思念比我的绝望还漫长。给自己道早安午安晚安，自己和影子谈天对话说心事。

我不知道还有什么是徒劳的。等待是徒劳的，期待是徒劳的，时间是徒劳的，连那些伤害都是徒劳的。那些徒劳都是自我设置的一个个肥皂泡，美丽而终将破灭。问题在于戳破它们的统统都是我。我害怕总有一天会变得麻木变得无所谓。

若是我还是当年的姑娘，想必会为空中阁楼的美丽花朵黯然神伤或者思念痴狂。可是现在的我，所期待的是一份安稳、勇

爱十二梦

敢、坚定、长久的感情。若是有人来让我再次相信,然后经历风雨和挣扎步入婚姻,我也可以骄傲地说,因为你,我不怕婚姻的平庸,我担当琐碎的折磨,我愿意当一个哪怕只会西红柿炒鸡蛋的姑娘。大抵是失望太久以至于连希望都缺乏勇气。

太多人是为了分离而相遇。这分离有些无从告别,有些只能怀念,有些只是梦一场。难道说脉脉长情只是幻觉里的小小期待,也许梦里的拥抱才是最无瑕的。你爱过太多陌生人,生命里只留下你自己和太深太重的保护色。

我走过太多美景。但是最终没有什么能够让我停留下来。

我所期盼的,决然是一份带着义气天真以及担当奔向地久天长的感情。这感情独独给予我以一生作答的勇气。我打算阅尽世界之后,如果恰好遇到一个人,那么我就和这个人去过简单相知的日子,在小城里实现一个一个小想法,和他去坐旋转木马,和他一起开一个也许不挣钱的小店,把这世界独立存在的我,变成一个在家庭生活里的我们。一个人走这个世界而后带着分外多的期盼。不管能不能恰好遇到这个人,我都心存感激。只是,现在的我,一切都好。只差你的一缕春风一个微笑一个拥抱。未来那个人,随缘随心随性随自己,只要恰好遇到便是人生的侥幸。

我不是个会在原地等谁的人,也没有谁一转身就在我身后。我也不是个随遇而安的人,就好似一直飞翔不曾停歇的鸟儿。我信我一直不断前行,该来的也一定会来,离开的不用惋惜不再留恋。拥有良缘才可期待明天,付出真心才能天长地久。前尘往事皆随风,孤独的森林里没有鹊桥,只有梦里沉默的拥抱,只

后 记

有安然的等待和长久的寻觅。这是个消耗的年代,所以对于内心那些珍贵的期盼与热情得好好珍惜。

【柒】七零八落

世界越来越不太平,每个人都有太多担心。虽然末日平安过去,许多人的忧心忡忡变成了嘴角的笑谈。但末世论一定会再次来袭。人生本来就有太多的叵测。

假若末日真的存在,大概每个人都有着一堆问题要发问。

你会最后再看怎样的一本书?你会最后再和谁喝一次咖啡?你会以怎样的方式度过这最后的两年?你会去见怎样的人交怎样的朋友?你会不会不再像现在这样忙碌到不知所措浑浑噩噩?你会写些什么样的东西留给你不知道的世界?你会再去品尝哪些你一直渴望的美食?你会趁着时光安好再去哪些美景里流连?你会再给父母怎样一个紧紧的拥抱?你会再陪他们说怎样的话?你会给哪些朋友说你想说的但是一直不敢说的?你会做哪些你一直搁浅没有做的?你会怎样的疯狂一把?你又会如何地泰然处之?你会留下多少遗憾给这个世界给自己?你会留下多少美好多少回忆给灵魂?你会不会对着你所有爱过恨过的人轻轻地说再见?你会写一封什么样的信给他?给自己?你会不会觉得其实眼一闭什么都没有了?想再多也没有了?你会不会觉得,不如大家最后快乐一点儿?你会不会觉得不如从一开始便活得自在一些,快乐一些?

七。我这样喜欢这个数字。人总是会在心里隐藏一些特殊的怪癖,比如对于数字,比如对于某一类人,再比如会喜欢汽油味牙膏味指甲油味。

爱十二梦

　　这世界关于爱的故事太多，我无力说尽道明。

　　千言万语都难以道尽爱。

　　那么，这些那些。都不如什么都不说。

　　大多数人都太过着急。急着出名急着恋爱急着排队急着结婚急着要怎样怎样。但是时光是历久弥坚的，只有沉淀下去才能得到最好的。我们都有彼此的固执，唯一要做的，就是活在当下，做一个最好的自己，做一个沉淀的灵魂。而大多数人，都是我们的过客，留下来的很少，因为稀少，才弥足珍贵。

　　让喧哗的都沙哑吧。

　　想象中的爱终于也无人认领。时间太荒谬，人心很叵测。有人的爱像二手烟，还没蔓延就熄灭。讨厌所有的忽冷忽热，莫名消失，模模糊糊，欲擒故纵，不清不楚，轻描淡写，随意关心。

　　没有悲伤没有飞翔，泥土安稳花草芳香。

　　这世界如此公平。你有你的倾情付出，他有他的赴汤蹈火。一环接一环。到底谁亏欠了谁。美好背后总有虚假。季节缓慢在流转。在快乐和忧郁之间盛放与成长。且让我躲进一片静谧的森林中，我喜欢所有的树，树下未必有一个独属于我的树洞。没有什么是纯净的，除了孤独。而你只是我的一个影子而已。是我的幻觉。是阳台上一棵温室圈养树，你开放的并不是花而是欲望。在每个季节，它都在枯萎。在属于它的规矩里，让世界寂静而死。

　　我从来都不炫耀什么，我骄傲于我生活里的每一项事物。

　　其实遇到一个对的人，每一天都是特别的，每一刻都是幸福的。

　　我内心有太多期许与排斥相互交织、缠绕、对抗。我只能给

后　记

自己最为深厚的地久天长,我仍旧坚信,所有的人都不会是一座孤岛。总有人愿意给你一个最绵长爱意的拥抱,许你一世温暖。

每个人心底都有太多往事,回望已是种巨大的耗费。历经岁月也许才会发觉简单而平静方为绝美。而我,也没心没肺成了不再愿意回望往事的人。容易在往事森林里迷失的人,都是善良而懦弱的。其实回望是件艰难的事情,所有的回望都需要莫大的勇气。亦是一段心灵的自省。

往事即为负累。

【捌】八百姻娇

每个女孩都有她独特的美。可叹这世界美人如云,也给我们带来多姿多彩的惊喜。世界上若没有这些色彩缤纷的美丽,那一定是场灰白恐怖的灾难。即使在硬汉交锋的战争片,多了一位令人心碎的姑娘恰似夜晚柔美的月光洋洋洒洒给观众以美的憧憬和欣赏。一个美好多娇的姑娘就好像种在心底的梦。

每个女孩都觉得自己不够美。女孩对于美的追求是种本能并且孜孜不倦,鲜有男人给脸上动刀,多见姑娘遭罪受苦就为改变外貌上那些不完美的瑕疵。喊着减肥的永远都是女性。其实美的标准有无数,单眼皮双眼皮都很美,环肥燕瘦都是美。

女孩的衣橱里大概永远都少一件衣服,衣服是女人的江湖。衣服衬托着女人的美丽,而女人又甘心沉迷于美丽的衣服。其实衣服、外貌、身材不过是一种虚张声势的美丽,若是想美丽得长久,得靠一颗善良的内心。

这残酷的世界姑娘们已经需要修炼得万分坚强才好。

若是善良的内心里再多一分坚强,两分独立,三分勇敢和四

爱十二梦

分的思想学识。这姑娘一定美得不一定留名青史也一定是美丽一生。

好姑娘一定不会怠慢自己,不挥霍自己的美丽,亦不会随便盲从讨好。

姑娘的美丽,丰富多彩,亦多种多样。

于是姑娘本身就成了诗。

【玖】九烈三贞

古代的道德束缚早已沦为了一张泛黄的故纸。

似乎这是个过于觉醒的时代。谁都不乐意拿着一大堆规矩去束缚谁。

你说,当下这个乱世,爱一个人却没有根基缺乏承诺毫无信念,轻易爱上谁,结果都是死路一条。你说,现在这样的社会,奋斗努力却没有背景,缺乏能力,毫无关系,谁去天真了,结果都是死路一条。你说,如今这个世界,热爱衷情却全盘混乱内核紊乱面临崩溃,不管咋样活,结果都是死路一条。你说,周围的这些人,友善待人却人人自危面戴面具虚伪做作,谁去认真了,结果都是死路一条。你说,你的生活折磨你。你说,你的爱情嘲弄你。你说,你的朋友玩弄你。你说,你的世界抛弃你。你说,没有希望就会死。

但是,我想说,当下这个乱世,我们总是不停在遇到谁错过谁,也许只是机缘没有到,说不定有天一不小心就和某人地久天长。反正爱情总是要不断成长,没有过去的谁谁,也成就不了现在的你自己。不如把所有伤害所有背叛所有离开所有告别都当成成长里的必修课,不管你离开谁,谁离开你,都不要轻易去否

后 记

定爱怀疑爱。只要活着,你才有可能碰到真正属于你的幸福,才会真的遇到对的那个人。去好好相爱吧,最重要的是爱自己。去找个人用力用心爱吧,趁我们还活着。

现在这样的社会,没有背景,你自己成为背景,没有关系,你去打通关系,没有能力,你就不断在磨难中历练自己。坚持下去就没有得不到回报的一天,你要相信没有到不了的明天,没有成不了的事情,没有打通不了的关系。在苦难中觉醒,在无奈中奋斗,终有一天会看到曙光,保护好你的梦想,因为你知道它总有一天会实现的。

如今这个世界,末世感鲜明强烈,时局动荡不安,这些都将成为你要活得更加灿烂的理由。你看,你还有一口面包,你看,你还有一个健全的身体,你看,你还有深爱你的父母,你看,还有一个不发生灾难的地方。而有的人,也许因为饥饿,也许因为贫困,也许因为恶疾,也许因为很多命运中无法去掌握的疏离和意外,离开了这个世界。好好活着吧,趁活着。趁活着,你在这个世界里就是完整的你自己。

周围的这些人,面戴虚假面具集体造作装逼。其实拿人群中的虚假去照耀自己吧,有的人高举旗帜却只能看到别人的缺点忘记了自己的丑陋。谁都有无奈的时候,生活的河水总是要把棱角磨平,把血气方刚冲淡。请不要相信眼睛看到的表象,如果你不喜欢这样的人,那么就不必看。有的人注定和一类人没有交集,不如就此各奔东西,原谅那些虚伪的人吧,他们让你更加清楚地知道你该如何去活。忘记那些虚伪的人吧,你的良善和纯粹,只会让你走得很远很稳。对于那些曾经伤害过你的人,

爱十二梦

不要去想也不要原谅。记住,但是不记恨。

　　生活里总是有烦恼,有困难,有无奈,有辛酸。爱情里总是有背叛,有疏离,有告别,有漠然。友情里总是有妒忌,有愤恨,有委屈,有误会。这个世界什么都有,你也可以得到一切。这个世界什么都没有,你就只能去选择离开。你看到了什么,什么就是世界。

　　【拾】十全十美
　　这个世界并不完美。

　　每个人,都煞费苦心地把它追寻,最终却不见了它的踪影。也许不完美的人生,才是最完美的自己。

　　我们遇不到完美的自己,于是幻想中总是期盼着有个完美的另一半。我们都曾经想赖着那个人。我们都曾经想爱着那个人。我们都曾想跟着那个人,我们都曾把一生一世在心里成为最美好的期许。我们都曾在心里悄然勾勒着与那个人绚烂到极致的未来。我们都曾在记忆中完整着自己的情绪,爱或者恨。

　　但是现实是现实。

　　现实是,你或许会遇到一些人。你赖着一些人。你爱过一些人。你跟过一些人。你在每一次投入热烈之后,都有单纯的一生一世的美好期许。

　　这些人,是完整的现实。

　　我们都不是薄幸无情的人,只是奈何缘分太浅,现实的道行太深,我们驾驭不了命数只好天真着自己。

　　其实我们都想着,这个人,是不是就是自己的最后最好的那个天使。

后　记

　　但是当你看到："在年轻的时候,如果你爱上了一个人,请你一定要温柔地对待她,不管你们相爱的时间有多长或多短,若你们能始终温柔地相待,那么所有的时刻都是一种无瑕的美丽。"突然间豁然开朗,其实没有天使,只有七情六欲耳根不清净的我们。俗世的我们,就只好尽情享用这一刻爱情的饕餮美味,哪怕情短忘却长,那回味的香气会一直氤氲在我们的生命里。

　　爱永远都是说不完的一个话题。童话里的爱大多都是王子公主永远幸福地在一起。现实是有的人离开了就不会再来。现实是即使等待很久也只是落空。现实是相濡以沫抵不过日常烦琐。现实是恒久忍耐却没有恩赐仁义。现实是你爱的不爱你,爱你的你不爱。而人,有时必须活在不切实际的幻想中,他才会快乐。

　　【拾壹】十不当壹

　　每个人的青春大概就都是这样,把情根深种,而后牵连你的一生一世。这是唯一值得庆贺和动容的事情。因为爱,我们青春才蓬勃才动人才有声有色。我们才不至于苍白不至于无趣,所有的幼稚、稚嫩、无聊、冲动、矫情才有了借口。爱是我们青春里最好的慰藉,最深的记忆。青春自爱而始,也因爱而终。轮轮回回之后猛然回头,我们的心早已支离破碎,连一个爱字也无法奢谈。

　　而年轻的我们,总是轻易地就能够将爱字说出口。

　　我们总是能在电影所呈现的诸多故事里找到自己的影子。我们的故事和电影似乎微妙地起了某些不易察觉的化学反应,我们看着人家的故事,想着自己的心事。我们跟着故事里的情

爱十二梦

绪欢笑或者哭泣,忽而转想自己,似是一把尖刀划过心头,虽然痛,也是一刹那。过后就是百毒不侵,继续苟活的你我。

大概这是一个爱情过剩,爱却匮乏的年代。年轻的男男女女,动辄便是天雷地火卿卿我我,转眼就劳燕分飞,大路朝天,各走两边。我们在爱情里消耗着自己的所有青春,到最后青春里剩下了什么,我们已是茫茫然不知所以。谁的内心不小心掀开来,大概都是一片鲜血淋漓。

青春,我们在青春里爱着。青春,我们在爱情里告别着。

青春是一场不诉离殇的盛宴,在这里星辰最美,光明最盛。痛苦和欢乐都最为纯粹。这是你我人生里最美满的良辰和美景,遇见最美的他或者她,遇见最美最勇敢的自己。我们爱了、恨了、快乐了、痛苦了,而后都流着泪微笑着对青春道一声珍重再见。悄然无声里我们才发觉,自己已经长大到自己都不认识的模样,只好在夜深人静里追忆那些不可追的所有美好和丑恶,所有欢欣和痛苦。

在你我单薄而又繁盛的青春年月里,唯一值得动容的是,爱过。

在我青春的尾巴上,唯一令我庆幸的便是,还能遇到你。

仔细回想,谁都是在用稚嫩、单纯、懵懂、匮乏、冲动、脆弱书写了同样惊心动魄,丰盛繁华的青春岁月。在我终将老去的年华里,祭奠青春的唯一方式就是,爱。我爱你,青春里的所有悲欢。而我历经的所有过往的岁月,痛苦欢乐,都是无法回头的我所挚爱的青春,就好似我爱过星辰,爱过山河,爱过每一株花草,也同样爱过你。

它们统统都是我的永恒。有的时候,你爱过这许多人,都不

后 记

及你当下最深爱的这一个。

不要再问最爱是谁。我深爱的永远都在当下。

青春自不必缅怀,过去的时光既美丽又残酷。

但那是不可替代的爱恨悲欢。

我们唯一可做的,便是等着时间把自己摧毁。

【拾贰】十二金钗

我所写的是一本关于爱的故事杂集。

十二个故事,恰如人世间的十二个梦。

这十二个梦宛如四季变幻,爱里的辛酸、猜疑、甜蜜、痛楚全部囊括其中。十二,为一个轮回。人生也不过惊觉一梦。而爱之光芒,终将照耀四季,令生命有了意义。

每一个故事,都带有自己不太成熟的思索和隐喻。

每一个故事,都是对爱的期盼憧憬和诠释。

这十二个故事,有的涉及爱的救赎,有的涉及爱之光辉,有的涉及爱的背叛,有的涉及爱的卑微或者伟大。其实创作这十二个故事纯粹出于自己那些贫乏的想象,以及涉世未深的经验,还有往日那些细碎的经历。

但是,千言万语也难以道尽爱。

都市中灯红酒绿,繁华里几经轮回,不管是在何处,不管是在哪个时空。爱,是永恒的主题,爱,是永永远远的梦。

只是有的人永远不愿意醒来。

故事里永远都有爱。